파르티잔 극장

파 르 티 잔 극 장

손홍규 장편소설

문학동네

만약 당신이 사랑을 하고 있는데
사랑의 응답을 불러일으키지 못한다면,
다시 말해 사랑하는 사람으로서 혼신의 표현을 통해
당신 자신을 사랑받는 사람으로 만들지 못한다면
당신의 사랑은 무력하고 불행한 것이다.
—마르크스

차례

1장

불멸의 집

그 집의 이미지는 불멸이었다. 하루종일 마루끝에 앉아 지금의 자신이 아니라면 무엇이 되어도 상관없겠다고 생각하던 어린 여자아이에게는 더더욱 그러했다.

희수는 밤새 잠을 설쳤다. 꿈에 시달리고 잠꼬대까지 했다는 걸 알고 있었다. 엄마가 오는 날이었다. 그에게 엄마란 기이한 존재였다. 한편으로는 무섭고 두렵고 끔찍하고 다른 한편으로는 그립고 애틋하고 생각만으로도 가슴이 저려오는 사람이었다. 내게도 엄마가 있어, 나도 엄마가 있단 말야, 라는 말을 얼마나 자주 속으로 읊조렸는지 모른다. 그럴 수밖에 없었던 건 엄마가 없는 것 같아서였다. 엄마가 있다는 사실을 실감하기 어려웠던 탓에 그렇게 다짐이라도 하지 않으면 정말 엄마가 없는 게 되어버릴 것 같아서였다. 난향 이모, 난향이라는 이름으로 알려진 이모는 되도록 삼가는 편이었지만 무심코 그의 엄마를 언급하기라도 하면 방금 한 말을 하지 않은 말로 되돌리는 게 가능하다는 듯이 굴곤 했다. 화를 내거나 심부름을 시키는 식으로 상황을 모면하려 애썼지만 조금만 지나면 똑같은 실수를 저질렀다. 그건 일종의 묵계였다. 그는 엄마를 입에 올리지 않으려 애썼고 난향은 동생을 입에 올린 뒤 그러지 않은 것처럼 애썼다. 그런 노력을 서로 인정하고 모른 척하는 게 그들 사이의 불문율이었다. 이틀 전 난향이 네엄마 곧 온다, 라고 했을 때에도 그는 평소처럼 못 들은 척했다. 내 말들었니? 라고 물었을 때도 여전히 못 들은 척했다. 보통의 경우 난향은 표정을 바꾸고 말머리를 잡아 다른 이야기를 하기 마련이었다. 네엄마 온다구. 넌…… 가지 않아도 돼. 그는 대답하지 않았다. 가지 않아도 상관없었다. 그가 얼마나 자주 병원 근처를 찾아 엄마가 있다는 병동 쪽을 넘겨다보았는지 난향도 모르지 않았다. 이 년이구나. 그는 무심한 듯 물었다. 괜찮아요? 괜찮으니깐 나오지. 그가 수긍하지도 더 묻지도 않자 난향은 한숨을 내쉬었다. 얼마나 오래갈지 모르겠지만 나아진 건 확실해.

엄마가 온다. 엄마가 가던 날은 떠올릴 수 있었다. 그러나 그가 너무 어렸던 탓에 이전에 엄마가 오갔던 기억은 없었다. 난향이 드문드문 들려준 이야기와 주위에서 수군대던 이야기들을 혼자서 이리 맞추고 저리 맞춰 자기만의 이야기를 만들기는 했지만 여기저기 구멍이 숭숭 나 있는 그 이야기는 불완전할 수밖에 없었다. 난향의 말에 따르면 그는 아기였을 때 엄마의 젖만을 게걸스레 탐했다. 미음도 암죽도 미숫가루도 먹지 않았다. 고춧가루를 발라놓아도 젖을 물어 엄마가 젖몸살을 심하게 앓았다고 했다. 그가 열이 오르기라도 하면 뜬눈으로 지새운 밤이 이루 말할 수 없을 만큼 많았다고 했다. 그는 난향이 이루 말할 수 없을 만큼이라고 할 때의 목소리가 좋았다. 몸속 깊은 곳을 간질이는 느낌이었다. 이루 말할 수 없는, 이루 다할 수 없는, 이루 헤아릴 수 없는, 이루, 이루…… 없는. 없다는 말이 지닌 쓸쓸함을 다정함으로 바꾸어버리는 이루라는 말. 그런 사소한 것들만이 그가 알 수 있는 전부였다. 그가 알지 못하는 엄마의 사연들은 다른 사람들의 사연에서 끌어와야 했다. 엄마와 비슷한 사람들, 엄마처럼 살 수밖에 없었던 사람들. 물론 그중에 가장 가까운 사람은 난향이었지만 문간방에 머물다 떠난 수많은 사람들 중에도 있었다. 그가 난향과 함께 혹은 혼자서 몰래 극단 사람들 틈에 끼어 극장을 다니며 보았던 수많은 연극과 영화들에서도 찾을 수 있었다. 배우들 모두가 엄마 같기도 했고 엄마와는 전혀 다른 사람처럼 보이기도 했다.

그렇게 가까이에서 오랫동안 지켜보았지만 배우에게 매혹당한 적은 없었다. 그들이 누구를 연기하든 그들과 자신 사이의 거리를 느꼈고 그것은 엄마와 자신 사이의 거리만큼이나 아득했다. 어쩌면 그것이야말로 진짜 매혹일지도 몰랐다. 그들과의 도저한 거리감을 의식하면서도 사로잡히고, 열광하지 않으면서도 집착한다는 점에서. 극장 사람들은 희수에게 호의적이었다. 그가 극장에 드나드는 걸 눈감아주었고 군것질거리를 슬쩍 손에 쥐여주기도 했다. 네가 희수구나, 하며 머리를 쓰다듬는 배우들의 손길에서는 그들이 스스로를 엄마와 동류로 의식한다는 느낌이 강하게 전해져왔다. 그러나 희수를 알던 사람은 하나둘 줄어들었고 낯선 사람들 가운데 그가 누구인지를 알아보는 사람도 있었지만 더이상 예전만큼 호의적이지는 않았다.

보통학교를 마친 희수는 병원으로 달려갔다. 먼저 와 있던 난향 이모와 함께 병원 입구에서 엄마가 나오기를 기다렸다. 엄마는 양장 차림이었고 한 손에 작은 가방을 들고 있었다. 두 볼은 홀쭉했고 메마른 입술에는 딱지가 앉았으며 눈가는 어두웠다. 바람이 엄마의 야윈 얼굴을 쓸고 지나갔다. 난향은 엄마의 가방을 건네받았다. 엄마가 희수 앞에 쭈그리고 앉아 팔을 벌렸다. 그는 엄마 품에 안겼고 희미한 화장수 냄새를 맡았다. 이게 엄마 냄새야. 이 년 전 엄마가 병원에 가던 날에도 이 냄새를 맡았던 것 같았다. 이 년이란 세월이 아무것도 아니었다고 말하는 것 같았다. 엄마의 체온과 체취. 그날 희수의 마음에 새겨진 것들이었다. 난향은 택시를 타고 가자 했지만 엄마는 고개를 저었다. 엄마는 방금 전에 왔던 길을 되짚어가듯 망설임 없이 앞장을 섰고 그와 이모는 엄마 뒤를 따라갔다. 엄마는 오랫동안 격리되었던 사람으로 보이고 싶어하지 않는 것 같았다. 레코드가게에서 나오는 축음기 소리에 귀를 기울이며 잠시 멈추기는 했지만 길가의 상점들을 그냥 지나쳤고 중요한 용무라도 있는 사람처럼 앞만 보며 부지런히 걸었다. 난향이 묻는 말에 짧게 대답하긴 했지만 정말로 그 말에 귀를 기울이는 것 같지는 않았다.

큰길을 벗어나 이내 집으로 가는 지름길인 골목길로 접어들었다. 거기에서는 누구나 구부정하게 걸을 수밖에 없었다. 낮은 처마에 머리를 부딪히는 사람이 하루에도 대여섯씩은 되는 걸로 악명이 높은 골목이었다. 두 사람이 간신히 비켜 지날 정도의 비좁고 완만하게 경

사지고 갈라지고 구불구불한 골목을 따라가면 우마차 한 대 지나갈
만한 큰 골목과 만났다. 큰 골목 끝이 희수가 사는 집이었다. 골목길
입구에 선 엄마가 이모에게 물었다. 근데 언니, 우리 뒤를 졸졸 따라
오는 쟤는 누구야? 엄마가 고개를 돌려 희수를 바라보았다. 희수도
뒤를 돌아보았다. 아무도 없었다. 가슴이 철렁 내려앉았다. 이모도 놀
란 기색을 감추지 못했다. 엄마가 물었다. 애, 넌 누군데 졸졸 따라오
니? 울상이 된 희수가 이모를 올려다보았다. 금방이라도 울음을 터뜨
릴 것처럼 입술을 비죽였다. 엄마, 왜 그래? 나야, 희수. 엄마 딸 희수
라니깐. 이렇게 말하려는 듯 입술을 달싹댔다. 그의 엄마가 깔깔깔 웃
었다. 엄마는 아까처럼 희수 앞에 쭈그리고 앉더니 자신의 뺨을 희수
의 얼굴에 갖다댔다. 울긴 왜 우니, 우리 딸. 엄마가 장난친 거야. 엄
마는 이제 멀쩡해. 엄마 보고 싶었지? 엄마도 우리 희수 보고 싶었어.
눈에 넣어도 안 아플 내 새끼. 세상에 둘도 없는 내 새끼. 엄마의 두
눈에 눈물이 글썽거렸다. 엄마의 뺨은 차갑고 거칠었지만 그의 마음
속에는 차갑고 거친 것들이 차갑기만 하거나 거칠기만 한 게 아니라
는 생각이 자리잡았다. 차가운 것이 따뜻할 수도 있고 거친 것이 부드
러울 수 있다는 걸 알았다. 어쩌면 차갑고 거칠어야만 따뜻하고 부드
러울 수 있다는 뜻인지도 몰랐다. 혹은 차갑고 거친 것들을 따뜻하고
부드럽다고 여길 수 있어야 이 세상을 살아갈 자격이 있다는 속삭임
인지도 몰랐다. 엄마가 왔으니까 이제 걱정하지 마. 엄마가 널 지켜줄
거야. 아무도 널 건드릴 수 없어. 누구도 엄마한테서 널 빼앗아갈 수
없어. 다시는 널 뺏기지 않을 거야. 난향이 모녀를 내려다보며 혀를
찼다. 망할 년들. 어서 가자!

엄마는 차분하게 하루하루를 보냈다. 아침마다 그를 앉혀놓고 머리를 땋아주며 창가나 가요를 불러주기도 했다. 이모의 유성기를 켜놓고 만담과 가요를 함께 들었고 불을 끄고 잠자리에 누워서도 도란도란 이야기를 나누었다. 엄마의 입에서 흘러나온 유행가는 가수가 부르는 것보다 청승맞고 애절하고 능청스럽고 흥겨웠다. 그가 처음 들어보는 배우들의 이름을 들먹이며 부드럽게 흉을 보기도 했고 유명한 배우들의 이름을 소꿉친구라도 되듯 다정하게 부르면서 사람들은 알지 못하는 그이들의 감탄할 만한 장점들을 추어올리기도 했다. 이건 비밀인데, 하고 속삭이듯 말할 때마다 그는 엄마의 지난 삶의 편린들이 깃들었을 게 분명해 보이는 그 이야기들을 하나도 놓치지 않기 위해 귀를 곤두세웠다.

엄마는 신파극을 하던 시절의 일화들이며 지방 순회공연을 다닐 때의 일들이며 극장에 구름처럼 모였던 관객들이며 연극 무대 위에서 저지른 사소하거나 중대한 실수들에 대해 조근조근 이야기했다. 영화감독과 촬영기사들, 영화 촬영을 할 때마다 방해가 되었던 구경꾼들, 귀찮게 따라다니며 고백하던 사내들과 엄마를 시샘하던 다른 배우들을 이미 죽은 사람들을 언급할 때처럼 우수에 젖은 목소리로 이야기했다. 너무 고상해서 관객에게 흐트러진 모습을 보이는 게 죽기보다 싫었던 여배우가 죽는 연기를 할 때 꼿꼿이 선 채 죽었다고 말할 때는 옆에 있던 이모도 웃음을 터뜨렸다. 그는 선 채로 죽는 연기를 하는 배우와 관객이 던진 사과에 맞아 울면서 무대 뒤로 도망친 배우와 상대 배우가 뺨을 너무 세게 때려 기절해버린 배우와 심각하고 비극적인 장면을 한창 연기중인데 어디선가 들어온 누렁개가 배우의 엉덩이에 코를 대고 킁킁대는 바람에 극장이 무너질 정도로 관객들이 소란을 피웠던 일들을 지금 눈앞에서 보고 있는 것처럼 상상할 수 있었다. 엄마가 그런 이야기를 들려주기 전부터 이미 알았던 것만 같았고 그냥 아는 일들이 아니라 그가 직접 눈으로 보았던 일들인 것만 같았다.

엄마는 곁채와 이웃에 세 들어 사는 떠돌이 배우와 악사, 기생, 카페 종업원, 학생뿐만 아니라 이 골목에 흔한 단칸방에 깃들어 사는 땜장이, 굴뚝 청소부, 연탄 배달부, 지게꾼, 인력거꾼, 신문팔이를 비롯해 보통학교 교사, 전당포 직원, 작가, 신문기자처럼 겉으로 보기에는 말쑥하지만 실속 없는 위인들과 하루종일 음침한 방에서 담배나 피우고 가래나 뱉다가 밤이면 슬그머니 골목을 빠져나가는 아편쟁이, 명월관이나 단성사 주변을 어슬렁거리는 불량배들, 관철동이나 다방골을 드나들며 하릴없이 투전과 마작으로 세월을 보내는 기생오라비들이며 포주들, 이 모든 잡스러운 사람들을 견디고 관공서나 은행에 다니는 자식들 자랑을 유일한 낙으로 삼으며 늙어가는 집주인들을 오랫동안 알고 지낸 것처럼 말해주었다. 엄마와 이모는 함께 겪은 일들 가운데 다르게 기억하는 부분들이 있으면 누가 옳은지를 따지다가도 이내 그랬던가, 그랬을 수도 있지, 그랬다 치자, 하며 선선히 물러서곤 했다.

엄마는 몸이 쇠약해졌달 뿐 누구보다 멀쩡해 보였다. 적어도 그처럼 오랫동안 격리된 병동에 감금되었던 사람처럼 보이지는 않았다. 오히려 사소하고 구체적이며 별것도 아닌 유년 시절의 일들마저 똑똑하게 기억해내는 바람에 이모를 자주 놀라게 했다. 낮에도 밤에도 이야기는 이어졌다. 엄마는 그처럼 이야기하기 위해 지난 세월을 견딘 것 같았고 입안에서 스르르 녹아버리는 빙과처럼 엄마의 이야기는 그의 귓가에 닿아 사르르 녹으며 달달한 냄새를 풍겼다. 가야금은 싫었지만 춤은 좋아했던 엄마. 가야금은 제 몸보다 커서 늘 짓눌리는 기분이 들었지만 마음 깊은 곳에서 솟아난 정감을 손끝과 발끝으로 허공에 뿌리듯이 춤을 추면 몸이 가벼워져 날아갈 듯한 기분이 들었다고 했다. 손가락에 굳은살이 박이기 전까지 얼마나 자주 물집이 잡혔는지 몰라. 차갑고 쓸쓸한 겨울날 가야금 연주를 마치고 문득 내려다보면 피고름이 줄마다 스며들어 있어서 선생에게 야단을 맞았는데 소리 내어 울지는 못하니까 속울음만 삼켰거든.

밤이 깊으면 덧창이 열려 있는 창문을 통해 달빛이 스며들어 고운 모래처럼 방안을 가득 채웠고 옆방에서 들려오는 이모의 코 고는 소리와 쥐들이 부스럭대는 소리, 바로 가까이에서 들려오는 엄마의 숨소리를 들으며 발가락을 꼼지락거리다 잠들곤 했다. 자다가 깨면 팔을 뻗어 옆을 더듬어 엄마를 확인한 뒤에야 내게도 엄마가 있어, 나도 엄마가 있단 말야, 그렇게 잠꼬대처럼 중얼거리면서 다시 잠들 수 있었다.

그 집의 이미지가 불멸인 이유 가운데 하나는 엄마가 돌아왔을 즈음 함께 살던 이들이 세월이 흐른 뒤에도 희수의 마음속에 생생하게 살아 있어서였다. 그들 모두 나중에 비참하게 죽었지만 죽음이 불러일으키는 참혹함은 점점 퇴색하여 오랜 세월이 흐른 뒤에는 가벼운 떨림 정도로만 남게 되었다. 대신 생전의 모습들을 방금 세수를 하고 나온 말간 얼굴을 마주친 것처럼 떠올릴 수 있게 되었다.

그 집은 본채 양쪽으로 곁채와 사랑채가 붙은 디귿자 모양이었고 대문간 옆으로 문간방이 두 개씩 있었다. 문간방 앞에는 쪽마루가 있었고 작은 부엌이 딸렸거나 부엌은 없이 아궁이만 딸린 방도 있었다. 본채의 동쪽인 왼쪽 끝 부엌에는 부뚜막에 아궁이가 두 개 있었고 찬장과 다락이 있었으며 옆문으로 나가면 광과 화장실로 통했다. 미닫이문을 열면 이모가 기거하는 방이었다. 부엌에 사람을 두고 부린 적도 있다지만 그즈음에는 이모가 부엌일을 비롯한 집안일을 도맡았다. 본채만이 아니라 곁채와 사랑채 모두 세를 놓기 좋게 바꿔놓았던 터라 원래 그 집이 어떠했는지는 짐작으로만 알 수 있을 뿐이었다. 소리와 춤에 능하고 사군자를 잘 쳐서 일찌감치 잘나가는 기생이었던 이모와 신파극에서 영화까지 두루 섭렵하여 세간에 얼굴이 널리 알려졌던 엄마가 돈을 합쳐 이 집을 매입했을 때에도 그런 모습이었다.

뒤뜰에는 굴뚝이 지붕 높이로 섰고 장독대와 사철 솥이 걸린 한데 아궁이가 있었다. 담장 너머는 언덕진 숲이었다. 처마 아래에는 장작과 잡다한 물건들이 어슷비슷 쌓여 있었다. 담장 아래에는 달리 돌보지 않아도 계절마다 민들레, 금낭화, 해바라기, 봉숭아, 국화 등이 한두 송이 소슬하게 혹은 여러 송이가 어울려 소담하게 피어났다. 사랑채와 본채 사이에는 수도와 수돗물을 받는 물확이 있어서 한겨울만 아니라면 물 걱정은 없었다.

문간방에 세 들어 사는 사람들은 이따금 바뀌었다. 몇 달씩 방세가 밀렸다가 떼어먹고 도망가는 사람도 있었고 죽어서 나가는 사람도 있었다. 오랫동안 빈방인 채로 남아 있는 경우는 없었다. 하루이틀만 지나면 누군가가 새로 들어왔고 그게 아이 딸린 젊은 여자든 딸린 식구 하나 없이 고비늙은 홀아비든 죽음을 앞둔 자들이 무덤으로 가기 전에 잠깐 거처할 곳이라도 되듯 보따리 두어 개가 전부인 이삿짐을 방안에 던져놓고 그 보따리처럼 자신도 방안에 아무렇게나 던져놓고 살았다.

문간방 사람들이 바뀌는 것과 달리 사랑채와 곁채에 사는 이들은 한식구들처럼 오래 함께 살았다. 사랑채 사람들은 대부분 배우들이었다. 극장 연예부나 극단에 속하지 않은 떠돌이, 뜨내기들이었다. 가끔 유랑극단과 곡마단을 따라 지방으로 다녀오기는 했으나 재능과 기예가 부족해서라기보다는 천성적으로 어딘가에 속하지 못하는 사람들이었다. 더러는 극단에 참여하기도 했지만 그런 경우 얼마 못 되어 극단이 파산하거나 단장이 사고를 치고 도망가거나 남녀 배우가 정분이 나서 분란이 나거나 가장 중요한 배우가 다른 극단으로 몰래 옮겨가서 해체되거나 이도 저도 아니면 돈벌이가 없어 자연스레 해산하는 식이었다. 한동안 분주하게 드나들다 여럿이 어울려 방에서 술이나 마시고 있다면 바로 그런 일이 벌어진 거였는데 어디를 떠돌아도 이상하지 않을 그들이 이 집만은 한사코 지키고 살았다. 연극이나 영화에 단역으로 출연하거나 아예 배우 노릇을 작파하고 극장에서 심부름을 하는 이도 있었으나 어쨌든 모두 예인이었다. 술과 우스갯소리를 좋아하는 낙천적이고 무례한 자들이었지만 곁채의 기생, 카페 종업원과 같은 여자들에게 지분거리기는커녕 외려 깍듯하고 예의가 발랐으며 까다롭거나 힘든 일에 자기 일처럼 기꺼이 나서주었다. 그들은 난향과 엄마를 어렵게 생각했는데 집주인이라서 그런 것 같지는 않았다. 희수는 그들 가운데 젊은이들 대부분이 조선공산당과 관련이 있다는 사실을 몰랐지만 그들이 풍기는 기묘한 분위기, 천성적으로 자유롭고 마음이 넉넉한데도 웃을 때조차 서글퍼 보이는 얼굴과 사내들 사이의 흔한 우정으로는 다 설명하기 어려운 끈끈하고 친밀한 관계에 묘한 감동을 받곤 했다.

사랑채에 가까운 문간방에는 마술사 사내와 엄청나게 키가 큰 차력사가 함께 살았다. 마술사는 유난히 얼굴이 희고 이목구비가 뚜렷해 잘생긴 축에 들었고 과묵하지만 웃음에 인색하지는 않아 인상 좋고 마음이 넉넉한 사람으로 통했다. 언젠가 변사 출신의 배우가 희수에게 지리산에 사는 빗자루 도사와 마술사가 형제지간이라고 일러줬다. 희수는 빗자루 도사가 뭐하는 사람이냐고 물었다. 빗자루 도사는 말이야, 생쌀만 먹어서 몸이 가볍고 날래. 허공을 걸을 수도 있고 한번에 천왕봉을 뛰어넘을 수도 있어. 빗자루를 창처럼 휘두르고 솔잎으로 비수를 삼고 주문을 외워 비바람을 불러오기도 하지. 입바람을 훅 불어 해를 꺼뜨릴 수도 있다니까. 한번은 사흘 내내 온 세상이 어둠에 갇힌 적이 있는데, 희수 네가 태어나기도 전이야, 빗자루 도사가 입바람으로 해를 꺼뜨린 뒤 되살리는 술법을 기억해내지 못해서였다고 하지.

빗자루 도사와 무슨 관계냐고 물으면 마술사는 웃기만 할 뿐이었다. 어떻게 생각하든 상관없다는 듯. 그런 설명 끝에는 누군가의 농담이 따라붙기 마련이었다. 전등불을 입으로 불어서 끄려 했던 시골 영감이 자네 형님이시군. 시골 영감이 아무리 불어도 전등이 꺼질 리야 없지 않아? 옆에 있던 사람이 손잡이를 돌려서 껐더니 시골 영감 하시는 말씀이, 내가 이렇게 보고 있는데 언제 입으로 불어서 껐나? 그랬다지. 마술사는 정말로 공연에서 입바람을 불어 전등을 끄는 마술을 보여준 적이 있었다. 관객들의 반응이 신통하지 않아 몇 번 하고는 그만두었다. 경술년의 합병 사건을 까맣게 모르고 있다가, 아마도 수행에 정진하느라 속세의 사정에 어두웠을 어느 고승이 일 년이나 지난 신해년 여름에 총독과 면담을 해야겠다며 총독부 정문 앞에서 목탁을 두드린 일이 있었지. 고승께서 경술년의 합병은 부처의 말씀에 어긋나는 일이니 당장에 총독을 만나 훈계를 하겠노라 떼를 썼다던데, 불법이 높고 의기가 하늘을 찌르는 걸 보면 자네 아버님 아니겠는가? 부친께선 여전하신가?

마술사와 함께 사는 사내는 거인증을 앓는 사람이었다. 이 미터가 넘는 키에 얼굴은 다듬이 판처럼 넓적하고 두 팔을 늘어뜨리면 무릎까지 왔다. 한때는 극장에서 인기가 좋았는데 늑대 인간, 원숭이 소녀 등에 밀려 마술사의 조수 겸 차력사로 지내고 있었다. 겁이 많아 별일 아닌데도 깜짝깜짝 놀랐고 특히 생쥐나 벌레를 무서워했다. 빈대나 이 따위도 무서워해서 제 몸에 붙은 것도 잡지 못해 그냥 달고 살았다. 마술사가 아니라면 거인과 한방에서 지내기를 다들 꺼려했다. 누구한테 얼굴 한 번 붉힌 적 없을 만큼 온순했지만 너무 온순해서 차라리 음침해 보일 정도였고 행동거지와는 딴판으로 욕을 입에 달고 사는 바람에 거인을 잘 모르는 사람은 그와 한두 번 대화를 나누면 질색을 하기 마련이었다. 거인은 자기가 하는 욕이 욕이라는 사실도 외국어라는 사실도 잘 모르는 것 같았다. 갓난아기 때 선교사 집 앞에 버려져서 외국인들 손에 자랐는데 덩치만 컸지 행동이 굼뜨고 말귀가 어두워서 밥보다 욕을 많이 얻어먹었던 탓이라고 했다. 그게 사실인지 거짓인지 모르겠으나 거인이 외국어 욕을 자주 하는 건 사실이었다. 구슬처럼 굴러다니며 골목을 누비는 조무래기들은 거인이 나타나면 어떻게든 약올려서 셍징, 칙쇼, 빠가야로와는 느낌이 다른 외국어 욕설을 들어야만 후련해했고 거인은 너털웃음을 터뜨리며 상냥하게 몇 마디 욕을 해주면서 그 녀석들과 우정을 쌓았다. 저 조무래기 자식들은 내 키만큼 내 물건도 큰지 궁금한 거야, 갓뎀. 너도 궁금해? 빽큐. 사실은 마술사보다 작아, 셧업. 거인이 워낙 슬픈 얼굴로 그렇게 말하는 바람에 희수는 무슨 말인지도 잘 모르면서 그냥 고개를 끄덕이기만 했다. 희수는 거인의 커다란 손바닥을 들여다보며 손금을 읽어주길 좋아했고 손바닥이 커서 생명선도 남들보다 길어 아주 오래오래 살 거라고 말해주면 거인은 무척 흐뭇해했다. 재물운은 어때, 쉬트. 마술사가 희수 앞에서는 말조심하라고 주의를 주면 거인은 쏘리, 희수, 쏘리, 희수 하며 얼굴을 붉혔다.

희수는 세월이 한참 흐른 뒤에야 그들이 왜 그 집을 떠나지 않았는지를 알게 되었다. 그때 이유를 물었다 해도 대답해주는 사람은 없었겠지만 만약 누가 대답했다면 이렇게 말했을 것이다. 여기 있는 사람들 모두 한때 같은 극단에 있었어. 그 시절 사람들이 모두 여기에 있는 건 아니지만 말이야. 단장은 조선인이었지만 실제로 돈은 일본인에게서 나왔어. 극단의 수입이란 게 원래 볼품없긴 하지만 공연을 못한 것도 아닌데 몇 달씩 급료가 나오지 않았어. 우리 모두 굶어죽을 지경이었지. 우리 극단의 간판 배우였던 여배우가 한 명 있었어. 그 배우만은 많지는 않아도 매달 꼬박꼬박 급료를 받았지. 그이는 우리의 사정을 전혀 몰랐던가봐. 어느 날 그 사실을 알고 분개하더니 단장에게 따지고 일본인 사장에게도 직접 따졌지. 일본어에도 능통해서 우리 모두 깜짝 놀랐어. 그리고 파업을 한 거야. 우리는 겁이 나서 우물쭈물했지만 그 배우를 보고 용기를 냈지. 신문에도 났던 일이야. 난생처음 극단 사무실을 차지하고 즐겁게 웃고 떠들며 파업을 했어. 결국 모두 경찰서로 연행되었지. 사실 무슨 사상을 외친 것도 아니었고 열악한 처우 조건을 개선해달라는 요구였기 때문에 큰일은 아니었지만 마침 그이가 다른 일에 연루되었다는 의심을 받는 바람에 고초를 겪었어. 우리 모두 그이와 무관하다는 걸 증명해야 했고 모든 책임을 떠넘길 수밖에 없었어. 경찰이 그이를 사상 조직의 연락원으로 착각했던 건 이름이 알려진 배우다보니 접촉하는 사람들이 많은데다 그들 중에 오직 경찰의 이목을 돌려놓기 위한 목적으로 접근한 진짜 주의자들도 있어서였던 모양이야. 하지만 경찰도 속았다는 걸 알게 되었고 분풀이로 그이를 감옥에 유치시켰다가 석 달 뒤에야 풀어준 거야. 감옥에서 나온 그이는 극단이 해체된 걸 알았고 이리저리 연락을 취해 우리를 모두 모이게 한 다음에 가진 재산과 패물 등을 정리해서 만든 돈을 나눠주었어. 자기 전 재산을 말야. 그리고 언제든 다시 만날 날이 있을 테고 그때가 되면 힘을 내서 좋은 작품을 하자며 기운을 북돋워줬지. 나중에 우리는 그이가 악착같이 돈을 모아 집을 산 걸 알고 그 집으로 하나둘 모여들게 된 거야. 그 배우가 바로 네 엄마야. 저마다 사정이 있겠지만 아마도 그게 우리가 이곳을 떠나지 못하는 이유일 거야. 나는…… 잊히지가 않아. 그때는 정말 네 엄마가 불령선인들과 무슨 관계라도 있는 줄 알고 겁이 났으니까. 우리는 모두 겁쟁이였어.

　엄마가 돌아온 뒤 두어 달은 별 탈 없이 지나갔다. 그사이 장마도 지나갔다. 엄마는 마루에 앉아 처마끝에서 주룩주룩 쏟아지는 빗물이 마당을 흥건히 적셨다가 골을 따라 흐르는 걸, 잠시 비가 그치면 물 고인 웅덩이에 파문이 일어나는 걸 지켜보았다. 온 세상이 흠뻑 젖었다가 언제 그랬냐는 듯 뙤약볕이 쏟아졌다. 새벽부터 저녁까지 쓰르라미가 요란하게 울어댔다. 그러나 이 평온함 속에는 밀도 높은 공허가 자리잡고 있었다. 뭔가 허위에 가까운 것들이 나른한 시간 위에 그림자처럼 드리워져 있었다. 이 허위는 그가 아무리 골몰해도 정체를 밝혀내기 어려운 종류였다.

　이모가 외출을 하고 없던 어느 대낮에 한 남자가 엄마를 찾아왔다. 그 남자는 말끔한 양복 차림이었고 번쩍번쩍 윤이 나는 구두를 신고 있었다. 엄마는 방에 앉은 채로 상대했고 남자는 모자를 벗지도 않고 지팡이를 짚은 채 마루 앞에 서서 이야기했다. 마루에서 낮잠을 자다 깨어난 희수는 흐리멍덩한 상태로 두 사람의 이야기를 듣고 있었다. 서로의 안부를 묻는 말들이 오갔고 알 수 없는 사람들의 이름도 들렸다. 무슨 말 끝에 엄마의 목소리가 높아졌다. 나를 도와준다고요? 대체 뭘 도와줄 수 있다는 거죠? 그 남자는 전혀 동요하지 않았다. 요양이 필요하다면 비용을 부담할 수 있어요. 당신이 다시 배우로 살아갈 수 있게 도와줄 수도 있어요. 그리고 이 아이…… 희수와 그 남자의 눈이 마주쳤다. 이 아이를 좋은 학교에 보내도록 도와줄 수 있어요.

엄마가 희수를 불렀다. 이리 오렴, 희수야, 어서 방으로 들어와. 엄마의 날카로운 목소리 탓에 희수가 머뭇거렸다. 이리 들어오래도! 엄마가 비명을 지르듯 소리를 쳤다. 깜짝 놀란 희수는 굴속으로 뛰어드는 토끼처럼 방으로 껑충 뛰어들어갔다. 엄마가 희수의 팔뚝을 사납게 그러쥐고 끌어당겨 자기 옆에 앉혔다. 희수는 엄마의 손이 부들부들 떨리는 걸 느꼈다. 내 아이를 데려가려는 거죠? 아무도 내게서 아이를 빼앗아갈 수는 없어요. 다시는 보고 싶지 않으니 더이상 찾아오지 마세요. 그 남자는 무슨 말인가를 더 하려 했으나 엄마는 방문을 쾅 닫아버렸다. 조금 뒤 남자의 나직한 목소리가 들려왔다. 미안해요, 정말 미안해요. 당신을 자극할 생각은 없었어요. 그 아이를 어찌하려는 게 아니에요. 그저 당신한테 도움이 되어주고 싶었을 뿐이에요. 남자가 가고 난 뒤에도 엄마는 희수를 놓아주지 않았다. 팔뚝에 피멍이 든 것 같았다. 희수가 소리 없이 눈물을 뚝뚝 흘리자 엄마가 돌아보았다. 너, 왜 우니? 그 사람 따라가고 싶어? 희수는 고개를 저었다. 팔이 아파, 엄마. 뭐, 팔이 아프다구! 이까짓 게 뭐가 아프니? 네가 아픈 게 뭔지 알아? 고개 돌리지 마. 엄마 똑바로 봐! 어서! 희수는 기어이 울음을 터뜨렸다. 엄마는 난폭하게 희수를 떠다밀었다. 희수는 방바닥에 벌렁 넘어지면서 뒷머리를 서랍장에 부딪쳤다. 잠깐 멍했지만 희수는 잽싸게 두 다리를 모은 뒤 치맛자락을 간동그려 거기에 얼굴을 묻었다. 왜 울고 지랄이야, 운다고 누가 알아줄 것 같아? 엄마는 손에 잡히는 대로 아무거나 집어서 던지기 시작했다. 희수는 서랍장 앞에 그렇게 웅크리고 앉은 채 자신 앞에서 날뛰는 엄마를, 엄마인 게 분명하지만 그 순간만은 엄마라고 할 수 없는 엄마를 생각했다. 그게 시작이었다. 그뒤로 이어질 끔찍한 나날들의 시작에 불과했다.

엄마는 화가 나면 말 그대로 머리꼭지까지 화가 치밀었고 그 뜨거운 불길이 온몸을 다 태워버리고서야 자기가 화를 냈다는 사실을 깨달았다. 뒤늦게 찾아온 후회와 자책은 엄마의 가슴속에 숯처럼 영글었다. 그날도 마찬가지였다. 방안을 난장판으로 만들어놓고서야 기절하듯이 무너진 엄마는 한참 동안 씩씩대다가 마치 먼동이 터오듯이 팽팽했던 얼굴 가장자리에서부터 열기가 걷히면서 평정심을 되찾았다. 두 눈에 뭐라 설명하기 어려운 슬픔이 깃들면 희수가 알던 원래의 엄마로 돌아온 거였다. 엄마는 엉금엉금 기어가 희수를 품에 안고 오열했다. 그렇게 한참 동안 눈물 콧물을 흘린 뒤에는 멍한 상태로 저녁이 찾아오는 걸 지켜보았다. 엄마는 병자가 확실했다. 나아졌다고 하지만 근본적으로 고칠 수 없는 상처들, 마음에 새겨졌기 때문에 자기 자신이 아니고서야 누구도 치유할 수 없고 어쩌면 스스로도 결코 치유할 수 없는 병을 앓는 거였다. 섭리의 한계를 벗어나 새로운 섭리가 되어버린 상처를 안고 정상과 비정상의 경계에서 우두망찰 이쪽과 저쪽을 바라보며 대체 어디로 가야 할지 모르는 사람인 거였다. 완벽하게 경계를 넘어서지도 못하고 이쪽으로 되돌아와 아무 일 없었다는 듯 살지도 못하는 거였다. 엄마는 아픈 거야. 엄마는 이 세상이라는 병에 걸려 앓는 거야. 그런 사실을 안다 해도 희수가 느끼는 당혹이 줄어들거나 사라지는 건 아니었다. 어느 날인가는 그렇게 화를 낸 뒤 지쳐 잠든 엄마를 지켜보았다. 엄마의 얼굴은 평온해 보였다. 무서운 꿈에 시달리며 즐거워하는 사람 같기도 했다. 깊이 잠들었다고 여겨졌을 때 방에서 나가려던 그는 엄마가 눈을 번쩍 뜨고 손을 뻗어 자기 발목을 붙잡는 걸 보았다. 발목이 화끈거렸다.

희수야, 네 이름이 뭐지? 희수잖아…… 엄마. 그래, 희수구나. 희수. 근데 이름이 왜 그 모양이니. 누가 지어준 거야? 엄마가 지어줬다고 했잖아. 그래, 그렇구나. 근데 네 엄마는 누구시니? 이런 식의 대화를 나눌 수밖에 없었다. 엄마는 점차 제정신인 때보다 정신을 놓아버린 시간이 길어졌고 희수를 희수라고 알아보는 순간보다 낯선 사람인 듯 바라보는 순간이 많아졌다. 엄마가 그를 낯선 사람처럼 바라볼 때면 기이하게도 그의 눈에 비친 엄마 역시 낯선 사람처럼 보였다. 그의 눈앞에 있는 엄마야말로 그에게는 엄마가 없음을 증명하는 것 같았다. 엄마라는 존재가 엄마의 부재를 증명한다는 점에서 비참하기도 했지만 달갑지 않은 것은 아니었다. 거기에는 엄마처럼 될지도 모른다는 내밀한 불안을 견디게 해주는 의식, 엄마와 나는 다르다는 의식이 도사리고 있었다. 그때의 엄마는 내가 너를 낳았어도 네 속까지 낳은 건 아니니 아무 상관 없다는 듯한 눈빛이었고 그게 묘하게 위로가 되었다. 이 의식이야말로 어쩌면 희수를 견디게 해준 유일한 희망이었을지도 모른다.

그날부터 엄마는 술을 마셨다. 처음에는 맥주 두어 병이었다가 차차 독한 술을 찾았다. 술을 마시면 기분이 좋아져서 노래도 부르고 까르르 웃기도 했다. 즐거워하는 모습 때문에 이모도 처음부터 강하게 나서지는 못했다. 하루하루 지날수록 술이 늘었고 술주정도 고약해졌다. 이모가 윽박지르고 감시하고 화를 내고 달래도 소용이 없었다. 술병을 숨겨두는 족족 이모가 찾아냈지만 동전 한두 푼에 술심부름을 해줄 조무래기들은 이 동네에 흔했다. 그래, 술이라도 마셔야 속이 편하다면야 나도 상관 않겠다만 왜 자식새끼를 못살게 구니? 이모가 그렇게 엄마를 힐난하면 희수는 난 괜찮아, 난 아무렇지도 않아, 하며 외려 엄마 역성을 들었다. 미안해, 언니, 나도 모르겠어. 그냥 울화가 치밀어. 희수한테 그러는 건 아니야. 울화가 치밀면 그냥 모두가 싫고 무서워. 나를 가만두면 좋겠어. 뭐라 하면 그게 쌓였다가 터져나오는 것 같아. 그러니까 언니도 뭐라 하지 말아줘. 여름이 저물어가던 어느 새벽에는 술에 취해 잠든 줄 알았던 엄마가 사라져서 한바탕 법석을 떨었다. 거인이 어느 집 쓰레기통 옆에 쓰러져 있는 걸 찾았다며 이불로 둘둘 싼 엄마를 안고 왔다. 이불을 걷어보니 알몸이었다. 뼈만 남은 것처럼 앙상한 몸에 생채기가 여기저기 나 있었다. 엄마는 자기에게 무슨 일이 일어났는지 전혀 모르는 듯 곤히 잠들어 있었고 아침에 깨어나기는 했지만 온몸이 아프다며 하루종일 끙끙 앓았다. 미열에 시달리며 앓는 동안에는 얌전했다. 희수를 옆에 불러 앉혀두고 얼마 전처럼 이런저런 이야기를 들려주었다. 밥상을 차려주면 한두 술 뜨는 시늉이라도 하고 물렸다. 엄마는 저녁에 기운을 차렸지만 술은 마시지 않았다.

다음날 거의 외출을 하지 않던 엄마가 양장을 차려입고 양산을 쓰고 나갔다. 어디로 간다는 말도 없이 나간 터라 희수는 불안했다. 왠지 엄마가 집으로 돌아오지 않을 것만 같아서였다. 십 년처럼 길고 지루한 하루였다. 엄마가 돌아올까, 돌아오지 않을까. 까치 한 마리가 우울한 울음을 내며 하늘을 날아가는 게 보이면 엄마가 돌아오지 않을 거라는 생각이 들었고 아직 푸릇한 잎사귀 하나가 바람을 타고 날아와 마당에 내려앉으면 엄마가 돌아올 거라는 생각이 들었다. 눈에 보이고 귀에 들리고 손으로 만질 수 있고 상상할 수 있는 모든 것들이 엄마와 관련된 것처럼 여겨졌고 이 사소한 표지들에 신경을 곤두세우느라 기진맥진할 수밖에 없었다.

엄마는 초저녁에 술에 취해 비틀거리며 돌아왔다. 구두를 아무렇게나 벗어던지고 방에 들어가 벌렁 드러누웠다. 희수는 찬물을 한 대접 떠다주었다. 그걸 시원하게 마시더니 술을 찾았다. 술을 비우고 물을 채운 병을 가져다주었지만 그걸 술처럼 달게 아껴 마셨다. 술술 들어가 술이라더니 이건 물처럼 물물 들어가네. 애, 너도 한잔하렴. 이모가 옆에서 눈을 부라렸다. 나는 일곱 살 때 처음 술을 마시고 담배를 피웠어. 열두 살에 사내에게 술을 따라줬고 열다섯에 처음 억장으로 취해봤지. 열여섯에는 조선 팔도 술은 물론이요 왜놈 술에 되놈 술에 양놈 술에 안 마셔본 술이 없었지. 언니도 그렇잖아. 엄마가 난향 이모를 보며 배시시 웃었다. 이모는 끌끌 혀를 찼다. 그 덕분에 나도 뼈가 삭았지. 그래서 지금은 입에도 안 댄다. 술 좋아하는 작자들치고 곱게 늙어 죽는 걸 못 봤어. 너도 그러고 싶니? 우리네 팔자가 그렇고 그렇지 뭐. 술을 멀리하면 곱게 늙어죽을 수 있을까봐? 희수 생각을 해야지, 이것아. 그래, 맞아. 희수가, 희수가 있으니 내가 이러면 안 되는데. 희수야, 엄마가 미안해. 정말 미안해. 이러면 안 되는데 왜 자꾸 이러지. 근데, 언니…… 희수 쟤가 아들이었다면 뭔가 달라졌을까. 아니, 언니나 내가 여자가 아니었다면, 딸이 아닌 아들로 태어났다면 이렇게 살지는 않았겠지, 그렇지 언니?

그는 불을 끄고 엄마 옆에 나란히 누웠다. 미닫이문 너머의 이모도 잠자리에 들었다. 방안의 공기에 술냄새가 옅게 섞여 있었다. 이제는 익숙해진 냄새였다. 잠은 오지 않았다. 눈만 감은 채 옆에 누운 엄마를 생각했다. 얼마나 지났을까. 서늘한 손이 그의 손에 와닿았다. 희수야. ……응. 너 엄마 없어도 괜찮겠어? ……. 엄마 다시 병원에 갈까? 네가 가라면 갈게. 희수는 엄마 쪽을 향해 몸을 돌렸다. 싫어, 엄마. 가지 마. 우리 함께 살자고 했잖아. 난 괜찮으니까 가지 마. 엄마의 서늘한 손이 이번에는 희수의 얼굴을 더듬었다. 안 갈 거지, 응? 어두웠지만 엄마가 지그시 자신의 눈을 바라보는 걸 희수는 느낄 수 있었다. 엄마는 희수를 끌어당겨 품에 안고 한 손으로 희수의 등을 토닥토닥 두드렸다. 엄마는 조용히 노래를 불렀고 희수는 그 노래를 들으며 잠이 들었다.

마당으로 하염없이 늦여름 빛이 쏟아지던 날 엄마가 다정한 목소리로 희수를 불렀다. 마당에 서서 하늘을 올려다보던 그는 엄마가 이끄는 대로 작은 서랍장 앞 의자에 앉았다. 거울에 초췌하고 겁먹은 계집아이 얼굴이 비쳤다. 엄마의 얼굴이 그의 어깨 위에 얹혀 있었다. 이 꼴이 뭐니? 계집애 같잖아. 그는 엄마의 손에 들린 가위를 곁눈질했다. 가위가 망설임 없이 그의 긴 뒷머리를 싹둑 잘라냈다. 그는 두 눈을 질끈 감고 귓가에서 가윗날이 서걱서걱 몸서리치는 소리를 들었다. 그 소리는 뒷머리에서 앞머리로 옮겨왔고 엄마의 소맷자락에 사려 있던 달큼한 향내가 그의 콧속으로 밀려들어왔다. 그는 실눈을 뜨고 거울에 비친 제 얼굴을 보았다. 골목에 사는 다른 여자아이들처럼 앞머리가 반듯했다. 엄마는 잠시 가위질을 멈추더니 한숨을 내쉬고는 남은 앞머리마저 싹둑 잘라냈다. 이마가 훤히 드러났다. 이제 봐줄 만하구나. 어떠니? 그는 고개를 끄덕였다. 엄마가 바라는 게 무엇이든 상관없었다. 엄마를 거스르고 싶지 않았고 만약 엄마가 원하던 게 바로 이것이라는 걸 알았다면 엄마가 가위를 들기도 전에 제 손으로 머리를 잘랐을 거였다. 그가 이를 드러내고 소리 없이 웃자 엄마가 나직한 목소리로 말했다. 뭐가 좋다고 웃니?

그는 사내아이처럼 차려입고 엄마의 뒤를 따라 골목을 걸었다. 중천에 떠오른 태양은 그 비좁은 골목길에도 눈부시게 빛을 부려놓았고 엄마의 구두 소리가 또각또각 울렸다. 골목을 빠져나간 엄마는 양산을 폈다. 그를 돌아보지도 않고 혼자 양산을 쓴 채 걸어갔다. 그는 엄마를 놓칠세라 종종걸음을 치며 따라갔다. 뜨겁게 달구어진 전차와 자동차와 버스와 자전거가 먼지를 날리며 큰길을 오갔다. 수레를 끄는 소의 목에서 방울이 딸랑딸랑 울렸고 그늘에 모여 앉아 부채를 부치는 노인들이 모녀를 일별했다가 시선을 거두었다. 희수는 마주 오는 사람들을 피하면서 엄마를 놓치지 않기 위해 양산만 올려다보면서 무덥고 지루한 길을 걸어갔다.

엄마가 멈춘 곳은 이층집 커다란 대문 앞이었다. 엄마는 그를 돌아보며 말했다. 여기가 어딘지 알아? 그는 고개를 저었다. 엄마가 초인종을 누르자 희수보다 겨우 서너 살 많아 보이는 식모가 비긋이 대문을 열고 내다보았다. 식모는 그의 엄마를 모르는지 무슨 일이냐 물었고 엄마는 흥 코웃음을 치고는 식모를 옆으로 떠밀며 대문 안으로 성큼 들어섰다. 희수도 엄마를 따라 마당으로 들어섰다. 잘 가꾸어진 화단에는 여름꽃들이 무성했고 담장 아래 선 키 작은 배롱나무도 가지

마다 꽃을 피워 나무 그림자마저 화사했다. 그는 습관적으로, 아니 그러기 위해 그곳에 온 것처럼 마당 한가운데 선 채 하늘을 올려다보았다. 거기에서 올려다본 하늘은 그의 집에서 올려다본 것과는 사뭇 달라 아늑하기 이를 데 없었다. 하늘이 저 아래 깊은 곳에 깔린 푸른 이부자리 같았다. 살짝 발돋움을 하면 그리로 풍덩 떨어져 물고기처럼 헤엄칠 수도 있을 것 같았다.

그는 무슨 일이 벌어지는지 잘 몰랐지만 사람들이 수군대던 일들, 그가 막연히 짐작만 하던 일들, 조각들을 그러모아 엉성하게 이어붙였던 이야기들, 그러니까 혈통에 관한 일이라는 건 알았다. 호기롭게 그 집에 들어선 것과 달리 그의 할머니일 수도 있는 노부인 앞에 선 엄마는 뜻밖에도 다소곳했다. 그렇다고 해서 당당함을 잃은 건 아니었다. 엄마는 희수를 가리키며 이 집의 핏줄이니 이 집에서 거두어야 하며 자신을 이 집의 정당한 며느리로 인정해야 한다고 말했다. 노부인은 기가 막힌다는 듯 부르르 떨면서 더러운 벌레라도 보듯 희수를 위아래로 훑어보았다. 노부인의 얼굴에 떠오른 그 표정은 오래도록 잊히지 않았다. 오랜 세월이 흐른 뒤에도 문득문득 떠오르곤 했다. 순수한 혐오라는 표현이 가능하다면 바로 그런 혐오가 드러나는 얼굴이었다. 간절한 목소리로 희수가 혈육임을 인정해주길 호소하던 엄마는 점차 사나워졌다. 이 아이를 보세요. 이 집 아이가 아니라면 대체 뉘 집 아이란 말입니까! 이 얼굴을 보세요. 제 아비를 쏙 빼닮았잖아요. 제 아비처럼 늠름하고 잘생겼잖아요. 그러나 이 억지는 노부인이 모녀를 경멸해도 되는 이유를 하나 더 늘려준 것에 지나지 않았다. 이 아이가 사내가 아니라 계집이라는 건 세상 사람이 모두 알지. 우리 핏줄이 아니라는 것도 세상 사람이 모두 안다네. 더 말할 것 없네. 그럼에도 자네의 형편이 가련하여 모른 체하지 않았고 앞으로도 그럴 테니 이렇게 막무가내로 찾아와서 소란을 피우지는 않았으면 하네. 엄마는 갑자기 노부인 앞에 쓰러지듯 엎드렸다. 어머니, 어머니…… 부디. 누굴 보고 어머니라고 하는 겐가! 당장 여기서 나가게! 노부인도 엄마 앞에 쓰러졌다. 언제 나타났는지 사내 둘이 엄마에게 달려들었고 그러기를 기다렸다는 듯 엄마가 발작을 일으키며 난동을 부렸다.

이 모든 광경을 지켜보면서 희수의 가슴속에 그때까지 한 번도 느껴보지 못한 분노가 치밀어올랐다. 엄마와 노부인 모두 형편없는 배우처럼 보였다. 사람들 틈새로 노부인이 보였다. 주름진 입가가 실룩였지만 정말로 기절한 것 같지는 않았다. 이 상황을 모면할 방법은 기절한 척하는 것밖에 없음을 아는 것 같았다. 엄마는 바닥을 두드리며 울고 있었다. 한때 연극 무대에서 눈물의 여왕이라고 일컬어지는 배우였던 엄마는 무대에서보다 서투르고 어색했다. 곧잘 대사를 잊어버리는 풋내기 배우처럼 자신이 무슨 말을 하는지도 모른 채 우는 연기에만 몰두하고 있었다. 그때까지 희수가 막연하게 느껴왔던 허위의 정체를 알 것도 같았다. 엄마의 망상과 부질없는 소망들이었다. 희수가 아들이 아니어서 자신이 이 가문에 받아들여지지 않았다는 망상, 희수를 사내아이처럼 꾸미면 사람들이 속아넘어가리라는 유치한 망상, 어쩌면 이런 식으로라도 분란을 일으켜 구설수에 올라 잊힌 존재가 되고 싶지 않다는 소망. 그러나 엄마는 전혀 고려하지 않았다. 이런 상황에서 희수가 무엇을 보고 무엇을 느끼고 어떻게 생각할지를.

원하지 않던 비밀을 알게 된 아이가 얼마나 깊은 상처를 안고 어른이 되어야 하는지, 자신을 낳아준 부모를 증오하고 수치스러워하며 어른이 된다는 게 얼마나 깊은 상처인지. 그럴 수 있다는 가능성은 엄마의 머릿속에 한 번도 떠오른 적이 없거나 설령 떠오른 적이 있다 해도 아무렇지도 않았을 것이다. 엄마는 자신의 슬픔에만 몰두했을 테니까.

그뒤의 장면들은 희수의 기억에 별로 남지 않았다. 그가 엄마를 내버려두고 혼자 울면서 집으로 돌아간 건 분명한데, 통곡하며 걷는 어린아이, 사내처럼도 보이고 계집처럼도 보이는 조그만 아이가 꺼이꺼이 울면서 걸어가는 걸 마치 딴사람을 보듯이 분명히 보기는 했는데, 그것 말고는 기억나는 게 없었다. 다만 식모가 그를 보고 나직한 목소리로 사내인지 계집인지를 묻던 건 분명히 기억이 났다. 엄마와 노부인이 이야기를 나누기 전이었는지 이야기를 나누는 도중이었는지 아니면 소동의 한가운데에서 그랬는지 알 수는 없었지만. 그와 식모 둘만 무대에 올라 연기한 짧은 막간극처럼 떠올랐다. 얘, 너 뭐니? 모시매니 가시내니? 가시내치곤 꼴이 참 우습다. 난 가시내 아냐. 그럼 모시매구나. 모시매도 아냐. 그럼 뭐야? 희수. 최희수. 흥 누가 이름 물었니, 계집인지 아닌지 물었지. 식모는 코를 팽 풀더니 코 묻은 손을 앞치마에 쓱 닦았다. 뭘 노려봐! 만약 식모가 그의 동네 처마 낮은 집 가운데 어느 집에 살았더라면 그 집 앞 쓰레기통을 들쑤셔 개똥과 함께 마당 안으로 던져넣었을 것이다. 골목에서 마주친다면 슬쩍 발을 걸어 넘어뜨린 뒤 등짝에 침을 뱉고 도망쳤을 것이다. 골목의 각다귀 같은 조무래기들이 그러듯이. 그러나 식모가 사는 집은, 그 집이 있는 동네는 그가 어찌해볼 수 있는 곳이 아니었다. 그가 다시 올 수 없는 곳, 다시 오고 싶지 않은 곳, 다시 온다 해도 결코 왔다고 말할 수 없는 곳이 거기였다. 만약 그의 집 앞 골목이었다면 식모에게 욕이라도 퍼부어주었을 것이다. 그가 골목에서 자주 들었던 것과 같은 파렴치하고 지저분하고 천박하기 이를 데 없어 욕을 하는 사람조차 욕을 듣는 사람처럼 수치스러워지는 그런 욕설이 희수의 목구멍에 걸려 있었다. 이 난데없는 분노, 소리 내지 못한 그의 목소리, 그의 것이 아닌 듯한 목소리였지만 그의 것이 아니라면 누구의 것일 수도 없고 의심의 여지 없이 그의 것임이 분명한 목소리에 그는 진저리를 쳤다. 마음속에서 이런 게 떠올랐다. 내가 엄마와 똑같구나, 나도 엄마처럼 화를 내고 욕을 하고, 저 가련한 식모한테 악다구니나 퍼부으려 하는구나. 엄마처럼 미쳐버릴 수도 있다는 두려움, 엄마처럼 자신밖에 모르고 다른 사람의 시선은 무시하면서 자신에게만 몰두하는 사람이 될 것 같은 두려움을 아주 짧은 순간이었지만 선명하게 느꼈다. 아마도 여기가 아닌 다른 곳이었다면 식모의 말투가 귀에 거슬리고 비아냥거림에 속이 뒤틀린다 해도 무심한 듯 넘기는 일이 어렵지 않았을 테고 아예 듣지도 못한 것처럼 가장하는 걸 넘어 정말로 듣는 순간 까맣게 잊어버릴 수도 있었을 것이다. 잘 알지도 못하는 타인을 깊이 증오하게 된다는 것, 그게 희수를 서글프게 했다. 이 두려움과 슬픔은 완벽하게 그를 손아귀에 넣지 못하고 물러났다. 그때까지 그가 전혀 이해할 수 없었던 엄마의 분노가 순전히 까닭 없는 것만은 아니라는 생각이 들어서였다.

그는 처음으로 무언가에 동의하지 않게 된 스스로를 보았다. 그가 자신과 관련된 모든 것들을 수치스럽게 여긴 이유는 뒤에서 그를 손가락질하거나 그를 모욕한 사람들에게 그가 동의했기 때문이었다. 다시 말해 입장을 바꿔 그가 조롱하는 사람들 쪽에 서게 된다면 그들처럼 자신과 같은 사람에게 손가락질할 거라는 뜻이었다. 그러나 이제 그는 자신이 수치스럽지 않았다. 완전히는 아닐지라도 그동안 부끄럽게 생각해왔던 일들을 왜 그토록 부끄러워했는지 기억이 나지 않았다. 나와 무관한 일이라는 생각이 들어서가 아니라 과연 그것이 인간으로서 수치스러운 일인지 의심이 들어서였다. 부당하게 느껴졌다. 그는 잘못한 일이 없었다. 그는 모욕받기 위해 태어난 게 아니었다. 스스로를 부끄러워하기 위해 사는 게 아니었다. 그는 사람들이 도덕이라 부르는 것에 동의하지 않고 싶어졌다. 그는 처음으로 지금까지 동의하지 않았던 것들에 동의하게 된 스스로를 보았다.

희수가 울면서 혼자 집으로 돌아가고 있을 때 난향 이모가 그 집에 나타났다. 이모는 사내들에게 끌려가지 않으려고 발버둥치는 엄마를 달래 인력거에 태우고 집으로 돌아왔다. 엄마는 분해서 울었고 이모는 부끄러워서 울었다. 자매는 눈이 통통 부은 채로 돌아와서는 한동안 서로 옥신각신하다가 기어이 목소리를 높여 다투었고 그러다 서로를 껴안고 통곡을 하다가 다시 삿대질을 하며 다투기를 되풀이했다. 희수는 엄마와 이모가 다투다가 울다가 다시 다투다가 우는 소리를 뒤뜰에 숨어서 들었다. 숭숭 구멍이 났던 이야기가 이제 조금씩 완전한 꼴을 갖추고 있었다.

난향 이모와 희수의 엄마 매향은 고양의 가난한 농사꾼 집안에서 태어났다. 난향의 본래 이름은 성숙이었고 매향은 정숙이었다. 매향은 배우로 활동할 때 연출자에게 현서라는 새 이름을 받았고 후에 사람들에게는 여배우 최현서로 알려졌다. 난향과 매향 사이에 제법 터울이 지는 이유는 난향의 두 동생이 병을 앓다 죽어서였다. 동생들이 차례차례 죽는 걸 보았던 난향은 동생들이 자기 때문에 죽었다거나 자기도 죽을 팔자였는데 동생들 목숨을 빚져 살고 있다는 식의 두려움을 지니게 되었다. 셋째 동생인 매향마저 죽는 게 아닐까 노심초사했던 것도 그래서였고 매향이 죽을 고비를 넘긴 뒤 무탈하게 자라면서부터는 죽은 동생들에게 빚진 마음이 덜어져서 좋았다. 난향이 동생 매향을 끔찍이 아낀 것도 그런 이유였다.

난향은 보통학교를 나오자마자 어느 지주의 후원을 받아 경성의 권번이 운영하는 교습소에 다닐 수 있었다. 어려서부터 목청이 좋고 보통학교에서 붓글씨 솜씨를 뽐내던 걸 눈여겨보던 이가 주선해준 덕분이었다. 교습소를 졸업한 뒤 기적에 난향이라는 이름을 올렸다. 난향의 기예에는 기품이 있었다. 소리는 청아했고 춤사위는 절제가 있었다. 서글서글한 웃음과 옷 입는 맵시가 돋보였다. 무엇보다 난향은 여학교에 다니는 명문가의 여식과 같은 인상을 풍기는 법을 알았다. 모든 기생들이 되도록 사내의 눈에 들기 위해 화장을 요란하게 할 때 난향은 부러 옅게 화장을 해서 수수한 인상을 풍겼고 단둘이 있을 때가 아니라면 결코 청승맞은 태도를 보이지 않았다. 사내들은 여느 기생을 대하듯 무람없이 난향을 대하다가도 어느 순간에 이르면 순진한 여학생을 농락한다는 기분이 들어 꺼림칙해하기 마련이었다. 그런 사내들 가운데 기어이 난향의 새침한 도도함에 마음을 빼앗기는 자들이 생겨났다. 난향은 요릿집과 고관들의 연회장에 불려다니며 명성이 높아지고 돈이 제법 모이자 고향의 식구들을 데려와 삼청동에 자리를 잡았다. 어머니가 돌아가신 뒤라 아버지와 오빠 그리고 동생 이렇게 네 식구가 더불어 살게 된 거였다.

그때부터 동생인 정숙은 보통학교에 흥미를 잃었다. 잠깐 한눈을 파는 사이에 뛰쳐나가 종로뿐만 아니라 명치정으로 황금정으로 싸돌아다니기 바빴고 어떻게든 돈을 마련해 극장에 가서 일본 신파든 조선 신파든 닥치는 대로 구경하는 재미에 빠졌다. 난향이 상급학교에 보내주겠다 했을 때도 정숙은 고개를 저었다. 시집이나 갈래? 그래도 고개를 저었다. 정숙은 배우가 되고 싶었다. 그러나 아버지가 살아 있는 동안 배우가 된다는 말은 입 밖으로 꺼낼 수조차 없었다. 비록 기생이라해도 난향처럼 이름높은 예기는 아무도 함부로 무시하지 못했다. 적어도 그들 식구에게 대놓고 손가락질을 하지는 않았다. 그러나 배우는 사정이 달랐다. 배우란 으레 남자들이 하는 것이요 여자 역할도 가부키의 온나가타처럼 남자 배우가 맡는 줄만 알았다. 몇 안 되는 여배우들은 기생만도 못한 취급을 받던 시절이었다. 그즈음 성례를 하지 않았던 오빠가 약을 먹고 자살한 뒤 아버지마저 시름시름 앓다 곧 세상을 뜨고 말았다. 사는 동안 난봉꾼이었던 오빠가 진 빚을 갚고 아버지의 병구완을 하느라 살림이 기울고 말았다. 난향이 집을 팔고 삼청동 언덕배기의 어느 행랑채에 동생과 함께 깃든 게 그 무렵이었다.

언니인 난향이 모르는 사실이 하나 있다면 아버지가 큰딸을 원망하며 죽었다는 거였다. 아버지는 난향이 없을 때 정숙의 손을 잡고 당부했다. 너는 언니처럼 살아서는 안 된다. 네 오빠가 죽은 것도 다 네 언니 때문이다. 사내자식으로 태어나 한 집안의 기둥이 되어야 하는

데 돈벌이는커녕 동생이 몸 팔아서 벌어다준 돈으로 먹고사는 신세니 한편으로는 고맙기도 했겠지만 한편으로는 부끄러웠을 게다. 그놈이 속이 깊어 말을 안 해서 그렇지 속이 다 탔을 것이다. 한번 기생이되면 아무리 발버둥쳐도 그 죄를 씻어낼 수는 없단다. 부디 너는 기생이든 뭐든 생각도 하지 말거라. 그러나 정숙은 아버지에게 분노를 느꼈다. 언니 덕분에 호의호식하며 살았으면서도 언니를 모욕한다는 게납득이 되지 않았다. 그 말을 한 뒤 더 아무 말도 남기지 못하고 돌아가셨기에 유언이나 마찬가지였지만 정숙은 언니에게 아버지의 말을한마디도 옮기지 않았다.

학교를 작파한 정숙은 무턱대고 권번 교습소의 춤 선생이 사는 곳을 찾아갔다. 머리를 조아리고 학생으로 받아달라고 간청했다. 춤 선생이 그럼 어디 춤이라도 한번 보여주겠느냐 물었고 정숙은 고개를두리번거리다 검무에 사용하는 칼을 보았다. 무작정 칼 두 자루를 쥐고 눈대중으로 익힌 춤을 보여주었다. 빙글빙글 칼을 돌리고 널을 뛰면서 방안을 돌아다녔다. 춤 선생은 기가 막힌다는 듯 돌아앉기는 했으나 곁눈질로 정숙의 춤사위를 눈여겨보았다. 춤을 마친 정숙은 숨을 몰아쉬었다. 선생이 무슨 말이든 하기를 기다리고 있자니 이마에맺힌 땀이 바닥으로 뚝뚝 떨어졌다. 정숙은 다짜고짜 물었다. 어떠셨어요? 거참, 당돌한 녀석이구나. 네 춤은 춤이 아니야. 그럼 뭔데요?네 춤은 무당의 것이지 춤꾼의 것이 아니다. 그래서요? 숨을 죽여야겠다. 그 팔딱팔딱 뛰는 숨을 좀 죽여 다듬으면 그럴듯한 춤꾼이 빚어지겠구나. 그럼 받아주시는 건가요? 그렇게 해서 춤 선생이 교습소비용을 대고 정숙이 기적에 이름을 올린 뒤 벌어서 갚기로 약속이 되었다. 사정이 이렇게 되니 난향도 더는 막을 수 없었다. 정숙은 교습소를 착실히 다녔다. 난향은 여태도 다 변제하지 못한 빚을 갚아나가느라 아침마다 세숫물에 코피를 쏟았다.

　기적에 이름을 올리고 권번에 등록한 매향은 어느 요릿집에서 신파극 연출자를 알게 되었다. 여배우가 필요하다는 말에 매향의 귀가 번쩍 뜨였다. 신파극이라면 누가 가르쳐주지 않아도 잘해낼 수 있을 것 같았다. 그렇게 신파극에 단역으로 몇 번 출연하면서 이름을 알려갔고 자연스레 신극에도 관심을 갖게 되었다. 입센의 〈인형의 집〉과 톨스토이의 〈부활〉을 읽은 것도 그때였다. 신극 연출자가 그에게 현서라는 이름을 지어주었다. 마음에 드는 이름이었다. 관객들은 그의 눈물 연기가 볼만하다고 평했다. 입소문이 나면서 기자들도 유심히 그를 지켜보았고 단평이나마 그의 연기를 평하는 글을 써주기도 했다.

　연기를 할 때는 춤을 출 때와는 다른 해방감을 느꼈다. 춤을 출 때는 가슴속의 응어리들이 스르르 풀어지면서 그 기운을 손끝과 발끝으로 발산하는 기분이라면 연기를 할 때는 반대로 응어리가 점점 커지고 그러면서도 단단해져 온몸이 부드럽게 경직되는 기분이었다. 내 몸에서 살짝 빠져나온 또다른 내가 있어 시시때때로 하나가 되었다가 분리되기를 반복하는 기분이었다. 분리된다 해도 손가락 한 마디쯤, 여전히 원래의 내 몸에 묶인 채 내 몸에서 빠져나가지는 못하고 아주 조금 이탈하는 그 순간 완벽하게 분리된 듯한 기분이 들었다. 춤을 추면 몸이 달아오르고 땀이 솟고 가슴이 벅차올랐다. 춤이 끝나면 몸이 가볍지도 무겁지도 않은 나른한 상태가 되었는데 연기란 바로 그 나른한 상태가 한없이 이어지는 것과 비슷했다. 그러니까 적어도 현서

에게 연기란 동적인 춤이 끝난 뒤에 이어지는 정적인 춤, 춤 다음의
춤이었던 셈이다.

현서는 기생 출신의 배우로 알려지면서 영화에도 출연하게 되었
다. 현서가 출연한 영화가 인기가 많아 비록 단역이나 조연에 그쳤다
해도 알아보는 사람도 많아졌다. 흥행에는 실패했지만 주인공 역을
맡기도 했고 무대에서처럼 눈물 연기로는 따라올 사람이 없을 거라는
호평도 들었다. 무대에서도 원래 그의 연기는 보는 이를 몰입하게 하
는 힘이 있어서 그가 연기할 때는 임석경관마저 눈물을 흘리는 경우
가 많았다. 정숙에서 매향으로 매향에서 현서로 숨가쁘게 살아가는
동안 그를 사로잡고 지탱해준 건 나 아닌 다른 누군가가 되고 싶다는
열망이었고 배우는 바로 다른 누군가가 될 수 있는 가장 빠른 길이었
다. 배우 최현서로 살면서 과거의 자신은 점점 지워졌다. 먼저 정숙이
가 사라졌고 얼마 못 가 매향이도 사라졌다. 대신 배우 최현서라는 한
인물에 그가 연기했던 수많은 극중인물들이 흔적을 남겼다. 때로는
비련의 여인 때로는 독부였던 인물의 일부분이 그의 가슴에 남았고
사랑, 분노, 멸시, 증오, 고독, 슬픔, 고통 등의 감정이 본래 그의 것이
었던 감정들과 뒤섞여버렸다. 음모, 배신, 속임수, 사기, 폭력의 경험
과 운명이라는 거대한 힘 앞에서 무기력할 수밖에 없다는 절망이 실
제로 겪은 일과 구분되지 않을 만큼 그의 마음속에 생생하게 새겨졌
다. 그것들은 해일처럼 밀려오지 않고 파도처럼 끝없이 밀려오고 밀
려갔다. 그의 마음에 문양을 남기고 물러섰다가 그 문양을 지워버리
며 다가왔고 다시 물러서며 새로운 문양을 남겼다. 나무의 몸속에 나
이테가 새겨지듯 그가 연기했던 극중인물의 사연들이 그의 이력이 되

었고 어느 순간부터는 실제의 삶과 구분하는 게 별 의미가 없을 만큼 그의 내면에 깊이 자리잡았다.

그렇다고 해서 현서가 배역과 실제 삶에서의 자신을 혼동한 것은 아니었다. 현실의 그는 당돌하지만 철없는 어린 여자아이에서 무엇도 두려워하지 않고 자신의 내부를 오래 들여다보는 여자로 자라는 중이었다. 현서는 미묘하게 차이가 나는 다양한 감정들을 정확히 구분할 수 있게 되었고 그런 감정들이 결탁한 현실의 사건들, 대개는 극중인물이 겪는 사건들이었으나 이 세상 어딘가에는 그와 똑같은 일을 겪는 사람이 있을 것 같으므로 도무지 허구라고는 여겨지지 않는 사건들을 체험하면서 하나하나의 감정을 다른 감정들과의 차이에 의해서만이 아니라 오롯이 그 자체로 느낄 수 있었다. 현서는 이제 까닭 없이 울지 않았다. 까닭 없이 눈물이 흐르는 순간이 여전히 있었지만 그 순간을 그냥 내버려두지 않았다. 눈물이 주는 위안에 스스로를 맡기지 않았고 눈물 너머의 눈물, 눈물의 기원이랄 수 있는 무언가를 아직은 먼 하늘의 별처럼 멀기는 했지만 분명히 느끼고 있었다. 그러나 그가 이렇게 선명하게 체험하게 된 수많은 감정들 가운데 행복, 기쁨, 웃음처럼 밝고 따뜻하고 낙관적인 감정은 드물었다. 그가 이미 알았지만 새롭게 체험하고 눈부시게 받아들인 감정들은 가난, 무지, 욕망, 오만, 분노처럼 흔히 인간의 약점이라 여겨지는 것들에서 비롯되기에 그가 이전보다 선명하게 느끼게 된 감정, 결국 그가 헤어나지 못하게 될 감정, 한번 사로잡히게 되면 영영 사로잡히게 되는 감정, 바로 슬픔이었다. 그런 이유로 정숙이나 매향보다, 배우인 현서는 이전의 자신이었던 그 누구보다 외로웠다.

아무도 알지 못했다. 현서의 내면이 이토록 어둡고 소슬했다는 걸 언니인 난향도 몰랐고 희수 역시 오랫동안 몰랐다. 현서의 삶은 늘 이목을 끌어 화제가 되었고 무대의상처럼 화려했기에 사람들은 현서를 구김살 없이 자란 유복한 집안의 숙녀로, 누구보다 사랑이 뭔지 잘 알며 기꺼이 사랑을 위해 헌신할 줄 아는 모던 걸로 알았다. 널리 알려진 일화 가운데 하나는 현서가 돈을 벌기 위해 다시 권번에 이름을 올리고 요릿집으로 놀음을 갔을 때의 일이었다. 전문학교 졸업을 자축하는 자리였는데 이제 막 졸업하여 들떠 있던 그 사내들은 으레 여자를 희롱해야만 사내다운 줄 알기 마련이어서 배우이면서 다시 기생이 된 현서에게 짐짓 별 관심이 없다는 듯 졸렬하게 굴었다. 누군가 현서에게 눈물의 여왕이라 불리었으니 이 자리에서 눈물 연기를 해볼 수 있겠느냐 요구했고 현서는 나직하지만 단호한 목소리로 거절의 의사와 분노를 드러냈다. 내심 머쓱해진 그들은 그냥 물러서기도 어쭙잖아 더 심통을 부렸는데 현서 역시 점점 감정이 고조되어 두 눈에 눈물이 그득하게 되었고 목소리마저 떨려 나오기 시작했다. 현서는 고개를 살짝 숙인 채 표정의 변화는 거의 없이 눈물을 뚝뚝 흘리면서 반흘림체를 연상시키는 감정이 풍부한 목소리로 여배우와 기생으로서 겪는 설움을 차분하게 풀어놓았고 사내들은 농담처럼 시작한 상황이 수습하기 어려울 만큼 급변하는 데 당황했다. 괜히 헛기침을 하고 새로 담배를 물고 천장을 힐끔거리는 그들의 가슴속에 죄책감보다 더 강렬한 감정, 현서의 비애 가득한 목소리가 불러일으키는 허무, 고독, 불안과 같은 감정이 뭉클뭉클 솟아났다. 학생 신분을 끝내고 각자의 길을 걸어가야 하는 사내들이 본능적으로 품고 있던 불안이 형상을 갖추어 눈앞에 나타난 것만 같았다. 그처럼 억눌렀던 감정이 자기들 앞에 현서라는 한 사람으로 등장해 한쪽 무릎을 세우고 앉은 채 묘한 방식으로 위로를 하는 것만 같았다. 놀음판의 분위기는 전혀 예상하지 못한 방식으로 무르익었고 다른 연회실에서 들려오는 어느 기생의 노랫소리는 배경음악처럼 잔잔하여 무뢰배처럼 굴었지만 사실은 풋내기에 불과한 그들을 무참히 뒤흔들어버렸다. 현서는 살짝 숙였던 고개를 들고 손수건으로 눈가를 찍어낸 뒤 낯빛까지 목련처럼 환하게 바꾸면서 이렇게 말했다. 제 눈물 연기가 어떠셨나요? 사내들은 할말을 잊은 채 멍하니 있다가 과연 눈물의 여왕이라는 별칭이 허언이 아니었구려 하며 두 손을 들었다는 일화가 그렇듯이 현서는 알 듯 모를 듯한 세계, 가까이 있지만 손으로 만질 수도 눈으로 볼 수도 없는 세계, 평범한 사람들로서는 오직 소문으로만 알던 세계, 그런 세계에 속한 사람으로 여겨졌다.

희수는 현서가 살아온 나날들을 헤아리면서 엄마가 자신을 뱃속에 품게 되었던 어느 날을 상상해보았다. 현서가 틈을 메울 수 없는 부분들, 그러니까 왜 엄마가 현서를 볼모 삼아 아빠라고 여겨지는 사람에게 돈을 요구했는지, 나중에는 왜 현서가 그 사람의 아이가 아니라고 부정했는지, 부정했던 걸 왜 다시 번복했는지, 엄마 스스로 자초한 혼란스러운 상황들이 무엇 때문이었는지는 알지 못했다. 물론 짐작은 할 수 있었다. 괘씸하게도 여염집 여자가 되기를 꿈꾼 기생 출신의 배우. 감히 법도를 무시하고 관계를 맺어 아무도 원치 않는 아이를 수태한 죄. 엄마에게 적대적이었을 많은 상황들이 그렇게 했으리라 짐작은 할 수 있었다. 그러나 희수의 머릿속에 엄마가 주장하거나 부정한 것들이 희수의 아빠가 누구냐의 문제가 아니라 희수를 임신하게 된 과정이 강제에 의한 것이냐 아니냐일 수도 있다는 생각은 떠오르지 않았다. 어쩌면 떠올랐을지도 모르지만 그런 생각 자체가 희수에게는 모욕적이어서 한쪽으로 밀어놓았는지도 모른다. 희수는 그런 생각을 하지 않으려 애썼고 다행히 그런 생각에 얽매인 적은 없었다.

엄마는 마지막으로 출연한 영화에서 야학에 다니는 시골 처녀를 연기했다. 네 명의 주요 배우 가운데 하나였지만 그다지 인상적인 연기를 보여주지는 못했다. 그 영화의 감독이 소개한 고보 학생을 만나기는 했지만 엄마는 그 학생에게 마음이 기울지 않았다. 사랑을 몰라서는 아니었다. 그 학생도 예의가 바르고 열정과 포부가 있었다. 예술적 감수성도 풍부했고 문학, 음악, 영화 등에 조예가 깊었다. 엄마도 누군가를 사랑할 줄 아는 사람이었다. 다만 엄마가 애태우는 상대가 따로 있었다. 제법 이름이 알려진 어느 배우였다. 조선키네마에서 나운규와 인연을 맺어 이후 나운규프로덕션으로 자리를 옮긴 배우였는데 영화에서는 주로 옹졸하고 소심한 역을 맡았지만 실제로는 무척 진지하고 지적인 사람이었다. 이 배우의 도도함이 엄마의 마음을 흔들었다. 엄마가 자기 마음을 숨기지 않았기 때문에 배우들 사이에서는 두 사람이 연인이라는 소문이 파다했다. 엄마는 그 배우의 시시콜콜한 일상에 관심을 기울여 배우의 집과 그 배우가 참석한 모임에 불쑥 찾아가고 그 배우가 등장한 영화는 하나도 빠짐없이 보았다. 그러면서 엄마는 배우의 비밀을 몇 가지 알게 되었다. 그러나 엄마보다 더 세심하게 엄마를 지켜보는 이가 바로 그 고보 학생이었다. 학생은 자신이 숭배하는 여배우가 지적인 유형에 이끌리며 비밀스러운 분위기를 풍기는 인물에 쉽게 동요한다는 걸 눈치챌 만큼은 똑똑했다. 학생은 자신이 정말 중요한 인물이라도 되는 것처럼, 조선공산당 산하 학생 조직의 일원인 것처럼 굴었고 비밀 연락원 임무를 수행하는 것처럼 가장하여 엄마와 여러 차례 은밀하게 만났다. 그러나 실제로 엄마가 학생의 부탁으로 찾아간 곳은 어느 고보 학생의 집이었고 거기에서 기다리고 있던 사람은 학생 자신이었다. 그날이었을 것이다. 엄마가 희수를 임신한 게. 공교롭게도 다음날 학생은 친구들 몇몇과 함께 체포되었다. 독서회 사건에 연루되었다는 혐의를 받는 학생들이었는데 대부분 작위를 지닌 명문가의 자제들이라 며칠 안 되어 풀려났다. 경찰서에서 풀려난 학생은 엄마에게 자신이 정말 중요한 조직과 관련이 있는데 저들이 그 사실을 몰라서가 아니라 더 중요한 자들과 접촉하기를 기다렸다가 한꺼번에 체포하기 위해 풀어준 거라는 편지를 보냈다. 얼마 뒤 학생은 학교를 그만두고 일본으로 건너갔다. 그 학생이 도쿄의 명문 학교에서 수학하고 있다는 소문이 들려왔고 그때 이미 엄마는 자신의 몸에 일어난 변화를 알고 있었다.

엄마는 외롭게 싸웠다. 학생에게 욕을 보았다는 사실을 알렸고 그 학생이 처벌을 받기를 원한다고 했다. 엄마의 말을 믿는 사람도 있었으나 희수를 낳은 뒤에는 믿지 않는 사람이 더 많았다. 학생에게 강제로 욕을 보았다면 아이를 낳을 리가 없다는 게 첫번째 이유였고 그 아이가 학생의 핏줄이 아니라 엄마가 쫓아다닌 배우의 핏줄이라는 학생 집안의 주장이 더 그럴듯해서였다. 그 과정에서 엄마는 희수가 학생의 아이가 아니라고 부정하기도 했고 이 부정을 번복하여 다시 학생의 아이라고 주장하기도 했다. 학생의 집안에서는 엄마가 돈을 요구해서 거금을 주었다고 밝혔으며 정말로 그즈음 엄마는 언니인 난향과 함께 꽤 값나가는 집을 구입했다. 그 집이 바로 희수가 나고 자란 집이었다.

오랜 세월이 흐른 뒤 희수는 조선공산당 자료를 뒤져 혹시라도 그때의 학생이 조선공산당 혹은 고려공산청년회 등과 관련이 있었는지를 찾아보았으나 어디에서도 흔적을 볼 수 없었다. 대신 당시 경찰서에 재직했던 조선인 형사에게서 그 학생이 연루되었던 독서회 사건의 전말을 듣게 되었다. 독서회 사건이 있었던 건 사실이지만 그 학생을 비롯한 몇몇 명문가의 학생들은 무관하다는 게 밝혀져 곧장 방면되었으며 그들의 수상한 모임은 사상과 관련된 것이 아니라 당시의 유명한 여성들을 누가 먼저 농락할지를 내기나 하던 파락호들의 모임이었다고 했다. 물론 형사의 증언도 진실을 다 말해주는 건 아니었다. 그런 일들에 얽힌 감정의 진실은 결코 밝혀질 수 없는 종류에 속했다. 자신을 강제로 짓밟은 학생에 대한 증오와 분노, 그럼에도 학생이 정말로 비밀스러운 사상 조직과 관련이 있는 게 아닐까 하는 분수에 넘치는 걱정, 어차피 망가진 몸인데 돈이라도 받아야 한다는 현실적인 필요와 자신을 믿어주기는커녕 천박한 년이라고 손가락질하는 사람들에 대한 적개심. 엄마의 잘못은 정말로 결백한 사람들이 흔히 저지르는 실수, 자신의 결백을 증명하기 위해 별다른 노력을 기울이지 않아도 다른 사람들이 진실을 알아줄 것이라 믿는 실수를 저질렀다는 거였다. 그러나 학생이 솔직하게 자신의 잘못을 인정했더라면 엄마는 헛된 망상을 품지도 않았을 테고 정신착란에 이르지도 않았을 것이다. 이 모든 이야기들은 세월이 흐르면서 제 모습을 갖추게 되었고 여전히 구멍난 채 남은 부분 가운데 하나는 희수가 직접 알아내기도 했다. 하지만 희수가 그런 사실을 알았을 때 엄마는 더이상 이 세상에 있지 않았다.

이모와 엄마가 다투는 소리를 들으며 뒤뜰에 숨어 있던 희수는 혼자서 중얼거렸다. 엄마, 난 괜찮아. 아빠 없어도 괜찮아. 아빠 같은 거 없어도 아무렇지도 않아. 엄마랑 함께 살 수만 있다면 정말 괜찮아. 한데아궁이에 기댄 채 슬픔에 지쳐 잠들었던 희수는 거인의 품에 안겨 방으로 옮겨졌다.

그날 새벽 희수는 숨이 막혀 잠에서 깼다. 눈을 뜨긴 했지만 아무것도 보이지 않았다. 희수의 목을 조르는 손에서 느껴지는 살의, 분에 가득찬 엄마의 으르렁거리는 소리, 넌 도대체 누구인데 내 아들 흉내를 내는 거야! 내 아들 어디로 데려갔어! 서두르지도 않고 천천히 옥죄어오는 엄마의 손아귀. 미닫이문이 거칠게 열리는 소리, 이모의 다급한 외침. 엄마의 날카로운 비명. 목침을 휘두르는 이모. 웅성거리는 사람들. 정신이 아득해지면서도 귓가에 들려오던 그 소리들. 드디어 암전이었다.

다음날 이모는 희수를 지인의 집으로 데리고 갔다. 엄마에게서 희수를 떼어놓은 거였다. 희수는 그곳에 격리되어 일주일을 지냈다. 문 앞에서 이모가 희수를 불렀다. 엄마 왔는데 볼 거니? 희수는 고개를 저었다. 고개 젓는 게 보였을 리 없건만 다 아는 것처럼 엄마의 맥빠진 목소리가 들려왔다. 희수야, 엄마가 미안해. 다시는 안 그럴게. 희수가 원하면 엄마는 병원으로 갈 거야. 엄마…… 갈까? 문 앞에 앉은 엄마는 희수의 대답을 기다렸다. 이윽고 희수의 가느다란 목소리가 들려왔다. 엄마…… 미안해. 엄마는 병원에 가야 해. 정말 미안해. 나도 엄마 보내고 싶지 않은데…… 지금은 엄마가 병원에 가면 좋겠어. 다 나아서 함께 살아. 응? 희수는 눈에서 흐르는 눈물이 투명한 눈물이 아니라 붉은 핏물일 것만 같았다.

엄마는 강원도의 요양원으로 갔다. 희수는 집으로 돌아갔다. 엄마와 함께 지냈던 시간이 꿈속의 시간이었던 것처럼 현실적으로 느껴지지 않았다. 한동안은 엄마가 그립지 않았다. 가을이 깊어갈 때 토끼 눈처럼 새빨갛던 눈이 원래로 돌아왔다. 희수는 학교와 집을 오가면서 이모와 엄마를 생각했고 자신과 무관한 아빠도 생각했다. 아빠란 존재는 여전히 낯설었다. 낯설기만 한 게 아니라 아빠 없이 태어난 것만 같았기에 생각할 필요가 없는 존재나 마찬가지였다.

희수는 감기에 걸리지 않았는데도 으슬으슬 떨었고 길을 가다 눈에 보이지 않는 무언가에 부딪힌 것처럼 멍하니 서거나 누군가 자기를 부르는 소리를 들은 것처럼 두리번거렸다. 엄마가 목을 졸랐을 때 생긴 손자국은 사라졌지만 이따금 한줄기 찬바람이 휘감고 지난 것처럼 목 언저리가 서늘했다. 그럴 때마다 몸속 깊은 곳에서 무언가가 치밀어올라 절로 손과 발이 움직였다. 그가 원하지 않아도 몸이 들썩거렸다. 팔목을 부드럽게 돌려 손가락을 펴면서 허공을 가르면 손바닥 안으로 무언가가 와닿았다. 슬그머니 주먹을 쥐면 그 안에 팔딱팔딱 숨쉬는 작은 새가 들어온 것처럼 간지러웠다. 손안에 가득한 온기. 난향 이모와 엄마가 춤을 출 때 혹은 연기할 때 느끼곤 했다는 충만감까지는 아닐지라도 기분이 한결 나아지는 건 사실이었다.

　가을도 저물어 겨울이 되었고 그해 겨울은 어느 해보다 쓸쓸했다. 해가 바뀌어 봄이 되었고 엄마가 돌아왔다. 엄마는 노년에 이른 사람이 흔히 그런 것처럼 몸집까지 더 작아 보였다. 엄마가 자기 앞에 쭈그리고 앉았을 때 희수는 기시감을 느꼈다. 아주 온 거 아니야. 우리 희수가 보고 싶어서 잠깐 온 거야. 조금만 있다 갈게. 괜찮지 희수야? 엄마의 목소리는 비굴했다. 그 사실이 희수를 아프게 했고 잠시 잊었던 죄책감이 되살아났다. 엄마를 참고 견디지 못했다는 자괴감에서 비롯한 죄책감은 나는 왜 태어났을까, 차라리 내가 사라지는 게 엄마를 위해 좋은 일이 아닐까 하는 생각에 이르도록 했다.

　엄마는 여름이 되어도 요양원으로 돌아가지 않았다. 가을이 되어도 희수 곁을 떠나지 않았다. 다시 겨울이 다가오고 있었다. 그동안 엄마는 옛사람들을 만나러 다니기도 했고 극장을 다니기도 했으며 극단이나 영화 프로덕션 사람들을 만나기도 했다. 그런 사람들을 만나고 온 날이면 발작과도 같은 신경질을 부리고 술을 마시고 울고 쓰러져 잠들었다가 다시 넋이 나간 듯한 상태로 하루를 보냈다. 문득 정신을 차리면 노인 같은 얼굴로 희수를 지그시 바라보곤 했다. 희수를 바라보는 엄마의 눈길에 담긴 무언의 속삭임들이 희수에게는 더 견디기 힘들었다. 차라리 날이 선 엄마의 목소리들, 고개 들어, 엄마가 말하는데 그게 뭐니? 똑바로 보라니까, 넌 대체 누구니, 어디서 나타난 거야, 얘가 왜 내 아이야? 나를 닮은 게 하나도 없잖아…… 이런 말들이 견디기 쉬운 편이었다. 그 말들에는 자신이 처한 상황을 도무지 납득할 수 없어 당황스러워하는 불안과 두려움이 담겨 있었기에 엄마의 감정이 더 선명하게 느껴졌고 그래서 참고 견딜 만했다. 그러나 달리 생각할 게 아무것도 없어 자신을 생각할 수밖에 없는 시간들이면 엄마의 감정은 희미해지고 희수 스스로의 감정이 불을 켠 듯 환히 보였다. 아무리 엄마의 정신이 불안정한 상태라 해도 하나밖에 없는 딸인 자신을 그토록 몰아붙이는 이유를 증오 외에는 달리 설명할 방법이 없어 보였다. 엄마는 나를 미워하는 거야. 이 말은 이제 그가 가장 자주 되뇌는 말이었다. 내게도 엄마가 있어, 나도 엄마가 있단 말야, 이 말은 그의 내면에서 사라진 지 오래였다. 대신 그 자리에 엄마는 나를 미워하는 거야, 엄마는 정말로 나를 미워하는 거야, 라는 말이 들어섰고 말은 오래 되풀이되면 주문이 되어버리기에 이제 그 말은 스스로를 위로하는 힘을 상실하고 희수가 기꺼이 받아들인 운명 같은 게 되어버렸다.

삶에 낙담하여 스스로를 깊이 증오하게 된 사람, 자신을 너무 깊이 증오하여 다른 사람을 사랑할 겨를조차 없게 된 사람. 그 사람 곁에 있는 사람이라면 그게 누구든 희수처럼 느낄 수밖에 없었을 것이다. 만약 그의 마음속에 이런 말이 떠올랐다면, 엄마는 나를 사랑하면서 미워하는 거야, 엄마는 나를 정말로 사랑하니까 미워할 수밖에 없는 거야, 이런 생각이 깃들었다면 뭔가 달라졌을지도 모른다. 그러나 이런 생각은 세월이 흘러 고통받던 과거의 자신을 한 걸음 떨어져 관찰할 수 있어야 가능한 깨달음인지도 모른다. 설령 그때 희수가 이걸 알았다 해도 이 깨달음이 현상을 설명해줄 수는 있을지언정 희수의 열망까지 채워줄 수는 없었을 것이다. 사랑하고 싶고 사랑받고 싶고 다정하고 따뜻한 보살핌 속에서 찬란한 미래를 꿈꾸고 싶다는 열망, 희수 또래의 아이라면 누구나 꿈꾸는 소박하기 짝이 없는 이 열망을 실현할 수 없다면 어떤 깨달음도 진정한 깨달음일 수는 없을 테니.

어느 날 희수는 엄마가 숨겨둔 술을 찾아냈다. 그는 마시고 또 마셨다. 그가 처음으로 술을 마셨을 때는 난향 이모나 엄마보다 훨씬 이른 나이였고 그래서 안심이 되었다. 이모는 늘 술을 마시면 뼈가 삭아 죽는다 했고 엄마도 이렇게 마시다보면 죽는다고 했으니 확실히 죽을 수 있을 거라 믿었다. 정말 죽는 게 이런 거구나 싶었다. 욕지기가 치밀고 아무 생각도 나지 않다가 너무 많은 생각이 떠올라 머릿속이 뒤죽박죽이 되었다. 꿈을 꾸는 것 같았고 수렁에 빠져 허우적거리는 것 같았다. 몸이 뜻대로 움직여주질 않았고 열기가 온몸을 들쑤셔댔다. 붉은 안개가 낀 것처럼 시야가 온통 불그죽죽했다. 정신이 아득해졌고 저세상으로 가는 길이 눈앞에 나타났다. 어두컴컴한 아가리 같았다. 그러나 죽지 않고 살아났다. 속이 부대끼고 머리가 아프기는 했지만 죽음 근처에도 가보지 못했다. 희수는 술을 마셔도 죽지 않네 하다가 시골 영감 농담이 떠올랐다. 시골 영감이라면 이렇게 말했을 것 같았다. 대체 얼마나 더 마셔야 죽을 수 있단 말이냐.

희수와 엄마 사이는 더 멀어지거나 가까워지지 않고 일정한 거리를 유지했다. 희수는 엄마에게 냉담해지지 않으려 애썼고 엄마도 희수에게 집착하지 않으려 애썼다. 그사이 희수는 자라고 있었다. 그는 또래에 비해 키가 큰 편이었다. 그의 두 눈에는 또래 아이들에게서 볼 수 없는 깊은 슬픔이 서렸고 그는 두번째로 태어나 이미 아는 세상을 다시 살고 있는 것처럼 차분해 보였다. 기대할 게 더이상 없는 세상. 그러나 살아갈 수밖에 없는 세상. 윤회를 위해 견뎌야 할 지루하고 지독한 시간. 원하는 무언가로 다시 태어나기 위해 거쳐야 하는 통과의 례와 같은 삶. 그런 시간을 살아가고 있다는 느낌을 불러일으켰다. 그는 엄마가 사내를 만나면 속으로는 반기지 않았지만 내색하지 않았다. 엄마를 위한 거라고 믿어서였다. 살림은 점점 기울었다. 카페에 투자했던 난향 이모의 사정이 어려워졌다. 그렇게 된 데에는 엄마의 병원비며 요양비도 한몫을 했다. 희수도 이모와 엄마가 종종 머리를 맞대고 살림 형편을 걱정한다는 걸 알고 있었다. 동생과 조카를 챙기는 것으로도 부족해 가장 노릇을 하느라 심신이 지친 난향 이모도 병치레가 잦아졌다. 어린 시절부터 오빠와 아버지를 대신해 집안을 책임진 셈이었으니 오래전에 쓰러졌다 해도 이상하지 않을 정도였다. 동생과 조카를 제대로 보살펴야 한다는 책임감이 여태 난향을 지탱해왔고 책임감이 사라져서가 아니라 몸과 마음이 한계에 이른 것이었다.

겨울이었다. 진눈깨비가 날리던 차가운 날이었다. 병원에서 심부름을 하는 소년이 찾아와 그의 엄마가 입원해 있음을 알리고 갔다. 희수는 난향과 함께 병원에 갔다. 엄마는 죽은 사람 같았다. 몸속 피가다 빠져나간 것처럼 창백했다. 정신을 차린 엄마는 한사코 집에 가겠다고 우겼다. 이틀 만에 집으로 옮겨왔다. 엄마는 홍제의 유명한 박수무당을 찾아가 복숭아나무 가지로 기절할 때까지 맞았다. 엄마의 등짝에 나무 채찍에 맞아 생겨난 상처가 어지럽게 찍혀 있었다. 엄마가 앓는 동안 그는 이따금 엄마의 팔을 베고 잠들었다. 그나마 팔뚝은 성한 편이었다. 복숭아나무 가지로 맞는다면 누구라도 한계에 이르게 되고 본능적으로 팔을 들어 막으려고 시도를 했을 텐데 엄마의 팔뚝에는 거의 상처가 없었다. 나는 엄마의 팔에서 태어났다는 생각을 자주 해요. 누군가 엄마의 팔을 억지로 꺾어 휘묻었는데 내가 거기에서 태어난 거죠. 언젠가 희수는 이런 말을 한 적이 있고 그때 떠올렸던 게 바로 엄마의 팔을 베고 잠들던 겨울날이었다.

겨울이 깊어가고 해가 바뀌는 동안 상처는 나아갔지만 열병은 쉬이 가라앉지 않았다. 볕이 좋은 날이면 엄마는 햇볕을 쬐기 위해 마당으로 나가곤 했다. 겨울 내내 그는 엄마의 분투를 조용히 지켜보았다. 엄마는 정신을 완전히 놓아버리지 않기 위해 안간힘을 썼다. 자기 주변의 모든 것들이 낯설다못해 자신을 해치려는 것처럼 여겨지면 이건 다 헛것이라고 혼잣말을 했다. 그런 노력 덕분인지 발작을 일으키거나 급격한 감정의 변화를 보이지는 않았다. 고열은 아니지만 늘 미열에 시달렸다. 느닷없이 일어나 춤을 추거나 노래를 부르거나 무대 위 배우처럼 행동하기도 했다. 무대 뒤에서 배우들에게 대사를 알려주는 프롬프터처럼 나직하지만 분명한 목소리로 속삭였고 사소한 일들을 알려주면서 중대한 비밀을 털어놓는 것처럼 심각하게 굴었다. 히노데 상행에서 발행한 사진엽서 속의 난향과 경성방송국에서 소리를 하는 장면을 찍은 사진 속의 난향을 자신이라 우겼고 정작 신문, 광고지 등에 실린 여배우 최현서는 전혀 모르는 사람이라고 우겼다. 시간이 흐를수록 엄마가 스스로를 부인하는 방식이 체계적이고 이성적이라는 느낌이 들었다. 분명한 근거가 있어서는 아니었다. 죽음에 임박한 사람은 평소와는 다른 행동을 하기 마련이라는 말들 때문도 아니었다.

엄마는 엄마 자신이기를 포기하지 못해 정신의 분열을 겪은 사람이었
다. 이제 자신이기를 포기하게 된다면 엄마를 지탱해준 동시에 엄마
를 붕괴시켰던 그 노력이 비로소 종착점에 가까워진 셈이었다. 물론
누구도 알 수 없었다. 한두 달 뒤일 수도 있었고 일이 년 뒤일 수도 있
었다. 혹은 아주 오랫동안 살아남을 수도 있었다. 어차피 사는 게 사
는 게 아니었던 엄마에게는 죽는 것도 죽는 게 아닐 수 있었고 삶과
죽음의 차이가 명확하게 인식되지 않을 수도 있었다.

　아랫목에 가만히 앉은 엄마가 고개를 비스듬히 돌려 천장 한구석
을 응시하면 섬뜩한 기운이 흘렀다. 난향과 희수는 무시하려 애썼지
만 몸이 절로 떨리는 것까지 감출 수는 없었다. 너, 뭐가 보이니? 이
모가 조심스레 물으면 엄마는 배시시 웃으며 보이긴 뭐가 보여? 그냥
본 거야. 이렇게 능청을 떨었다. 그런 일이 반복되다보니 엄마가 없을
때에 난향과 희수도 습관처럼 천장 한구석을 보게 되었는데 어느새
그 옆에 슬그머니 다가온 엄마가 뭐가 보여? 대체 뭐가 보일까 하며
웃는 거였다. 이와 비슷한 장난을 오래 겪었던 터라 익숙해질 만도 했
지만 이런 일에 익숙해지기란 쉬운 일이 아니었다. 무관심한 척, 아무
렇지도 않은 척할 수는 있었지만 엄마에게만 보이는 무언가가 있을지
도 모른다는 생각이 수시로 들었고 캄캄한 밤중이면 정말 뭐가 보이
는 것 같아 예민해질 수밖에 없었다. 이불을 덮고 누운 희수는 엄마가
어둠 속에서 부스스 일어나 얌전히 앉아 있기만 해도 가위에 눌린 기
분이 들었다. 무언가가 배에 올라타고 있는 것 같아 꼼짝도 할 수 없
었고 오랜 시간이 지난 뒤에야 간신히 용기를 내어 손가락이나 발가

락을 꼼지락거리다 살짝 몸을 비틀어 제 몸 위에 아무도 없다는 걸 확인하고서야 잠들 수 있었다. 엄마는 이따금 옆을 가리키며 네 할아버지야, 네 숙부야 하면서 희수에게 인사를 시켰고 마지못해 꾸벅 인사를 하면 깔깔깔 웃어댔다.

그는 마루 아래 놓인 빨간색 에나멜 구두를 보았다. 방에 들어가니 엄마와 어떤 여자가 찻상을 사이에 두고 이야기를 나누고 있었다. 양장 차림의 여자는 엄마의 옛친구였다. 제법 알려진 여배우 가운데 한 사람이었다. 희수도 낯이 익었다. 제목은 기억나지 않았지만 몇 편의 영화에서 본 기억이 났다. 그 여배우에 얽힌 소문들을 끌어다 엄마의 사연을 완성하려 했던 일도 떠올랐다. 손님의 얼굴은 화장 분이 잘 먹지 않아서인지 가면이라도 쓴 것처럼 어색해 보였고 좀 피곤해 보이기도 했다. 엄마는 손님보다 더 어색한 가면을 쓴 얼굴이었지만 앓는 사람답지 않게 활기차고 목소리에도 정감이 넘쳤다. 엄마가 희수의 손을 잡고 놓지 않으려 해 엉거주춤한 자세로 다가가 앉아 있어야 했다. 엄마가 다정한 엄마 역할을 하는 것 같았기에 희수도 얌전한 딸 역할을 했다. 엄마의 친구인 여배우도 희수를 편하게 대했다. 부드러운 목소리로 학교생활은 어떤지 성적은 어떤지 장래희망은 무엇인지를 묻고 지갑에서 돈을 꺼내 주려 했다. 머뭇거리던 희수는 두 손을 공손히 내밀었다. 엄마가 혀를 찼다. 얘, 지금 뭐하는 거니? 엄마의 친구는 잠자코 있었다. 엄마는 고개를 두리번거렸다. 여기 누가 있다고 그러니? 아무도 없는데 꼭 누가 있는 것처럼 그러는구나. 희수와 눈이 마주치자 엄마의 친구는 이미 다 알고 있다는 듯 살짝 고개를 끄덕였다.

방에서 나온 희수는 뒤뜰 한데아궁이 쪽으로 갔다. 양지바른 곳인데다 아궁이에 온기도 남아 있어 따뜻했다. 아마도 그때였을 것이다. 그는 까닭 없이 눈물이 흘러 속으로 이상하다 생각하면서 손등으로 눈물을 훔쳐냈다. 자꾸자꾸 닦아내도 자꾸자꾸 흘렀다. 몸속에 눈물의 강이 흐르는 게 아닐까 싶을 정도였다. 엄마가 가엾고 난향 이모가 가엾고 엄마의 친구가 가엾고…… 다른 많은 이들이 가여웠다. 언젠가 엄마와 난향 이모가 나누던 대화가 떠올랐다. 우리 어렸을 때 동네에 자주 들르던 스님이 한 분 있었잖아. 워낙 바람처럼 왔다 가는 분이라 멀리서 보면 삿갓만 보여서 삿갓 스님이라고 불렀는데, 언니도 기억나? 그래 삿갓 스님. 법명이 묘허던가. 난 법명까지는 모르겠구. 동네 애들끼리 모여서 노는 자리를 지나면서 그 스님이 했던 말이 잊히지가 않아. 누가 누굴 울렸는지 모르겠어. 누군가 울고 있었어. 나였을지도 모르지. 어쨌든 삿갓 스님이 그러더라. 중생들은 서로 연결되어 있다고. 내가 아픈 이유는 누군가가 아파서이고 내가 까닭 없이 우는 것도 알고 보면 다 이유가 있어서래. ……그게 말이 돼? 내가 언니를 때렸는데 내가 아프다는 게 말이 돼? 만약 그게 사실이라면 대체 어떤 놈이 살인을 하고 폭력을 휘두르고 폭언을 내뱉고 다른 사람을 굶주리게 하고 다른 사람에게 눈물을 흘리게 할 수 있지? 안 그래 언니? 그래, 그런데 난 너한테 모진 말 한 번 하면 몸살이 오더라. 몸살 올 줄 알면서도 욱하면 나도 모르게 모진 말이 나오더라. 사실 나도 그래, 언니. 그래서 하는 말인데, 나…… 많이 아파. 내가 누군가한테 상처를 많이 줘서 그런가봐. 어딘가에서 내게 상처받은 사람이 많이 아파하고 있는 게 느껴져. 엄마가 고개를 돌려 희수를 보고 말했다. 우리 희수는 아프지 않으면 좋겠어.

그 말이 왜 그토록 선명하게 떠오르는지 알 수 없었다. 아니, 알고 있지만 인정할 수 없었다. 이 세상에 아프지 않은 사람이 어디에 있을까. 누구나 아프다면 삿갓 스님이란 사람의 말 역시 하나의 설명에 지나지 않았다. 심오하지도 않고 그저 고통스러운 삶에 대한 손쉬운 설명 가운데 하나일 뿐이었다. 그에게는 그것 이상이 필요했다. 설명에 그치지 않고 본질을 드러내고 가능하다면 본성까지도 바꾸어 지금까지 존재하지 않았던 새로운 무언가를 만들어줄 수 있는 게 필요했다.

열병을 앓던 어느 날 엄마는 말끔히 나은 사람처럼 부엌에 들어가 불을 지폈다. 상에 오른 건 소고기가 들어간 맑은 미역국이었다. 맞은편에 앉은 엄마는 싱긋 웃었다. 희수는 엄마의 두 손을 곁눈질로 보았다. 엄마는 건반을 두드리듯 손가락을 움직이고 있었다. 수전증과 불안을 감추려는 습관적인 움직임이었지만 희수에게는 그렇게 여겨지지 않았다. 우리 딸, 생일 축하해. 이 세상에서 엄마가 한 일 가운데 가장 잘한 일이 너를 낳은 거야. 희수의 눈물이 국그릇에 뚝뚝 떨어졌다. 왜 우니, 우리 딸, 이렇게 좋은 날에. 엄마가 백치처럼 웃었다. 누렇고 고르지 못한 이를 드러내면서. 상을 물리자마자 엄마는 앉은자리에서 그대로 누웠다. 그리고 다시는 눈을 뜨지 않을 것처럼 지그시 눈을 감았다. 잠시 물러났던 열병이 엄마를 찾아왔다. 엄마는 혼수상태에 빠져 헛소리를 했고 왕진을 온 의사는 고개를 저었다. 이윽고 열은 내렸지만 엄마의 정신은 돌아오지 않았다.

열병을 앓고 난 뒤의 엄마는 이전과 다름없이 아름다웠다. 이토록 예쁜 여자가 엄마라니. 엄마를 볼 때마다 그는 가슴이 두근거렸다. 헬쑥해진 엄마는 입을 꾹 다물고 똑바로 누운 채 천장을 원수라도 되듯 바라보았다. 엄마의 눈은 이글이글 타올랐고 마지막 기력을 다해 그처럼 타오른다는 걸 알 수 있었다. 왜 진정 아름다운 것들은 그토록 부서지기 쉬운 걸까. 열이 내리고 사흘째 되던 날 엄마가 발작을 일으켰다. 부들부들 떨면서 꿈틀거렸다. 그 이상으로 몸부림칠 수 없는 건 기력이 다 되어서인 듯했다. 그는 엄마의 손을 잡았다. 그 손을 통해 전해져오는 떨림을 고스란히 느낄 수 있었다. 희수야, 내 아가. 거기 있니? 엄마의 손이 허공을 저었다. 그는 엄마의 손을 마주잡았다. 아가, 저기 보이니? 나를 데려가려고 사람들이 왔어. 그런 말 하지 마, 엄마. 여기 아무도 없어. 누구도 엄마를 데려갈 수 없어. 아니야, 저기 봐, 벌써 왔잖아. 이 손을 놓지 말아줘. 나를 데려가려 해. 엄마, 엄마. 엄마가 엄마를 부르고 있었다. 그러니까 엄마를 낳아준 엄마, 희수의 외할머니, 엄마의 엄마. 그리고 어느 순간…… 그가 엄마의 내부로 들어가버린 기분이 들었다. 꿈속에서 그러하듯 낯설고도 낯익은 어둠 속으로 갑자기 들어가버린 기분이었다. 캄캄한 동굴에서 손이 쑥 나와 그의 목덜미를 낚아채 순식간에 어두운 심연으로 그를 내동댕이쳐버린 듯했다. 그는 어둠에 눈이 부셨고 가슴이 저렸다. 엄마가 된 기분이었고 무엇보다 엄마가 느끼는 슬픔, 고통, 회한, 자책…… 그런 것들에 의해 부서져버린 따뜻하고 부드러운 무언가가 수은 방울처럼 그의 가슴속을 또르르 굴러다녔다. 찰나에 불과했지만 엄마가 나고 자라고 사랑하고 아파하고 꿈을 꾸고 꿈을 포기하는 과정과 모든 인생사가 한꺼번에 그의 마음속으로 들이닥쳤다. 그는 엄마가 윗몸을 일으켜 자신에게 다가와 몸속으로 스며드는 걸 보았고 다시 자신에게서 스르르 떨어져나가 눕는 걸 보았다.

엄마가 그에게 저벅저벅 다가와 그와 하나가 되었다. 짧은 순간이었지만 엄마가 어떤 존재인지를 느끼기에는 충분한 시간이었다. 오랜 세월이 지난 뒤에 그는 엄마가 탈혼하여 그의 몸에 빙의했던 그 짧았던 순간이야말로 엄마가 한평생 겪었던 일들 가운데 엄마에게도 그 자신에게도 가장 신비로운 합일의 순간이었음을 알게 되었다. 그것이야말로 엄마가 간절히 바라던 유일한 일이었고 죽음에 임박해서야 가까스로 해낸 일이었음도 알게 되었다. 이 손을 놓지 마. 절대 안 놓을 거야. 그의 손에서 엄마의 손이 스르르 빠져나갔다. 엄마가 놓았는지 그가 놓았는지 누가 먼저 놓았는지 동시에 놓았는지 알 수 없었다. 그러니까 누가 먼저 외면했는지. 그게 과연 외면인 건지. 그에게서 떨어져나간 엄마는 이제 그와 완벽하게 남남이 되었다.

2장

희극배우

희수의 엄마가 흔히 동팔호실이라 부르던 대학병원 정신병동에서 돌아오기 전부터 부엌 딸린 문간방에 인력거꾼과 아들인 준이 살고 있었다. 준의 얼굴은 희수가 처음 보았을 때부터 창백했다. 준의 얼굴이 그토록 창백한 건 햇볕을 많이 쬐지 않아서만은 아니었다. 소년은 겁에 질린 사람처럼 보였고 실제로 겁에 질려 있었다. 여자한테.

문간방에 사는 사람들답게 그들의 세간도 단출해서 누가 이사를 나가고 들어오는지를 모를 정도였다. 준은 그 집에 처음 들어서던 날 마당 한가운데 서서 하늘을 올려다보던 희수를 보았다. 그동안 세 들어 살던 집에 비하면 규모가 큰 집이었다. 그들 부자는 원래 성밖에서 살았다. 준의 아버지는 경성역 부근에 자리한 인력거 회사에서 오랫동안 고용살이를 했다. 인력거를 오래 끌어서인지 혹은 원래부터 그랬는지 알 수 없지만 오른쪽 다리를 살짝 절었다. 오십대에 접어들었을 뿐인데도 환갑을 넘긴 나이처럼 얼굴에 주름살이 겹겹이었다. 두

창의 후유증으로 흉터가 가볍게 남은 살짝곰보이기도 했다. 준의 아버지는 구한국 시절에 황실 마구간을 지키는 병정이었고 후에 동료들이 인력거 회사에 들어가자 자연스럽게 따라 들어가게 되었다. 초기의 인력거꾼에 병정 출신이 많았던 이유는 웬만한 담력을 지니지 않고서는 힘든 일이어서였다. 삯을 두고 시비가 벌어져 손님의 칼에 찔려 죽는 경우도 더러 있었고 삯을 치르지 않고 도망치는 무뢰배를 윽박지를 수 있으려면 젊고 튼튼하고 기가 세어야 했다. 병정 출신들은 겁이 없을 뿐만 아니라 사실 인력거꾼만 아니라면 여느 무뢰배와 그리 구분되지 않을 만큼 험상궂기도 해서 회사가 반기는 자들이었다. 준의 아버지가 젊었을 때에는 그럭저럭 견딜 만했다. 이후에 전차뿐만 아니라 버스에 택시가 생기고 일본인 인력거꾼과 차별이 심해지면서 여기저기서 파업도 일어났지만 사정은 나아지지 않았다. 오롯이 인력거만으로는 먹고살 수 없어 근교 농장의 일꾼으로 날품팔이로 혹은 멀리 산판으로 공사장으로 떠돌아다녀야 했다.

준은 어린 시절부터 아버지 없이 지내는 시간에 익숙했다. 어머니가 도망간 뒤로는 하나뿐인 누나를 부모처럼 의지하며 살았다. 누나가 방직공장에 들어가 기숙사에서 살게 된 뒤 준은 홀로 방을 지키는 것보다 돌아다니기를 즐기게 되었다. 시장 바닥의 이야기꾼이며 절 마당 같은 곳에서 벌어지는 사당패나 떠돌이 극단의 공연을 비롯해 무당의 굿판까지 준을 사로잡았다. 구경꾼에 섞여 입심 좋은 광대나 배우들의 연기를 보고 있노라면 준은 슬픔을 잊을 수 있었다. 얼굴도 기억나지 않는 어머니, 자식들에게 과묵하고 잔정이 없는 아버지, 보고 싶지만 볼 수 없는 누나. 그러나 처음 극장에서 공연을 보았을 때의 감동은 이전에 느껴보지 못한 전혀 새로운 것이었다. 쉬는 날을 맞아 기숙사에서 외출을 나온 누나와 함께였기 때문이었는지도 모른다. 준은 누나 옆에 꼭 붙어 과자를 먹으며 넋을 놓고 공연을 지켜보았다. 현란한 조명과 극장을 쾅쾅 울리는 음향 탓에 눈이 시리고 귀가 멍멍했지만 별세계에 온 듯 신기하고 즐거웠다. 제한된 무대가 없는 광장에서 벌어지는 연희에서 느끼던 흥겨움과는 다른 종류였다. 극장은 관객을 압도하는 힘을 지닌 곳이었다. 배우와 무대와 구경꾼이 하나되는 흥겨움과는 다른 종류의 몰입이었고 준은 그게 무언지 묘사하거나 설명할 수 없었지만 어렴풋이나마 차이를 느낄 수 있었다. 옆에 앉은 누나도 변사의 목소리에 귀를 기울이며 눈물을 찍어내거나 활짝 웃기도 했다. 언제나 시름에 잠겨 있던 누나의 얼굴에도 윤기가 흘렀다. 열두 시간씩 교대근무를 하는 방직공장, 환기도 되지 않고 조명조차 어두워 얼마나 많은 누나 또래의 여공들이 병에 걸리고 부상을 당하고 죽어가는지 준은 몰랐지만 누나를 잃을지도 모른다는 불안감은 늘 가슴 한구석에 도사리고 있었다. 적어도 그 순간만은 그런 불안을 털어낼 수 있었다. 그 순간이 영원히 이어지기를 바란 것도 어쩌면 당연한 일이었다.

어느 해 장마철이었다. 밤새 몹시도 비가 내린 날이었다. 비는 오전에도 그치지 않았고 준의 아버지는 이러다 하루종일 허탕을 치는 게 아닌가 싶어 곰방대를 문 채 어느 집 처마 아래 앉아 빗물이 뚝뚝 듣는 걸 보고 있었다. 색깔 고운 저고리와 치마를 입은 여자가 한 인력거꾼과 다투는 소리가 들려왔다. 아마도 삯을 흥정하는데 인력거꾼이 막무가내로 높이 부르는 듯했다. 인력거꾼들은 이처럼 비가 오는 날이 아니어도 첫손님이 여자인 걸 무척 싫어했다. 그런 날은 횡재수가 들어 자동차나 우마차에 치이거나 웅덩이에 빠져 넘어지거나 바퀴가 부서지거나 순사에게 트집을 잡히는 등 모진 일을 겪게 된다고 믿었다. 인력거꾼에게 떠밀린 여자가 넘어지면서 흙탕물로 뒤발을 했다. 지나가는 사람들도 그 꼴을 보고 웃었다. 준의 아버지는 곰방대를 허리춤에 꽂고 일어나 여자를 떠다민 인력거꾼에게 다가갔다. 그자의 오금을 발바닥으로 지그시 눌렀다. 힘없이 주저앉은 그자의 등을 다시 한번 지그시 눌렀다. 그자는 앞으로 고꾸라지며 흙탕물에 얼굴을 처박았다. 안 그래도 한 번은 혼을 내주고 싶은 녀석이었다. 준의 아버지가 여자에게 어디까지 가냐고 물었다. 삼청동 꼭대기라고 했다. 거긴 골목이 좁고 비탈져서 인력거 들어가기가 어려워요. 이렇게 머뭇거리는 꼴이 안쓰럽기도 해서 선뜻 가겠노라 했다.

그는 여자가 인력거에 오르자 휘장을 내려 비가 들이치지 않도록 꼼꼼하게 봐주었고 발바닥이 자꾸 미끄러지기는 했지만 아무런 사고 없이 삼청동 막바지까지 올라갔다. 비에 흠뻑 젖은 준의 아버지의 몸에서 무럭무럭 김이 솟아났다. 삯을 셈한 뒤 몇 마디 대화가 오갔다. 여자가 권했지만 차마 마루에 앉지는 못하고 처마 귀퉁이 밑에 선 채 곰방대를 물었다. 경성의 똥오줌이 다 모이는 애오개에 살지요. 초년에 얻은 둘을 잃고 딸년 하나 아들놈 하나 남았습니다. 딸년은 몰라두 아들놈은 가르쳐야겠죠. 운이 따라 장학금이라도 받으면 상급학교에도 보내고요. 우리 같은 잡놈들이야 뭐 바랄 게 있겠습니까. 딸년 여염집에 시집보내고 아들놈만 성가시키면 조상님 뵐 낯은 있는 거죠. 덤덤

한 목소리로 이런 사정을 털어놓았고 여자는 고개를 주억거렸다. 여자가 명함을 건넸다. 한자로 쓰인 난향이라는 이름이 눈에 들어왔다.

준의 아버지와 난향은 얼굴을 익힌 뒤로는 우연히 스쳐지나더라도 알은체를 하게 되었다. 난향이 동생과 집을 장만한 뒤에는 아예 준의 아버지만 불렀다. 자연스레 난향의 집에 세 든 다른 기생들도 알게 되었고 비록 여전히 회사에 매인 몸이긴 했어도 개인이 부리는 인력거꾼처럼 그 집을 맡아놓고 드나들게 되었다. 그사이 아내가 집을 나갔고 딸은 공장 기숙사에 들어갔다. 아들은 기대한 것보다 나았다. 글도 제법 읽고 성적도 좋았다. 가정방문을 온 선생은 아들 칭찬에 인색하지 않아 절로 어깨가 으쓱 올라갔다. 제 몸이 부서지는 한이 있더라도 아들 뒷바라지만은 하고 싶었다. 딸도 아비의 그런 의중을 알고 있었고 묵묵히 동의하고 있었다. 이미가 집을 나가는 바람에 너무 일찍 고생을 알아버린 딸을 생각하면 마음이 저릿했다. 그런 탓에 아들 생각만 하면 이런 말이 불쑥 튀어나왔다. 저것도 사람이라면 나중에 아비 덕은 잊어도 누나 은공은 잊지 않겠지. 아무렴, 사람 새끼라면 그래야지. 빈 젖을 물려주고 똥 기저귀 갈아주고 제 엉덩이가 아우 오줌에 젖어 짓물러터질 때까지 업어주고 제 입에 넣을 거 아우 입에 넣어주고 제 몸에 걸칠 거 아우 몸에 걸쳐줬으니 어미보다 나으면 나았지 못하지 않았으련만, 아무렴 그걸 잊으면 사람 새끼가 아니지.

아무래도 성안으로 옮기는 게 나중에 상급학교를 다니게 될 경우를 생각해서라도 나은 일인 듯싶었다. 마침 난향의 집 문간방이 비게 되었고 난향의 배려를 받아 헐값에 세 들어 갈 수 있었다. 많지는 않아도 은행에 저축이 있었고 딸이 벌어다주는 돈과 제 한몸 놀려서 번

돈으로 살림은 그럭저럭 꾸려갈 수 있었다. 이만하면 괜찮다는 생각이 들어 마음만은 뿌듯했다.

여자아이가 고개를 돌려 준을 보았다. 준은 그 아이의 눈에 깃든 상실감을 알아보았다. 누나가 공장으로 떠나던 날에 준의 눈빛도 그러했을 테니까. 이삿짐 보따리를 들고 들어서던 준은 눈을 내리깔고 이제부터 제집이 될 문간방으로 갔다. 고개를 숙인 채 발밑만 보는 건 준의 습관이기도 했다. 날씨나 방향을 헤아리기 위해서가 아니라면 준은 좀처럼 고개를 들어 먼 곳을 바라보거나 하늘을 올려다보는 일이 없었다. 언제부터 그런 습관이 생겼는지는 알 수 없었다. 쪽마루에 보따리를 내려놓은 준은 마당에 선 여자아이를 힐끔거렸다. 호기심 때문이었지만 이상하게도 눈길이 자꾸만 그쪽으로 갔다. 그 아이가 눈부시게 아름다워서도 아니었고 눈에 띌 만한 남다른 점이 있어서도 아니었다. 알 수 없는 예감 때문이었다.

시간이 흐른 뒤에 준은 그때 무얼 예감했는지 알게 되었다. 마당에 선 채 하늘을 올려다보는 행동은 지극히 평범한 행위였음에도 사람의 이목을 끄는 힘이 있었다. 의도된 행위가 아니었음에도 그러했다. 사실 그걸 행위라고 할 수 있는지 거기에 진짜 행동이 있었는지조차 의심스러웠다. 다시 말해 그 아이는 무대 위에 선 배우처럼 보였다. 학교에 갈 때는 아마도 저고리에 치마를 입었겠지만 그날은 내리닫이처럼 위아래가 붙은 원피스 차림이었고 발등까지 내려온 원피스 자락 바깥으로 고무신 코가 나와 있었다. 허리 아래쪽은 그늘에 담겨 있었고 고개를 비스듬히 하여 먼 하늘을 올려다보는 옆얼굴은 오후의 식은 햇살을 받아 사기그릇처럼 은은하게 빛났다. 적어도 그 순간 마당은 무대였고 마당을 둘러싼 집과 담을 비롯해 주변의 모든 풍경은 무대장치였으며 오후의 설핏 기운 해는 조명이었다. 전체적으로 졸고 있는 듯한 나른한 기운이 점령한 가운데 멀리서 들려오는 시내의 소음과 골목에서 넘어오는 방울소리, 아기 울음소리 등은 음향효과였다.

나중에 준은 아무런 행동이 없음에도 행동으로 충만한 상태, 영사막에 투영된 배우가 눈물을 그치는 순간, 이에 맞춰 변사의 목소리마저 절정에 치달았다가 막 곤두박질치기 직전임을 암시하듯 숨가쁘게 정지해버린 절정의 순간, 짧은 순간이지만 보는 이의 마음속에 뭐라 설명하기 힘든 팽팽한 긴장이 흐르고 아득히 높은 곳에서 줄을 타고 있는 듯한 위태로움에 절로 몸이 휘청거리게 되는 그런 행동이야말로 배우만이 보여줄 수 있는 행동임을 알게 되었다. 꾸벅꾸벅 졸다가 몸이 기우는 걸 느끼며 화들짝 놀라 깨어날 때 온몸을 관통하는 전류와 같은 충격이 지나갔다. 그러나 그가 느낀 충격은 여기에서 비롯된 것만은 아니었다. 무대에 오른 그 아이는 자기 자신을 기다리는 등장인물 같았다. 그 아이는 옷을 갈아입듯 배역으로 갈아입었지만 어딘가에 자신을 두고 온 탓에 자신이 돌아오기를 간절히 기다리는 것 같았다. 물론 어쩌면 그건 고독, 기다림, 쓸쓸함 등을 연기하는 것에 지나지 않아 한 명의 관객이 되어버린 준의 마음속에 제멋대로 떠오른 이미지였을지도 모른다. 준은 속으로 저 아이가 바로 그 아이구나, 하고 생각했다. 유서 깊은 어느 가문의 파락호에게 능욕을 당한 배우, 아무도 원치 않았으나 태어나버린 아이. 미쳐서 정신병동으로 끌려갔다는 엄마를 기다리는 것처럼 보이는 계집아이. 아버지를 통해 그 아이에 얽힌 이야기를 들어왔던 터라 호기심이 없지는 않았지만 그건 순수하지도 호의적이지도 않은 호기심이었다.

준은 여자가 무서웠다. 누나는 여자가 아니었다. 그에게 여자란 어머니를 뜻했다. 모든 여자는 어머니처럼 자식과 남편을 팽개치고 도망갈 가능성을 지녔으며 남은 사람에게 상처를 줄 가능성이 있었다. 준이 여배우 최현서에게 호기심을 가진 건 도망간 엄마의 또다른 모습을 볼 수 있으리라 여겨서였다. 마찬가지로 사생아에게 관심이 가는 것도 그런 비루한 여자의 아이, 어쩌면 제 어미를 닮아 타락한 여자가 될 가능성이 있는 아이이기 때문이었다. 누나야말로 그에게는 여자 아닌 여자였고 그런 의미에서 그가 인정하고 용납할 수 있는 유일한 여자였다. 그가 여자를 무서워하기는 해도 혐오까지 하지는 않은 것은 결국 누나 때문이었다.

그는 연극과 영화에서 어머니를 무수히 보았다. 요란스럽고 상스럽고 이기적이고 표독스러운 여자들, 정부와 음모를 꾸며 남편을 살해하는 여자들, 남편의 재산을 빼돌려 야반도주하는 여자들, 자식을 제물로 삼아 부귀를 꿈꾸는 비정한 여자들, 한번 앙심을 품으면 수단과 방법을 가리지 않고 복수하는 집요하고 끔찍한 여자들, 모든 잘못을 남 탓으로 돌리고 세상을 쉽게 저주하고 피해망상에 빠져 모든 사람을 적으로 여기는 여자들을 보았다. 그들 속에 어머니가 숨어 있었고 어머니 속에도 그들이 숨어 있었다. 물론 거기에는 억압과 착취에 시달리고 운명에 짓눌리는 여자들도 있었다. 누구보다 용감하고 현명하고 지적이며 자애롭고 뛰어난 여자들도 있었다. 인간이란 어떤 존재여야 하는지를 보여주는 비범한 여자들과 흠모하고 싶고 존경하고 싶고 우러러보고 싶은 여자들도 있었다. 그러나 그런 여자들은 누나일 수밖에 없었다. 그 모든 여자들은 현실에 존재하지 않았고 존재할 수도 없었으며 만약 현실에서 찾을 수 있다면 누나 말고 다른 누구를 찾을 수 있을지 그는 알지 못했다. 그러므로 그의 충격은 여기에서도 왔다. 그가 관객이 되어 지켜보는 저 사생아. 그저 마당 한가운데 서서 하늘을 비스듬히 올려다보고 있을 뿐인데, 지금까지 그가 알지 못했던 것들, 가능하지 않다고 여겼던 것들을 알게 되고 인정할 수밖에 없으리라는 뜻밖의 예감에서 오는 충격이기도 했다. 준의 마음속에 의문이 생겨났다. 배우들은 삶에서 잃은 것들을 무대에서 찾으려 하지. 저 아이는 무얼 찾으려는 걸까. 아니…… 뭐가 되고 싶은 걸까.

그날 저녁 준은 아버지와 함께 집주인인 난향에게 인사를 했다. 아버지는 아들 자랑을 하고 싶은 심사를 숨기지 않았다. 이놈이 성적이 제법이어서 일어두, 그니깐 국어두 일인 빱치게 하구 늘 칭찬을 받는답니다. 책을 달고 살아서 눈이 좀 나빠지긴 했는데 돈이 생기면 좋은 안경을 맞춰줄라구 합니다. 학교요? 이제 보통학교 졸업하면 공립 사범학교 같은 데로 가야지요. 고보나 전문학교는 학비가 만만찮고 나라에서 대주고 기숙도 시켜준다니 그만하면 되겠지요. 난향은 농사 중에 자식농사가 제일 중하다는데 대풍이 곧 오겠다며 덕담을 하고 준에게도 다정하게 격려를 해줬다. 난향은 희수를 가리키며 나이로도 아래요 성정으로도 아래니 잘 봐주길 바란다고 덧붙였다. 희수가 준을 힐끔거리며 말했다. 나 이 오빠 알아. 난향이 웃으며 물었다. 어떻게 알아? 응, 지난달에 단성사에서 봤어. 찰리 채플린 영화 봤지? 그

전에도 몇 번 봤거든. 극장에서. 준은 얼굴이 달아올랐다. 그가 극장에 출입한다는 건 아버지는 모르는 일이었다. 그의 아버지는 호탕하게 웃었다. 그럴 리가 있나요. 이 녀석은 공부밖에 모르는데. 사내자식이 너무 어리보기로 자라서는 안 될 것 같아 제가 극장 같은 데도 친구들과 어울려서 좀 다녀보라 할 정도니까요. 아마 비슷한 녀석하구 착각했나봅니다. 희수가 그 말에 가타부타 덧붙이지 않아서 준은 안심이 되었다.

준이 문간방에 들어온 걸 모두 반가워했다. 사랑채에 세 들어 사는 배우들도 준과 마주치면 머리통을 쓰윽 만지고 갔다. 곁채의 기생과 카페 종업원들도 고향 동생 같다며 귀여워해줬는데 준이 겁에 질린 얼굴이 되면 까르르 웃으며 즐거워했다. 가장 반가워해준 이는 마술사와 거인이었다. 준은 극장에서 막간 공연을 하던 마술사와 거인을 본 적이 있었다. 한식구가 된 걸 환영한다, 퍽큐! 거인이 준을 번쩍 들었다가 내려놓았다. 덩치만큼 힘이 장사이긴 했다. 마술사는 동전 마술을 보여주었다. 마술사의 손이 움직이면 동전이 나타났다가 사라졌다. 아무리 눈을 부릅뜨고 지켜보아도 어떻게 그런 일이 벌어지는 건지 알 수 없었다. 마술사가 준의 뒤통수를 쓰다듬으면서 오전짜리 백동전을 탁 날렸다. 호를 그리던 동전은 댓돌 위에 떨어졌는데 그 자리에서 팽이처럼 돌다가 빙그르르 쓰러졌다. 준이 놀라워하자 거인이 투덜댔다. 그까짓 게 뭐가 재미있다구. 요즘은 너 같은 순진한 애들이나 웃어주지 사람들은 우릴 좋아하지 않아. 안 그래, 마술사? 우리도 서커스 패거리나 왜놈들처럼 원숭이라도 한 마리 데리고 다녀야 할까봐, 선오브비치! 난 이제 불을 뿜는 것도 지겹고 활활 타는 기름 솥에 손을 넣는 것도 끔찍해. 배 위에 바위를 올려놓고 망치로 깨부수는 것도 싫어. 마술사를 믿을 수가 없단 말야. 두고 봐, 언젠가 마술사가 망치로 내 머리를 깨고 말 테니, 쉬트! 거인의 습관적인 투덜거림이었다. 준은 마술사가 제 몸보다 무거워 보이는 커다란 망치를 들고 비틀비틀하면서 차력사인 거인의 배 위에 올려놓은 바윗돌을 내려쳐 깨트리는 걸 본 적이 있었다. 저러다 마술사가 잘못 내려쳐 거인을 다치게 하는 게 아닐까 조마조마했던 기억이 났다. 정말로 한두 번쯤은 아슬아슬하게 거인을 비껴가 바닥을 내리치기도 했다. 공연의 재미는 그런 부분에 있는 듯했다. 뭔가 수를 내지 않으면 굶어죽고 말 거야. 준이 너도 우리가 방에서 사흘이 지나도 안 나오면 굶어죽은 줄 알라구. 마술사가 수를 내긴 했어. 빗자루 도사처럼 공중부양을 했는데 별로였어. 어두컴컴해도 몸에 묶은 줄이 보였나봐. 호기심 많은 작자들이 무대로 올라와서 줄이 있는지 없는지 장대로 휘저어댔다니깐. 저만큼 위에서 쿵 하고 떨어지는 바람에 마술사 허리가 부러질 뻔했지. 아무튼 그때부터 이만큼, 내 배꼽만큼만 붕 떴다가 잽싸게 내려오는 거야. 감쪽같이 해내긴 하는데 별로 높이 안 떠오르니까 반응이 심드렁해, 갓뎀!

비좁은 그들의 방에는 별다른 가구가 없는 대신 마술사의 도구가 든 상자가 있었다. 대부분은 극장에 맡겨두지만 중요하고 비밀스러운 소품들은 그렇게 직접 보관하고 가지고 다녔다. 어쨌든 마술사를 믿을 수밖에 없어. 진짜로 굶어죽지는 않을 거야. 이봐, 마술사, 기억나지? 그때가 언제였지. 극단도 해체되고 길거리로 나앉아서 어느 집 닭장을 털었던 날 말야. 산기슭에 숨어서 삶아 먹긴 했는데 장정 대여섯이 그걸로 되겠어. 근데 마술사가 기적을 보여줬어. 솥에 닭이 한 마리 또 들어 있는 거야. 그걸 먹고 뚜껑을 닫았지. 내심 한 마리 더 나타나길 기대하면서. 근데 뚜껑을 열어보니까 또 한 마리, 또 한 마리, 아무튼 우린 배가 터지게 먹었고 배가 터지는 대신 똥구멍이 터져서 다들 줄줄 설사를 해댔어. 방금 삼킨 침이 바로 똥구멍으로 나올 정도로 지독한 설사여서 안 먹느니만 못하게 되었지만, 왓더퍽! 준이 마술사를 올려다보자 다 헛소리라는 듯 마술사가 고개를 저었다. 언젠가 마술사가 진짜 기적을 보여줄 거야. 설마 굶어죽도록 내버려두지야 않겠지. 난 어렸을 때 귀에 못이 박히도록 들었거든. 넌 믿지 못하겠지만 서양 사람들도 우리 못지않게 허무맹랑한 이야기들을 좋아하지. 보리떡 다섯 장, 생선 두 마리로 오천 명을 먹여 살렸다는 거야. 먹어도 먹어도 줄지 않은 거지. 난 항상 배가 고파 죽을 지경이었고 그 얘길 들을 때마다 절로 침이 나왔어. 침을 줄줄 흘린다고 야단도 많이 맞았지. 겁이 나면 창고에 숨었는데 사실 거기가 더 무서웠어. 쥐들이 사니까. 그래도 맞기는 싫어서 쭉 숨어 있었는데 배가 고파서 먹을 걸 찾다가 유리병을 발견했어. 목이 마르니까 그냥 벌컥벌컥 마셨지. 그게 포도주라는 건 나중에 알았는데 아무튼 몸이 쑥 꺼지면서 무덤 속으로 들어가는 것 같더라니까. 뭣보다 내가 참 똑똑해진 거 같아서 기분이 좋더라구. 근데 진짜 똑똑한 한 녀석이 나한테 알려줬어. 보리떡과 생선으로 기적을 보여준 양반이 사람들한테 처음으로 보여준 기적은 물로 포도주를 만든 거래. 어떤 사람 잔치에 갔는데 포도주가 다 떨어졌대. 그 양반이 항아리에 물을 채우고 그걸 떠먹으라고 했대. 사람들이 떠먹어보니 물이 아니라 포도주였다는 거야. 요한이란 사람이 그렇게 써놨대. 아무튼 보리떡이랑 생선 이야기는 하품 나지만 물로 탁주를 만든 건 존경스러워. 돈만 있으면 아무리 먹어도 줄지 않는 보리떡을 가질 수 있잖아. 배가 터지게 먹을 수도 있고 말야. 근데 탁주는 나처럼 술이 센 놈이 더 마실 수 있거든. 내가 잘하는 게 그거거든. 기분도 좋아지고 말야. 맞아, 마술사가 우릴 굶어죽게 놔두진 않을 거야. 탁주라도 실컷 마시게 해주겠지. 난 믿어. 마더 퍼커!

부엌이 없는 나머지 문간방 가운데 준의 옆방에는 반쯤 미친 노인이 살았다. 노인은 허리도 약간 굽었고 지팡이에 의지해 다녔지만 젊은이 못지않게 기세가 씩씩하고 활달했다. 노인이 방문을 탕 소리가 나게 열면 누구나 깜짝 놀라 종종걸음을 치게 마련이었는데 조금이라도 늦었다간 노인이 퉤 하고 뱉은 가래가 발등에 떨어질 수도 있어서였다. 얼마나 기운차게 뱉어대는지 어떤 때는 사랑채 앞까지 날아가기도 했다. 노인은 타구가 없는 대신 마당 전체를 타구로 썼다. 가래가 끓어오르면 방문을 열고 퉤 뱉으면 그만이었다. 그렇게 노인이 방에 있는 동안에는 주기적으로 방문이 탕 하고 열렸다가 퉤 소리가 났고 그다음에 쾅 하고 닫혔다. 탕, 퉤, 쾅. 이 소리가 노인을 설명하는 소리인 셈이었다. 노인은 낮 동안에는 느릿느릿 골목을 빠져나가 큰길까지 나가서 추운 날에는 볕 좋은 곳에, 더운 날에는 그늘 짙은 곳에 자리잡고 앉아 하릴없이 시간을 보냈다. 노인은 지나는 사람 모두를 주의깊게 지켜보았는데 뚜쟁이가 여자를 살피고 소장수가 소를 살피듯이 보는 탓에 노인의 시선이 닿으면 누구나 불쾌한 표정을 짓곤 했다. 가끔 방문을 닫고 청요릿집에서 시켜온 음식을 먹기도 하니 돈이 아주 없는 건 아닌 듯했고 그 집의 대소사가 자신의 일이 아님에도 여기저기 참견을 했는데 노인이 참견하는 방식이란 게 헛기침하기, 눈 부라리기 등이어서 차차 이에 익숙해진 사람들은 현명하고 자연스럽게 노인을 무시할 줄 알게 되었다. 그래서 노인은 이 집에서 가장 유난스러운 존재인데도 가장 눈에 띄지 않는 존재가 되었다. 노인은 부지런해서 준이 잠들 때까지도 기척이 들렸고 새벽에 깨어나면 쾅 하고 문 닫히는 소리가 들렸다. 준이네가 들어온 뒤로는 냄비나 그릇을 빌린다는 말도 없이 가져다 썼고 겨울이면 다른 이들의 연탄도 그냥 가져다 썼다. 그러다 들켜도 먼저 눈을 부라리고 지팡이를 내젓는 통에 누구도 대거리하길 꺼렸고 그냥 정신 나간 노인네 하나 봉양하는 셈 치자며 허허 웃고들 말았다.

마술사와 거인의 옆방에는 원래 학생 시절부터 신간회와 같은 단체에 열심히 다니고 농촌계몽운동 등에 참여하고 종로의 YMCA에서 기술교육을 받던 성격 좋고 놀기 좋아하는 사내가 살았다. 그 사내는 변사, 배우들과 스스럼없이 어울려 술도 자주 마셨고 창가도 잘 불렀다. 만담 흉내도 제법이어서 배우가 되라는 말을 들을 만큼 사람들의 흥을 돋우는 데 재능이 있었다. 그러나 준이 이사를 왔을 무렵에는 무슨 일로 그리 바쁜지 집에도 자주 나타나지 않더니 해가 바뀔 무렵에는 고향에서 올라왔다는 동생이라는 자가 그 방에 들어와 살았다. 지방의 사립 사범학교를 나와 보통학교 훈도를 하다가 때려치우고 올라왔다는 박선생은 머리를 학생처럼 빡빡 깎고 늘 단정한 국민복 차림으로 임시로 근무하는 학교에 출근했다가 돌아왔다. 돌아와서는 등잔불을 밝혀 밤이 이슥하도록 공부를 했고 좀처럼 바깥나들이를 하지 않았다. 쉬는 날에도 마찬가지여서 본래의 까무잡잡한 얼굴마저 총독부 관리처럼 창백하게 보였다. 박선생이 출근하고 없는 대낮에 경찰이 와서 박선생에 대해 묻고 간 적이 있었다. 그 일로 사람들의 관심이 박선생에게 쏠렸다. 그렇지 않아도 지방의 어느 보통학교에서 교사가 여학생을 성폭행한 사건이 발생해 한동안 떠들썩했던 터라 사람들의 의혹도 그쪽을 향하고 있었다. 골목 사람들까지 무람없이 찾아와 무슨 일인지를 묻고 갔고 두어 명만 모이면 원래부터 훈도의 인상이 좋지 않았다거나 음탕해 보였다거나 하며 험담을 나누었다. 멀쩡한 하숙집들도 많은데 하필이면 기생이며 광대들이 득시글한 곳에 기거하는 것부터가 보통 사람들의 눈에 예사롭지 않은 게 당연한 일이었다. 하지만 별일 아니었던지 박선생은 태연했고 경찰도 더는 찾아오지 않았다.

준이 보기에도 박선생은 자기 형과는 딴판이어서 음침할 정도로 어두웠다. 보통의 모범생들이 걸어온 것과는 다른 길을 걸어온 것 같았고 언제나 상대방을 멸시하고 조롱하는 눈빛이었다. 박선생에게 그 집에서의 문간방 생활은 큰 인물이 되기 위해 치러야 하는 시험 같은 것인 듯했다. 준은 박선생이 앉은뱅이책상 앞 벽에 붙여놓은 맹자를 보았다. 하늘이 장차 어떤 사람에게 큰일을 맡기려 할 때는 반드시 먼저 마음을 괴롭히고 몸을 지치게 하고 육체를 굶주리게 하고 생활을 곤궁하게 해서 행하는 일마다 어지럽게 한다. 그의 마음을 담금질해서 참을성을 길러주어 일찍이 할 수 없었던 큰일을 할 수 있도록 하기 위함이다. 이런 식으로 새겨읽을 수 있는 문장이었다. 세로로 흘려 쓴 필체는 단정한 편에 속했지만 획과 여백의 균형이 어그러진 느낌이 들었다. 다급하게 쓴 느낌이 드는 건 글쓴이의 조바심 때문인 듯했다.

박선생은 준이 들려주는 농담 가운데 이런 종류의 농담을 좋아했다. 한 사람이 친구에게 말했어요. 가장 어리석은 일 가운데 하나는 여자에게 비밀을 털어놓는 거라네. 그러자 그 친구가 이렇게 말했죠. 가장 현명한 사람은 여자를 괴롭히기 위해 비밀을 털어놓고 지켜달라 부탁한다네. 박선생에게 남다른 점이 있다면 웃고 넘기는 게 아니라 마치 남자의 고백으로 엄청난 비밀을 알게 되었지만 이걸 누설하고 싶어 안달이 난 여자를 실제로 머릿속에 그려보는 것 같다는 점이었다. 준이 여자에게 느끼는 순진한 두려움과는 좀 달랐다. 박선생은 그냥 자신보다 나약하거나 무능한 사람이라면 누구든 기꺼이 혐오할 준비가 된 것처럼 보였다. 즉각적으로 떠오르는 생각을 제외한 모든 상상력을 억제함으로써 스스로 강하다는 생각을 하는 사람 같았다. 헛것들에 이끌리지 않으므로 나는 강하다. 박선생의 표정에는 그런 자부심이 깃들어 있었다. 이런 종류의 사람은 어두운 밤길을 걸을 때 큰 소리로 귀신을 물리치는 주문을 외우면서 용기를 얻고 상대방이 질겁하는 줄도 모르고 연서를 혈서로 써서 바치는 사람이었다. 아무리 우스운 이야기를 들어도 웃기는커녕 그 이야기에 담긴 교훈을 찾으려 애쓰는 사람 말이다. 결국 그런 사람이 마지막으로 하는 일은 조소가 가득한 눈빛으로 농담을 들려준 사람을 노려보는 거였다.

그 집에서도 준은 누나를 그리워하지 않기 위해 애썼다. 이사를 온 뒤로 누나는 딱 한 번 들렀다 갔다. 그것도 여느 때와 달리 잠깐 머물다가 갔다. 누나는 더 핼쑥해 보였다. 벌써 몇 해를 공장에서 지냈으니 그럴 만도 했다. 그런데도 준의 진학에 대한 의견을 나누고 사범학교냐 사립 고보냐 갈등하는 준에게 충고를 해주고 돌아갔다. 준아, 네가 무얼 선택하든 누나는 널 믿어. 그러니까 너 자신을 믿고 네가 가고 싶은 곳으로 가. 그뒤로는 오지 않았다. 외출을 나오기가 힘들어졌을 거라 생각했다. 겨울이 다가오고 있었다. 조바심이 커졌다. 모아둔 용돈을 날마다 헤아렸지만 부족했다. 그는 누나의 생일 선물로 가죽 장갑을 사고 싶었다. 백화점에서 봐둔 장갑을 사기에는 턱없이 부족했지만 큰길가의 상점에서 파는 부인용 장갑은 가능할 것도 같았다. 마술사라면 이 부족한 돈을 부풀려 큰돈으로 만들어줄 수도 있을 것 같았다. 그런 터무니없는 생각이나 하는 스스로가 한심했지만 그만큼 절박했다.

　누나는 지난 겨울들을 제대로 된 장갑 하나 없이 보냈다. 누나가 공장 기숙사로 떠난 지 두어 달 되었을 때 준은 누나를 찾아 가출을 한 적이 있었다. 누비옷을 껴입었지만 찬바람이 목덜미로 소맷자락으로 무례한 손길처럼 마구 들어왔다. 종종걸음을 치며 추위를 잊어보려 했지만 발가락과 손가락은 물론 귀까지 꽁꽁 얼어붙었다. 물어물어 누나가 일하는 공장 앞까지는 찾아갔지만 사무소 건물만 해도 학교 강당만큼이나 커다란 벽돌 건물인 터라 기가 죽었다. 그 너머 거대한 이층 건물은 끝이 보이지 않을 정도였다. 세로로 길게 난 창문들마다 비죽 나온 연통에서 입김 같은 연기가 쉴새없이 피어올랐고 우뚝우뚝 선 굴뚝들마다 검은 연기가 솟았다. 거기에 있는 사람들은 준 같은 소년은 거들떠보지도 않을 것 같았다. 그는 굳게 닫힌 창살문에 다가갔다. 날은 점점 더 추워지고 어둑어둑하던 사위가 순식간에 새까맣게 변했다. 아무런 희망 없이 얼마나 기다렸을까. 정문 근처를 지나던 누나 또래의 공원이 물었다. 얘, 꼭 집 나온 애처럼 추운데 거기서 뭐하니? 준은 누나를 보고 싶어 왔다고 우물우물 말했다. 네 누나가 누군데? 순희예요. 이순희. 얘도 참, 여기 순희가 한둘인 줄 아니? 애오개 살던 이순희예요. 애오개? 아, 누군지 알 것 같다. 너 같은 동생이 있다는 말을 들은 것 같아. 조금만 기다리면 저쪽으로 지나갈 거야. 눈 부릅뜨고 놓치지 말구!

어둡고 음산한 하늘로 사이렌이 울렸다. 정말 조금 뒤에 검정 치마에 흰 저고리 차림에 머릿수건을 쓴 공원들이 우르르 가는 게 보였다. 다들 비슷비슷해 누가 누나인지 알 수 없었다. 누나를 알아보아야 불러보기라도 할 텐데 그중에서 누나만 분간해낸다는 게 참말로 어려운 일 같았다. 준은 손이 짝 붙는 창살문에 그대로 매달린 채 울음이 북받치는 걸 간신히 참았다. 누나의 이름을 불러보려 했지만 혀까지 얼어붙었는지 말이 되어 나오질 않았다. 바보가 된 기분이었다. 지금 저 앞을 지나는 무리 속에 누나가 있을 것만 같은데, 눈앞에 보고 있는데, 누가 누나인지 알 수 없다는 사실 때문이었다. 공원들의 무리가 다 지나가버렸다. 눈물 탓에 눈앞이 흐릿했다. 고개 돌려 바라보니 주먹만하던 보안등이 시야를 온통 채우면서 어룽거렸다. 어둠 속에서 발소리가 타박타박 나더니 창살문 맞은편에 누나의 희멀건 얼굴이 쑥 떠올랐다. 준은 창살 사이로 손을 내밀었다. 누나의 손은 말랑말랑하고 따뜻했다. 여기 왜 왔어? 이 추운 데…… 아버지는? 누나는 대답을 기다리지 않고 다른 손을 뻗어 그의 눈에서 흐르는 눈물을 닦았다. ……준아, 우리 약속했지? 너 학교 졸업하고 번듯한 곳에 취직할 때까지야. 알았지? 길고 긴 사이렌이 울렸다. 이거 먹어. 준은 누나가 건네준 군밤을 받아들었다. 식어서 별로겠지만 맛은 괜찮을 거야. 깜깜하니까 조심해서 잘 찾아가야 해, 알았지? 준은 고개를 끄덕였다. 그는 누나가 보안등 불빛도 닿지 않는 어둠 속으로 달려가는 걸 지켜보았다. 누나의 뒷모습이 보였다 안 보였다 하다가 어느 건물 모롱이를 돌아가버렸는지 아주 안 보이게 되었다. 아삭아삭 씹혔다가 입속에서 부드럽게 물크러지는 군밤을 먹으면서 집으로 돌아갔다. 눈 쌓인 길에 발이 푹푹 빠지듯이 켜켜이 내려앉은 어둠에 푹푹 빠져가며 걷던 그 밤길은 폭폭하기 이를 데 없었다.

　겨울의 들머리였다. 학교에서 돌아오던 길에 준은 길가 상점 유리창 앞에 오래도록 서 있었다. 누군가 손가락으로 옆구리를 쿡쿡 찔러대며 방해하는 것 같았다. 볕드는 자리에 웅크리고 앉은 사람은 옆방 노인이었다. 준은 꾸벅 인사를 했다. 노인은 기운차게 지팡이를 휘두르며 입가를 씰룩였다. 쓸데없는 짓 하지 말고 얼른 집에나 가라는 뜻인 듯했다. 준은 무시하고 다시 유리창 안 마네킹 손에 끼워진 가죽장갑을 바라보았다. 그렇게 노려보면 제 것이 되기라도 한다는 듯. 방금 전에도 잘 차려입은 신사가 가죽장갑 한 켤레를 사갔다. 부인이나 딸에게 주려는 거겠지. 준은 어깨를 더욱 웅송그렸다. 유리창에 다른 얼굴이 불쑥 비쳤다. 옆을 돌아보니 희수였다. 이거 갖고 싶어? 준은 고개를 저었다. 갖고 싶잖아. 다시 고개를 저었다. 누구 주려고? 응……누나. 거봐, 갖고 싶잖아. 준은 뒷머리를 긁적였다. 준은 희수의 속을 알 수 없었다. 이사온 첫날의 기이한 인상도 그러했지만 기껏 극장에서 본 얼굴이라며 고자질까지 해놓고 입을 꾹 다문 것도 그러했다. 희수는 유리창 안의 가죽장갑을 지그시 노려보았다. 이미 제 것이라도 되는 것처럼.

준은 그 자리를 떠나고 싶었지만 희수가 방금 전의 자기처럼, 아니 그보다 더 몰두해서 가죽장갑을 보고 있는 터라 그럴 수가 없었다. 유리창에는 바깥 풍경이 반쯤만 투영됐다. 나머지 반은 유리창 안쪽 공간이었다. 유리창은 반쯤 드러내고 반쯤 감추는 거였다. 완벽하게 보여주지도 않고 완벽하게 감추지도 않으므로 인간적이었다. 인간적인 유리창에 희수라는 인간이 반쯤만 보였다. 희수는 준처럼 장갑을 보고 있었다. 준처럼 보았다는 건 준처럼 절망한 동시에 준처럼 희망을 품었다는 뜻이었다. 다른 점이 있다면 준이 지레 포기하여 결코 가질 수 없는 물건처럼 보았다면 희수는 이 세상에 가질 수 없는 물건이란 없다고 확신하듯이 본다는 거였다. 감히 인간이 요구하고 인간이 원하는 걸 가로막을 수 있는 건 아무것도 없다는 듯한 태도였다. 소리치고 으르렁대고 겁박하는 게 아니라 아기가 엄마 젖을 찾아 이리저리 고개를 돌리다 마침내 젖꼭지를 물고 편안하게 젖을 빠는 것처럼 희수는 제 앞을 가로막은 유리창을 가볍게 통과하여 이미 제 손에 그 장갑을 끼고 주먹을 쥐었다 폈다 하는 것처럼 자연스러워 보였다. 모든 걸 다 가질 수 있을 것처럼 행동하는 저 아이가 사실은 아무것도 갖지 못했다는 게, 성을 물려줄 아비도 없고 다정하게 보살펴줄 어미도 없는 아이라는 게 믿어지지 않았다. 그래서였다. 희수가 문득 고개를 돌려 그에게 나를 따라오겠냐고 물었을 때 고개를 끄덕인 것은.

희수는 반쯤 미친 노인 앞을 지날 때 잠깐 멈춰 섰다. 그 아이가 손을 뻗어 노인의 지팡이를 부드럽게 빼앗는 걸 보았다. 빼앗았다기보다는 노인이 무심코 건네준 것처럼 보일 정도였다. 희수는 지팡이를 이리저리 휙휙 돌려보더니 흥미가 떨어졌다는 듯 툭 하고 노인에게 던져줬다. 노인은 두 팔로 엉거주춤 지팡이를 받아들었다. 그제야 무슨 일이 벌어졌는지 깨달은 것처럼 희수를 향해 지팡이를 휘두르며 을러댔다. 희수는 깔깔깔 웃으며 저쪽으로 달려갔다. 준도 그 뒤를 쫓아갔다. 파고다공원 앞을 지날 즈음에야 희수는 평소처럼 걸었다. 준도 서너 걸음 뒤쪽에서 희수를 따랐다. 준과 희수는 옛 조선극장 앞을 지나 안국동 네거리에 이르렀다. 해가 깜빡 지는 중이었다. 인왕산이 컴컴하게 일어서고 있었다. 혜화동을 지날 때는 돌아갈 길이 까마득하게 여겨져서 준의 발걸음이 절로 느려졌다. 그만큼 희수와도 거리가 벌어졌다. 준은 희수를 내버려두고 그냥 돌아갈까 생각했다. 어쨌든 희수도 여자가 아니던가. 이런 생각들마저 준을 멈추게 하지는 못했다. 귀가를 서두르는 사람들의 빠른 걸음에 뒤섞여 희수의 뒷모습이 보였다 안 보였다 했다. 파고다공원을 지나 종로를 걸었다. 희수는 카페에서 흘러나오는 음악에 귀를 기울이거나 상점의 진열장을 힐끔거렸다. 딱히 즐거워하는 얼굴은 아니었지만 그 시간을 즐기는 것처럼 보였다. 너무 늦은 것 같아 그는 약간 걱정이 되었다. 전차와 버스에는 지친 얼굴의 사람들이 가득했다. 덜컹거릴 때마다 바깥으로 와락 쏟아질 듯 갈대 무리처럼 흔들거리는 월급쟁이들. 언젠가 준도 저들처럼 피곤하고 지친 얼굴로 전차나 버스를 타게 될 거였다.

그들은 삼청동 쪽을 바라고 갔다. 그에게 처음인 골목들을 희수는 잘 아는 것처럼 서슴없이 걸어갔다. 저녁이 내려앉은 어느 골목에서 희수가 걸음을 멈췄다. 그는 쪼그리고 앉은 희수에게 다가갔다. 희수발치에 눈에 익은 마분지 상자가 있었다. 희수가 고개를 돌려 준을 보았다. 그건 뭘까. 진흙으로 떡을 빚어 소꿉친구에게 대접하려는 아이의 눈빛이랄까. 진짜 먹을 수 있는 떡은 아니지만 정성 들여 빚었으니 맛있게 먹어주렴. 그러나 이건 소꿉장난으로 치부하기에는 엄청난 일이었다. 상자를 열어보니 준이 누나에게 선물하고 싶던 가죽장갑이 얌전히 포개져 있었다. 희수는 이 상자가 여기에 떨어져 있는 걸 어떻게 알았을까. 정말 알았다면 엉뚱한 길을 한참이나 돌아다닐 필요는 없었겠지. 그러나 우연이라기엔 너무 절묘하지 않은가. 넌 이게 여기에 있다는 걸 어떻게 알았니? 그가 눈빛으로 묻자 희수도 눈빛으로 답했다. 나도 몰라. 그냥 발길 가는 대로 온 거야. 준과 희수는 마분지 상자에서 몇 걸음 떨어진 담장 아래 쪼그리고 앉아 흘린 물건을 되찾으러 누군가 오길 기다렸다. 골목을 지나는 사람들은 준과 희수는 물론 마분지 상자조차 눈에 보이지 않는 모양인지 제 갈 길만 갔다. 밤이 이슥해졌다. 준은 어쩔 수 없다는 듯 마분지 상자를 가방에 넣었다. 이건 상점에 돌려줄 거야. 희수는 아무 상관 없다는 듯 거인 흉내를 내며 어깨를 으쓱했다.

다음날 준은 장갑을 돌려주기 위해 상점 문 앞까지 갔다가 되돌아왔다. 뭐라 말해야 할지 갈피를 잡을 수 없었다. 길에서 주웠는데요, 여기에서 사가는 걸 봤는데요…… 어떤 말도 이상하게 들렸다. 준은 상점 문이 닫혔을 때 쪽지를 써넣은 상자를 문손잡이에 끼워놓았다. 밤새 누군가 빼가더라도 어쩔 수 없었다. 다음날 그 앞을 지나면서 보니 상자도 그대로였고 상점도 문이 닫힌 채였다. 상점 주인에게 무슨 일이 생긴 모양이었다. 사흘째 되는 날 상점 문이 다시 열렸다. 상자는 보이지 않았다. 아쉬운 한편 홀가분하기도 했다. 그날 오후 누군가 방문을 두드렸다. 문을 열고 내다보니 옆방 노인이었다. 노인이 마분지 상자를 휙 던졌다. 지팡이를 휘두르며 눈을 부라렸다. 칠칠맞지 못하게 그런 걸 흘리고 다니느냐고 야단을 치는 것 같았다.

준은 누나의 휴일이 언제인지 몰랐다. 기껏해야 삼사 주에 한 번일 거라고 짐작은 했지만 정확한 날짜는 몰랐다. 휴일이라고 해서 외출을 매번 허가해주는 게 아니라는 건 알았지만 허가를 받지 못해서인지 아니면 어디가 아파 그냥 기숙사에 머무는지 자세한 사정은 알 수 없었다. 누나의 생일이 다가오는 터라 직접 공장에 가기로 마음먹었을 때 누나가 왔다. 아버지는? 일 나가셨어. 준은 누나에게 고보에 진학하기로 결정한 것과 학자금을 집주인인 난향이 이자 없이 빌려주기로 했다는 사실을 전했다. 고마운 분이시네. 그러니까 한눈팔지 말고 열심히 해. 아버지도 찬성하신 거야? 조금 실망하는 눈치이긴 했는데 괜찮다고 하셨어. 준이 누나가 차려준 밥을 먹는 동안 누나는 얇은 책자를 들여다보고 있었다. 누나 뭐 읽어? 으응, 아무것도 아냐. 그는 불안한 눈으로 누나를 바라보았다. 신문에서 적색노조라 일컫는 불순한 세력들이 공장에 침투해서 누나와 같은 공원들을 선동하고 포섭해서 파업을 일으킨다고 떠들어대던데 누나도 그런 자들이 은밀히 배포하는 팸플릿을 보고 있는 것 같아 걱정이 되었다. 그러나 어떤 불안도 준을 흔들지는 못했다. 누나가 왔다는 게 중요했다. 책자를 다 읽은 순희는 무언가 골똘히 생각하는 눈치였다. 방학이라고 놀러 다니지만 말고 아버지 말씀도 잘 듣고. 그 말에 준은 화들짝 놀라며 물었다. 벌써 가려고? 그래, 잠깐 볼일이 있어서. 준은 서랍에 고이 넣어두었던 장갑을 꺼냈다. 생일 선물…… 순희의 두 눈에 의아해하는 빛이 떠올랐다. 이런 걸 어떻게…… 혹시? 그는 서둘러 고개부터 저었다. 용돈 모아서 산 거야. 순희는 장갑을 끼고 준의 눈앞에서 손을 오므렸다 폈다 해 보였다. 부드럽고 따뜻하다. 고마워 동생. 순희는 그를 끌어안았다. 그의 콧속으로 누나의 달큼한 냄새가 스며들었다. 그는 누나를 밀어냈다. 나도 다 큰 사내란 말야. 그 말에 순희가 피식 웃었다. 어련 하시겠어, 고보생 나리.

그는 정류장이 있는 큰길까지 누나를 따라갔다. 들어가래두! 추워, 얼른 들어가! 누나 가는 거 보고 갈래. 난 버스 안 타. 걸어서 갈 거야. 그러니 집으로 돌아가. 누나가 중요하고 다급한 일을 앞둔 사람처럼 보여서 속상했다. 이전의 누나는 일 분이라도 더 그와 있고 싶어했고 헤어지는 걸 그 못지않게 아쉬워했다. 그러나 이제 누나에게는 누나만의 귀중하고 긴급한 일들이 생겨버린 듯했다. 누나는 장갑을 낀 두 손을 그의 볼에 지그시 댔다. 준아…… 아버지랑 너랑 나랑, 이렇게 우리 셋이 오순도순 사는 날이 곧 올 거야. 그때가 되면 서로를 그리워하던 이 쓸쓸한 시간들도 꽤 소중해질 거야. 누나의 목소리는 시를 낭송하는 시인의 목소리 같았다. 누나의 시가 누나의 삶에서 솟아난 것임을 알지 못했지만 목소리에 담긴 절박함만은 느낄 수 있었다. 방직기 앞에 선 채 열두 시간을 견뎌야 하는 공원들이 잠자리에 누워서도 방직기에 가슴을 짓눌린 것처럼 쉼없이 돌아가는 기계 소리를 듣는다는 사실도 몰랐고 얼마나 많은 공원들이 바늘에 찔리고 기계에 손가락이 잘리고 손목까지 잘리는지도 몰랐고 지금까지는 무사했을지라도 다음번엔 내 차례라는 두려움을 지닌 채 견디는지도 몰랐고 머릿수건이 흘러내려 머리칼이 치렁치렁 늘어지면서 기계에 빨려들어가 목이 꺾이고 머리통이 부서지는 광경을 늘 환영처럼 본다는 사실도 몰랐지만 누나의 목소리에 담긴 불안, 어차피 삶이란 그런 것이라는 체념이 반쯤이고 그럼에도 삶은 이런 것이어서는 안 된다는 분노가 반쯤인 불안까지 모를 수는 없었다.

그러나 그는 너무 외로웠기에 누나에게서 나와 그에게로 흘러들어온 불안을 심사숙고하거나 곱씹을 수 없었다. 어차피 언젠가 그도 누나와 비슷한 불안을 느끼며 살아가게 될 것이고 어쩌면 이미 그에게도 형태만 다를 뿐 누나의 것과 전혀 다르지 않은 불안이 있기에 그랬을지도 모른다. 그는 즐거워지고 싶었다. 농담을 지껄이고 싶었다. 그러나 아무 말도 나오지 않았고 즐거워지기는커녕 더 우울해졌다. 그는 스스로 무엇이 되고 싶은지 알지 못했다. 그런 생각을 할 때마다 누나와 아버지가 떠올라 그의 생각을 가로막았다. 누나는 그가 어디서든 좋은 교육을 받고 번듯한 직장에 취직하면 만족할 게 분명했다. 아마 앞으로 그가 걸어야 할 길은 아버지와 누나가 바라는 길에서 크게 벗어나지 않을 거였다. 그 길이 진짜 그가 바라는 길과 영 딴판인 길이라고도 할 수 없었다. 혈육을 기쁘게 할 수 있다면 그게 무엇이든 기꺼이 가고 싶었으니까. 설령 당신들이 그가 결코 바라지 않는 길을 가라 한대도 갈 수 있을 것 같았으니까. 원망 같은 것도 없었고 부담이라고 생각해본 적도 없었다. 다만 그의 귓가에 맴도는 막연한 속삭임, 누가 속삭였는지는 알 수 없으나 짐작하기에 그가 지금까지 보았던 모든 연희와 영화에서 무당과 광대와 변사와 배우의 말 속에서 관객들의 신음 같은 감탄 속에서 들려오기 시작했던 속삭임이 이따금 그를 설레게 했다.

　그를 설레게 하는 건 사실 바깥에서 오지 않았다. 원래부터 그의 내면 깊숙이 있었다. 만약 그가 이 문제를 깊이 생각할 수만 있었다면 내면 깊숙이 자리잡은 어머니에 대한 그리움을 보았을지도 모른다. 깊이 증오하지만 그보다 더 깊은 곳에는 증오로는 설명할 수 없는 그리움이 있었고 언젠가 반드시 다시 만나게 될 거라는 희망도 있었다. 보란듯이 잘살아 어머니에게 상처를 주겠다는 열망은 사실 보란듯이 잘살아 어머니를 용서하고 받아들이겠다는 열망이기도 했다. 그런 열망은 큰 소리를 내는 법이 없었다. 언제나 속삭이듯 말했다. 그가 들은 속삭임에도 분명 이 열망이 있었지만 그걸 알아채기까지는 시간이 필요했다. 속삭임의 정체는 몰랐지만 거기에 무슨 말이든 대꾸해야 한다는 건 알았다. 그렇다고 해서 그가 구체적으로 배우를 꿈꾼 건 아니었다. 배우들의 세계는 여전히 그와는 너무 먼 세계였고 그가 속할 수 없는 딴 세계였다. 어떻게 해야 배우가 되는지도 알 수 없었고 배우가 되기 위해 어떤 준비나 훈련이 필요한지도 전혀 몰랐다. 아마도 그는 공연과 영화를 즐기는 한 사람의 관객으로도 만족할 수 있을 테고 그것을 자신만의 소박하고 사소하며 은밀한 즐거움으로 남겨두게 될 거였다. 결국 무엇이 되고 싶은가라는 질문은 그다지 쓸모 있는 질문은 아니었다. 그는 나이를 먹으며 자랄 뿐이었고 자라고 나면 무언가가 되어 있을 거였다.

　그걸 공연이라고 할 수 있다면 그의 첫번째이자 유일한 공연은 동네 조무래기들 앞에서 이뤄졌다. 시장 입구에 자리잡은 그 광장에서는 연회가 자주 벌어졌다. 해마다 정월 대보름에 시장의 안녕과 번영을 바라는 고사를 올리기도 했다. 수령이 이백 년쯤 된 커다란 느티나무 한 그루가 과히 넓지도 좁지도 않은 터를 굽어보았고 평소에도 그 나무 아래에서는 노인들이 묵새기며 하루를 소일하거나 시장을 드나드는 사람들이 발을 쉬어 가기도 했다. 누구보다 그 자리를 자주 차지하고 앉은 이는 딱지본 소설을 팔던 이야기 장사였는데『콩쥐팥쥐』『심청전』『옥단춘전』『홍길동전』『전우치전』 등은 물론이요 『서유기』의 모험담과『초한지』의 홍문의 연회,『삼국지』의 도원결의와 적벽대전 등을 재비들과 함께 구수하고 실감나게 들려주어 인기가 많았다. 그냥 딱지본을 읽는 이야기 장사도 있었지만 내용을 술술 외워 목소리까지 꾸미고 추임새까지 넣어 들려주는 전기수도 있었다. 간드러진 목소리로 금병매나 월매, 초선의 흉내를 내면 노인들까지 턱수염을 쓰다듬으며 웃었다.

그는 누나와 함께 시장에서 이야기 듣기를 좋아했고 그들 남매가 아는 옛날이야기들은 읽어서 아는 것보다 이처럼 들어서 아는 게 더 많았다. 학교에서 배우는 교과서에 실린 이야기들은 시장에서와 같은 감흥이 생기지 않았다. 손가락으로 제방의 구멍을 막아 마을을 구해낸 용감한 네덜란드 소년이라든지 늑대가 왔다고 거짓말을 하다 결국 늑대에게 잡아먹힌 양치기 소년 이야기도 흥미롭기는 했지만 실감이 나지 않았다. 그에 비하면 시장의 이야기꾼들은 배우들처럼 매번 조금씩 다르면서도 사실적이고 구체적으로 들려주어 절로 흥이 솟았다. 더군다나 시장의 이야기판이란 시장 골목에서 풍겨나오는 순댓국 끓이는 냄새며 온갖 전을 부치는 기름 냄새가 봄밤 수수꽃다리 꽃

향기보다 진하고 흥건하게 고여 드는 이의 시장기를 자극하고 달래며
쥐락펴락하는지라 몸으로 듣지 않을 수 없었다. 나중에 그는 시장판
에서 느꼈던 흥겨움을 이따금 뛰어난 변사에게서 발견하곤 했다. 서
양 영화의 해설자로 나선 그 변사는 주인공의 이름이 존, 아널드, 에
드워드, 윌리엄이든 메리, 앤절라, 비비언, 마거릿이든 상관없이 죄다
김서방, 이서방, 박서방, 오서방으로 춘자, 숙자, 말자, 종희로 부르고
웅장한 산맥이 보이면 천하제일 금강산이요 우스꽝스러운 장면이 나
오면 봉이 김선달로 풀어 관객들을 웃겼다.

아직 아버지가 돌아오지 않아 누나와 둘이 나란히 누운 밤이면 준
은 낮에 이야기 장사와 전기수에게 들었던 것들을 자기 방식대로 조
금 바꾸고 과장하고 생략해서 누나에게 들려주곤 했다. 누나는 그의
이야기를 무척 좋아했다. 준아, 넌 어떻게 그 이야기를 다 기억하니?
누나도 같이 봤잖아. 난 뒤돌아서면 다 잊어먹거든. 난 누나한테 다
시 들려주고 싶어서 속으로 계속 생각하거든. 그랬구나, 기특한 동생.
근데 너 이야기 너무 좋아하면 안 돼. 왜 안 돼? 장돌뱅이처럼 떠돌며
살 테니까. 그게 어때서. 조선 팔도 떠돌아다니는 것도 재미있겠는걸.
그런 말 하지 마. 네가 떠돌며 살면 너를 자주 못 보게 되잖아. 보고
싶을 거란 말야. 알았어. 나도 누나 보고 싶어서 떠돌아다니면서 살진
못할 거야. 누나와 이런 이야기를 나누며 잠들던 밤들은 이미 아득한
옛일이 되어버렸다.

준이 기억하기로 탁자와 의자가 있었던 걸로 보아 어떤 행사가 끝
난 직후였고 파장의 분위기가 무르익은 즈음이었다. 그날도 하릴없이
돌아다니던 중이었다. 어디든 틈만 있다면 숨고 싶은 날이었다. 어머

니와 아버지 그리고 누나를 생각하며 걷다 문득 정신을 차려보니 시장 입구의 작은 광장이었다. 누나와 시장 구경을 다니던 일이 생각나 가슴이 저릿했다. 유년과 소년 시절에 겪는 일들이 다시는 재현될 수 없는 경험임을 알지 못했던 그는 불과 얼마 전의 일이 추억이라는 이름으로 뭉뚱그려져 그의 현실에서 한 걸음 뒤로 물러나는 걸 처음으로 지켜보았다. 영원한 건 아무것도 없었다. 누나의 손을 잡고 돌아다니던 시장 골목이 한없이 낯설었다. 낯선 공간에 혼자 버려졌음을 깨달은 그는 왠지 화가 났다. 특별했던 모든 것들이 광채를 잃으면서 본래의 볼품없는 정체를 드러낸 것처럼 불쾌했다. 그런 의미에서 그의 첫 공연은 반쯤은 순수한 분노에서 비롯된 거였다.

동네 조무래기들만 남아 뛰어다니던 그곳에서 그는 『삼국지』의 유명한 장수들의 일기토를 이야깃감으로 삼아 정의로운 말을 우스꽝스럽게 발음하고 과장되게 분개한 뒤 기다란 칼을 들고 싸우는 모습을 보여줬는데 칼이 탁자에 부딪히거나 옷에 걸리거나 의자에 부딪히거나 끝내는 스스로 칼끝을 밟거나 하는 식이어서 결국 한 번도 칼질은 하지 못한 채 지쳐 나가떨어지는 줄거리였다. 아이들은 그의 공연에 배꼽을 잡고 웃었다. 내친김에 그는 큰 소리로 견문발검! 하고 외치면서 허공을 베는 시늉을 보여주었고 등불을 들고 돌아다니며 사람을 찾는 중이라 외치는 눈먼 자를 흉내내기도 했다. 조무래기들이 조금 당황스러워하면서 그게 무슨 뜻이냐고 물어 그 역시 당황하고 말았다. 하지만 순진한 녀석들이라 차근차근 설명을 해주니 뒤늦게나마 깔깔깔 웃어대 그를 흡족하게 했다.

집으로 돌아가는 그의 발걸음은 가벼웠다. 누나는 공장에 있고 아버지는 아직 인력거를 끌고 있을 테니 집에는 아무도 없겠지만 그 텅 빈 집으로 돌아가는 게 쓸쓸하지 않았다. 누군가를 웃겨주었을 뿐인데 신기하게도 그의 마음까지 환해졌다. 비록 그런 기분이 오래가지는 않았지만 그가 의도하지 않았음에도 자연스럽게 이뤄진 일련의 일들은 그에게 깊은 인상을 남겼다. 비록 시장판의 조무래기라 해도 다른 사람의 웃음에 둘러싸인다는 건 특별한 일이었다. 나중에 그가 극장에서 느낀 것들도 공연을 보며 웃고 울고 화내고 슬퍼하고 아파하고 야유하는 사람들과의 일체감일지도 몰랐다. 딱딱하게 굳은 얼굴에 느닷없이 떠오르는 표정들, 바람이 쓸고 지나간 모래밭에 새겨진 풍문들, 나뭇가지에서 분분히 떨어져 어딘가에 쌓여가는 부드러운 꽃잎들, 평소에는 눈에 잘 띄지 않지만 틀림없이 이 세상에서 벌어지고 있는 일들, 모든 게 무의미하게 보이다가 모든 게 의미로 가득해지는 해질 무렵처럼 삶에도 반드시 찾아오게 될 저물 무렵들, 그런 것들을 경험한 기분이었다. 하지만 그런 순간이 다시 찾아오지는 않았다. 한번 떠올랐다가 소모된 영감이었는지 누구 앞에라도 나서 익살을 부릴 용기가 생겨나지 않았다. 아마 그건 준이 그날처럼 자신의 슬픔에 오롯이 몰두하지 못해서였을지도 모른다. 슬픔에 익숙해져버려서일 수도 있었다. 그의 슬픔이 절정에 이른 순간에 절묘하게 시장 입구를 지나치게 되었고 자신도 모르게 몰입하여 공연을 하게 된 것이라면 다시 그처럼 슬픔의 절정에 이르러야 하고 우연한 기회가 찾아와야 할 테니.

고보에 들어간 그해 늦봄에 희수의 엄마가 돌아왔다. 여배우 최현서. 그는 현서가 출연한 영화는 보지 못했다. 연극을 볼 기회도 없었으므로 현서에게 따라다니는 화려한 이력이 실감나지는 않았다. 그즈음에는 한때 유명했으나 잊힌 배우도 많았고 인기가 절정에 달해 전성기를 보내는 배우도 많았다. 그런 경우에는 배우로만 그치지 않아 가수가 되어 레코드를 취입하기도 하고 카페를 운영해 마담으로, 프로덕션에 투자해 사업가로 활동하기도 했다. 연극과 영화만큼은 아니어도 무용도 인기가 높아 이름이 널리 알려진 무용수들도 많았다. 일본에서 무용을 전공하고 돌아온 학생 출신도 있었지만 여전히 기생 출신이 다수였다. 그러나 전체적으로는 조선인 예인들보다 서양 영화의 배우들이 더 많은 인기를 누렸다. 어린아이부터 노인네까지 서양 배우의 이름 예닐곱쯤은 예사로 알았다.

학교에서 돌아오니 분위기가 약간 변해 있었다. 사람들은 영화 시작 전의 관객들처럼 목소리를 낮추어 이야기했고 고양이처럼 사뿐사뿐 걸어다녔다. 부엌에서 냄비 뚜껑이 바닥에 떨어지는 소리만 나도 누가 그랬는지 잡아내 혼쭐을 내주겠다는 듯 눈살을 찌푸렸다. 옆방 노인만은 변함없이 탕, 퉤, 쾅, 탕, 퉤, 쾅 하고 제 할일을 했는데 나른한 봄빛이 가득한 날이어서 그 소리가 청아하게 들리기까지 했다. 추운 겨울날에는 아무리 하늘이 맑고 빛이 눈부셔도 풍성하다고 느끼기 어려운데 봄날에는 푹한 기운 덕분에 옅은 빛조차 풍성하게 여겨졌다. 늦봄이라지만 아침저녁으로 날이 풀린 지 얼마 되지 않은 때라 골목을 돌아다니는 녀석들 중에는 겨울 내내 때가 탄 더러운 솜옷을 여전히 입고 다니는 아이부터 성급하게 홑적삼만 입고 입술이 새파랗게 질린 아이까지 가지각색이었다. 마술사와 차력사 거인도 공연이 좀 생겨 바쁜 눈치였고 사랑채 사람들도 완연한 봄날을 누리며 지내

고 있었다. 아침잠 많기로 유명한 기생과 카페 종업원들도 부지런하
게 빨래를 하고 이불을 널고 볕 좋은 곳에서 콧노래를 흥얼거렸다. 박
선생은 변함없이 시련을 견디는 사람처럼 굳은 얼굴로 출퇴근을 했고
자기 방에서 좀처럼 나오지 않았다.

그는 희수의 엄마를 이틀 뒤인 주말에야 처음으로 보았다. 난향이
방방마다 떡을 돌렸고 저마다 인사치레로 안채를 찾아가 안부와 덕
담을 나누었다. 그와 아버지도 안채로 가서 인사를 했다. 핏기가 없고
눈동자가 불안정하게 흔들리긴 했지만 앉은 자세에 흐트러짐이 없고
목소리도 듣기 좋아서 여느 회복기 환자와 달라 보이지 않았다. 약간
실망스럽기도 했다. 인생의 굴곡을 일찌감치 겪어 달관한 사람이라기
엔 평범해 보였고 무엇보다 현서에게 기대했던 요부의 흔적을 전혀
볼 수 없어서였다. 아버지와 현서는 오래전부터 알던 처지라 두 사람
사이에는 사뭇 애틋한 말들이 오갔다. 현서가 그를 물끄러미 바라보
았다. 기운 없이 머르레한 눈동자였음에도 네가 무슨 생각을 하는지
다 안다는 눈빛이었다. 그는 얼굴이 뜨거워져 고개를 숙였다. 우리 희
수는 어미가 있어도 정신이 온전치 못한 어미라 고아나 진배없지요.
학생이 부디 친동기간처럼 아끼고 보살펴주면 고맙겠어요. 그리해주
겠지요? 그는 고개를 끄덕였다. 무례하다 여겨도 어쩔 수 없었다. 입
이 떨어지지 않았다.

곁눈질로 보니 희수는 무표정이었다. 무표정도 하나의 표정이라
면 아마도 거기에는 이런 뜻이 담긴 듯했다. 기다리던 엄마가 돌아왔
으나 과연 이 사람이 정말 내가 기다리던 그 사람인지 확신할 수 없
다. 내가 기다리던 그 사람이 맞는다 해도 내가 바라던 그 사람이라고

는 확신할 수 없다. 준은 그런 기분을 잘 알았다. 얼굴조차 희미한 어머니 대신 그 자리에 누나가 들어선 뒤 어머니에게 품었던 감정이 누나에게 옮겨가는 과정에서 무기력을 겪었다. 그의 힘으로 되돌리거나 바꿀 수 없는 상황이어서였다. 무기력에서 빠져나올 수 있는 가장 빠른 방법은 상황을 인정하며 순응하는 거였고 준은 그보다 한 걸음 더 나아가 어머니에 대한 기억을 지우고 새롭게 시작하듯 누나만을 기억하기로 마음먹었다. 그 일이 가능했던 건 정말로 어머니가 도망가버려 준의 눈에 보이지 않아서였고 누나가 어머니의 빈자리를 완벽에 가깝게 채워서였다. 그에 비한다면 희수가 처한 상황은 미묘하게 달랐다. 희수의 눈앞에는 어머니가 실제로 존재하기 때문에 없는 사람으로 치부할 수 없었고 어머니가 있음에도 어머니가 없는 다른 아이들보다 애정이 결핍된 생활을 견뎌야 했다. 그가 관념적으로는 한 번도 어머니를 잃은 적 없는 것과 같은 상태였다면 희수는 한 번도 어머니가 있었던 적이 없는 것과 같은 상태였다. 희수는 어머니나 아버지에게서 태어난 존재가 아니라 혼자서 스스로 태어난 사람 같았다.

　희수의 어머니를 처음 보았던 날에는 생겨나지 않았던 의문이 많은 시간이 흐른 뒤에야 생겨났다. 왜 자신을 아무런 의심 없이 믿어주었는지. 돌이켜보면 현서 역시 희수처럼 외로운 여자였고 비록 나이는 자신보다 어리다지만 아무 의심 없이 믿었던 남자에게 당했으니 사내에 대한 경계심과 적개심이 누구보다 컸으련만 왜 사내인 자신을 믿어주었는지. 이 믿음이 준을 바꾸어놓으리라는 걸 이미 짐작하고 있었는지.

고보에 진학한 뒤로도 준의 일상은 크게 달라지지 않았다. 달라진 게 있다면 문학회에 들어갔다는 거였다. 문학회 회합은 기대만큼 즐겁지가 않았다. 대부분의 회원은 어른 흉내를 내고 싶어할 뿐이었다. 그는 여학생에 관한 은밀한 관심을 공유하고 교양을 뽐내기 위해 모인 여드름투성이의 소년들에게 금세 질리고 말았다. 무도장이나 카페를 기웃거리고 여학생을 만나기 위해 부립 도서관을 드나들고 극장으로 회관으로 몰려다니는 무리에게 이질감을 느꼈다. 진지하게 글을 쓰고 싶어하는 두어 명의 동료마저 없었다면 슬그머니 빠져나왔을 것이다. 그는 얼굴선이 굵고 덩치가 큰 한 선배에게 끌렸다. 생김새로만 보자면 차력사 거인과 비슷했지만 선배의 아버지는 유명한 외과의사였고 어머니도 여전을 나와 일본의 음악학교에서 피아노를 전공한 음악가였다. 선배는 부모 가운데 어느 쪽도 닮지 않았다. 어쩌면 부모의 특성 가운데 눈에 띄지 않는 부분만을 물려받은 것일지도 몰랐다. 준이 옛날이야기에 해박하다는 걸 알아봐주고 그 점을 높이 평가한 것도 그 선배였다. 네 얼굴에 여기가 지긋지긋하다고 쓰여 있구나. 선배는 그를 보더니 직설적으로 비아냥댔고 준 역시 선배가 무엇이든 직성대로 말하거나 행동하지 않으면 안 되는 사람임을 단번에 알아보았다. 내 얼굴엔 뭐라고 쓰여 있니? 난 셰익스피어 때문에 여기 붙어 있는 거야. 같잖고 유치한 시나 써대면서 여학생의 환심이나 사려 애쓰는 저 녀석들과 나를 동류로 생각하지는 말라구. 히물쩍 웃으며 덧붙인 이런 말 때문이라도 밉지가 않았다.

그는 선배의 냉소적이고 자기 비하적이면서 동시에 으스대는 말투에 점점 익숙해졌다. 내가 무대에 선다면 햄릿 왕자가 아닌 리어왕으로 설 거야. 햄릿은 나와는 어울리지 않아. 햄릿의 불안과 비극은 과장으로 여겨지거든. 하지만 리어라면 그럴듯해. 리어라는 늙은이 속에는 어린 리어, 젊은 리어, 장년의 리어, 마침내 노인이 된 리어, 그리고 이미 죽어 지하에 묻힌 리어가 한꺼번에 들어 있으니까. 나는 리어처럼 한 생을 다 살고 지나온 생을 다 잊어버린 듯한 인물이 좋아. 그래서 그는 선배를 리어 선배라 불렀다. 리어 선배는 셰익스피어의 작품들이 당대에 유행하던 옛날이야기를 개작한 것이나 마찬가지고 만약 조선에 대문호가 탄생한다면 그처럼 오래된 이야기를 새롭게 변주하여 시대정신을 담아내는 작품을 쓰는 자일 거라고 주장했다. 선배의 주장에 공감이 가는 부분도 있었으나 전적으로 동의하기는 어려웠다. 선배가 이처럼 먼저 도발적인 주장을 내세우면서 자연스레 둘 사이에 논쟁이 벌어졌고 시간이 흐를수록 선배가 논쟁을 즐기기 위해 일부러 그를 도발하는 게 아닐까 하는 생각이 들었다. 나중에 돌아보니 만약 그때 선배를 견디지 못했더라면 그는 유선생을 스승으로 모시지도 못했을 테고 막연하게 느끼고만 있던 내면의 갈망 역시 밖으로 끄집어내지 못했을 거였다. 그렇게 된 데에는 그의 의지보다는 선배의 의지가 큰 역할을 했다.

선배는 부유한 집 자식이라는 티를 전혀 내지 않았다. 그는 선배에게 거리감을 느끼지는 못했다. 부러 불량스러운 척도 하지 않았고 그렇다고 얌전한 모범생처럼 굴지도 않았다. 그와 선배의 공동점이면서 차이점이라 할 수 있는 건 감상적인 걸 배격하려는 성질이었는데 감상적인 것에 대한 각자의 정의는 조금 달랐다. 선배는 셰익스피어 비극의 장중하고 우아한 스타일을 감상을 넘어선 감상이라 여겼고 그는 이에 동의하지 않았다. 그렇다고 해서 그에게 선배의 견해에 맞설 수 있는 자기만의 논리가 있는 것은 아니었다. 그의 문학에 대한 지식이나 이해는 초보적인 수준이었다. 다른 이들의 견해를 검토하여 종합하려는 시도를 아직 해보지 못했고 특별하게 추구하는 경향성도 없다. 선배는 그런 점을 지적하며 그를 비판하곤 했는데 그는 비판의 근거에는 동의했지만 비판 자체에는 동의하지 않았다. 그의 내면에는 뭐라 이름 붙이기 어려운 그만의 감각이 있었고 이 감각이 깨어나기까지는 아직 시간이 필요했다. 그는 자신의 생각을 표현하는 문학적 언어를 아직 지니지 못했기에 선배에게 효과적으로 대응할 수 없다. 그러나 이런 논쟁 끝에 불쾌해지는 게 아니라 불명확했던 생각이 한결 분명해지고 실체를 갖추고 언어가 되어 나올 준비를 하는 것 같아 스스로도 놀라는 중이었다.

선배는 그의 아버지가 인력거꾼이자 막노동꾼이고 누나는 방직공장 기숙사에 있다는 사실을 알고 잠시 당황했으나 어느새 이전의 선배로 돌아가 정색하며 물었다. 이런 말 하기 좀 뭣하지만 빙허의 「운수 좋은 날」은 읽어봤어? 그는 고개를 저었다. 그런 소설이 있다는 것과 대강의 줄거리는 알았지만 직접 읽어본 적은 없었다. 왠지 그 소설을 읽으면 그의 내부에 잠복한 자신도 알지 못하는 무언가가 튀어나올 것 같았다. 그는 솔직하게 이런 기분을 설명했고 선배는 이해한다는 듯 고개를 끄덕였다. 우리는 시대를 잘못 타고났어. 지금은 사실주의에 사실이 없는 시대야. 동맹휴교를 하고 거리로 몰려나갈 수 있었던 우리 선배들을 끝으로 사실을 따지는 게 무의미해졌으니까. 조선의 작가들은 이제 자신에게만 몰두해. 가지고 놀 게 자기 물건밖에 없는 거야. 선배는 담담한 목소리로 중얼거리듯 말했다. 그렇게 말할 때 오히려 선배의 지성이 번득이는 걸 볼 수 있었다. 그가 선배에게 흥미를 느끼고 끌리게 된 이유였다. 그가 마지막이라 생각하고 참석한 회합도 지루하기는 마찬가지였다. 회합이 끝난 뒤 리어 선배는 문득 생각났다는 듯 물었다. 너는 뭐냐? 출세를 꿈꾸는 무산계급 출신의 야심가? 그건 아니겠지. 그런 녀석들은 한눈에 알 수 있거든. 너는 좀 복잡해. 알 수가 없단 말야. 너 같은 녀석이 누구인지 말해줄 사람을 한 분 알지. 학교 밖 모임인데 생각 있어? 그는 잠시 생각해보고 대답했다. 그분이 누구냐에 따라서요. 선배는 그를 복도 끝으로 이끌었다. 선배답지 않게 목소리를 한껏 낮추었다. 만담으로도 명성이 자자한 유선생 알아? 연극에 관심 있는 학생들 모임인데 정기적으로 와서 지도를 해주고 가서. 번안극이나 고전극에 질린 녀석들이야. 조선의 현실을 조선의 언어로 써보겠다는 건데 지루하기는 마찬가지야. 유선생 아니었으면 나도 그만두었을 테니까.

리어 선배가 언급한 모임은 그즈음에는 유명무실해진 학생 단체의 말단 분과로 시작했다. 흐지부지 단체가 없어지고 이합집산이 되풀이되는 과정에서 연극에 관심 있는 학생들만 남아 명맥을 잇고 있었다. 신입 회원은 별로 없지만 졸업한 선배들과의 관계가 돈독해서 그럭저럭 유지가 되는 듯했다. 그중에 극단에 진출한 졸업 선배가 선을 대어 극작가이자 배우이며 만담가이기도 한 유선생이 지도교사로 참여하게 된 거였다. 모임 장소는 천도교회관 내부의 작은 회의실이었다. 그는 처음 참석한 모임에서 유선생을 보았다. 무대에서와는 다른 분위기였다. 무대 위의 선생은 제자리에 꼼짝 않고 서 있으면서도 무대를 꽉 채운 듯한 느낌을 줬고 막힘없이 술술 만담을 풀어놓을 수 있는 달변가이기도 했다. 가까이에서 본 선생은 삼십대 중반이었지만 나이보다 훨씬 깊은 연륜이 엿보였고 둥근 안경알처럼 성격이 부드러워 학생들과 허물없이 어울렸으며 듣는 이를 기분좋게 하는 쾌활한 목소리를 지닌 사람이었다. 한마디로 집안 아저씨처럼 친근한 인상이었다. 유선생은 지식과 경험이 풍부할 뿐만 아니라 단순하고 명확한 언어로 자신의 의사를 표현할 줄 알았다. 객설로 다른 사람을 웃기는 만담가라면 으레 실없고 농을 좋아하고 가벼우며 장황할 것이라는 편견이 스르르 사라졌다.

그 모임에서는 어느 학생의 창작극을 토론했기 때문에 준은 잠자코 듣기만 했다. 그 학생의 작품을 읽지 못해서이기도 했지만 우선은 차분하게 분위기를 익혀야겠다는 생각에서였다. 유선생은 학생의 창작극을 총평하면서 세 가지를 강조했다. 예술, 사상, 흥행. 어떤 작품이든 예술적이고 미적인 성취를 보여야 하고 그와 똑같은 정도로 사회를 비판하고 현실을 직시하는 사상성을 지녀야 하며 마지막으로 이 두 가지를 만족시켰다 해도 흥행이라는 까다로운 요구 사항을 실현하지 못하면 불완전한 작품이라는 것이었다. 유선생에게 흥행은 곧 인민대중이었다. 극장을 찾는 평범한 관객들이 바로 그들이었다. 예술성과 사상성을 지닌 작품이라 해도 대중에게 받아들여지지 않거나 대중의 열망에 부응하지 못하면 그 작품이 선취한 예술성과 사상성마저 무의미하다고 했다. 유선생이 이처럼 자신의 평소 지론을 되풀이하는 데 그쳤더라면 준은 실망했을지도 모른다. 유선생은 이렇게 덧붙였다. 여러분이 조선의 현실을 직시하여 조선적인 극작품을 완성하려는 생각을 갖고 있다면 흥행의 참된 의미를 알아야 해요. 가장 중요한 건 대중 스스로도 알지 못하는 열망을 불러일으킬 수 있어야 한다는 거예요. 대중의 가슴속에는 불이 당겨지기만을 기다리는 숯이 있으니까요. 여러분은 거기에 불을 지펴야지요. 여러분의 열정으로 그들을 감동시켜 그들 스스로 타오르게 해야지요. 주의해야 할 게 있다면……누가 불을 지폈는지 언제 불이 붙었는지도 모르게 은밀하고 부드럽고 자연스러워야 한다는 겁니다.

유선생은 신중한 눈길로 좌중을 둘러보았다. 어떤 운명이 다가오고 있다는 예감이 들었다. 유선생의 논리에 압도되어서가 아니었다. 그는 선생의 마디가 굵고 투박한 손가락에서 눈을 뗄 수 없었다. 그런 손은 고생을 많이 해본 손이었고 그에게는 익숙한 손이었다. 아버지의 손, 누나의 손이었다. 하지만 결코 그의 손은 아니었다. 그는 상실감을 느꼈다. 그가 노력만 한다면 유선생의 지성을 능가할 수도 있을 테고 어쩌면 좋은 작품도 쓸 수 있겠지만 노동, 아니 노동이라는 말로는 다 표현할 수 없는 삶의 신산함, 고생이라는 말로도 다 담아낼 수 없는 비참함, 그런 세월을 견뎌왔다는 분명한 증거로서의 손을 가질 수는 없을 거였다. 그는 아버지, 누나와 똑같아질 수 있는 기회를 놓쳐버린 셈이었고 결국 아버지와 누나, 그리고 어쩌면 어머니와도 영원히 다른 사람이 되고 말 거였다. 또한 이런 생각을 했다는 것이야말로 그가 고보생이라는 집단에 속했음에도 거기에 속한 존재가 될 수 없음을 뜻하기도 했다. 그도 다른 학생들처럼 단정하게 학생복을 입고 눈썹이 가려질 정도로 교모를 눌러쓰고 학교 배지가 사람들 눈에 잘 띄도록 습관적으로 옷깃을 바로잡는 학생이었다. 고보생이라는 정체성은 누가 가르쳐주어서가 아니라 선배와 동급생들을 보면서 저절로 알게 되는 거였다. 그는 다른 학생들과 똑같아 보였지만 그들과 똑같을 수는 없었다. 그들에게는 그가 상실한 것들이 처음부터 없었다. 그들에게는 잃어버릴 손이 없었다. 그들에게는 똑같아지고 싶다는 열망을 불러일으킬 손이 없었다. 그들은 손에 대해 생각할 필요조차 없었다. 결국 그는 아버지와 누나가 속한 세계에서 추방당했듯이 고보생들이 속한 세계에서도 추방당하게 될 거였다. 그가 예감한 건 그가 어디에도 속하지 못한 사람, 이쪽과 저쪽 모두에서 추방될 수밖에 없는 사람이 되리라는 거였다. 유선생은 이쪽과 저쪽 어디에 속하지 않아도 상관이 없으며 자신이 속할 수 있는 곳은 자신뿐임을 아는 사람 같았다. 모임이 끝난 뒤 리어 선배가 그의 어깨를 툭 쳤다. 자, 이제 불 좀 지피러 가볼까.

여름방학을 맞을 때까지 준은 유선생이 지도하는 모임에 서너 차례 참석했다. 조선어 단속이 점점 심해지던 시절이라 조선적인 극을 연구한다고 드러낼 분위기가 아니었다. 장마가 지나고 무더위가 시작되었다. 옆방 노인은 지팡이와 함께 부채를 쥐고 다닌다는 것만 빼면 한결같았다. 박선생은 고향에 갔다 오겠다며 떠난 지 오래였다. 어느 무더운 밤에 준은 아버지의 신음에 뒤척이다 잠에서 깼다. 어둠 속에서 희미하게 드러난 아버지의 얼굴은 가련할 정도로 야위어 보였다. 더위라도 먹었는지 끙끙 앓으면서도 잠에서 헤어나오지 못하고 나쁜 꿈속에서 허우적거렸다. 아버지는 하루 동안 앓다가 비틀거리면서 다시 집을 나섰다. 허깨비 같은 아버지의 뒷모습에 그의 마음이 허우룩해졌다. 누나는 이 무더위를 어찌 견딜까. 환기도 되지 않는 공장에서 하루종일 시달리다 여럿이 땀을 흘리며 부대껴야 하는 기숙사에서 잠인들 제대로 잘 수 있을지 걱정이었다. 그는 안국동 근처에서 누나를 보았다. 아니, 그가 본 사람이 정말 누나였는지 확신은 들지 않았다. 천도교회관에서 모임을 마치고 리어 선배와 함께 시내를 걷다가 어느 골목에서 종종걸음으로 나오는 사람들을 보았다. 서너 명의 건장한 사내와 누나 또래의 여자가 섞인 무리였다. 그런 곳에서 누나를 볼 거라고는 생각도 못했기에 무심코 일별했을 뿐인데 방금 모퉁이를 돌아나간 사람들 가운데 한 명이 꼭 누나인 것만 같았다. 오가는 사람들에 묻혀 시야에서 놓치기는 했지만 그의 눈에 익은 뒷모습이었다. 선배가 무슨 일이냐고 묻는 눈길로 보았다. 누나를 본 것 같아서요. 공장에 다닌다는? 예, 요즈음에는 외출이 금지됐는지 통 볼 수가 없었는데. 선배가 한심하다는 표정을 지었다. 누나도 자기만의 시간이 필요하겠지. 외출을 나올 수 있다고 해서 반드시 집에 들러야 한다고 생각하면 안 돼. 누나를 놓아줘야 해. 그가 누나에게 품은 그리움이 어느 정도의 깊이인지 알 수 없는 선배로서는 당연한 말일지도 몰랐다.

방학중에도 모임에는 계속 참석했다. 이동 극단의 단원인 어느 선배의 부탁으로 회원 가운데 몇 명이 단역으로 출연했다. 그는 대사 연습을 도와주고 극본의 수정에도 조심스레 의견을 밝혔다. 어느 날 집에 돌아와보니 분위기가 무겁게 가라앉아 있었다. 이런 시간이면 늘 음악이 흘러나오던 안채나 곁채의 유성기도 조용했고 마당에는 비질 자국이 선명했다. 문간방들의 방문은 굳게 닫혀 있었고 바람조차 없어 아지랑이가 마당 가득 피어올랐다. 마루끝에 앉아 멍한 얼굴로 마당을 내다보던 희수는 그를 보더니 고개를 숙였다. 그를 보면 반갑게 손을 흔들고 쪼르르 달려와 말을 건네던 희수였기에 의아했지만 희수와 현서 사이에 무슨 일이 있었음을 짐작할 수는 있었다.

그다음날부터 안채에서 현서의 새된 목소리가 새어나왔다. 희수를 야단치는 소리거나 신세를 한탄하는 소리였다. 현서의 목소리가 이상하게 들릴 수밖에 없었던 건 높고 날카로운 성조 때문만은 아니었다. 무대 위의 능숙한 배우에게서 볼 수 있는 것처럼 분명한 발음과 빠르지도 느리지도 않은 말의 속도가 불러일으키는 낯섦이 컸다. 한 사람이, 특히 현서처럼 파란을 일으켰던 배우가 더는 무대에도 설 수 없고 촬영도 할 수 없다면 자신에게 익숙했던 것들을 어떤 방식으로 갈무리하여 배우가 아닌 삶에 적응할 수 있을까. 아마도 그런 사람은 무대에서 연기할 수 없으므로 삶 자체를 연기할 수밖에 없을 거였다. 그러니까 현서에게는 배우의 기미, 아무런 배역도 맡지 못해 아무런 배역도 맡지 못한 현실의 배우를 연기하려는 배우 아닌 배우의 기미가 엿보였다. 그가 희수에게서 느꼈던 것과는 분명히 달랐다. 마당 한가운데 서서 하늘을 비스듬히 올려다보던 희수에게는 희수가 세상의 일부인 동시에 세상 역시 희수의 일부라는 느낌이 있었지만 현서에게서는 세상과 분리된 현서, 세상을 분리시켜버린 현서밖에 느낄 수가 없었다. 그가 방문을 꼭 닫은 문간방에 있어도 현서의 목소리는 진공상태를 통과해 날아온 것처럼 혹은 바로 옆에서 그러는 것처럼 똑똑히 들렸다.

시간이 흐르면서 그는 왜 그런지를 알 수 있었다. 현서에게는 상상의 여지라는 게 없었다. 숙달된 배우의 발성이 외려 아무것도 상상할 수 없도록 그를 가로막았다. 자신의 처지를 한탄하고 끝내 저주하고 책임을 자신의 딸에게 씌우고 처벌하는 자의 희열을 감추지 않으면서 지금의 자신을 모든 사람이 보고 있는 것처럼 혹은 보아달라는 듯이 떼를 쓰고 윽박질렀다. 한마디로 분노하는 현서가 그 자체로 엄습해왔다. 감춰진 의미를 파악하거나 다른 식으로 해석할 필요가 없는 있는 그대로의 발가벗은 현서가 그의 의식 속으로 곧장 육박해왔다. 그건 그냥 아픈 사람이었다. 병을 앓는 사람이었다. 세균의 정체를 안다고 해서 세균을 이해할 수는 없는 것처럼 현서가 병자라는 걸 안다고 해서 병과 현서를 더 잘 이해할 수 있게 되는 건 아니었다. 그런 경우 누구나 마음속에 금줄을 치게 마련이었다. 그의 마음속에도 금줄이 쳐졌고 현서가 아무리 그의 의식으로 뛰어들어도 그의 내부로 침입할 수는 없었다. 현서는 그가 쳐놓은 금줄을 넘어올 수 없었다. 그 집에 사는 모든 사람들이 그러했을 테고 단 한 사람도 현서가 자기의 내부로 들어오는 걸 허락하지 않았을 거였다. 현서는 공연을 망친 배우였고 결국 실패한 배우였다. 희수는…… 그럴 수 없는 것처럼 보였다.

실패한 배우가 흔히 그러듯이 현서는 술에 취해갔다. 낮이고 밤이고 술을 마셨고 술주정을 부렸다. 어느 새벽 그는 현서가 사라졌다는 걸 알았다. 마술사와 거인과 사랑채의 배우들이 현서를 찾아 나섰다. 이 소동에도 아버지는 코를 골며 자고 있었다. 사랑채의 배우들은 집 앞 큰 골목에서 작은 골목들로 길을 잡아 갔고 그는 마술사와 거인을 따라 큰길까지 갔다. 큰길에 이어지는 골목들을 돌아다니다 어느 집 담장 아래 쓰레기통 옆에서 현서를 찾았다. 에구머니나, 깜짝이야, 픽 큐! 그는 눈을 질끈 감았다. 현서는 알몸이었다. 여기저기에 할퀴이

거나 쓸린 자국이 있었다. 거인이 가볍게 현서를 들어올렸다. 이럴 줄
알았다는 듯 담요를 가져온 마술사가 그걸로 현서를 덮어주었다. 축
늘어진 현서에게서 주정뱅이 냄새가 났다.

그는 기시감을 느꼈다. 그가 읽은 이야기 가운데 혹은 들은 이야기
가운데 현서의 이야기가 있었던 것 같았다. 그게 정말 현서의 이야기
였을 리는 없지만 그는 이미 현서의 끝을 보아버린 것 같았다. 리어
선배가 그에게 빙허의 소설을 읽어보았냐고 물었던 것처럼 그 역시
현서에게 현서의 삶을 다룬 소설을 읽어보았냐고 묻고 싶었다. 그런
건 읽지 않아도 아는 거라고 대답할 테지. 알기 때문에 읽지 않는 게
아니라 내가 아는 게 그처럼 정연한 한 편의 이야기로 요약되어 다른
이야기가 될 가능성이 없는 상태로 박제된 걸 보고 싶지 않아서라고
대답할 테지. 가난을 감출 수는 있어도 가난하다는 사실이 변하지는
않는 것처럼, 어떤 식으로든 타인의 시선에 한번 낙인이 찍히면 그걸
벗어나기가 어려운 것처럼. 삶은 분명하지만 그 분명해 보이는 삶을
살기 위해 얼마나 많은 불분명함 속에서 선택을 하고 희생을 하고 포
기를 하고 절망을 했는지, 그런 것까지 다 담아내는 이야기란 있을 수
없으므로 읽을 필요가 없노라고 하겠지. 현서가 진정으로 바라왔던
건 이야기로 만들 수 없는 삶임을 어렴풋이나마 느낄 수 있었다. 그가
알기에 이야기로 만들 수 없는 삶이란 존재하지 않는다. 당분간만 그
런 상태로 존재할 수 있을 뿐이다. 모든 삶은 언젠가 이야기가 될 수
있었다. 이야기하기로 마음먹으면 이야기하지 못할 삶이란 없었다.
현서는 불가능한 걸 원한 셈이다. 잠정적으로만 가능한 삶이다. 잠정
적으로 가능한 삶은 아무도 살아보지 않은 삶이다. 누구도 가지 않은

삶이고 언젠가 누구나 가게 되는 삶이다.

현서가 눈을 번쩍 떴다. 흐리멍덩한 눈이었다. 고개를 두리번거리더니 그를 보고는 담요 아래서 팔을 쑥 내밀어 손짓을 했다. 떨려 나오기는 했지만 한없이 다정하게 들리는 목소리로 현서가 말했다. 아들…… 내 아들, 이리 오렴. 그는 현서에게 다가갔다. 거인이 무릎을 굽혔다. 그는 현서의 손을 마주잡았다. 병자의 손. 희수 어머니의 손, 여배우의 손…… 그 손도 다른 의미에서 고생을 겪어본 손이었다. 그역시 다정한 목소리로 대답했다. 네, 엄마 저 여기 있어요. 정말 내 아들이니? 맞아요. 엄마 아들이에요. 엄마 아들 희수예요. 그러니 걱정말고 주무세요. 현서의 두 눈에 눈물이 고였다. 현서는 거인의 품 쪽으로 고개를 돌렸다. 거인과 마술사가 눈을 마주쳤다. 거인이 나직하게 쉬트! 하며 중얼거렸다. 나중에 마술사가 이걸 공연으로 만들어도 되겠어. 안 그래 마술사? 피에타 같은 걸루 말야. 내가 마술사 무릎을 베고 누워 있는 장면으로 시작하는 거지. 마술사가 질질 짜다가 하늘에서 불빛이 번쩍하면 내가 벌떡 일어나는 거야. 나는 순식간에 사라지면서 내 옷 안에 숨었던 준이 튀어나와서 이렇게 말하는 거야. 엄마 저예요! 아, 생각만으로도 끔찍한걸. 대성공일 거야, 오 마이 갓! 엄마 저예요! 엄마 저예요! 제목은 이렇게 하자구. 위대한 술주정꾼들. 어때?

그의 아버지가 인력거에 현서를 태우고 돌아온 날이었다. 나무 그늘 아래 매미의 사체가 수북이 쌓이고 어딘가 먼 곳에서 또다른 시험을 치르고 온 것처럼 한층 초췌해진 몰골의 박선생이 돌아온 지 얼마

되지 않은 때였다. 집으로 돌아온 현서는 발작을 일으키며 언니인 난향과 험악하게 다투었다. 밤이 깊었을 때 평소와는 달리 거인이 집 뒤쪽 담장을 넘어 들어왔다. 익숙하고 가뿐한 몸놀림으로 담장을 넘은 거인은 한데아궁이에 기대 웅크리고 조는 희수를 보았다. 사내아이처럼 짧게 깎인 머리통이 솥뚜껑 위로 툭, 툭, 떨어졌다. 아유, 깜짝이야. 거인은 희수의 볼을 손바닥으로 토닥였다. 희수 맞니? 희수 맞아? 왜 여기서 자? 여긴 쥐가 다닌단 말야. 쥐들이 네 머리를 다 갉아먹었잖아! 거인은 잠에 취한 희수를 안고 가 난향에게 건네주었다.

그 새벽에 다시 소동이 일어났다. 준은 처음부터 모든 소리를 들었다. 희미한 희수의 신음. 그는 눈을 번쩍 떴다. 여전히 곯아떨어진 아버지는 끙 소리를 내며 벽 쪽으로 몸을 돌렸다. 그는 귀를 곤두세웠다. 현서의 나직한 으르렁거림. 다급하게 문 열리는 소리. 그예 준도 소리 나지 않게 방문을 열고 쪽마루에 잠시 섰다가 토방으로 내려섰다. 문간방의 문들이 소리 없이 열렸다. 곁채와 사랑채 사람들도 마당으로 나왔다. 난향이 휘두른 목침에 현서가 어깨를 얻어맞아 쓰러졌고 사랑채 사내들이 달려들어 난향을 붙들었다. 난향은 목침을 마당으로 던졌고 그 자리에 주저앉아 통곡을 했다. 그는 똑바로 누운 채 부들부들 떠는 희수를 보았다. 희수의 얼굴은 방금 무덤에서 돌아온 것처럼 하얗게 질려 있었고 오한이 든 사람처럼 두 팔과 두 다리를 떨고 있었다. 빙그르르 돌다가 쓰러져 파닥파닥 좌우로 바닥을 치며 잦아드는 동전 같았다. 그는 희수의 짧게 깎은 머리를 처음 보았다. 그때의 희수는 사내도 계집도 아닌 다른 성에 속하는 아이였다. 어느 기생이 향수를 희수의 코끝에 댔다. 희수는 도리질을 치며 경련을 했지만 눈을 뜨지는 못했다. 희수는 제대로 내동댕이쳐진 동전 같았다. 그 자리에서 언제까지나 부들부들 떨면서 녹슬어갈 동전 같았다.

현서는 서랍장에 등을 기댄 채 희수를 지켜보았다. 분명 현서의 눈에는 아무것도 보이지 않을 거였다. 자기가 무슨 짓을 했는지도 모를 거였다. 다른 기생이 희수의 이름을 부르면서 팔다리를 붙잡고 주물렀다. 난향은 여전히 소리 높여 울었다. 갑자기 희수가 몸부림을 치며 자기에게 달라붙은 사람들을 먼지처럼 떨어내더니 벌떡 일어나 무릎을 딱 붙인 채 제자리에서 펄쩍펄쩍 뛰어올랐다. 몇 번을 그러더니 풀썩 쓰러졌다. 숨은 쉬어? 응 숨은 쉬어. 이게 대체 무슨 일이니. 여자들의 탄식 섞인 웅성거림도 점차 수그러들었다. 이제 현서는 자기의 두 손을 내려다보는 중이었다. 손으로 할 수 있는 일은 많았다. 인력거를 끌 수도 있었고 방직기의 바늘을 잡을 수도 있었다. 악수를 할 수도 있었고 뺨을 때릴 수도 있었다. 잡아당길 수도 있었고 밀어낼 수도 있었다. 머리를 쓰다듬을 수도 있었고 숟가락과 젓가락을 잡을 수도 있었다. 달을 가리킬 수도 있었고 책장을 넘길 수도 있었다. 손으로 할 수 있는 일은 너무나 많아 일일이 헤아리는 게 소용이 없을 정도니까. 그리고 목을 조를 수도 있었다. 목을 조르는 건 손안에 무언가를 쥐려는 열망의 극단적인 표현이었다. 희수의 목은 두 손으로 그러쥘 수 있는 것 가운데 가장 연약하고 소중한 것이기도 했다.

아침이 되자 그의 아버지는 인력거에 난향과 희수를 태우고 골목을 빠져나갔다. 그는 아버지에게 희수가 간 곳을 물었다. 학교에 다녀오는 길에 그 집에 들렀다. 희수는 방안에서 꼼짝도 하지 않으려 했다. 다음날에도 그다음날에도 희수를 보러 갔다. 나흘째 되는 날 희수가 방문을 열고 밖으로 나왔다. 그와 희수는 마루끝에 나란히 앉았다. 희수의 두 눈은 토끼 눈처럼 새빨갰다. 목에는 수건을 두르고 있었다. 아직 목이 아프지? 말하지 않아도 괜찮아. 희수가 고개를 끄덕였다. 희수가 아무 말도 하지 않아서일까. 그는 희수를 즐겁게 해주고 싶었다. 희수의 웃는 얼굴을 보고 싶었다. 이리저리 머리를 짜보아도 박선생이나 흥미로워할 만한 이야기 외에는 딱히 떠오르지가 않았다. 대신 리어 선배에 대해 이야기했다. 약간의 과장을 섞어 리어 선배가 어떤 사람인지 리어 선배가 왜 리어 선배인지를 설명했다. 희수는 아는지 모르는지 듣는지 마는지 별 반응이 없었다. 다음날에는 마당 한쪽에 선 감나무 그늘 아래 나란히 앉았다. 그는 알고 있는 농담과 유머 몇 개를 들려줬다. 희수의 생각은 여전히 그날 새벽에 비끄러매어져 있는 듯했다. 그다음날에는 그의 농담에 희수가 피식 웃었다. 입꼬리가 슬쩍 올라갔을 뿐이지만 마음속 걱정이 사라졌다. 그가 돌아가려 할 때 희수가 슬그머니 그의 팔을 붙잡았다. 그는 희수를 돌아보았다. 희수가 말하지 않아도 알았다. 너희 어머니는…… 너를 보고 싶어해. 오늘 새벽에도 들었어. 네 이름을 부르시더라. 희수가 듣고 싶어하던 말인지 확신할 수는 없었다. 정신이 온전치 못해 자기 딸의 목을 졸랐던 사람이라 해도 그 사람이 딸을 사랑하지 않는다고 단정할 수 없는 것처럼. 희수가 그의 팔을 놓아주었다. 그는 어머니에게 목을 졸려본 적은 없기에 희수의 기분을 알지 못했다. 짐작만 할 수 있었다.

그 집을 돌아나와 골목을 걸으면서 그는 희수가 어머니의 두 손에 목이 졸리면서도 결코 눈을 뜨지 않았으리라는 걸 깨달았다. 살의를 갖고 자기 목을 조르는 사람이 어머니라는 걸 알기에, 눈을 뜨면 제 얼굴 앞에 어머니의 얼굴이 있음을 알기에 그 얼굴을 보지 않으려고 차마 눈을 뜨지 못하고 오히려 눈을 질끈 감고 그 순간을 견뎠으리라는 걸. 골목을 빠져나가 사람들로 붐비는 길거리에 들어선 그는 다시 깨달았다. 희수가 눈을 뜨고 어머니의 얼굴을 보았다는 걸. 그 얼굴을 다시 보지 않으려고 두 눈을 질끈 감았다는 것을. 한번 보았으니 영원히 보아버린 셈이고 언제까지나 그 얼굴이 떠올라 희수를 괴롭히게 되리라는 걸. 정말 그랬다면 다른 이유는 없었을 것이다. 설령 희수를 괴롭히게 될 얼굴이라 해도 언젠가 그 얼굴마저 희미해질 게 분명하니까. 희수는 그런 얼굴일지라도 잘 보아두고 싶었을 것이다. 그는 어머니의 얼굴을 사진으로 보아 알 뿐 육안으로 본 기억은 없었다. 그에게 눈이 있으니 틀림없이 그 눈으로 어머니를 보았겠지만 그런 식으로는 기억이 나지 않았다. 그는 알 수 없었다. 비록 고통스러운 기억일지라도 먼 훗날에는 희미해질 기억이니 고개를 돌리지 말고 직시하는 게 옳을지, 차라리 마음에 담아두지 않고 기억에 새겨두지 않고 처음부터 알고 싶어하지 않았던 것처럼 고개를 돌려버리는 게 옳을지. 이제 그는 희수가 보았는지 보지 않았는지조차 헷갈렸다. 그가 알 수 있는 건 이런 식의 문제가 앞으로도 늘 반복되리라는 것뿐이었다.

희수가 집으로 돌아왔다. 하늘은 높푸르렀다. 현서가 요양원으로 떠나고 없는 동안 가을이 깊어갔다. 누나는 추석에 들러 이틀을 머물고 돌아갔다. 그는 누나의 가방에 몇 권의 소책자가 들어 있는 걸 보았지만 못 본 척했다. 이동 극단에 단역으로 참여해본 경험이 있는 회원들은 정말 배우라도 된 것처럼 으스댔다. 리어 선배는 코웃음을 쳤다. 리어 선배도 재미삼아 해보고 싶어했으나 덩치가 너무 큰 탓에 마땅한 배역이 나오지 않았다. 어차피 학생들이 맡을 수 있는 배역은 몇 가지로 정해져 있었다. 가장 유력한 배역은 물론 학생 역이었다. 리어 선배는 학생인데도 학생 역에 도무지 어울리지 않았다. 다음은 거지 소년, 심부름꾼, 행인…… 그 외는 성인 배우들의 몫이라 리어 선배에게는 기회가 주어지지 않았다. 정말 리어왕 역할이 아니라면 리어 선배에게는 무대에 설 기회가 주어지지 않을 듯했다. 시간이 흐를수록 그는 진로에 고민이 깊어갔다. 고보를 졸업한 뒤에도 사회 진출은 쉽지 않았다. 대학에 들어가지 않는 이상 평범한 사무직에 만족할 수밖에 없었다. 아버지와 누나의 기대를 채워줄 수 있을지 걱정이 되었다. 차라리 현실적인 판단을 하는 게 나을 수도 있었다.

리어 선배는 토론에 부치지는 않았지만 여러 편의 희극을 썼고 유선생에게만 부탁해 조언을 듣기도 하는 것 같았다. 유선생은 작품이 함량 미달이어도 기운을 북돋아주려 했을 테고 리어 선배는 아마 그런 격려에 더 상심했을 것이었다. 이동 극단은 말 그대로 여기저기 직접 찾아다니며 공연을 했기 때문에 학생들이 참여할 수 있는 기회는 드물었다. 지방 공연까지 따라다닐 수는 없어서였다. 어떤 극단이라도 수입이 없으면 운영이 어려웠다. 배우들도 생계를 위협받으면 극단을 떠나야 했다. 그런 탓에 배우들의 생명이 길지 않았다. 극단을 떠나 있는 동안 다른 일에 종사하다 그쪽 일이 잘 풀려서 정착하면 무대로 돌아오지 않기도 했다. 그는 몇 번 이동 극단 공연을 관람했다. 거기에서 낯익은 사람들을 보았다. 사랑채에 사는 배우들이었다. 그들도 출신은 다양했다. 변사를 거쳐 배우가 된 이도 있었고 잘 다니던 학교를 때려치우고 일찌감치 배우의 길로 들어선 이도 있었다. 그들 대부분이 아직은 젊어서인지 배우 생활을 즐기는 듯했다. 이동 극단도 막간 공연을 하는 경우가 있었고 그런 공연에서 마술사와 거인을 보기도 했다. 어쩌다보니 한집에 사는 사람들이 공연장이라는 한자리에 모이게 된 거였다. 무대에서 직접 얼굴을 본 이들이라 집에서 다시 볼 때는 남다른 기분이었다. 혈육은 아니지만 그들이 가깝고 친근하게 여겨졌다. 그건 그들도 마찬가지인 듯했다. 이전보다 더 살갑게 그를 대했고 친동생이라도 되듯 이런저런 고민을 들어주고 함께 걱정해주었다.

추석도 지나고 만추가 되었다. 겨울이 다가오고 있었다. 밤늦도록 아버지가 돌아오지 않았다. 이런 일은 전에도 많았지만 아침에 집을 나가기 전에 늦을 것을 일러주었기에 걱정해본 적은 없었다. 그는 쪽마루에 앉은 채 오들오들 떨었다. 마술사와 거인이 돌아왔다. 준아, 왜 나와 있어? 아버지가 아직 안 오셔서요. 걱정이 되어서 나와 있구나. 마술사가 그의 머리를 부드럽게 쓰다듬었다. 그 옆에서 거인이 투덜댔다. 아무리 그래도 그렇지 추운데 왜 나와 있어? 쉬트! 그의 아버지가 아무 언질 없이 늦던 날도 있긴 했다. 벌써 오래전의 일이었다. 준은 아버지를 찾아 경성역까지 혼자 갔고 인력거 회사 정문 앞에서 기다려 기어이 아버지를 만날 수 있었다. 아버지는 아들이 찾아온 게 기특하고 고맙기도 했지만 위험한 밤길을 어린 아들이 혼자 돌아다녔다는 것에 죄책감과 불안을 느꼈다. 그뒤로는 아무 이유 없이 늦지 않으셨거든요. 늦을 것 같으면 언제나 미리 알려주셨어요. 괜한 걱정이야. 들어가서 먼저 자. 아침에 눈을 뜨면 옆에 아버지가 누워 계실 테

니까, 퍽큐! 마술사와 거인은 피곤했는지 문간방에 들어가자마자 잠
잠해졌다. 그는 마술사와 거인의 충고를 따르기로 했다. 방에 누웠지
만 잠이 오지는 않았다. 아버지에게 무슨 일이 생긴 게 아니라면 이렇
게 늦을 리가 없었다. 그는 벌떡 일어나 외투를 챙겨 입고 밖으로 나
갔다. 신발을 꿰어 신기는 했지만 어디로 가야겠다는 요량이 생기지
는 않았다. 그가 나가 있는 동안 아버지가 돌아와 외려 아버지를 걱정
시킬 가능성도 전혀 없지는 않았다. 대문을 나가려 할 때 아버지가 돌
아왔다. 아버지는 지친 기색이었지만 미안하다는 표정을 지었다.

　며칠이 지난 휴일, 아버지는 오늘 좀 늦을 일이 있다며 집을 나섰
다. 얼마나 늦으세요? 글쎄, 일이 되는 꼴을 봐야 알지. 늦더라도 걱
정 말고 밥 잘 챙겨 먹고 먼저 자렴. 아버지는 하늘을 올려다보았다.
하늘은 어둑어둑했다. 한바탕 비가 올 수도 있겠구나. 점심 무렵 안채
에 손님이 찾아왔다. 난향과 현서에게 춤을 가르친 적이 있는 춤 선생
이었다. 키가 큰데도 허리가 전혀 굽지 않은 칠십대의 노인이었다. 난
향이 손님을 응대했고 희수가 그 옆을 지켰다. 춤 선생은 쓸쓸해 보였
다. 준도 춤 선생이 어떤 인물인지는 잘 알고 있었다. 젊은 시절에는
대한제국 황제 앞에서 춤을 추어 찬사를 받았고 궁중무용단을 지도하
고 이끌기도 했다. 이제 기생들도 궁중무용인 정재는 시늉으로만 배
웠다. 검무, 승무, 사고무 정도만 적당히 익히고 대부분의 시간을 레
뷰 춤을 추는 데 할애했다. 여러 예기가 원피스와 같은 서양 의복을
입고 한꺼번에 무대에 올라 동작을 맞추어 추는 레뷰 춤은 요릿집을
비롯한 여러 공연장에서 인기가 높았다. 유선생식으로 말하자면 예술
도 사상도 없지만 흥행만은 최고여서 학생들이 주최하는 모임이나 파

티에서도 아이리시 탭댄스와 코사크 춤을 쉽게 볼 수 있었다. 이처럼 인기가 높다보니 골목의 조무래기들조차 쭈그려앉은 채로 다리를 뻗었다 굽혔다 하고 위로 뛰어오르면서 몸을 빙 돌리는 식의 코사크 춤을 흉내내는 놀이를 즐겼다. 춤 선생은 뜻이 맞는 이들과 전통무용 연구소를 운영했지만 전통무용을 배우려는 이들은 드물었다. 여전히 권번 교습소의 기생들이 춤 선생의 거의 유일한 제자들인 셈이었다. 카페 여종업원이 늘어가는 것과 반대로 권번에 속한 기생들의 수는 점차 줄어들고 있었으니 제자들의 수도 그만큼 줄었을 터였다. 춤 선생은 잠시 머물며 희수를 조용히 지켜보다 갔다.

희수가 춤을 추는 걸 본 적은 없었다. 난향과 현서는 기생의 삶을 희수에게 물려줄 생각이 없었고 희수도 이모나 어머니의 기생 이력에는 관심이 없는 것 같았다. 그러나 희수의 걸음걸이를 비롯해 사소한 손짓마저 남다른 점이 있었다. 또래의 여자아이들보다 키가 큰 편이라 그럴 수도 있었지만 차라리 그건 육체와 관련된 것이라기보다는 정신과 관련된 것이기도 했다. 희수에게는 다 커버린 미래의 희수가 이미 그 안에 있는 것만 같았다. 그런 경우 희수에게 무언가를 가르쳐줄 수 있는 사람은 이모나 어머니가 아닌 이미 다 커버린 희수 자신일 거였다. 희수는 눈에 보이는 희수보다 큰 사람이었다. 성숙하다거나 어른스럽다거나 지혜롭다거나 한 사람의 품성을 도야하는 방식으로 획득할 수 있는 것들과는 무관하지만 이 세상에 존재하지 않는 성숙함과 어른스러움과 지혜로움이라 일컬을 수 있는 무언가를 이 세상에 태어날 때부터 가지고 온 것 같았다.

춤 선생이 가고 난 뒤 빗방울이 한두 방울씩 떨어졌다. 사위가 갑자기 어두워지더니 이윽고 거세게 비가 내리기 시작했다. 비가 오면 그는 습관적으로 아버지 걱정을 했다. 누나도 걱정이 되었지만 적어도 오늘만은 그런 생각을 하고 싶지 않았다. 그는 쪽마루에 앉아 처마끝에서 주룩주룩 떨어진 빗물이 둥그런 홈을 파면서 서서히 고이는 걸 지켜보았다. 빗물은 스스로 땅을 두드려 제가 모일 곳을 만들었고 그렇게 차오르면 넘쳐흘렀다. 희수도 마루에 앉아 비 내리는 마당을 바라보고 있었다. 곁채의 여자들은 하나둘 우산을 쓰고 나갔다. 늦을 거라던 아버지가 비에 흠뻑 젖은 채 돌아왔다. 다음날 그가 학교에 갈 때까지도 아버지는 일어나지 못했다. 밤새 끙끙 앓았으면서도 아버지는 웃는 낯으로 그를 보았다. 하룻밤 새에 십 년은 더 늙어버린 듯한 얼굴이었다. 그리고 솔직하게 말하자면 그는…… 순식간에 아버지가 낯설어졌다. 비 내린 뒤라 한층 쌀쌀해진 아침이었다. 집을 나서면서 그는 빙허의 소설에 나오는 인물이 된 기분이었다. 비로소 그는 빙허의 소설을 읽어볼 생각이 들었다. 거기에서 무얼 보든 상관없을 것 같았다. 삶을 능가하는 이야기란 없겠지.

그로부터 이 년여의 세월 동안 많은 일이 있었다. 그 세월은 여자에 관한 그의 오래된 두려움이 희석되는 시간이기도 했다. 다른 생각이 들어서면서 원래의 생각이 묽어지는 것과는 달랐다. 원래의 생각도 형체를 유지했지만 조금씩 영향력을 상실했을 뿐이었다. 영향력을 잃은 생각이란 하나의 생각이 아니라 생각의 잔해라고 할 수 있었다. 그런 식으로 그의 오래된 생각들은 잔해로 남아 켜켜이 쌓여갔고 새로운 생각들이 잔해를 뚫고 자라났다. 어쩌면 새로운 생각이란 그처럼 이전 생각들의 잔해를 거름 삼아 자라는 것인지도 몰랐다.

　희수는 어머니가 돌아온 뒤로 더 침울해졌다. 마술사와 차력사가 그와 희수를 공연에 초대했다. 희수는 공중부양을 하는 마술사의 몸에 아무런 장치가 없음을 확인해주는 역할을 썩 잘해냈다. 이후 그는 희수와 함께 극장에 자주 다녔다. 극장에서의 희수는 이전에 그가 알던 희수와는 달랐다. 희수는 공연을 관람하는 게 아니라 온몸으로 느끼는 것 같았다. 다시 말해 관람석에 앉은 희수는 몸의 모든 감각을 부드럽게 열고 맞을 준비가 된 사람 같았다. 영화를 보아도 마찬가지였다. 희수는 변사의 목소리에 크게 주의를 기울이지 않았다. 화면만 보고 모든 걸 이해했다. 정확하게는 화면에 등장하는 배우들을 보는 것만으로도 모든 상황을 알았다. 그들이 무슨 말을 하는지 모르면서도 알았다. 오빠, 그 여자 많이 아팠겠지? 어떤 장면에서? 아들이 떠나던 장면 말야. 여자에게 인사를 하고 나가다가 외양간의 소를 한 번 바라보던 장면 있잖아. 그는 잠시 생각해본 뒤 대답했다. 그때는 아직 비극을 예감할 수 없었고 그게 마지막 이별도 아니었으니 그렇게 아팠을 것 같지는 않은데. 희수는 고개를 저었다. 아팠을 거야, 아주 많이. 자기한테 인사를 하고도 소를 봤잖아. 아들이 사랑하는 사람이 자기만이 아니라는 생각이 들었을 거야.

　그런 식의 감상은 준에게는 낯설었다. 사소한 몸짓이나 말을 무시해서도 안 되지만 그것들에 너무 깊은 의미를 부여하면 해석이 장황해질 수밖에 없었다. 오독과 오해는 그런 식으로 생겨나기 마련이었다. 그러나 희수의 말은 항상 잠들기 전에 다시 떠올랐다. 희수의 말은 하나의 생각처럼 그에게 다가왔고 그가 생각해낸 것처럼 자연스럽게 내면에 스며들었다. 그는 손으로 잡을 수도 있을 것처럼 분명한 마음이 아니라면 추측하지 않으려 했으나 희수는 너무나 손쉽게 누군가의 마음을 읽어냈다. 그동안 그는 희수가 읽은 마음이 진실이냐 아니냐를 따지려 했지 왜 희수가 그런 식으로 사람의 마음을 읽는지, 어떤 방식으로 그렇게 느낄 수 있는 것인지를 따져본 적은 없었다. 유선생조차 모르는 게 있다면 그런 부분일 듯했다. 유선생 역시 대중이 어떤 방식으로 스스로를 열어 보이고 기꺼이 거기에 불을 지피도록 허락하는지를 설명해주지는 못하니 말이다.

유선생은 열정적으로 작품을 쓰고 공연을 했다. 이동 극단에서 공연하는 극들의 대부분을 유선생이 썼지만 다른 사람이 쓴 걸로 알려져 있었다. 감시에서 벗어나고 검열을 쉽게 통과하기 위한 방편인 듯했다. 준도 몇 번 단역으로 공연에 참여했다. 사랑채의 배우들은 그가 지나갈 때마다 조선의 대배우가 지나간다고 농담을 했다. 그러나 아무도 그에게 거짓말을 하지는 않았다. 타고난 배우라거나 가능성이 엿보인다거나 그게 아니라면 맡은 배역에 잘 적응했다는 말조차 하지 않았다. 사실 대형 극장에서 공연되는 프로 극단의 극에 비하자면 이동 극단은 아마추어 수준이었다. 공연 시간도 짧았고 관객들의 호응도 좋지는 않았다. 관람객의 대부분이 노동자였고 가난한 사람들이었다. 돈이 없어서 시간이 없어서 혹은 사실 아무런 관심이 없어서 극장에 가지 않던 사람들이었다. 파업을 준비할 만큼 잘 조직된 모임인 경우도 있었지만 그들이라고 해서 억지로 감동받은 척하지는 않았다. 그는 극단의 허드렛일을 돕는 데서 더 큰 보람을 느꼈다. 그런 역할이 나쁘기만 한 건 아니었다. 비록 그가 출연한 극이라 해도 한 걸음 떨어져서 감상하고 평가할 줄 알게 되었다.

그는 극단의 연습 시간에 불려가게 되었다. 좀더 비중 있는 다른 배역을 맡게 된 거였다. 그는 무대 위에서도 연기를 한다는 생각보다는 그저 이야기의 한 부분을 재현하고 있다는 생각이 더 강했다. 이야기 장사와 전기수들이 이야기의 한 대목을 손짓 발짓으로 묘사하는 것과 크게 다르지 않다고 생각했다. 그는 두려웠다. 완벽하게 배역을 연기하게 되면 자신의 분신을 만들어버린 기분이 들까봐. 무대에서 내려온 뒤에는 그 분신을 무대에 홀로 내버려두고 온 기분이 들까봐. 그가 연기한 인물들을 그가 진심으로 사랑해본 적이 없다는 뜻이기도 했다. 그 인물에 몰두하고 몰입하여 정말 그 인물이 된 것처럼 느끼고 그 인물과 하나가 되어 감정을 공유할 수 있으려면 그 인물을 사랑할 수 있어야 했다. 그는 여전히 이쪽에도 저쪽에도 속하지 못하고 양쪽 모두에서 추방된 사람이라 느꼈기에 현실에서든 극에서든 누구를 연기하든 그 인물과 같은 곳에 속한다는 느낌을 가질 수 없었다.

그는 결코 무대를 편안하게 느끼지 못하게 될 거였다. 그런 예감이 유선생처럼 일상과 무대가 뒤섞이면서도 분명하게 구분되는 사람의 재능에 비할 수 없다는 생각 탓일지라도 무대와 배우는 여전히 그의 것이 아니었다. 누나와 처음 공연을 관람했던 날 느꼈던 경이로움이 그를 무대와 극장으로 이끌었지만 한편으로는 그런 경이로움을 실현하기 어렵다는 생각이 그를 무대와 극장 밖으로 밀어냈다. 그동안 리어 선배는 극본 공모에 당선하여 극작가를 자처할 수 있게 되었다. 사람들이 놀랐던 건 리어 선배가 일어로 작품을 썼다는 사실이었다. 리어 선배는 씁쓸하게 웃었다. 자신을 변명하려고도 하지 않았다. 그는 선배가 설명하지 않아도 충분히 짐작할 수 있었다. 의사인 아버지는 아들이 연극판을 맴도는 걸 탐탁하게 생각하지 않았다. 음악가인 어머니의 생각도 비슷했다. 부모를 거역하지 않으면서도 거역할 수 있는 타협책으로 일어 신문의 공모전에 응했으리라는 게 그의 생각이었다. 그의 생각은 사실 반쯤만 맞았다. 선배가 왜 그런 선택을 할 수밖에 없었는지는 많은 시간이 지난 뒤에야 알게 되었으니.

그가 무대를 맴돌아야 했던 이유는 달리 설명할 수가 없었다. 그는 시장 입구에서 최초의 공연을 한 뒤로는 그 이전으로 돌아갈 수 없게 된 거였다. 누나가 환히 웃고 희수가 즐거워하고…… 그가 아는 사람들이 그를 보면 유쾌해지고 흥겨워져서 잠시나마 시름과 걱정을 내려놓게 되길 바랐다. 그의 내밀한 욕망이라고도 할 수 있었다. 그는 비록 단역일지라도 무대 위에서 진지한 역할을 하거나 의미심장한 대사를 할 때보다 가볍고 경쾌한 희극적인 역할을 할 때 관객의 반응이 낫다는 걸 깨달았다. 그런 점을 준보다 먼저 알아챈 사람은 유선생이었다. 유선생은 그에게 희극배우의 기질이 있다고 여겼고 그런 생각을 몇 번 언급하기도 했다. 언제부턴가 그도 유선생처럼 느끼게 되었다.

마침내 그는 누나 앞에 서게 되었다. 이동 극단이 찾아간 곳은 방직 공장 노동자들의 모임이었고 그는 관객 가운데 누나가 있다는 걸 알았다. 그의 눈에는 누나만 보였다. 그는 우스운 연기를 무표정하게 잘해냈고 관객들의 반응도 좋은 편이었다. 공연이 끝난 뒤 누나가 그를 찾아왔다. 누나는 그를 사람들의 눈에 띄지 않는 구석으로 끌고 갔다. 준아…… 잘했어. 정말 고마워…… 누나의 두 눈에 눈물이 그렁그렁했다. 그는 쑥스러웠다. 누나의 눈물을 감동의 눈물이라 생각했기 때문에 가슴이 벅찼다. 누나, 극단 사람들 소개해줄게. 아니야, 괜찮아. 다들 좋아할 거야, 응? 그게 아니라…… 모르는 게 더 나을 수도 있어. 누나는 공원들 무리로 돌아갔다. 그러자 더는 누나만을 구분해낼 수 없었다. 만약 그게 누나를 마지막으로 보게 된 것이나 마찬가지임을 알았다면 당연히 그냥 보내지는 않았을 것이었다. 얼마 뒤 방직공장 노동자들 사이에 침투한 조직이 경찰에 발각되었다. 조직은 산산조각이 났고 몇몇만이 간신히 지하로 숨어들 수 있었다. 그와 그의 아버지가 소식을 듣고 병원으로 달려갔을 때 그의 누나는 이미 숨져 있었다. 고문의 흔적이 뚜렷했지만 아무도 거기에 대해서는 말하지 않았다. 한참이 지난 뒤 유품으로 가죽장갑을 전달받았다. 방금 상점에서 사온 새 장갑처럼 주름 하나 없이 고운 장갑을.

자네 누나는 누나로 죽은 게 아니라 노동자로 죽은 거야. 자네가 만약 복수를 하고 싶다면 누나의 동생으로서는 안 돼. 노동자의 동생이어야 하지. 그래야 진짜 복수. 소인배처럼 사사로운 복수심에 끌려간다면 저승에서 누나가 통곡을 할 테니까. 누나가 바라던 세상을 만들어야지. 누나가 하고 싶었던 일을 해야지. 하지만 난 몰라요. 누나가 바라던 세상이 어떤 세상인지. 누나가 하고 싶었던 일이 무언지 모른단 말예요.

그는 정말 몰랐다. 짐작은 하고 있었지만 정말 아무것도 몰랐다. 알면서도 모른 척한 게 아니었다. 알고 싶지 않아서 모른 척한 거였다. 누나가 그럴 리 없다고 믿어서도 아니었다. 그런 믿음 따위는 처음부터 없었다. 진심을 말하자면 누나는 무엇이든 가능한 사람이라고 믿었다. 그는 처음으로 누나가 되어 누나의 마음속으로 들어갔다. 파리한 낯빛의 어머니, 인력거꾼인 아버지. 젖을 뗀 지도 얼마 되지 않는 동생. 제대로 먹지 못해 부황기로 누런 얼굴들. 도망가버린 어머니. 어머니는 어디에 있을까. 살아 있기나 한 걸까. 나도 어디론가 도망가버릴까. 어머니를 찾아가면 받아주실까. 나마저 없어지면 동생은 누가 돌볼까. 나는 왜 태어났지. 나는 왜 사는 거지. 동생을 보살피라고 낳은 건가. 동생을 낳기 위해 나를 낳은 걸까. 아버지는 왜 저러시지. 왜 계집은 어차피 운운하면서…… 나도 사람인 건가. 나도 사람이 맞나. 나도, 나도…… 사람이겠지.

3장

무력하고 불행한

희수가 보기에 준은 한 번도 만난 적 없는 여자를 위해 감정을 꽁꽁 숨겨둔 사람 같았다. 그는 웃거나 찡그리거나 한숨을 내쉬거나 할 때 묘하게도 아주 조금 늦게 그런 감정을 드러냈다. 찰나에 불과한 지연이지만 준의 표정을 읽으려 하는 사람들이 이상하다고 느낄 수 있을 만큼의 지연이었고 순간에 불과한 지연, 바로 이 멈춤에 담긴 감정만이 진실로 품고 있는 감정임을 부지불식중에 깨닫게 되는 그런 지연이었다. 준은 자기 생각에서 한 걸음 떨어져 지내는 것처럼 보였다. 언제나 하나의 생각을 하면서도 다른 생각에 똑같이 몰두하는 것 같았다. 그러니까 어떤 생각을 하자마자 그 생각에서 벗어나기 위해 애쓰는 것 같았다.

　언제부터 마음이 준에게 기울었는지는 희수도 몰랐다. 그를 생각하면 마음부터 아팠다. 그 때문은 아니었다. 그를 둘러싼 상황 때문도 아니었다. 그러고 보면 희수의 마음이 아플 때마다 그가 함께였던 것 같았다. 만약 어떤 순간을 콕 짚어서 말해야 한다면 아마도 그때였으리라. 난향 이모는 희수를 낯선 집으로 데리고 갔다. 엄마도 모르는 집이었다. 엄마가 새벽에 희수의 목을 조른 탓이었다. 거기에서 일주일 정도를 지냈다. 목이 졸려 성대를 다친 희수는 말을 할 수 없었다. 아픔을 참으며 소리를 낼 수는 있었지만 그 소리는 희수의 귀에도 조금 기괴하게 들렸다. 그때 준은 날마다 희수를 보러 왔다. 누가 시킨 것도 아니었고 그렇게 해야 한다고 일러준 것도 아닐 텐데 그는 학교를 마치면 희수가 엄마로부터 격리되어 있던 그 집을 찾아와 한참을 머물다 갔다. 헤아려보니 정말 하루도 거르지 않았다. 처음에는 그가 찾아온 이유를 알 수 없어서 어리둥절했다. 짧게 깎인 머리가 부끄럽지는 않았다. 아마 희수는 자신을 찾아온 사람이 누구였든 경계심을 품었을 거였다. 그때는 누구든 엄마가 은밀히 보낸 엄마의 대리인으로 여겼을 테니까. 그다음날에도 그가 왔다. 희수는 여전히 방문 밖으로 나가지 않았다. 그다음날에도 왔고 그다음날에도 왔다. 희수는 방문을 열었다. 그는 희수의 눈을 똑바로 보지 못했다. 원래 그는 사람을 똑바로 쳐다보거나 하늘을 올려다보는 사람은 아니었다. 약간 고개를 숙인 채 아래쪽을 바라보는 사람이었다. 그 탓에 때로는 누구하고도 이야기하고 싶지 않다는 완강한 거부처럼 여겨지기도 했다. 타인의 시선에서 비켜나려는 듯한 그 태도가 외려 그를 붙임성 있는 사람으로 비치게 했는지도 모른다. 수줍고 소극적인 그가 타인에게 환심을 사기 위한 행동을 하면 그 행동이 진심이라는 느낌을 받게 마련이니까. 희수도 그런 느낌을 받았다.

그는 희수를 즐겁게 해주려 노력했다. 이런저런 농담을 들려주었다. 농담 자체는 별로 재미가 없었다. 서투르고 미숙한 희극배우가 떠올랐으니까. 그가 엄마의 밀사가 아니라는 건 분명했다. 잠시나마 그런 생각을 품었던 게 우스웠다. 그는 학교와 관련된 일상적인 이야기를 들려주었다. 특히 어느 선배를 설명할 때는 은근한 열망까지 느낄 수 있었다. 희수는 그가 이야기한 선배에 대한 세부적인 것은 기억나지 않아도 그가 얼마나 깊은 애정을 지니고 말했는지는 기억할 수 있었다. 그 점이 희수의 호기심을 불러일으켰다. 리어 선배라는 사람은 어떻게 그의 관심과 애정과 호의를 끌어낼 수 있었을까. 그걸 질투라고 할 수 있을까. 아마도 리어 선배라는 사람이 지닌 매력을 알아볼 수 있는 사람도 그 외에는 없을 거였다. 그는 최선을 다했다. 희수도 알 수 있었다. 희수가 아무런 반응을 보이지 않아도 그는 포기하거나 자책하지 않았다. 그는 다음날에도, 그다음날에도 왔다. 그가 시골 영감 농담을 들려주었다. 시골 영감 농담은 희수도 아는 농담이었지만 그의 목소리로 들으니 새로웠다. 희수는 피식 웃음이 났다. 같은 농담이라 해도 누가 하느냐에 따라 다를 수 있고 언제, 어디서, 어떤 상황에서 듣느냐에 따라 다를 수 있다는 점도 신기했다. 그러자 불현듯 엄마가 떠올랐다. 엄마가 지금의 엄마가 아니라면, 엄마가 가난한 집에서 태어나지 않았더라면, 엄마가 여자로 태어나지 않았더라면, 엄마가 나를 낳지 않았더라면, 엄마가…… 그 무수한 않았더라면 속에 살았더라면. 엄마 생각을 않으려고 노력하는 중이었는데 불쑥 솟아난 그 생각 탓에 숨쉬기가 어려워졌다. 그가 더 당황하리라는 걸 알기 때문에 희수는 당황한 모습을 보여주고 싶지 않았다. 그가 떠나려 할 때는 울컥하는 기분이 절정에 이르렀다. 희수는 자기도 모르게 그의 팔을 붙잡았다. 그는 잠깐 머뭇거렸다. 무슨 말을 할지, 어떤 말을 골라야 할지 심사숙고하는 듯했다.

이윽고 그가 말했다. 너희 어머니는…… 너를 보고 싶어해. 오늘 새벽에도 들었어. 네 이름을 부르시더라. 그리고 그는 잠시 기다려주었다. 어떤 반응을 보일지 두려워하면서. 그의 거짓말을 희수가 믿어줄지 걱정하는 것처럼. 희수야, 난 네 어머니가 어떤 분인지 잘 모르지만 내가 아는 것보다, 어쩌면 네가 아는 것보다 강한 분이라는 건 알아. 너도 알 거야. 골목에 사는 사람들이 겉으로는 웃는 낯이지만 네 어머니 뒤에서는 손가락질하고 뒷말을 하고 비난하면서 즐거워한다는 걸. 그리고 그가 얼마 전에 겪었던 일을 희수에게 들려주었다. 골목을 걷던 준은 그날따라 들으라는 듯이 희수의 어머니에 대한 험담을 떠들어대는 사람들을 보았다. 마침 외출을 하기 위해 대문을 나서던 현서도 그 소리를 들었다. 현서는 속닥거리는 여자들에게 다가갔다. 그중 한 사내아이의 눈을 똑바로 바라보며 말했다. 네 엄마가 무슨 말을 했든 그건 다 거짓말이야. 너도 나중에 알게 될 거야. 네 엄마가 얼마나 비열한 사람인지. 현서는 보란듯이 그 앞에서 양산을 펴고 또각또각 구두 소리를 울리며 골목을 걸어갔다. 그 아이는 그제야 울음을 터뜨렸다. 준은 잠자코 이 모든 광경을 지켜보았다. 그리고 언젠가 이 장면이 이야기가 될 것임을 느꼈다. 그의 마음은 무겁고도 가벼웠다. 삶의 비밀을 엿본 기분이었고 대체 그런 비밀은 어디에서 태어나는가, 라는 궁금증이 해결된 기분이었다. 이 이야기를 너한테 들려주는 게 나의 의무라고 생각했어. 희수야…… 너희 어머니는 너를 사랑하셔. 희수가 듣고 싶었던 말이 바로 이 말이었는지도 모른다. 그때 희수의 마음속에 이런 생각이 떠올랐다. 준에게 한 번도 만난 적 없는 사람이 되고 싶다. 그가 지금까지 알던 어떤 사람과도 똑같지 않고, 만약 이후에 다른 사람을 만난다 하더라도 결코 다시 만날 수 없는 그런 사람이 되고 싶다. 나는…… 그에게 전무후무한 사람이 되고 싶었어요.

그는 여자를 얼마쯤은 두려워했고 그런 두려움의 기원이 어머니에게 있다고 생각했어요. 그건 그의 오해일 수도 있어요. 그는 오히려 아버지를 두려워했어요. 아버지를 두려워한다는 건 아버지를 의식하지 않는 순간이 없었다는 거예요. 그는 어머니나 누나를 잊고 자신의 일에 몰두할 수는 있었지만, 그런 순간마저도 완전하게 아버지를 지워버릴 수는 없었어요. 그의 아버지는 여느 사내들과는 조금 달랐어요. 구한국 병정 출신에 인력거꾼, 막노동꾼으로 오랜 세월을 살았지만 말투가 부드럽고 겸손하며 무엇보다 가족을 위하는 사람이기도 했어요. 그의 아버지는 야심이 없었어요. 사내만이 할 수 있는 일, 사내답게 해야 할 일, 그런 일들에 뛰어드는 걸 사내다운 일이라고 생각하지도 않았어요. 그렇다고 해서 겁쟁이였다고는 할 수 없어요. 아내가 도망간 뒤로 남은 두 자식을 책임져야 한다는 의식이 강했고 그게 어느 정도 집착처럼 작용했을 뿐이에요. 살림을 유지하기 위해서는 몸을 아끼지 않고 일을 해야 했지만 너무 무리를 하다 다치거나 사고를 내면 집안이 풍비박산이 날 거라는 두려움 탓에 몸을 사릴 수밖에 없었어요. 온몸이 부서져라 일을 하면서도 자신의 몸을 돌보아야 했기에 사소한 결정을 내릴 때조차 허둥댔다고나 할까요.

그의 아버지에게 가장 중요한 일은 두 자식을 키워 성가시키고 노년을 그들에게 의지하는 거였어요. 만약 노년이라는 게 있다면요. 노인이 될 때까지 살아남을 수 있을지 확신하지 못했거든요. 노인이 된다는 건 쉬운 일이 아니니까요. 치명적인 병에 걸리지 않으려면 평소에 잘 먹고 잘 쉬어야 하고 병에 걸리더라도 좋은 치료를 받을 수 있을 만큼 돈이 있어야 하니까요. 설령 돈이 있다 해도 제대로 치료 한 번 못 받고 죽는 사람도 많았지요. 그의 아버지는 현실적인 사람이라서 헛된 꿈을 꾸거나 망상에 빠지지는 않았어요. 특별한 행운을 고대하지도 않았어요. 말로는 아들이 성공만 하면 만사형통일 것처럼 으스댔지만 속으로는 그렇게 믿지 않았어요. 세속적인 성공에 한계가 있다는 것도 잘 알았고 기대한 것보다 나은 삶을 산다 해도 그때가 되면 미처 예상하지 못한 곤란에 처하게 될 것도 잘 알았어요. 술주정뱅이가 된다거나 폐병쟁이가 된다거나 예상하지 못한 불행들이 얼마든지 가능하니까요. 삶이 기대한 것처럼 흘러가지 않고 좋은 일에 나쁜 일이, 나쁜 일에 좋은 일이 뒤따른다는 것도 잘 알았지요. 한마디로 평범한 삶을 꿈꾸었어요. 그 꿈이 고약한 이유는 평범한 삶이란 없기 때문이에요. 평범한 삶을 꿈꾸는 일이야말로 분수에 넘치는 짓이라는 걸 아무도 알지 못하는 것처럼 그의 아버지도 몰랐을 뿐이에요.

그는 아버지의 기대에 어긋나지 않으려 노력했어요. 아버지의 뜻을 따르는 게 곧 누나의 뜻을 따르는 것이기도 했지요. 그럼에도 그에게 아버지가 없고 누나만 있었다면 누나의 뜻과는 다른 쪽으로 살았을 거예요. 그 시절에 그가 이런 사실을 알 수는 없었겠지요. 아버지의 뜻을 거스르기 힘들다는 것과 누나의 뜻을 거스르기 힘들다는 걸 동일하게 여길 수밖에 없었고 마음속 깊은 곳에서는 누나를 무시하거나 거스를 수 있다는 생각이 있기 때문에 누나를 거스르지 않는다는 사실에서 자부심을 찾으려 한 거죠. 할 수 있음에도 하지 않는다, 이런 마음도 자부심이니까요. 그렇다고 해서 누나를 그리워하고 사랑하는 그의 마음이 허위였던 건 아니에요. 그는 누나에게 일반적인 여성성과는 다른 걸 보고 싶었어요. 사람들이 흔히 말하는 무릇 여자란, 자고로 여자란, 마땅히 여자란 식의 표현에 본능적인 거부감을 지녔지요. 그는 여자도 자기와 다르지 않다는 걸 확인하고 싶었어요. 여자를 이해할 수 없는 존재가 아니라 이해가 가능한 존재로 받아들이고 싶었어요.

그의 아버지도 이런 문제와 관련해서는 보통 사람들과 다르지 않았기 때문에 종종 그의 귀에 거슬리는 말을 하곤 했지요. 물론 그의 아버지가 그에게 대놓고 이야기한 적은 거의 없어요. 아버지가 다른 사람과 나누는 대화에서 듣게 되는 경우가 많았지요. 계집애가 별수 있나요. 저를 아껴주는 사내 하나 만나 가정을 이루고 살면 그만이지요. 밖으로 나돌면 깨진 그릇 신세 되기 십상이지만 아우를 생각하면 저도 어쩔 수 없겠지요…… 그는 누나의 운명에 자기가 연루되었다는 사실이 불쾌했어요. 설령 그것이 희생이라 하더라도 강요된 것이어서는 안 된다고 생각했어요. 그는 아버지가 자기와 누나 사이의 교감을 알지 못한다고 믿었어요. 누나에게 품고 있는 그의 애틋한 마음을 과소평가한다고 느꼈어요. 아버지에 대한 그의 오해도 충분히 납득할 만한 일이었지요. 아들이란 아버지를 존경하고 두려워하면서도 극복하고 이겨내야 할 사람으로 여기기 마련이니까요. 아버지와 닮았다는 말에 흐뭇해하던 짧은 시절이 지나면 그 말을 가장 불편해하게 되니까요. 그는 아버지를 오해하지 않기가 어려웠고 그건 어떤 점에서는 필연적이기도 했어요. 그의 아버지조차 당신의 속마음을 알 수 없었고 알았다 해도 그걸 적절하고 분명하게 표현할 수 없었을 테니까요.

그와 아버지가 문간방에 들어왔던 그해의 어느 겨울날이었어요. 밤새 눈이 펑펑 내려 경성이 온통 새하얗던 날이었지요. 난향 이모가 삶은 고구마를 그의 아버지에게 내주었어요. 난향 이모는 그의 아버지와 오래전부터 알았지만 그의 어머니가 집을 나간 사연까지 속속들이 알지는 못했어요. 그의 아버지는 아내가 도망간 전후사정에 대해 말하기를 꺼렸어요. 부끄러워서 그랬던 것 같지는 않았어요. 묵은 상처를 들쑤시기 싫어서 그런 것 같았지요. 난향 이모는 도움을 줄 일가친척 하나 없이 홀아비로 두 자식을 건사하며 살아온 그의 아버지를 존중했어요. 눈 때문이었을까요. 그의 아버지는 울가망한 얼굴로 과거를 돌아보듯 고개를 돌리더군요. 어디 그게 제가 한 일이겠습니까…… 그의 아버지는 이렇게 서두를 떼며 아내가 도망갔을 즈음의 사연을 들려주었어요.

지금은 제가 술을 한 모금도 입에 대지 않습니다만 젊은 시절에는 꽤 마셨지요. 아들놈은 그런 줄도 모르지만 딸년은 압니다. 혼례 치르고는 끊었습니다만 차례차례 애들을 볼거리로, 백일해로 잃으니깐 맥이 탁 풀리더군요. 살짝곰보긴 해도 곰보라서 애비 자격이 없다는 하늘의 뜻인가 하는 처량한 생각도 들고 그러다보니 다시 술을 찾게 되더군요. 아마도 그 탓일 겁니다. 그 사람이 애들을 팽개치고 오쟁이까지 지우고 가버린 것두요. 집 나간 사람 잡아서 족치겠다고 날마다 싸돌아다녔습니다. 울화가 치밀면 아무데고 들어가 술을 퍼마셨구요. 진탕 마시고 곤죽이 되어선 집으로 돌아와 애들은 옆으로 밀어놓고 대자로 쓰러졌지요. 이렇게 눈이 펑펑 쏟아진 날이었습니다. 그날도 잔뜩 취해서 들어갔더니 딸년이 잠도 안 자고 기다리고 있더군요. 어여 자라, 한마디 하고는 벽 쪽으로 돌아누웠지요. 설핏 잠이 들었을까, 딸년이 제 등에 딱 붙어 저를 껴안는 겁니다. 순간 몸에 소름이 돋고 한기가 머리끝부터 발끝까지 쭉 뻗치더군요. 술이 확 깨는 듯했습니다. 딸년이 부들부들 떠는 게 느껴졌으니까요. 새벽에 눈을 떠보니 뭔가 손에 걸렸지요. 딸년이 제 손을 꼭 잡고 있더군요. 어둠에 눈이 익었고 그제야 그 아이 얼굴이 눈에 들어왔습니다. 누가 어미 없는 자식 아니랄까봐 꾀죄죄하고 눈물 땟국물 마른 자국에 버짐 자국에 부황기에 들뜬 얼굴이 말입죠. 이것이 기척에 깼는지 아니면 밤새 그렇게 잠을 못 잤는지 어쨌든 눈을 번쩍 뜨더니 묻더군요. 아부지, 머리 아프지요? 물 떠다드릴까요? 그때 저도 모르게 아이를 와락 껴안았습니다. ……그게 어디 제가 한 일이겠습니까. 그 아이가 한 일이지요. 밖으로 나가서 마당에 쌓인 눈을 한 움큼 쥐어서 얼굴에 대고 박박 문질렀습니다. 그렇게 문지르고 문지르다보니 열기가 가시고 목구멍으로 치솟던 뭔가도 쑥 내려앉고 다시 살아갈 힘이 생기더군요. 자식새끼가 저한테 딱 붙어서 부들부들 떨던 게 지금도 잊히지가 않습니다. 세상에…… 많은 것들이 저를 흔들고 지나갔지만 그건 지나쳐지지가 않더군요. 지금도 이렇게 남아 그때의 떨림이 생생하게 느껴집니다. 그렇게 된 겁니다. 우리 딸이 저를 여기까지 끌고 온 거지요.

그의 아버지는 고구마가 든 대접을 가슴에 품고 문간방으로 돌아갔지요. 울지도 울먹이지도 않았지만 울거나 울먹인 것보다 서럽게 보였어요. 아마도 이런 이야기를 다른 누구한테도 한 적이 없었겠지요. 당신 아들에게도 하지 않았겠지요. 입 밖으로 내뱉는 순간 기억을 모독하는 것 같은 자책감을 느끼게 되니까요. 그 기억을 삶의 내밀한 힘으로 남겨두기 위해 아끼고 아꼈겠지요. 한 번쯤 아들인 그에게 이 이야기를 들려주었다면 좋았겠지만요. 하지만 설령 그의 아버지가 이 이야기를 그에게 들려주었다 해도 무엇을 의도했느냐와 상관없이 실패했을 거예요. 난향 이모 앞에서 말하던 것과 똑같은 어조로 똑같은 분위기와 감정을 담아서 말할 수는 없을 테니까요. 어깨에 내려앉은 눈송이 하나하나의 무게마저 느낄 수 있는 언어로는 들려주지 못할 테니까요. 때로 어떤 이야기는, 비록 그것이 그 사람의 유일무이하고 소중한 이야기라 할지라도, 그 사람만의 사적이고 은밀한 경험일지라도 그 사람의 입을 통해서가 아니라 타인의 입을 통해서 이야기될 때에만 진실해지는 경우도 있으니까요.

그가 무대에 이끌릴 수밖에 없었던 건 어디에서도 소속감을 느끼지 못해서였어요. 무대라고 해서 그에게 소속감을 주었던 건 아니에요. 적어도 무대에서라면 소속감과 같은 문제를 고민하지 않아도 되었던 거지요. 자기 처지와 상황을 무시해도 좋은 순간들을 무대에서 경험하게 되었지요. 무대는 물질적인 공간이지만 어떤 물질이나 관념보다 추상적이에요. 텅 빈 무대는 사실 아무것도 보여주지 않아요. 공연이 이뤄지는 동안에도 무대는 무대 홀로 남아요. 냉정하다고나 할까요. 잠시 자기 위에서 배우들이 연기하도록 허락은 하지만 완전하게 점령하도록 내버려두지는 않아요. 연기가 끝나면 무대는 귀찮은 일이 끝났다는 듯 배우들에게 등을 돌리고 스스로에게 몰두하지요. 무대는 자신을 깨끗이 비워둔 채로 충만해지는데, 그럴 수 있는 이유는 텅 빈 무대가 사람들에게, 특히 배우들에게 무엇이든 가능한 공간이라는 환상을 주기 때문이에요.

우리는 함께 많은 연극과 영화를 보았어요. 그는 내가 극장을 좋아한다고 믿었지만 나는 그렇지 않았어요. 엄마가 병동에 감금되어 있는 동안에는 엄마가 그리워서 극장에 다녔어요. 난향 이모의 눈을 피해 극장에 가면 극장 관리인과 배우들이 알은체를 해주었지요. 난향 이모도 다 알고 있었지만 눈감아주었어요. 내가 다른 이유로 극장에 간 게 아니라는 걸 알았을 테니까요. 나는 거기에서 엄마를 느꼈어요. 엄마가 신파극부터 영화까지, 춤과 노래에서 연기까지 다양한 방식으로 무대에 올랐기 때문에 나 역시 신극이거나 막간극이거나 쇼이거나 영화이거나 상관없었지요. 어디에서든 엄마를 느낄 수 있었으니까요. 만약 내가 명월관 같은 요릿집의 연회실에 출입할 수 있었다면 거기에도 갔을 거예요. 하지만 그런 곳은 손님 혹은 기생이 아닌 이상 들여보내주지 않아 달리 방법이 없었어요.

그는 이동 극단에서 단역을 맡기도 했지만 그의 연기는 보통학교의 학예회 수준을 넘지는 않았어요. 그도 처음에는 극단이나 극단의 배우들과 알고 지내는 걸 특별한 취미로 여기고 무대 주변을 맴돌며 어른 흉내를 내고 싶어하던 고보생, 그러니까 여느 중학생들과 크게 다르지 않았으니까요. 그는 리어 선배에게 빌려온 일어판 세계문학전

집을 탐독하고 학교에서 배우는 독일어를 활용하기 위해 독일어 원전도 꼼꼼하게 들여다보았지요. 아마도 그때부터 대학 진학을 염두에 두고 있었을 거예요. 실제로 나중에는 대학에 진학해 연극반에 들어가기를 바라기도 했으니까요.

우리는 마술사와 거인의 공연도 자주 보았어요. 그들의 공연은 보통의 마술 공연과는 달랐지요. 서양식 마술이 널리 알려져 관객들도 자연스레 그런 마술을 기대했고 마술사도 자신의 공연에 서양식 마술 몇 가지를 끼워넣었지만 조선의 마술을 지키려고 노력했어요. 그런 점에서 마술사는 환술사에 가까웠지요. 그러나 그들 공연의 가장 독특한 점은 마술 쇼와 차력 쇼를 뒤섞은 공연이었다는 거예요. 거인은 볏섬을 번쩍 들어올리거나 고집 센 황소를 제압할 수 있었고 야외공연일 때는 나무를 뿌리째 뽑아내기도 했지요. 오래전부터 내려온 힘자랑 위주의 공연이긴 했지만 거인이 커다란 황소를 간신히 무대 이쪽 끝으로 끌고 가는 데 성공했을 때 마술사가 황소 등에 펄쩍 올라타다 된 밥에 재를 뿌리면 거인은 안절부절못했고 관객들은 그런 걸 더 좋아했어요. 차력사인 거인은 마술사의 단순한 보조가 아닌 주역이었고 마술사 역시 광대처럼 거인을 도와 두 사람은 원래부터 하나였던 것처럼 호흡을 맞추어 자신들이 원하는 방향으로 공연을 진행할 수 있었지요. 공연 도중에 일어나는 돌발적인 상황들은 미리 정해진 각본에 따른 게 아니라 정말 우발적으로 일어났다는 느낌을 주었고 이점이 바로 그들이 오랫동안 공연을 할 수 있는 이유였을 거예요.

마술사와 거인은 〈빌헬름 텔〉을 흉내낸 공연도 했어요. 거인이 널빤지로 된 과녁판 앞 의자에 앉고 머리 위에 사과를 올려두면 마술사가 활을 쏘아 사과를 맞히는 거였어요. 공연을 의논하던 날 거인은 거의 울먹이면서 말했어요. 마술사가 나를 미워하는 건 알았지만 이렇게 노골적으로 나를 끝장내려고 할 줄은 몰랐어, 왓더퍽! 이 공연에서 정말로 중요한 건 마술사가 얼마나 정확하게 화살을 쏠 수 있느냐가 아니라 내가 얼마나 빨리 그 화살을 피할 수 있느냐야. 화살이 어디로 날아올지 모르는데 그걸 알아서 피하라니, 마더 퍼커! 실제 공연을 볼 때는 우리 역시 긴장할 수밖에 없었어요. 마술사는 활시위를 당기다가 힘에 부친 듯 놓치기를 반복했고 겨우 화살을 잔뜩 메겨놓고는 빙빙 돌거나 관객을 겨냥해서 혼을 빼놓기도 했지요. 아마 총을 사용할 수 있었다면 더 그럴듯한 공연이 되었을 거예요. 마술사의 화살은 거인을 피해 뒤쪽 과녁판에 맞았어요. 마술사가 활시위를 놓을 때 이미 거인은 저만큼 달아났고 사과도 저쪽으로 데굴데굴 굴러갔지요. 아무도 마술사가 진짜로 사과를 맞힐 수 있을 거라 믿지 않았어요. 마술사가 시위를 놓는 족족 화살은 과녁판에 꽂혔고 이리저리 몸을 날리거나 구르면서 도망 다니는 덩치 큰 차력사를 보며 관객은 즐거워했죠. 우리도 안심이 되어서 다른 사람들처럼 마음껏 웃을 수 있었어요. 하지만 이 공연은 늘 이상하게 끝났어요. 마술사가 화살을 날린 순간 거인이 옆으로 몸을 날린 것까지는 이전과 똑같았어요. 그러고 나서 마술사는 사과가 떨어진 곳으로 다가가 그걸 집어들었지요. 화살이 꿰어진 사과를요. 어떻게 된 건지는 알 수 없지만 마지막 화살이 과녁판에 꽂히지 않은 것도 분명했고 사과에 화살이 꿰어진 것도 사실이었기 때문에 관객은 박수를 쳤어요. 정말 마술 같은 일이었지요. 마술사가 미리 화살을 꿰놓은 사과를 준비했겠지 뭐. 나도 몰라. 마술사는 너무나 감쪽같이 그런 일을 해내기 때문에 무슨 일이 벌어진 건지 알 수가 없지. 나는 화살을 피해 도망 다니는 것만으로도 정신이 없거든, 쉬트! 거인은 이렇게 툴툴거렸지만 무슨 일이 일어나도, 설령 그게 진짜 마술이라 해도 아무렇지 않게 여겼을 거예요. 마술사와 거인 사이에는 우리가 가늠할 수 없는 신뢰가 있었고 깊이를 알 수 없는 우정이 있었어요.

마술사는 공중부양을 할 때도 마찬가지여서 몸이 붕 떠오르다가 추락하길 여러 차례 반복하고서야 원하는 높이만큼 떠오르곤 했어요. 속임수가 아니란 걸 보여주기 위해 관객 가운데 한 명을 지목해서 무대로 불러냈는데, 우리가 공연을 보러 갈 때면 항상 내가 올라갔지요. 가까이에서 보면 저 위 천장 도르래를 거쳐 내려온 줄이 몸에 묶인 걸 볼 수 있었지만 나는 아무것도 못 본 것처럼 시치미떼는 연기를 썩 잘 해냈지요. 무대 뒤쪽에서 누군가가 그 줄을 잡고 있는 것 같았어요. 정해진 신호에 따라 줄을 잡아당겼다 놓았다 하면 마술사의 몸이 떠올랐다 내려왔다 하는 거죠. 관객들은 마술사의 몸이 붕 떠오를 때보다 쿵 하고 떨어지는 걸 더 즐거워했어요. 야유를 보내는 사람도 있었고 무대로 뛰어올라와 행패를 부리는 사람도 있었지요. 어쩌면 그런 사람들조차 마술사의 조력자였을지도 몰라요. 그렇게 난데없이 뛰어들어 공연을 망치는 사람들 덕분에 공연이 더 흥미로워졌으니까요.

어느 날은 마술사가 공중부양을 할 때 우리를 한꺼번에 불러냈어요. 그가 마술사의 무대에 올라간 건 처음이었어요. 우리가 무대 위로 올라가 마술사 옆에 서자 마술사는 의자가 있는 것처럼 무릎을 굽히고 앉는 시늉을 했어요. 두 다리를 번갈아가며 반대쪽 무릎에 올렸다

내렸다 했어요. 그러더니 완전히 책상다리를 틀고 앉았지요. 우리는 마술사 주변을 돌아다니며 손으로 허공을 쓱쓱 저어 줄이 없다는 걸 확인했어요. 외투 자락이 거의 바닥까지 내려왔기 때문에 관객들은 마술사의 엉덩이 밑에 무언가가 있을 거라고 생각했지요. 우리는 이쪽저쪽에서 외투 자락을 들추고 손으로 휘저어서 기계장치 의자 같은 게 없다는 것도 확인했어요. 무대에서 내려온 우리는 나란히 앉은 채 마술사가 조금 더 떠올랐다가 박수를 받으며 바닥으로 내려오는 걸 보았어요. 공연이 끝난 뒤 극장을 빠져나오자 그의 얼굴이 하얗게 질려 있더군요. 그는 내게 혹시 줄이나 의자를 보았는지 물었고 나는 고개를 저었어요. 마술사가 진짜로 공중부양을 한 거야? 나는 외려 그에게 물었지요. 나는 아무렇지도 않았어요. 그런 역할을 몇 차례 맡으면서 별생각이 없게 된 탓도 있겠지만 어떤 점에서는 나 역시 공연의 일부가 되어서였는지도 모르지요. 나는 다른 장치가 있는지 없는지를 확인하는 배역에만 충실하면 그만이라고 생각했으니까요. 그는 내 반응이 더 이상하다는 듯 내 눈을 똑바로 바라보았어요. 희수야, 넌 아무렇지도 않니? 마술사가 정말 공중부양을 한 거라면 있을 수 없는 일이 벌어진 거잖아. 나는 그에게 어쩌면 마술사가 그와 나까지 속여 넘긴 것인지도 모른다고 말했어요. 그렇게 말하고 보니 내 말투가 거인을 닮았다는 생각이 들었고 거인이 평소에 왜 그런 식으로 말하는지 이해가 되었지요. 마술사가 무엇을 하든 그건 공연으로서만 의미가 있고 공연은 어떤 식으로든 진행되어야 한다는 것, 마술이거나 마술이 아니거나 상관없이 공연은 항상 끝날 때까지 공연이어야 한다는 것도요.

집으로 돌아가는 동안 그의 얼굴에 조금씩 핏기가 돌았어요. 전율했던 상태에서 벗어나 전율을 사유하게 되었다고나 할까요. 집에 도착했을 때 그는 이렇게 말했어요. 마술사와 거인은 공연을 한 거야. 비록 무대 밖에서는 초라한 신세일지 몰라도 무대에서만큼은 전능한 거야. 나는 그제야 그가 느꼈던 전율을 이해할 수 있었어요. 그는 마술사의 기적 같은 공중부양 자체에 놀랐다기보다 무대 위에서라면 무엇이든 가능할 수 있다는 사실에 놀란 거였어요. 그런 경험이 그가 무대에 이끌릴 수밖에 없는 또하나의 이유가 되었겠지요. 적어도 무대에서라면 자기가 누구인지를 잊어도 괜찮고 자기 자신이 아니어도 괜찮다는 것. 그는 거기에서 한 걸음 더 나아가 완벽하게 자기 자신이 아닌 다른 누군가가 될 수 있을 때 진정한 의미에서의 자기 자신일 수 있다는 것도 알게 되었어요.

그는 단역으로 몇 번 무대에 오르면서 자신의 숨겨진 열망을 발견했어요. 무대는 그에게 혼자여도 괜찮다는 생각을 심어주었고 어떤 면에서는 혼자인 게 나을 수 있다는 것도 가르쳐주었지요. 그가 만약 주연배우까지는 아니라 해도 처음부터 비중 있는 배역으로 무대에 올랐다면 그런 느낌을 받지는 못했을 거예요. 그가 맡은 역할은 극의 흐름에 별로 영향을 주지 못하는 단역이었기에 비록 무대에 다른 배우와 함께 있어도 혼자서 연기하고 자유롭다는 생각이 들었지요. 그는 극 전체의 분위기나 이야기의 흐름에 지나치게 주의를 기울일 필요가 없었고 그가 맡은 배역을 잘해내든 잘해내지 못하든 문제가 되지 않았기에 그 일을 즐기게 되었어요. 그에게는 이것도 하나의 특권으로 여겨졌어요. 그는 무대에 부분적으로만 관여했기 때문에 무대와 무관하지 않으면서도 무대를 조망할 수 있는 권리를 지녔다고 생각했던 거예요. 배우이면서 관객 혹은 연출자처럼 극을 관람할 수 있었던 거지요. 그러나 그즈음 이동 극단은 유명무실해졌고 계속해서 무대에 서고 싶었던 배우들은 유랑 배우가 되어 지방으로 떠났어요. 경성에 남아 무대에 오를 수 있는 유명 배우들조차 공연 수입이 적어 지방으로 몇 달씩 유랑 공연을 다녀와야 했으니까요. 조선연극협회가 결성되면서 거기에 참여하지 못한 배우들은 생계를 위해 다른 일을 하거나 무명 배우들처럼 지방으로 뿔뿔이 흩어졌지요. 유선생은 협회에 참여하지 않았기 때문에 이후에 기예증을 받지 못해 무대에 오를 수 없었어요. 그런 식으로 많은 배우들이 무대에서 강제로 밀려났고 해방 때까지 돌아오지 못했지요. 그때쯤에는 무대에 대한 그의 관념은 무서우리만큼 추상적인 형태가 되었어요.

무대와 배우에 관한 그의 생각이 점점 더 관념적이 되어가는 데 비해 고보를 졸업하고 전문학교에 들어간 리어 선배는 국민연극연구소에서 운영하던 강좌에도 등록하여 휘문중학 강당에서 매일 네 시간씩 연극개론, 예술이론, 연극사, 희곡론, 연출론, 배우술, 무대미술, 음악론 등을 배우고 수료했어요. 그는 리어 선배를 부러워했지만 그런 내색을 하지 않기 위해 애썼지요. 리어 선배와 자신과의 차이, 아무리 애를 써도 그가 넘어서지 못할 것만 같은 격차를 느낄 수밖에 없었지요. 그가 리어 선배에게 품은 감정은 양가적이었지만 그는 이중적인 감정을 용납할 수 없었기 때문에 스스로 그걸 인정하지는 못했어요. 조선공산당 재건위, 그러니까 경성콤그룹의 학생 조직이 경찰의 감시

망에 걸려 와해되었을 때 리어 선배도 거기에 연관되었다는 혐의를
받고 체포되었는데 당대의 유명 문인을 비롯해 여러 실력자들이 신원
을 보증하고 결혼, 군입대 등을 약속한 다음 석방되었어요. 그 일 역
시 그에게는 이중적인 의미로 다가왔어요.

그러나 무엇보다 그를 뒤흔든 건 그의 누나인 순희의 죽음이었어
요. 그는 누나의 죽음을 인정할 수 없었지만 그보다 우선 실감이 나
지 않았어요. 그가 실감할 수 없었던 이유 가운데 하나는 누나와 오
랜 세월 떨어져 살아 일 년에 겨우 몇 차례 만나는 데 익숙했기 때문
이었어요. 누나는 죽은 게 아니라 여전히 공장에 있는 것만 같았고 명
절이 되거나 특별한 날이 되면 불쑥 찾아올 거라는 생각이 들었지요.
이런 생각이 바보 같다는 걸 잘 알면서도 마음이 그렇게 기우는 걸 그
도 어쩌지는 못했어요. 그는 홍제리 화장터에서 누나를 화장하면서
도, 누나의 위패를 사찰에 봉안하면서도 자기가 알지 못하는 낯선 이
의 상례를 지켜보는 것처럼 어리둥절한 기분이었으니까요. 또다른 이
유는 누나의 참혹한 죽음 자체가 현실적이지 않아서였어요. 설령 누
나가 노조나 사회주의에 관심을 가질 수는 있었다 해도 그렇게 죽어
야 할 만큼 열성적이었다는 걸 믿을 수 없었고 누나가 체제를 위협하
는 존재일 수 있다는 것도 전혀 납득이 되지 않았어요. 그에게 누나란
보호, 관심, 애정, 자비와 같은 의미였어요. 누나는 그를 보호하고 그
에게 관심을 기울이고 그를 사랑하며 그에게 한없이 너그러운 유일한
여자였으니까요. 그가 현실감을 되찾기 위해서는 어느 정도의 시간이
필요했어요. 그는 차차 알게 되었지요. 명절이 되어도 그의 누나는 나
타나지 않았고 그의 생일에 축하한다는 엽서도 보내주지 않았으니까

요. 이게 현실이라는 걸 안다고 해서 비현실적인 느낌이 사라지는 건 아니었어요. 그의 누나의 죽음은 현실임에도 현실을 뛰어넘는 일이었고 현실 너머의 일이었으니까요.

그는 두 가지를 인정해야 했어요. 그가 누나의 죽음을 낯선 사람의 죽음처럼 느낀 건 그에게 누나가 낯선 사람이기 때문이었어요. 가장 친밀하고 익숙한 사람이 가장 낯선 사람이었다는 것, 그걸 인정하는 게 그에게는 가장 어려운 일이었지요. 다음으로 그는 누나야말로 보호, 관심, 애정, 자비가 필요한 사람이었다는 걸 인정해야 했어요. 사람은 누구나 그런 걸 필요로 한다는 걸, 누나도 사람이라는 걸, 누나도 외로웠다는 걸, 누나야말로 누구보다 더 절실하게 그런 걸 필요로 했다는 걸 인정해야 했어요.

그렇다고 해서 그가 모든 책임이 자신에게 있다고 인정했다는 뜻은 아니에요. 그의 자책은 실수, 어리석음, 무능함에 대한 것이었지 누나가 왜 그렇게 죽어야 했는지에 대한 성찰은 아니었어요. 그런 이유로 그 역시 손쉬운 길을 갔어요. 책임을 인정하기는 하되 마음 깊은 곳에서는 부정하여 스스로를 달래려는 시도를 한 거지요. 다시 말해 그는 이 모든 책임이 아버지에게 있다고 믿어버렸어요. 그는 어머니가 도망간 것도 아버지 탓이고 누나가 저렇게 된 것도 아버지 탓이며 자신이 이토록 아버지를 미워할 수밖에 없게 된 것도 자신이 아닌 아버지 탓이라고 생각했어요.

그는 아버지의 모든 걸 증오했어요. 그의 아버지는 딸이 죽은 뒤 이전과는 다른 사람이 되었지요. 아들을 바라보는 눈에 서렸던 애정과 열정은 온데간데없이 공허하기만 했어요. 체념이라는 표현으로는 부족하지만 그렇다고 해서 절망이라고도 표현할 수 없는 이유는 삶의 의지, 아마도 오랜 세월 몸에 밴 탓에 습관적이라고 할 수밖에 없는 삶에 대한 의지가 남았기 때문이에요. 그의 아버지는 일을 그만두거나 술에 빠져드는 식으로 방황하지는 않았어요. 늘 하던 대로 잠들고 일하고 밥을 먹었지요. 하지만 누구도 더는 그의 아버지가 아들의 미래에 대해 말하는 걸 들을 수 없었어요. 그의 아버지는 무언가를 잃어버렸다는 사실은 알지만 그게 무언지는 모르는 사람 같았어요. 그의 아버지는 딸과 아들 가운데 누구를 잃는 게 더 견딜 만한 일인지 몰라 허둥대는 것 같았어요. 그의 아버지가 상실감에 낙담할수록 그런 아버지를 향한 그의 증오는 더 커져갔지요. 아버지는 슬퍼할 자격이 없는 사람이었으니까요. 아버지는 이 불행을 자초한 사람이었고 그럼으로써 자신만이 아니라 아들까지 불행에 빠뜨린 사람이었지요. 그리고 그는 이런 마음을 직접적으로 내비친 적이 없었어요. 그의 가장 큰 실수는 아버지를 증오한 게 아니라 아버지를 증오한다는 사실을 감췄다는 데 있었는지도 몰라요. 만약 그가 증오를 드러냈다면 그의 아버지도 알아챘을 테고 아들을 납득시키기 위해 혹은 오해를 풀기 위해, 그게 아니더라도 아들의 증오에 자신을 내맡기기 위해 무어라도 했을 테니까요. 그의 아버지는 아들이 자신을 증오할 수도 있다는 생각을 해본 적이 없었어요. 아들 역시 자신처럼 슬픔에 빠졌고 거기에서 빠져나오려면 시간이 필요할 거라고 짐작했을 뿐이지요.

그가 몰랐던 것은 설령 그게 아버지라 해도 다른 누군가의 슬픔을 측량하려는 사람은 반드시 그 사람의 밑바닥까지 내려가야 하며, 한 사람의 슬픔은 한순간에 생겨나는 게 아니라 하나의 슬픔에 다른 슬픔이 쌓이고 그 위에 또다른 슬픔이 쌓이면서 두터운 퇴적층을 이루어 각각의 슬픔을 구분하는 게 무의미할 만큼 뒤섞여 단단한 대지가 되는 순간 와르르 무너져내리며 탄생한다는 거였어요. 그가 아는 아버지는 그의 눈에 비친 아버지였고 그의 눈에 비친 아버지는 당연하게도 아버지의 전부가 아니었음에도 그는 아버지를 남김없이 안다 믿었고 아버지도 모르는 아버지의 비열함을 자신만은 간파했다고 믿었지요. 그는 세상의 모든 아들들처럼 생각한 거예요. 자신의 위선을 감추기 위해서는, 혹은 정당화하기 위해서는 놀라울 만큼 열정적으로 사유해야 하기 때문에 그 역시 미치기 직전까지 자기 생각을 극단으로 밀고 갔어요. 그 탓에 심오한 생각을 하는 사람처럼 보이기도 했지요.

　그의 누나가 죽고 난 뒤 몇 년 동안 그의 아버지는 조금씩 쇠약해졌어요. *끙끙* 앓으면서도 새벽이면 눈을 번쩍 뜨고 일어나 세수를 하고 인력거를 끌러 나가던 그의 아버지는 잔병치레가 잦아졌고 며칠씩 고열을 앓으며 일어나질 못했지요. 그는 묵묵히 아버지 곁을 지키며 이마에 물수건을 얹고 약을 사다 달여 먹이기도 했어요. 뒤란의 한데아궁이 앞에 쪼그리고 앉아 약을 달이던 그의 뒷모습은 잔뜩 화가 난 걸 숨기기 위해 딴짓을 하는 소년처럼 우스워 보이기까지 했지요. 뒤란에 고인 한약재 냄새가 들창을 통해 방으로 밀려들면 아픈 사람은 그의 아버지가 아니라 바로 그일 거라는 생각이 들었어요. 나는 약탕기 위로 피어오르는 김을 물끄러미 바라보는 그가 마치 허공으로 스며들어가 가뭇없이 사라지는 그것처럼 어디론가 사라져버리고 싶어한다고 느꼈어요. 그는 나와 눈이 마주치면 아무렇지도 않다는 듯 웃음을 지었지만 분노의 기미를 모두 감출 수는 없었어요. 그의 분노. 아버지를 향한 분노이지만 사실은 무얼 향한 분노인지 그조차 몰랐던 분노. 총검술을 해야 하는 교련 시간을 힘들어하고 다른 사람들을 기쁘게 하는 일에서 소박한 즐거움을 찾던 순진한 소년은 사라지고 대신 그 자리에는 각별한 분노를 품은 기이한 소년이 들어서게 되었지요. 한마디로 그는 이미 붕괴되는 중이었어요. 사실을 말하자면 그는 완전히 절망한 사람 같았고 그로 인해 간신히 형체를 이루고 있을 뿐 조각난 사람처럼 보였어요. 이제 그를 지탱하는 건 그의 균열뿐이었지요. 그는 부서지고 조각나고 탈진하고 쇠약하고 망가진 채로 살아갔어요.

그는 아버지의 붕괴를 혐오를 품은 채 지켜보았어요. 더 정확하게는 아버지의 붕괴와 자신의 붕괴가 같은 종류라는 사실을 혐오했지요. 그는 누나가 죽은 뒤 단 한 번도 아버지에게 다정한 말을 건네지 않았어요. 아버지는 그의 슬픔을 이해했기 때문에 그런 일로 상처를 받지는 않았어요. 상처받지 않는 아버지에게 그는 더욱 화가 났지요. 누군가를 한번 미워하면 그 일을 그만두기가 어려운 이유는 미움받아 마땅한 사람이 전혀 그렇지 않다는 듯 행동하기 때문이고 왜 미움을 받는지 모른다는 듯한 행동이 미워하는 사람의 마음을 더욱 부추기기 때문이지요. 그러니까 그는 아버지와 문간방에 함께 살면서 아버지를 증오한다는 걸 숨기기 위해 어느 때보다 더 절실하게 연기를 해야 했어요. 두 사람이 나란히 누우면 별로 남는 공간도 없는 조붓한 문간방에서, 거적보다는 좀 나은 돗자리가 깔린 그 방에서 아버지의 숨소리를 들으며 살아야 한다는 게 쉬운 일은 아니었지요.

깊은 밤 잠들지 못한 그는 쪽마루에 우두커니 앉아 있곤 했어요. 나는 그가 무슨 생각을 하는지 알 수 있었어요. 고통도 생각이라면요. 그는 괴로워했어요. 그의 마음속에 깃든 증오는 그의 이성과 의지로는 물리치기 어려운 종류였으니까요. 마술사와 거인은 그를 위로하려는 시도를 하지 않았어요. 그들은 그가 느끼는 고통을 자신들의 것처럼 느낄 수 있었고 어떤 위로의 말도 그에게는 모욕으로 들릴 수 있다는 걸 알기 때문에 섣부른 위로는 하지 않았어요. 어느 깊은 밤 공연을 마치고 돌아온 마술사와 거인은 그의 양옆에 나란히 앉았지요. 그는 딱히 누구에게랄 것도 없이 오랫동안 곱씹었던 문제의 해답을 알아낸 사람처럼 중얼거렸어요. 이 세상은 지옥이에요. 그의 목소리는 아주 선명해서 단어 하나하나가 살아 움직이는 것 같았지요. 거인은 어깨를 으쓱하며 고개를 저었고 마술사는 무슨 말인가를 하려다 그만두었지요. 이윽고 그가 다시 말했어요. 이 세상은 지옥이에요. 듣는 이조차 괴로워지는 목소리였어요. 이제 무슨 말이든 해주지 않으면 안 될 것 같았어요. 마술사가 나지막한 목소리로, 그러나 그의 목소리 못지않게 아주 선명하게 허공에 글자를 새기듯이 말했어요. 준아, 네 말이 맞아. 이 세상은 지옥이야. 하지만…… 살 만한 지옥이기도 해. 지금까지 사람들은 이 지옥을 견디며 살아왔고 앞으로도 그럴 거야. 지옥이라는 사실에는 변함이 없겠지만 이 지옥을 견딜 만하고 살 만한 곳으로 바꿀 수는 있겠지. 나는 네 누나가…… 옆방 노인의 방문이 탕 하고 열렸어요. 곧이어 퉤 하는 소리가 났는데 쾅 소리는 나지 않았어요. 대신 웅얼웅얼 나무라는 듯한 목소리가 어두운 방안에서 쏟아져나왔지요. 누굴 겨냥한 것인지는 알 수 없었지만 이상하게도 노인의 목소리에는 슬픔을 달래주는 힘이 있었어요. 그리고 다가오는 슬픔을 막아서듯 쾅 소리가 났지요. 아유 깜짝이야, 쉬트! 거인은 이렇게 투덜거리면서 그의 어깨에 손을 올렸지요.

내가 선교사들 손에서 자란 건 알지? 나는 사실 그들이 참 우스웠거든. 선교사들은 우리말을 잘 못해. 나보다 못해. 뭐, 당연하다고? 나 같은 바보도 우리말을 잘하는데 그렇게 똑똑한 사람들이 우리말을 못한다는 게 넌 안 우습니? 어쨌든 선교사가 암탉이 먹고 싶었던 모양이야. 날 부르더니 잠깐 고민을 하더라구. 그러다 무슨 생각이 떠올랐는지 어깨를 으쓱하면서 부인닭을 사오라고 하더라니까. 사람들이 자기 아내를 부인, 부인 하고 부르니까 암탉도 부인닭이라고 한 거지 뭐. 어느 날은 낡은 나무의자의 다리가 부러지면서 거기에 앉았던 환자가 굴러떨어졌어. 의사이기도 한 선교사는 사람을 시켜 그 의자를 고쳐 오라고 해야 하는데 고친다는 말은 모르니까 나한테 묻더라구. 저 의자 회개시킬 수 있냐고. 회개라니, 퍽큐! 어느 날은 복수가 차서 배가 퉁퉁 부은 환자가 왔는데 거의 죽게 생긴 거야. 선교사는 이 지경이 되도록 병원에 오지 않았다고 화를 내면서 말했어. 공동묘지 가는 길에 쉬러 왔어요? 그 환자뿐만 아니라 함께 온 사람들도 무슨 말인지 몰라 고개를 갸웃거렸지. 이대로 놔두면 죽는다는 말이라는 걸 어렴풋이 깨달았지만 기분이 묘한 건 어쩔 수 없지 않겠어? 선교사가 단호하게 말했어. 당장 입관합시다! 당장 입원해야 한다는 말이었지만 그 말이 그 말인지 모르니까 환자고 보호자고 다 도망가버렸지, 갓뎀!

……준아, 오랜만에 네 얼굴에 화색이 돌아서 기분이 좋다만 나는 이제 이런 농담들이 우습지가 않아. 왠지 모르게 쓸쓸해. 그리고 이

쓸쓸한 농담들이 그냥 우습기만 한 농담보다는 좋은 것 같아. 마술사가 나한테 늘 하는 말이 있거든. 공연을 하는 동안 환호하는 사람들이 많다고 해서 좋은 공연이라고 할 수는 없다는 거야. 공연이 끝나고 집으로 돌아간 사람들이 발 닦고 잠자리에 들었다가 뒤늦게 웃음이 피식 나와 아까 보았던 걸 다시 떠올리게 해야 좋은 공연이라는 거야. 나한테는 시시한 공연을 해놓고 변명하는 것처럼 들리긴 하지만 넌 영리하니까 무슨 말인지 알 거야. ……네가 지금 무얼 느끼든 그게 정말 너의 감정이라고 생각하지는 마. 네가 느끼는 슬픔, 네가 느끼는 고통, 네가 느끼는 모든 것들이 언젠가 너를 위로해주고 너를 일으켜세워주고…… 네가 살아갈 힘과 용기가 되어줄 거야. 어때, 너도 동의해? 동의하면 이렇게 손바닥을 쫙 펴서, 그렇지, 그렇게 해서 하이파이브를 하는 거야. 알지, 하이파이브? 그는 오른손을 위로 들어 거인의 오른손에 맞부딪치려 했지만 거인이 팔을 뒤로 쑥 거둬들이는 바람에 헛손질을 하면서 거인의 품에 안기는 꼴이 되고 말았지요. 거인이 깔깔깔 웃었어요. 어이쿠! 미안해. 갑자기 겨드랑이가 가려워서 말야, 항상 이놈의 빈대가 말썽이라니깐. 자, 가슴이 두근거리니까 내 품에서 좀 나가주겠니? 이번엔 진짜다! 그렇지, 쉬트!

그는 거인의 장난이 불쾌하지 않았어요. 외려 거인이 장난을 쳤기 때문에 그때까지의 진지하고 엄숙하기만 했던 거인의 말이 그의 가슴속에 부드럽게 스며들 수 있었지요. 그는 농담을 사랑했어요. 이 편지를 받지 못하면 알려주세요. 이런 농담들을 말이죠. 그러나 그가 속한 민족, 그가 속했다고 사람들이 주장하는 이 민족, 뭐라 부르든 이들 대부분은 농담에 대해서는 눈곱만큼의 감각도 없었고 농담을 선전포

고쯤으로 받아들여 분개하고 들썩거리며 눈에 핏발을 세우고 덤벼들기 일쑤였지요. 그는 나중에 유선생에게도 비슷한 말을 들었어요. 자네의 농담이 부드럽지 못해서야. 사람들은 면전에서 자기를 공격한다고 느낄 때 우선 화부터 내고 보지. 그들을 화내게 하고 싶다면 천천히 그렇게 해야 돼. 처음에는 웃고 즐기다가 집으로 돌아가는 길에 그 농담이 떠오르면서 조금씩 화가 나지. 잠자리에 들 때쯤엔 심장이 울렁거리고 얼굴이 화끈거리고 간신히 잠에 들면 꿈자리가 사나워 새벽녘까지 몇 번씩이나 깨고 말지. 그때 비로소 생각하게 되는 거야. 이 농담이 나를 향한 것이라면 지금 이 순간 잠에서 깨어난 모든 이를 향한 것일 테고, 이처럼 고요한 새벽에 깨어난 사람들은 잠을 방해받은 데 분노하면서도 방문을 열고 어두운 밤하늘을 호위하듯 떠 있는 별들을 보며 슬픔에 잠겨 생을 사유한다는 걸. 자네의 농담은 즉각적인 분노만을 일으킬 뿐 고요하고 차분하게 상대방의 마음속에 들어앉아 그 사람의 세계관을 흔들어놓지 못한 거야. ……내가 한평생 추구하면서도 얻지 못하고 이루지 못하고 도달하지 못한 것도 바로 그거라네.

　약을 달이고 병구완을 해도 그의 아버지는 나아지지 않았어요. 그의 아버지는 쇠약해져가는 게 아니라 죽어가는 중이었어요. 나이가 많아 징용을 당하지는 않았지만 해방되기 한두 해 전부터는 방공호를 파는 일에 끌려다녀야 했지요. 경성 외곽의 의정부까지 가서 방공호를 파고 돌아온 날 그의 아버지는 심하게 앓았어요. 내부에서 시작된 붕괴가 기어이 육신을 침범했고 육신이 견딜 수 있는 한계치에 이르렀던 거예요. 그뒤로 많은 양은 아니었지만 코피를 흘리거나 각혈을 하거나 피가 섞인 똥오줌을 누었지요. 가벼운 명만 들어도 좀처럼 가시질 않아 그는 아버지의 몸을 닦아줄 때마다 명과 명에 걸쳐 피어나는 열꽃들을 보았어요. 그의 아버지는 노인의 냄새를 풍기기 시작했어요. 삶과 죽음의 경계에 다다라 슬쩍 등을 떠밀기만 해도 곧장 저쪽 세계로 넘어가버릴 것 같았지요. 그는 잠든 아버지의 얼굴에서, 살짝 얽은 곰보 자국마저 늙어버린 듯한 느낌을 주는 그 얼굴에서 이미 죽은 자의 이미지를 보았어요. 붉고 탁한 피와 누렇고 진득한 고름은 질병의 증거였지만 죽음의 징조이기도 했으니까요. 자연스레 그는 학교 생활에 소홀해졌어요. 지각을 하거나 결석을 한 적은 없지만 그의 마음은 그가 있는 곳이 아닌 그가 없는 곳에만 있었어요. 비유가 아니라 실제였어요.

그의 누나가 죽은 뒤 경찰은 잠시 그와 그의 아버지를 감시하기도 했지만 이내 관심을 거둬버렸죠. 그때 우리가 살던 집에는 많은 사람들이 북적거렸고 곁채에 살던 기생이나 카페 종업원 가운데에는 경찰의 정보원 노릇을 하는 사람들도 있었으니까요. 이상한 낌새가 있었다면 경찰은 이미 알았을 테고 어쩌면 그런 이들을 통해 그의 누나를 오래전부터 감시했을 가능성도 있었지요. 그의 아버지가 그 집에 살던 모든 이들에게 무관심한 척, 아니 그들을 경멸했던 이유 역시 달리 설명할 수가 없어요. 그런 사정을 그의 아버지라고 모르지 않았을 테고 그들 가운데 누군가는 딸의 죽음과 관련이 있을 거라는 생각도 했겠지요. 한번 그런 의심이 들면 거기에서 벗어나기란 거의 불가능하지요. 그의 아버지는 차차 기생과 카페 종업원과 배우 들을 경멸하고 증오하게 되었고 차마 그렇게까지는 못했지만 난향 이모에게마저 이전과 달리 냉담해졌어요.

그의 아버지가 의심을 품지 않은 사람은 옆방의 노인뿐이었어요. 박선생이 떠난 방에는 아무도 세 들어 오지 않았던 터라 비어 있었는데 그의 아버지는 그 텅 빈 방이라도 할 수만 있다면 증오하고 경멸했을 거예요. 그의 아버지는 대화가 불가능한데도 옆방 노인과 대화를 나누었고 무슨 대화였든 거기에 만족해했어요. 어떤 의미에서는 미쳐가는 중이었던 거죠. 병에 걸린 덕분에 상식적이고 일상적인 생각과 행동에서 자유로워졌고 병자의 생각과 행동에 익숙해졌지요. 많은 환자들이 그렇듯 자신의 병에 골몰하면서 그 병을 일종의 권리라도 되는 것처럼 착각했고 이해 불가능한 모든 일들을 갑자기 이해할 수 있게 된 스스로의 변화에 감탄했지요.

그는 아버지가 죽어간다는 사실을 모른 척하면서 그가 알지 못하는 많은 일들에 대해 아는 척을 하기 시작했지요. 그의 하루하루는 평범한 학생들처럼 흘러갔지만 그의 관심사는 누나를 죽음으로 이끈 것들로 향했어요. 다시 말해 아버지를 거쳐 누나를 그렇게 만든 사상이든 사람이든 뭐든 누나의 죽음에 책임이 있을 거라고 여겨지는 모든 것들을 향했지요. 누나를 죽인 자가 누구인지는 몰랐지만 누나를 죽음의 길로 인도한 자들이 누구인지는 짐작할 수 있었지요. 그의 분노는 적어도 겉으로 보기에는 지극히 차분해서 차라리 분노가 아닌 애정이라 해도 좋을 정도였어요. 그는 누나의 죽음에 복수를 하고 싶었고 복수를 하기 위해서는 냉정해야 한다는 걸 알 만큼은 신중했지요. 그는 언젠가 때가 올 테고 그때를 놓치지 않으려면 서두르지 않아야 한다고 믿었어요. 그러니까 사실…… 두려웠던 거예요. 그의 마음속 깊은 곳에는 당장 복수를 하라는 정언명령이 있었지만 그에게는 조건이 필요했어요. 그런 행위가 정말로 누나를 위한 것인지 스스로의 위안을 구할 수 있는 것인지 확증이 필요했지요. 이 문제만이 중요했어요. 그는 미래가 없었으니까요. 누나는 죽었고 아버지도 죽어가고 있으며 평범한 삶에 대한 열망을 포기했다는 점에서 자신도 죽어가는 중이었죠. 한 사람이 죽었을 뿐인데 남은 사람들이 모두 죽어가는 셈이었어요. 누나를 죽음으로 이끈 것들에 그도 끌려갔고 누나가 생각하고 꿈꾸었던 것들을 그도 생각하고 꿈꾸려 노력했지요. 누나의 꿈이 곧 그의 꿈이 되어야 했고 누나의 절망도 그의 절망이 되어야 했지요. 그는 누나처럼 되기를 원했고 누나가 미처 이루지 못한 것들을 자신의 손으로 이루기를 바랐어요. 물론 그렇게 되기까지는 유예기간이 필요했어요. 그는 아직 학생일 뿐이었고 세상은 전쟁으로 뒤숭숭했으니까요.

그즈음 우리는 우미관에서 유선생의 공연을 보았어요. 유선생은 특유의 말장난을 진지한 태도로 늘어놓았지요. 늘 하던 대로 관객을 조롱하기도 하고 임석경관을 빗대어 농담도 하면서 흥겨운 분위기가 이어졌어요. 그러다 놀림을 당한 관객이 아니꼽다는 듯 유선생에게 창씨개명을 했냐고 물었지요. 유선생은 고개를 끄덕끄덕하고 말했어요. 당연하지요. 저는 구로다 규이치라고 이름을 바꿨습니다. 한자로 쓰면 현전우일玄田牛一이지요. 현과 전을 더하면 축畜이 되고 우와 일을 더하면 생生이 되니 축생이라는 뜻입니다. 듣기에 거북하시겠지만 칙쇼라고도 하지요. 나 같은 반도인에게 잘 어울리는 이름 아니겠습니까? 객석이 조용해졌어요. 유선생은 관객을 지그시 바라보다 계속해서 말했지요. 제 친구가 말하기를 자네 이름만 불러도 자네한테 욕을 하는 셈이네그려, 욕 많이 먹으면 오래 산다던데 나는 자네가 오래 살기를 바라지 않으니 이제부터 자네 이름은 못 부르겠네, 이러는 게 아니겠습니까? 해서 이 이름은 작파하고 다시 이름을 지었지요. 강원야원江原野原이라고요. 제 친구가 묻기를 에하라 노하라, 대체 이건 무슨 뜻인가? 그래서 제가 대답했지요. 자네는 내가 오래 살기를 바라지 않으니 내 기어이 오래 살지 못할 것 같아서 그러네. 어차피 짧은 인생 에헤라 노을자!일세. 관객은 웃어야 할지 말아야 할지 몰라 머뭇거렸지요. 창씨개명을 두고 이런저런 농담을 하던 시기였지만 유선생처럼 대놓고 말하지는 못했으니까요. 관객들이 불편할 수밖에 없었던 이유는 유선생의 농담이 새로워서가 아니라 진부해서였어요. 모른 척할 수 있었던 진부한 사실을 유선생이 공개하는 바람에 더는 모른 척할 수가 없었고 그걸 은폐한 사람이야말로 관객 자신임을 알기 때문이었지요.

공연이 끝난 뒤 임석경관은 유선생을 경찰서로 끌고 갔어요. 유선생은 흠씬 두들겨맞고 풀려났지요. 그게 유선생의 마지막 공연이었어요. 선생은 공연의 결과를 짐작했기 때문에 무대에서 쫓겨난 게 아니라 자발적으로 물러난 셈이었어요. 무대에서 물러날 방법을 배우답게 찾아낸 거였지요. 배우답게 무대에 서고 배우답게 퇴장했지요. 유선생은 평소 생각대로 실천하고 무대를 떠났어요. 말은 마음의 그림입니다. 생각을 표현하는 연장의 하나로 말처럼 끔찍하고 대단한 효과를 가진 것도 없지만 말이 마음의 전부를 그대로 표현시켜주지 못하는 것도 사실이지요. 하물며 벼르고 별러서 만들어진 그 말조차 다 할 수 없는 형편이니 말은 지금 세상에서는 변변치 못한 녀석일 수밖에 없습니다. 만담은 반드시 재미를 전제로 하되 신통하고 기발한 미사여구를 나열하는 것으로는 충분하지 못합니다. 현대인의 가슴을 찌를 만한 칼 같은 박력이 있는 그 어떤 진실을 필요로 합니다. 유선생이 말한 그 어떤 진실, 그걸 아는 데에는 대단한 노력이나 지성이 필요하지 않았어요. 진실은 우리가 알지 못하는 비밀이 아니라 우리 모두 알고 있음에도 모른 척하거나 지나쳐버린 걸 뜻하니까요.

공연이 끝난 뒤 그는 수심에 잠겼어요. 나는 그가 짧은 공연의 대가치고는 가혹한 처벌을 받게 될 유선생을 걱정하기 때문이라고 생각했지만 그것만이 전부는 아니었어요. 이른바 암중모색의 시기로 접어든 거였죠. 해방이 될 때까지 그는 무대에 서지 않았고 무대에 설 생각도하지 않았으며 유선생의 퇴장과 함께 자신도 퇴장해버린 거였어요. 무대의 무용성까지 느꼈고 언젠가 그를 감동시켜 그에게 무대에 대한 환상을 심어주었던 기억들마저 희미해졌지요. 문학이든 공연이든 어떤 예술이든 현실을 능가할 수는 없다는 생각이 더 분명하게 그에게 자리잡았어요. 그는 자신이 느낀 걸 내게 말해주었고 세월이 흐른 뒤나는 그가 느낀 것과 똑같은 걸 『주역』에서 보았어요. 유학자는 『주역』을 우주의 원리를 담은 책이라 생각하지만 보통 사람들은 점을 치는 책이라고 생각하지요. 저도 그렇게 생각했어요. 하지만 『주역』에는 이렇게 나와 있더군요. 사람의 힘으로 예상할 수 있고 바꿀 수 있는 일들은 점을 치지 않는다고요. 그가 실제로는 예술처럼 사람이 만들어낸 인공적인 것을 무용하다고 느낀 게 아니라 왜 그것들이 만들어져야만 했는지를 알고 싶어한 거라는 생각이 들었어요. 그는 예술의 기원을 알고 싶어 했고 그러기 위해서는 현실로 들어가야 한다고 생각한 거지요.

뒤란에서 약을 달이던 그는 갑자기 쏟아지는 비 탓에 허둥거렸어요. 후드득후드득 떨어지던 빗방울이 삽시간에 쫘 하며 쏟아졌지요. 우리는 약탕기 위에 차일을 치듯 가마니의 네 귀퉁이를 잡고 섰어요. 소나기를 고스란히 맞고 서 있을 수밖에 없었어요. 우리 몸이 젖어가듯 가마니도 젖어가며 무거워졌지요. 다행히 비는 오래지 않아 그쳤어요. 우리는 흠뻑 젖었지만 아궁이와 약탕기를 지켜냈지요. 우리는 눈을 마주치고 웃었어요. 웃음 끝에 그가 비죽 울음을 터뜨렸어요. 웃는 입 모양과 우는 입 모양이 똑같다는 걸 그는 오래전부터 알았겠지만 나는 그때 알았던 것 같아요. 이런 울음은 그가 어찌해볼 수 없는 거라서 오히려 자연스러웠어요. 희수야…… 우리 아버지…… 돌아가시겠지. 그가 내 이름을 부를 때부터 그가 무슨 말을 할 건지 알았어요. 그는 아궁이 앞에 쪼그리고 앉았어요. 더는 소리를 내지 않으려고 애쓰면서 어깨를 들썩였어요. 붕괴를 지탱해주던 그의 균열된 틈마다 빗물이 스며들었고 그의 내부에서 한때는 생생하게 윤나던 것들이 녹슬기 시작했지요. 그는 비가 오는 날이면 인력거를 끄는 아버지를 걱정했는데 이제 비가 내려도 아버지를 그런 식으로는 걱정할 수 없게 되었지요. 비에 흠뻑 젖은 그는 언젠가 비에 흠뻑 젖었던 아버지를 떠올릴 수밖에 없었고 누나의 죽음이 그에게 누나의 내면을 엿보는 계기가 되었던 것처럼 결코 들어가고 싶지 않았던 아버지의 내면으로도 한 걸음 걸어들어갈 수밖에 없다는 예감을 갖게 되었어요. 이

불멸의 이미지. 무언가를 깨닫는 게 아무 소용이 없을 거라는 깨달음. 가족 가운데 한 사람의 내면과 진심조차 한평생을 바쳐야만, 죽음과 같은 무시무시한 대가를 치러야만 겨우, 그것도 불완전하게 알 수 있게 된다는 사실이 불멸의 이미지로 다가왔어요.

　그의 누나는 아주 가끔 집에 왔지만 올 때마다 그에게 줄 작은 선물을 가져왔고 주전부리도 사가지고 왔어요. 난향 이모에게 인사를 하러 왔던 날에는 화과자를 가져왔지요. 난향 이모는 황송해하며 그걸 받았어요. 방직공장 사람이면 전봇대에 꽃이 피네 운운하는 아이들의 노래도 있을 정도였으니 방직공장의 공원들이 어떤 생활을 하는지 난향 이모도 잘 알았죠. 호떡 한 장 마음놓고 사 먹지 못할 형편에 선물용 화과자란 여간한 마음씀씀이가 아니고서는 어려운 일이었어요. 그의 누나는 너무 일찍 철이 들었지만 애늙은이 같은 구석은 없었어요. 화과자 선물을 건넬 때에도 세상일에 능통한 사람처럼 사교적인 태도가 아니었어요. 분수에 넘치는 줄 잘 알지만 이런 방식이 아니고서는 진심을 전할 수 없어 무례를 범하니 용서해달라는 것처럼 부끄러워했지요. 그의 누나는 어른인 척하는 사람이 아니라 정말 어른이었어요. 무엇을 느끼든 숨길 필요가 없는 사람 같았어요. 삶에 지친 기색이 역력했지만 삶에 찌든 인상은 아니었어요. 그러니까 어떤 유혹에도 굴복하지 않을 것 같았고 무엇으로도 그의 누나를 타락시키기란 불가능할 것 같았어요.

　나는 그의 누나를 거리에서 여러 번 보았어요. 그가 누나에게 가죽장갑을 주었던 날이었어요. 큰길가에서 누나를 배웅하고 돌아오는 그를 보았지요. 내가 건너편에 있었지만 그는 나를 알아보지 못했어요.

조금 뒤 그의 누나가 지나가는 걸 보았지요. 그의 누나는 골목으로 접어들었는데 잘 아는 길인 것처럼 갈림길에서도 머뭇거리지 않고 어딘가를 향해 바쁘게 걸어갔어요. 그러다 큰길로 나갔고 다시 다른 골목으로 접어들었지요. 그제야 나는 그의 누나가 미행당할 것을 염두에 둔 사람처럼 걷는다는 걸 깨달았어요. 그의 누나는 어느 작은 공원에 들어가 벤치에 잠시 앉았어요. 그리고 가방에서 마분지 상자를 꺼냈지요. 조심스럽게 뚜껑을 열고 그때까지 끼고 있던 가죽장갑을 손에서 빼더군요. 그러다 다시 손에 끼고는 두 손을 자기 볼에 댔어요. 그의 누나는 가죽장갑을 곱게 마분지 상자에 넣은 뒤 공원을 빠져나갔어요. 나는 그의 누나가 앉았던 나무 벤치로 갔어요. 나무 벤치 등받이에는 날카로운 못으로 그어 새긴 표식들이 있었어요. 오래되어 희미한 표식부터 생긴 지 얼마 안 되어 밝고 가느다랗게 빛나는 표식까지 다양했어요. 그의 누나가 간 곳은 영어 알파벳과 숫자의 조합으로 된 그 표식들 가운데 하나가 가리키는 장소였을 거예요. 나는 거기에서 멈춰야 한다고 생각했어요. 더이상 뒤를 쫓아서는 안 된다는 걸 직감했어요. 그래서 그냥 집으로 돌아갔어요.

집으로 가는 길에 그의 누나를 본 건 정말 우연이었어요. 가로등 불빛이 닿지 않는 어두운 곳이었고 어느 돌담 아래였어요. 그의 누나가 저쪽으로 가버린 뒤에도 한 사람이 남아 있었고 이윽고 그 사람은 돌담의 모퉁이 쪽을 더듬어 무언가를 꺼냈어요. 나는 그 사람이 지나갈 때 유심히 보았어요. 낯선 사람이었지만 이상하게도 낯익은 사람처럼 여겨졌어요. 그의 누나와 그 사람도 누군가의 연락원, 그러니까 레포였기 때문에 그때는 서로를 몰랐을 거예요. 나중에 우연히 마주쳤

을 때 만난 적 있는 사람임을 알았을 테고 당연히 서로를 모른 척했
겠지요. 그뒤로 몇 번 거리에서 그의 누나를 보았어요. 다른 사람들과
함께일 때도 있었고 혼자일 때도 있었지요. 어느 날인가는 그의 누나
와 시선이 마주쳤어요. 그의 누나는 무심한 듯 스쳐지나갔지요. 나 역
시 그의 누나를 전혀 모르는 사람인 것처럼 스쳐지나갔어요. 내 옆에
그가 있었지만 그는 자기 누나를 못 보고 그냥 가더군요. 그의 누나는
짐작했을 거예요. 그 집에 살던 사람들 가운데 몇몇이 자신처럼 조직
과 관련이 있다는 사실을요. 그래서 그의 누나는 외출을 나오더라도
되도록 집에 오지 않으려 했던 거예요. 종종 집으로 가는 골목 입구에
서 한참을 머뭇거리다 돌아간 적도 있지요. 결국 그의 누나는 죽어서
도 집에 돌아오지 못했어요.

경찰은 검시를 끝낸 뒤에도 한동안 방치했어요. 며칠 뒤 경찰에게
서 연락이 왔지만 그와 그의 아버지는 병원으로 불려가야 했지요. 가
족들 외에는 누구도 화장 절차에 참석할 수 없었지만 난향 이모가 파
견 나온 경찰과 화장터 관계자들에게 뒷돈을 준 덕분에 이모와 나도
함께 지켜볼 수 있었지요. 그의 누나는 변사 처리가 되었고 어느 신문
에도 기사가 실리지 않았어요. 세상은 순희라는 한 공원의 죽음에 아
무런 관심도 기울이지 않았어요. 마포로 가서 곱게 빻은 유골을 강바
람에 날릴 때는 저 멀리서 지켜보는 몇몇이 있었지만 가까이 오지는
않았어요. 그는 누나의 유골을 한강에 뿌린 뒤 건너편 공장지대를 바
라보았어요. 거기는 하늘마저 어둡고 칙칙했어요. 거기에서 바라본
공장지대의 하늘은 음탕해 보이기까지 했어요. 그는 얼어붙은 것처럼
꼼짝도 하지 않고 바라보았어요. 어깨를 움츠리고 발밑을 보는 게 자

연스러웠던 그였기에 그때의 그는 자신에게도 퍽 낯설었을 거예요. 아무런 행동이 없으나 행동으로 충만한 상태였고 역설의 감각이라고 할 법한 낯선 감각이 그의 내부에서 생겨났지요. 사실을 말하자면 슬픔에 깊이 잠긴 그는 너무나 눈부셔서 여성이나 남성 같은 인간에 속한 성이 아닌 것만 같았지요. 내가 부서진 인간이 아름다울 수 있다는 식의 관념을 갖게 된 건 그에게 받은 인상 때문이었어요. 적어도 그때까지 그의 내면은 잘 닦인 놋쇠 그릇처럼 윤이 났지만 더는 그릇을 꺼내어 닦아줄 사람이 없기에 녹이 슬 운명이었지요. 소나기로부터 약탕기를 지켜내고 비에 흠뻑 젖은 채로 떨면서 울던 그는 더이상 이전의 소년으로 돌아갈 수 없었고 그 소년을 추억할 수도 없었어요. 그는 이전의 자신과 결별해야 한다고 생각했어요.

그의 아버지는 이미 죽은 것과 마찬가지였지만 실제로 죽지는 않았기 때문에 보살펴줄 사람이 필요했지요. 그 일을 할 수 있는 사람은 그 외에는 아무도 없었어요. 그는 아직 징병을 당할 나이는 아니었지만 당시에는 상황이 어떻게 될지 알 수 없었지요. 만약의 경우 다리를 부러뜨려서라도 군대에 끌려가지 않을 작정이었어요. 리어 선배는 해방되던 해에 징병을 당했지만 조선주둔군에 배속되어 훈련을 받다가 용산에서 해방을 맞았지요. 해방 뒤 그가 처음으로 한 일은 문학가동맹이 주관하는 문학자대회에 참관인으로 참석한 거였어요. 그는 리어 선배와 함께 종로의 기독교청년회관에서 이틀에 걸쳐 열린 대회에 참석해 회의 과정을 주의깊게 지켜보았어요. 리어 선배는 이제 조금씩 알려지기 시작한 젊은 작가였고 문학자대회에서 동맹의 회원으로 가입하기도 했지요. 리어 선배는 문학가동맹의 테제와 관련해서 그가 잘 모르는 부분들을 설명해주고 함께 토론하기도 했어요. 그는 새로운 세상에 열광하는 여느 젊은이와 마찬가지로 열정적이었지만 리어 선배처럼 글쓰기 자체에 자신의 모든 걸 내던지겠다는 신념은 없었어요. 글쓰기의 열망이 부족했던 게 아니라 무대에 대한 열망이 더 컸던 거예요.

우리는 종로의 제일극장에서 배우로 복귀한 유선생의 첫 공연을 보았지요. 유선생은 무대에 등장하는 순간부터가 남달랐어요. 게다를 신고 일본식 의상을 입은 유선생이 무대에 오르자 관객들은 일제히 야유를 보냈어요. 하지메마시테!(처음 뵙겠습니다!) 하고 인사를 하자 여기저기서 욕설이 날아들었지요. 유선생은 관객들이 마음껏 분노하고 조롱하도록 내버려두었어요. 일본은 패망했고 이 땅에서 물러갔지요. 길거리를 걷다가 일본인 순사에게 트집을 잡힐까봐 마음 졸일 필요도 없었고 일본어를 국어라고 부르지 않아도 되었지요. 일본은 우리 모두의 눈앞에서 사라졌고 다시는 우리 앞에 나타나지 않을 테니까요. 그동안 겪은 수난에 분풀이라도 하듯 무대 위의 유선생을 향해 신발을 던지는 짓궂은 관객도 있었지만 어느새 처음의 흥분이 잦아들면서 즐거운 놀이라도 하듯 흥겨운 분위기가 그득하게 되었지요. 관객들이 좀더 과격하게 반응하기를 바라기라도 하듯 유선생은 이 사람 저 사람을 지목하며 불과 얼마 전까지만 해도 비겁하고 졸렬했던 스스로를 돌아보게 했지요. 관객들은 기꺼이 유선생의 힐난과 나무람에 자신을 맡겼고 이제 무대 위의 유선생이 관객들을 조롱하는 입장이 되었어요. 특유의 입담을 발휘해 해방의 감격에 취해 과거를 망각하지 말 것과 비극의 역사가 되풀이되지 않기 위해 지금 우리가 해야 할 일에 대해 말할 때는 사뭇 진지해서 관객들도 숙연해졌지요. 유선생은 우리가 자주독립국가를 세우지 못하면 일본은 반드시 돌아온다고 했어요. 해방은 인민의 국가를 세우는 것으로만 완성될 수 있다고 말했지요.

만담을 마친 유선생은 무대에 떨어진 낡은 운동화 한 짝을 주워 들었어요. 그걸 골똘히 바라보다가 갑자기 무대 오른쪽을 향해 몸을 돌리고는 일본어로 황국신민의 서사를 우렁차게 외웠어요. 얼마 전까지만 해도 아무도 피해갈 수 없었던 궁성요배를 재현하는 유선생이 일본인을 연기하는지 조선인을 연기하는지 헷갈릴 정도였어요. 유선생은 잔뜩 일그러진 얼굴로 객석을 돌아본 뒤 팔뚝으로 눈물을 훔치는 시늉을 했어요. 뭇사람의 눈치를 살피듯 고개를 두리번거리다가 그때까지 손에 쥐고 있던 신발을 유카타 자락 안에 숨겼어요. 그리고 관객을 향해 똑바로 얼굴을 들고 혼잣말이라도 하듯이 나직하고 분명한 목소리로 말했어요. 아이시테마스, 마타 아이마쇼!(사랑합니다, 또 만납시다!)

유선생이 무대에서 내려간 뒤 객석은 한동안 조용했어요. 답답해서 숨이 막힐 듯한 침묵이었어요. 막간극보다도 짧은 연기에 불과했지만 일본인들이 어떤 마음으로 이 땅에서 물러났는지를 느끼기에는 충분했어요. 우리 손으로 일본을 물리치지 못했다는 사실을 누구나 알고 있었고 언젠가 일본이 다시 돌아오리라는 것도 알고 있었지요. 또 만나자는 그 말처럼 무섭고 두려운 말이 없었지요. 오랜 세월 우리를 지배했던 자들이 어떻게 이를 갈며 이 땅을 떠났는지, 다시 돌아오기 위해 얼마나 절치부심할지 떠올리지 않을 수 없었고 그게 다 농담이라는 사실을 안다 해도 잠시나마 가슴이 섬뜩해지는 경험을 한 관객들은 쓴 입맛을 다시며 어두운 거리로 뿔뿔이 흩어져갔지요. 유선생은 무대에 등장할 때의 인사말과 퇴장할 때의 인사말을 굳이 일본어로 구사해서 여전히 일본이 우리 안에 존재한다는 걸, 일본은 일본만이 아니라 점령과 지배를 뜻한다는 걸 보여주려 했어요.

이 공연은 그뒤 조금씩 변주되어 일본어로 시작해서 영어로 끝나기도 했고 영어로 시작해서 영어로 끝나기도 했어요. 유선생은 일본식 의상을 입고 나오기도 했고 서양인 차림새로 나오기도 했어요. 때로는 그가 유선생의 상대역으로 일본인이나 서양인 부인으로 분장해서 무대에 서기도 했어요. 짙은 화장을 하고 가발을 쓴 꼴이 어색하기도 했지만 그는 여성의 간드러진 목소리를 강조한 발성으로 관객들을 즐겁게 했어요. 그의 배역은 희극적인 인물이어서 그의 연기도 희극적이었지요. 일본인 남성 역할을 하는 유선생이 비장하게 궁성요배를 연기할 때 어느 쪽이 궁성 쪽인지 몰라 허둥대는 부인 역할을 그처럼 잘할 수 있는 사람도 없었을 거예요. 우리말에 서투른 서양인 부인 역할도 마찬가지였고 그의 동물 흉내도 인기가 많았어요. 개처럼 네 발로 기고 엉덩이를 흔드는 꼴이나 술 취한 사람에게 걷어차인 개 울음 따위를 실감나게 흉내냈지요. 그가 새 울음을 내면 정말 극장 안으로 새가 날아들어왔나 싶을 정도였고 자동차, 기차, 기선의 경적과 뱃고동 소리도 그럴듯하게 낼 수 있었어요. 그런 식으로 유창하게 동물 등의 소리를 흉내낼 수 있게 되었을 때에는 희극배우로 제법 이름이 알려지고 인정도 받았지요. 그는 관객을 즐겁게 할 수 있다면 무엇이든

할 준비가 되어 있는 사람 같았어요. 가발, 지팡이, 모자 등의 소품을
적절히 활용할 줄도 알았어요. 자전거에 달린 고무 벨을 떼어와 뿡뿡
이라 이름 붙이고 다리 사이에 넣어 춤을 추면서 박자에 맞춰 뿡뿡거
리던 연기는 오래전 변사들이 막간에 보여줬던 놀이를 자기 방식으로
변형한 거였어요.

마술사와 거인 그리고 사랑채에 살던 배우들과 함께 공연을 하고
다른 한편으로는 유선생, 리어 선배 등과 극작도 하면서 그는 비로
소 자기가 무엇이 될 수 있는지를 알게 되었어요. 배우로서의 그에게
는 해방 전의 어두웠던 몇 해가 오히려 성숙해질 수 있는 계기가 되었
고 너무 일찍 무대에 모든 걸 쏟아 재능을 낭비하거나 쉽게 적응해버
릴 위험을 피할 수 있게 해주었지요. 마찬가지로 그가 본격적으로 무
대에 올랐을 때에 너무 빠르지도 느리지도 않게, 넘치지도 모자라지
도 않게 적당한 주목을 받았던 것도 그에게는 다행이었다고 할 수 있
어요. 그는 자만하거나 낙담하지 않으면서 무대와 친밀해질 수 있었
고 농담을 대하는 그의 진지한 태도 덕분에 다른 배우들의 신뢰도 얻
을 수 있었지요. 그는 유선생만큼은 아니라 해도 혼자서 십 분 정도는
감당할 수 있었어요.

그는 배우들과 공연에 대한 이야기를 나누면서 의논하는 과정을 즐
겼어요. 그동안 한집에 살면서도 잘 알지 못했던 배우들의 과거를 알
게 되었고 그이들이 겪고 영위했던 다채로운 삶들에 푹 빠졌지요. 특
히 그를 슬픔에 빠뜨린 이야기들이 그를 더욱 신나게 했어요. 그는 이
이야기들을 좀더 흥미롭고 즐겁게 들려줄 수 있다는 사실을 알았고 공
연에도 반영하게 되었지요. 물론 왜 그럴 수 있는지는 몰랐어요. 나중

에 그가 깨달은 건 그가 웃음 끝에 찾아오는 쓸쓸한 정서, 희비극이라 이름 붙일 수 있는 그런 정서를 지향했기 때문이라는 거였어요. 웃음을 터뜨리게 하는 일도 행복한 일이었지만 웃음 끝에 인간이 얼마나 고독한 존재인지를 일깨워주고 바로 옆에 있는 이 사람, 흔하고 평범하고 때로는 지겹고 밉기까지 한 이 사람이야말로 의지하고 기대고 소통하며 살아가야 하는 사람임을 느끼게 하는 일은 더 행복했어요.

그는 사람들이 자신에게 그러듯이 타인에게 너그러워지기를 바랐지요. 그는 찰리 채플린은 잘 알았지만 해럴드 로이드와 버스터 키튼은 잘 알지 못했어요. 배우들은 그에게 찰리 채플린뿐만 아니라 해럴드 로이드의 긴장감 넘치는 슬랩스틱 코미디의 가능성과 버스터 키튼의 무뚝뚝하고 표정 없는 연기의 비범함을 가르쳐주었어요. 그는 리어 선배와 이야기를 나누면서 문학에 대한 자신만의 견해를 정립해갔듯이 배우들과 토론하고 함께 공연하면서 희극에 대한 자신만의 견해를 정립해갔어요.

그의 아버지는 죽지만 않았을 뿐 여전히 보살핌이 필요한 상태라서 그는 문간방을 떠날 수가 없었어요. 다른 배우들이 합숙하는 여관에서 잠을 자지 않고 꼬박꼬박 집으로 돌아온 이유도 아버지를 돌보기 위해서였어요. 문간방에만 들어서면 그는 다람쥐 쳇바퀴 돌듯 정체된 일상에 염증을 느꼈어요. 다른 이들의 삶에 비해 초라하다 느꼈고 여전히 자신에게는 미래다운 미래가 없다고 생각했어요. 처음 문간방에 들어왔던 그 시절의 소년에서 멈춘 채 전혀 성장하지 않은 것만 같았어요. 그는 소년이었던 자신을 과거로만 남겨둘 수가 없었어요. 공연을 위해서라면 비열하고 우스꽝스러운 배역도 아무렇지 않게 받아들였지만 실제 삶에서의 그는 생래적이라 할 만큼 비속하고 저속한 말을 싫어했어요. 이런 개인적인 특징이 그에게는 미덕이 아니라 그의 미성숙을 증명하는 것처럼 여겨졌지요. 문간방은 그가 나중에 가게 될 지옥을 은유하는 공간이었어요.

그는 유선생을 비롯한 몇몇 배우들과 공연을 마친 뒤 극장 근처의 단골집에서 만나기로 약속했어요. 소품 정리를 마치고 맨 마지막에 극장을 나선 그는 유선생 일행이 먼저 빠져나간 뒷문을 통해 골목에 들어섰지요. 골목에는 배우들이 쓰러져 있었어요. 담벼락에 등을 기댄 유선생은 칼에 맞은 부위를 손으로 누른 채 신음하고 있었어요. 다른 한 명은 숨이 끊어지고 있었지요. 칼에 여러 군데를 찔린 그 사람은 출혈이 너무 심해 가망이 없었어요. 유선생을 보호하려다 베인 손바닥에서도 핏물이 흘러나왔어요. 뒤늦게 다른 사람들이 달려왔지요. 형…… 그는 치명상을 입은 리어 선배를 업고 무작정 달려갔어요. 리어 선배는 덩치가 큰 탓에 발이 질질 끌렸지요. 그의 등에 업힌 선배는 자꾸만 미끄러져 떨어졌어요. 그는 울지 않으려고 이를 악물었지요. 가장 가까운 병원에 도착했을 때 리어 선배는 이미 숨이 끊어져 있었어요. 그도 알고 있었어요. 하지만 자신의 등에 업힌 채 숨이 끊어져버린 리어 선배를 어떻게 해야 할지 몰랐어요. 할 수만 있다면 죽을 때까지 업고 달릴 수도 있을 것 같았어요. 그게 차라리 나을 것 같았어요.

마침내 그는 리어 선배를 병원 현관 앞에 뉘어야 했고 이미 알고 있던 사실을 확인해야 했지요. 리어 선배는 이렇게 속삭였어요. 준아, 난 괜찮아. 난 오래전에 죽은 목숨이었어. 동지들이 고문을 당해 죽고 감옥에서 죽고 국경을 넘다 죽었을 때 나도 미치도록 죽고 싶었어. 죽지 못하고 살아남은 이유는 죽어서야 리어 품에 안긴 코델리아가 되고 싶어서였어. 조선은 늘 우리를 배반했지만 우리는 한 번도 조선을 배반하지 않았어. 조선이 우리의 진심을 알아줄 거라고 믿었어. 그때까지는 죽을 수가 없었어. 그런데 준아, 언젠가 우리 함께 『젊은 베르터의 고뇌』를 읽고 토론한 적이 있지. 누군가는 베르터를 비난하거나 옹호했고 누군가는 로테를 비난하거나 옹호했지. 너는 그러지 않았어. 너는 로테의 손에서 베르터의 손으로 옮겨간 권총의 얄궂은 운명을 말했지. 베르터는 그 권총으로 자살하면 안 되는 거였다고 말했지. 로테의 운명까지 결박해버리는 서글픈 탄환이라고 말했지. 이제야 말하지만 나도 동감이야. 그러니 그들이 나를 찌른 이 칼을 잊어줘. 칼을 기억해서는 안 돼. 약속할 수 있지? 대신 이것만 기억해줘. 셰익스피어가 말했지. 악마는 목적을 달성하기 위해 성경 구절을 인용한다고. 우리가 지금까지 나누었던 그 많은 이야기들이 부디 도그마가 아니었기를…… 우리 우정의 증표였기를…… 네가 나를 선망과 질투가 섞인 묘한 얼굴로 바라볼 때마다 내가 얼마나 괴로워했는지…… 내가 너를 얼마나 흠모했는지…… 내가 너와…… 복화술사의 목소리처럼 시작된 곳이 어디인지 알 수 없는 리어 선배의 속삭임은 바닥에 가라앉은 고운 모래밭을 파고들어가 들쑤시는 모래무지처럼 그의 내부로 들어왔어요.

그 시절에도 이름이 널리 알려진 희극배우도 있었고 뒷배가 든든한 극단들도 있었어요. 그에 비하자면 그는 간신히 무명을 벗어난 처지에 가깝다 할 수 있었지만 언제든 대중에게 인정받고 누구나 알아보는 배우가 될 수도 있었어요. 하지만 그는 유명해지는 걸 경계하고 어느 정도는 두려워했어요. 그가 두려워한 이유는 어머니 때문이었어요. 만약 그의 어머니가 죽지 않고 어딘가에 살아 있다면, 하필이면 여전히 경성에 살고 있다면 그가 무대 위에서 공연하는 걸 볼 수도 있었으니까요. 그는 어머니가 자신의 공연을 보는 게 좋은 일인지 나쁜 일인지 판단할 수 없었고 미처 준비가 되지 않은 상태에서 어머니를 우연히 만나게 될까봐 걱정했어요. 어머니가 그를 당신의 아들이라 알아볼 수 있을지도 확신할 수 없었어요. 반대로 말하면 그 역시 누군가가 어머니라 주장해도 그 사람이 정말 어머니인지 아닌지 알 수 없을 것 같았지요. 이런 조심스러움이 그가 무대 위에서 절제된 연기를 하는 데에는 어느 정도 도움이 되었어요.

그러나 리어 선배의 죽음 이후 그는 새로운 혼란에 빠져들었어요. 이제 그는 관객들 속에 그의 누나가 있을까봐 걱정이 되었어요. 객석 어딘가에 꼭 누나가 있는 것만 같았어요. 어린 시절 그가 누나의 손을 잡고 드나들었던 극장에 다시 온 것 같은 기분이었고 그때 들었던 누나의 웃음이며 숨죽인 울음까지도 가까이에서 들리는 것 같았어요. 그는 객석을 의식하지 않으려 애썼어요. 누나는 오래전에 죽었으니 누나가 관객의 한 사람으로 그곳에 앉아 있다는 건 불가능한 일이었으니까요. 의식하지 않으려면 누나가 그곳에 없다는 확신이 필요했어요. 그는 무대에 오르기 전에 무대 뒤에 숨어 관객석을 유심히 살피며 혹시 아는 얼굴이 있는지, 그러니까 정말 누나가 있는지 없는지 확인해야만 했어요. 객석을 둘러보아도 누나는 없었어요. 하지만 그는 놓친 사람이 있을까봐 강박적으로 다시 관객의 얼굴을 확인하곤 했지요. 다시 확인해도 그의 누나는 없었지만 그의 불안은 수그러들지 않았어요. 이층에서 혹은 복도에서 몰래 숨어 그를 지켜볼 수도 있었고 잠시 자리를 비운 것일 수도 있었으니까요. 한마디로 그는 누나가 그의 공연마다 찾아와 결코 그에게 들키지는 않은 채 그의 연기 하나하나를 냉소적인 눈길로 지켜본다는 생각에서 벗어날 수 없었어요. 도처에 그의 누나가 있었지만 그는 결코 누나를 알아볼 수 없었지요. 그는 마음이 위축될 수밖에 없었고 제대로 된 연기를 할 수가 없었어요.

결국 그의 일상에 많은 변화가 생겼어요. 그는 말수가 적고 침울한 사람이 되었지요. 그가 무대 위에서 보여주는 연기와 만담은 관객을 웃기는 게 아니라 오히려 당혹스럽게 했어요. 웃음을 불러일으키려면 관객들의 기대를 어떤 장면에서 어떤 방식으로 무너뜨리느냐가 중요했어요. 기대가 어긋난다는 건 그 배역이 지닌 결점이나 위선이 적나라하게 폭로되는 걸 뜻하지요. 한데 그의 농담은 도를 넘어서 비극적이라고 할 수 있는 상황을 드러냈어요. 그의 연기와 만담은 점점 더 환영을 받지 못했어요. 무대 위에서 그가 심오해질수록 관객은 그에게서 멀어졌지요. 그가 치명적인 실수를 저질렀던 건 아니에요. 그는 웃어야 할지 울어야 할지 모호한 상태, 그러니까 훗날 희비극이라고 불린 새로운 유형을 시도했을 뿐이고 미처 정제되지 않은 형태여서 관객에게 제대로 전달되지 못했을 뿐이었어요. 당대의 관객들은 그가 보여준 희비극을 이해하지 못하고 받아들이지 못했어요. 그게 그의 불행이었지요. 원하지 않았지만 시대를 앞서갔다는 것. 다른 식으로 말하자면 그 또한 원하지 않았던 어떤 경지에 스스로도 이유를 알지 못한 채 도달해버린 거였어요. 유선생처럼 능란하고 노련한 만담가조차 다다르지 못했던 경지였어요. 어떤 점에서 그런 경지는 불가능한 경지라고도 할 수 있었지요. 의식적으로 추구할수록 멀어지므로 무의식적으로 추구해야 도달할 수 있었어요. 같은 방식으로는 결코 재현할 수 없고 한 번씩만 가능한 경지니까요. 그런 경지에 이르렀다 해도 당사자인 배우조차 깨닫지 못한 채 지나쳐버릴 수도 있으니까요.

그는 점점 의기소침해졌고 한순간도 누나를 의식하지 않을 수 없게 되었어요. 관객 가운데 누나는 없었지만 관객 모두가 누나인 것만 같았으니까요. 이제 그는 극장 밖에서도 누나와 마주치게 될까봐 두려워했지요. 그리고 실제로 마주쳤어요. 그를 스쳐지나가는 모든 사람들은 결코 누나가 아니었음에도 모두가 누나인 것만 같았어요. 그가 연극을 통해 정말로 보여주고 싶었던 건 우리의 무의식에 잠재한 가능성들이었어요. 겉으로 보이는 서로 다른 행동이 왜 서로 같은 동기에서 출발한 것인지, 어떤 지점에서 서로 다른 행동으로 분화되는지를 보여주고 싶어했어요. 그가 그걸 보여주기만 하면 관객은 그가 보여준 길을 거슬러올라가 스스로의 무의식에 이를 수 있다고 믿었지요. 그런 무의식에 도달하려면 의식적인 수단을 통해야 했으므로 결국 배우는 관객의 수단이 되어야 하는 거였어요. 하지만 그는 한 사람의 배우가 아니라 한 사람의 관객으로 이 문제를 바라보게 된 거예요. 그는 관객의 도구가 되는 대신 관객을 배우의 도구로 보았어요. 도구로 보는 데 그치지 않고 관객들 속에 누나가 있다고 믿어버렸고 이 상상은 무대를 넘어 세상으로 확장되었지요. 그는 모든 사람들 속에서 누나를 보게 되었어요. 그의 무의식 가운데 누나와 관련된 것들이 형태를 갖추면서 그를 둘러싸게 되었지요. 자신의 무의식에 갇히고 만 셈이었어요.

병원에서 퇴원한 뒤 한동안 잠적했던 유선생이 그를 찾아왔어요. 그는 유선생이 찾아온 이유를 알 수 있었어요. 칼에 찔린 상처가 완치되지 않은 유선생의 핼쑥한 얼굴을 차마 똑바로 볼 수가 없었어요. 그들은 찻집에 들어갔어요. 아무 말 없이 앉아 있었지만 그들 사이에는 무수히 많은 말들이 오갔지요. 그는 리어 선배가 유선생을 처음 소개해줬던 날이며 유선생의 손을 보고 슬픔에 빠졌던 기억 등을 떠올렸어요. 그뒤로 많은 세월이 흘렀지만 세상은 달라진 게 없는 것 같았지요. 그가 알기에 유선생은 남로당원이 아니었어요. 많은 정당과 조직, 단체 들이 유선생을 영입하거나 포섭하려 했지만 유선생은 당신이 함께하고 싶은 사람이 아니라면 정중하게 거절했지요. 남로당원들이 유선생을 가리켜 사상성이 부족하다고 비난했지만 리어 선배는 그런 평가에 전혀 동의하지 않았어요. 리어 선배는 그에게 유선생이야말로 누구를 위해 무대에 서야 하는지 잘 아는 사람이라고 했어요. 그게 바로 당파성이라고 말했지요.

함께 갈 텐가? ……죄송해요. 저는 갈 수가 없어요. 왜……? 아버지가…… 아버지가 계세요. 늙고 병들어서 죽어가는 아버지가 계세요. 자네 목숨도 위태로울 수 있어. 그래도 안 돼요. 한 사람이 더 있어요. 남겨두고 갈 수 없는 사람이. 사랑하는 사람인가? 그는 대답하지 않았지만 유선생은 모든 걸 이해한다는 듯 고개를 끄덕이고는 조용히 덧붙였어요. 결단해야 할 순간이 올 수도 있네. 자네가 온다면 내가 두 팔을 벌리고 환영하리라는 것만 잊지 말아주게. 예, 알겠습니다. 그리고 이건 약소하지만…… 그는 가지고 다니던 돈봉투를 꺼내 유선생에게 건넸어요. 가시는 길에 조금이라도 보탬이 되면 좋겠어요. 부디 몸조심하세요. 그들은 붙잡은 손을 오랫동안 놓지 못했어요. 찻집을 나온 그들은 거리에서 헤어졌어요. 그는 등 돌려 걸어가는 유선생의 뒷모습을 시야에서 사라질 때까지 바라보았어요. 유선생의 등은 많은 말을 하고 있었지만 그는 알아들을 수가 없었어요. 유선생의 뒷모습조차 누나의 뒷모습으로 보였으니까요.

　그는 주위에 있던 사람들이 하나둘 사라지고 혼자 남았음을 알게 되었지요. 그가 태어날 때부터 그를 지켜본 아버지 외에는 주변에 아무도 없는 것처럼 느꼈어요. 그는 외로웠어요. 무대에서도 외로웠고 다른 배우들과 함께 있어도 마찬가지로 외로웠어요. 여전히 그를 불러주는 극단이 있었지만 그는 공연에 흥미를 잃고 있었지요. 그를 사로잡았던 열정들도 사라졌고 어디를 가나 그가 살아왔던 과거만이 두 눈을 부릅뜬 채 그를 지켜보았지요.
　요릿집과 요정 같은 곳에서 불러도 마다하지 않았어요. 마술사와 거인도 마찬가지였어요. 그들은 작은 연회실에서 손님들의 흥을 돋우는 공연을 한 뒤 약간의 사례비를 받는 데 만족했어요. 처음에는 웃고 떠들며 좋아하던 손님들은 술기운이 오르면 지금 같은 시국에 딴따라 짓이나 하는 자들이 있다는 게 한심하고 불쾌하다며 모욕을 주곤 했지요. 한때 같은 무대에서 공연을 하던 예인들과 마주치기도 했어요.

그들은 수치심 때문에 알은체를 하지 않았고 서로를 알아보는 순간 고개를 돌리거나 숙이면서 외면했지요. 좋은 배우들은 사라지고 없던 시절이었어요. 테러를 당해 죽거나 병신이 되어 무대를 떠났지요. 젊은 배우들은 지하로 숨어들거나 월북해버렸고 남은 자들은 자의든 타의든 과거 친일파였던 자들이 주최하는 행사에 불려다니며 생계를 유지할 수밖에 없었어요. 그는 학교라는 도피처가 있었으니 무대에 서지 못한다 해도 당장에 큰 문제는 없었어요. 하지만 그곳도 사정은 마찬가지였어요. 세상이 어떻게 흘러가는 건지 알 수 없다는 듯, 아니 알아도 모른 척하겠다는 듯 겁에 질린 얼굴로 입을 꾹 다문 학생들에게 둘러싸인 채 다른 학생들과 별로 달라 보이지 않는 얼굴로 책상 앞에 앉은 스스로가 한심했으니까요. 하지만 이 모든 상황은 그에게 낯설지가 않았어요. 일제가 물러나기 전까지 그가 겪어야 했던 상황들과 다르지 않았으니까요. 그 시절을 견뎠듯이 지금도 견디면 그만이었으니까요.

그가 견디기 힘들었던 건 우연히 듣게 되는 몇 마디 말들이었어요. 술자리가 무르익었을 때 손님들 입에서 나오는 요시!(좋다!)와 같은, 아무런 의미가 없음에도 결코 아무런 의미가 없을 수 없는 말들, 해방 전을 추억하고 그리워하는 말들이 이따금 그의 마음속 깊은 곳을 찔러왔지요. 제복을 입지는 않았지만 경찰이나 군인이 분명한 자들이 삼패 기생들을 끼고 앉은 술자리에서는 더더욱 그랬지요. 의식하지 않고 싶어도 저들 가운데 누군가는 그의 누나와 같은 사람을 추적하고 검거하고 고문하고 죽였을 테니까요. 혹은 정말 저들 가운데 누군가가 그의 누나를 죽였을 수도 있으니까요. 그들은 무심코 흘린 한

마디가 지금 익살을 부리는 한 청년의 가슴을 난도질할 수도 있다는 사실을 전혀 몰랐지만 만약 알았다 해도 신경쓰지는 않았을 거예요. 그들은 다시 이 세상을 손아귀에 넣어가는 중이었고 두려운 게 없었으니까요. 마음에 상처를 입은 날이면 그는 외려 더 익살을 부렸어요. 손님들도 더 좋아했지요. 그런 자리에서 여러 차례 그의 공연을 보았던 터라 그를 알아보는 사람도 있었고 부러 요릿집이나 요정에 부탁해 그를 불러달라고 하는 사람도 있었지요.

그는 그들을 증오하지 않기 위해 노력했어요. 분노가 생기면 칼을 잊어버리라던 리어 선배의 속삭임을 떠올렸어요. 그들의 즐거워하는 얼굴만을 기억하기로 마음먹었어요. 그렇다고 해서 분노가 생겨나지 않는 건 아니었기에 괴로웠어요. 그는 간신히 자기 자신일 수 있었어요. 하지만 문간방에 돌아와 아버지와 단둘이 있게 되면 그는 무대나 연회실에서와는 다른 사람이 되었지요. 누나가 죽은 뒤로 꽤 많은 세월이 흘렀음에도, 그가 아버지의 슬픔을 인식하고 있음에도 불구하고 아버지를 향한 날카로운 증오만은 여전히 그의 가슴속에 살아 숨쉬고 있었지요. 그의 증오는 그의 것이기도 하고 그의 것이 아니기도 했어요. 아버지에 대한 연민이 그의 것이기도 하고 그의 것이 아니기도 한 것처럼요. 말하자면 그는 여전히 아버지 앞에서 아버지의 아들이 아니라 아버지의 아들을 연기하는 거였지요. 늙고 병들어 보살핌이 필요한 아버지를 외면하지 않는 아들 역할을요.

사실을 말하자면 그의 아버지는 그가 어떤 고통을 겪는지 알았어요. 그의 아버지가 아들의 마음속 깊은 곳에 자리잡은 당신을 향한 증오를 눈치챘다는 사실을 모르는 유일한 사람은 바로 그였어요. 해방 뒤 잠시 북적였던 그 집은 겨우 이태 만에 해방 전과 다름없이 되어버렸지요. 그의 아버지가 믿고 의지하던 옆방 노인마저 사라졌으니까요. 그의 아버지는 해방이 무언지 몰랐지만 세상이 바뀌었다는 사실은 알았어요. 그의 아버지는 누군가 찾아와 당신 앞에 무릎을 꿇고 용서를 비는 망상에 빠지게 되었어요. 딸의 죽음과 관련된 자들이 모두 찾아와서 죽을 짓을 저질렀다고 참회하며 눈물을 흘리는 장면을 너무 자주 머릿속에 떠올리다보니 그런 일을 실제로 겪은 것처럼 착각하기도 했지요. 착각에 빠졌다가 제정신으로 돌아올 수 있었던 이유는 착각 속에서도 슬픔과 고통이 생생하기 때문이었어요. 누군가를 진정으로 용서한 기억이 없기 때문이었어요.

그에 비하자면 아들의 태도는 이해하기 어려웠어요. 아들은 조바심을 내지도 않았고 특별히 누나를 애도하는 것 같지도 않았어요. 그의 아버지가 보기에 그는…… 누나를 잊어버린 사람 같았어요. 그의 아버지로서는 아들에게 분노를 느낄 충분한 이유가 되었지요. 그 분노는 아들만을 향한 건 아니었어요. 진짜 용감한 자들은 전부 무덤으로 들어갔거나 들어갈 예정이지. 암, 그렇고말고. 그의 아버지가 자주 중얼거리던 이 말은 아들만을 향한 게 아니었으니까요. 그의 아버지는 아들이 달여온 약을 먹고 아들이 차려준 밥을 먹으면서 남몰래 의심을 키워갔어요. 병을 낫게 하고 원기를 북돋우는 약과 밥이 아니라 깨닫지 못하는 사이에 조금씩 죽어가게 하는 독약을 주는 거라고 상상했어요. 누나가 죽은 뒤로 그가 웃지 않는 이유는 독약을 먹고도 자신이 죽지 않기 때문이라고 생각했어요.

그의 아버지의 하루는 지루하고도 무료했지만 그 내면은 자신이 죽기를 바라는 아들에게 맞서 살아남을 방법을 찾느라 지독히도 분주했지요. 그의 아버지는 그의 눈치를 보면서 그가 무슨 일을 꾸미는지 알아내려 했어요. 어느 깊은 밤에는 얼굴 위로 차가운 기운이 드리워지는 걸 느꼈지요. 그의 아버지는 슬그머니 눈을 떴어요. 칼을 쥔 아들의 손이 저쪽으로 소리 없이 물러나는 걸 보았어요. 그래, 내가 잠든 사이 쥐도 새도 모르게 목줄을 따려는 거구나. 앉은뱅이책상 앞에 앉았던 아들이 고개를 돌렸어요. 다시 보니 아들이 손에 쥔 건 펜이었어요. 공부를 하는지 무얼 하는지 알 수 없었지만 밤이 깊을 때까지 펜이 내던 사각사각 소리에 익숙했던 그의 아버지는 안도의 한숨을 내쉬었지요.

아들을 두려워하게 된 그의 아버지는 이 공포가 왠지 낯익었어요. 언제라고 정확히 말할 수는 없어도 오래전에도 비슷한 감정을 느꼈던 게 떠올랐어요. 젖을 뗀 지 얼마 안 되어 엄마를 잃은 아들이었기에 딸아이보다 마음이 더 기울 수밖에 없었지요. 그래서 더 엄한 아버지가 되어야 한다고 마음먹었어요. 딸도 그랬지만 아들도 아버지의 말을 고분고분 따랐어요. 그러던 어느 날 그의 아버지는 아들을 보다가 문득 이전까지 겪어보지 못했던 감정을 느꼈어요. 갑자기 아들이 무서워졌던 거예요. 그의 아버지가 당신의 말을 한 번도 거역한 적 없고 어떤 일탈도 해본 적 없는 아들에게 공포를 느낀 이유는 아들이 비록 세상의 질서와 법도를 따르는 것처럼 보여도 그것이 아들의 마음속에 신념으로 확고하게 자리잡은 것처럼 보이지는 않아서였어요. 아니, 아들의 내면에는 아들이 행동으로 보여주는 것들을 무효화해버릴 반역의 기미가 있는 것 같았어요. 그는 아버지의 말에 토를 달거나 의

문을 표한 적이 없었지만 빈말이라 할지라도 아버지 말씀이 지당하다는 식의 공감을 표한 적도 없었어요. 아들은 아버지의 말을 거의 묵묵히 따랐고 바로 이 점이 아버지가 아들을 두려워하게 된 이유였지요. 결국 그의 아버지가 그에게서 본 건 자신을 버리고 도망간 아내의 이미지였어요. 아마도 그의 아버지는 겉으로는 아무런 불만을 내비치지 않던 아내가 도대체 어떤 절망을 느꼈기에 자식들까지 버리고 도망갈 수밖에 없었는지를 죽는 날까지도 이해할 수 없었을 거예요. 그의 아버지는 아내가 그랬듯이 아들 역시 언젠가는 자신을 배신하고, 그러니까 왜 그런지 이유를 말해주지 않고 떠나버릴 거라는 생각이 들었어요. 그가 스스로 사유하고 판단할 줄 알게 되자마자 자신을 거역하고 모욕할 거라는 공포를 느꼈던 거예요. 오래전에 이미 실감했으나 그동안 잠복해 있던 공포가 다시 기지개를 켜고 일어났지요.

그의 아버지가 오해했던 이 공포야말로 그의 아버지가 누구보다 그를 잘 이해했다는 증거였어요. 그의 아버지는 아들에게서 엿본 반역의 기미가 무대를 향한 열망이라는 사실은 몰랐지만 그런 열망이 그를 파괴할 수도 있다는 건 알았어요. 그의 아버지가 느껴야 했던 공포는 아들이 다른 용감한 사람들처럼 이 세상에 맞서 싸우다 부서질지도 모른다는 데서 비롯되었으니까요. 어느 날 그의 아버지는 서랍에 고이 들어 있던 가죽장갑을 꺼내놓고 물끄러미 바라보았어요. 몇 년이 지났어도 가죽장갑은 여전히 태가 고왔어요. 그가 자세히 말해준 적이 없기에 가죽장갑에 얽힌 사연은 알지 못했지만 딸의 유품이라는 사실은 알았지요.

그의 아버지는 집을 나서 거리를 떠돌기 시작했어요. 지팡이에 의지해 절뚝거리면서 정해진 목적지도 없이 무얼 해야 하는지도 모른 채 그냥 걸었어요. 어느 날인가 극장 앞을 지나던 그의 아버지는 유명한 만담가의 공연이 있다기에 호기심으로 입장료를 치르고 극장 안으로 들어갔어요. 조금 즐거워지고 싶기도 했어요. 객석에 자리를 잡고 앉자마자 후회가 되었어요. 간식을 나누어 먹으며 떠드는 사람들 속에 멍하니 홀로 앉아 있는 게 불편했지만 돈이 아까워서 참기로 했어요. 악극단의 공연을 지켜보는 동안 그의 아버지는 꾸벅꾸벅 졸았어요. 함성과 박수 소리도 졸음에서 그의 아버지를 건져내지는 못했어요. 쇼와 막간극이 이어졌고 그날의 주요 공연이 시작되어 만담가가 등장했지만 그의 아버지는 여전히 졸았어요. 이윽고 그의 아버지가 고개를 들고 무대를 바라보았어요. 그의 아버지를 잠에서 건져올린 건 그의 목소리였어요. 일본인 여성으로 분장하고 여성처럼 간드러진 목소리를 꾸몄지만 아들의 목소리임을 알 수 있었어요.

그의 아버지는 꿈속에 있는 것 같았어요. 눈을 비비고 다시 보아도 아들이었어요. 무대에서 연기하는 사람 가운데 한 명이 아들이라는 사실보다 놀라운 건 그가 즐거워 보인다는 거였어요. 관객들도 박장대소를 하며 즐거워했고 무대 위 배우들도 신이 난 것처럼 보였어요. 극장 안에서 즐거워하지 않는 사람은 자기 혼자뿐인 것 같았지요. 만담가와 함께하는 공연의 1막이 끝나자 이번에는 그가 혼자 괴상한 탈을 쓰고 나왔어요. 그래서 방금 전에 등장했던 일본인 여성과 같은 배우라는 걸 모르는 관객도 있었어요. 지금까지 친일파 아흔아홉을 잡아먹었는데 한 놈만 더 잡아먹으면 용이 되어 승천한다는 짐승 역할이었어요. 관객들 가운데 한 사람씩을 지목해 친일파인지 아닌지를 알아내겠다며 우스갯소리를 하고 도둑에게 걷어차인 개 울음 등을 실감나게 흉내냈어요. 무대 위에서 탈을 쓴 채 혼신의 힘을 다해 일인극을 하는 그를 보며 그의 아버지는 계단을 한 칸 한 칸 내려가듯 천천히 깊은 슬픔에 빠졌어요. 그의 아버지는 깨달았어요. 왜 그가 누나가 죽은 뒤로 한 번도 웃지 않았는지. 왜 살가운 말을 한 번도 하지 않았는지. 왜 그토록 수심 가득한 얼굴로 살아왔는지. 그동안의 세월이 누나를 잃은 슬픔을 삭이는 세월이 아니었음을, 그가 견딘 건 슬픔이 아니라 그의 아버지를 향한 맹렬한 증오였음을, 아들을 고통에 빠뜨린 사람이 딸을 죽인 자들이 아니라 바로 자신이었음을 그의 아버지는 알아버렸어요.

그의 아버지는 무대에 선 아들을 볼 용기가 나지 않았어요. 그가 누리는 즐거움에 흠집을 낼 것만 같았어요. 용기를 내어 다시 극장을 찾기까지 꽤 오랜 시간이 필요했던 이유였지요. 그러나 무대에 선 그는 이전과는 다른 배우 같았어요. 여러 배우들과 함께 등장해 우스운 상황을 연출한 단막극이었는데 관객들은 야유를 보내지만 않았을 뿐 지루해하며 어서 끝나기를 바랐어요. 무대 위의 배우들조차 무대에서 빨리 내려가고 싶어하는 것 같았지요. 그의 아버지는 이루 말할 수 없는 상실감을 느꼈어요. 마지막으로 한 번만 더 아들의 행복해하는 얼굴이 보고 싶었어요. 환히 웃는 얼굴이 보고 싶었어요. 좋은 집안에서 구김살 없이 잘 자라 희망으로 가득한 젊은이가 보고 싶었어요.

그의 아버지는 전등이 켜지기 전에 자리에서 일어났지만 공교롭게도 그때 누군가의 실수였는지 극장 내부의 등이 전부 켜졌어요. 그의 아버지는 사람들 사이를 헤치며 객석을 빠져나오다가 나와 마주쳤어요. 그의 아버지는 놀란 기색을 감추지 못했어요. 금방이라도 눈물을 흘릴 것 같은 눈이었어요. 나는 고개를 끄덕였지요. 그날 공연이 끝난 뒤 그는 아버지를 보았던 것 같다고 말했어요. 나는 착각일 거라고 대답했어요. 어떻게 확신하냐고 묻기에 공연 전에 문간방에 계신 걸 보았다고 말했어요. 그는 아버지를 닮은 사람이었을 거라며 수긍했어요. 그날 밤 집에 돌아간 그는 이따금 앓는 소리를 내긴 했지만 깊이 잠든 아버지 옆에서 새벽까지 글을 썼어요. 아버지의 눈가에서 소리 없이 흐르는 눈물을 알아보지 못한 채로요.

문간방 문고리를 잡은 준은 손에 와닿는 차가운 기운에 으스스 소름이 돋았어요. 어느 집에서 갓난아이가 강그러지게 울었지요. 방문을 연 그는 어둑신하고 조붓한 방 한가운데 깊은 생각에 잠긴 듯 고개를 떨군 채 가부좌를 틀고 앉은 아버지를 보았어요. 그는 나지막한 목소리로 아버지를 불렀어요. 아버지…… 아버지에게 다가간 그가 손을 뻗자 그의 손이 아버지의 몸에 닿기도 전에 아버지의 육신이 한줌 먼지처럼 날리면서 사라졌어요. 그는 다시는 아버지를 볼 수 없으리라는 걸 깨달았지요. 그는 마침내 혼자가 되었어요.

4장

새와 물고기

준은 희수가 언제부터 마음속에 들어오게 되었는지 알지 못했다. 준은 감정을 드러내는 데 서투른 것만큼 감정 자체를 인식하는 데에도 서툴렀다. 그러니 준이 느끼지 못하는 사이에 그가 마음속에 들어왔다고 해서 유별난 일이라고 할 수는 없었다. 희수의 목소리는 순수하게 외설적이어서 준의 마음을 혼란스럽게 했다. 그가 평범한 단어와 문장을 말해도 얼마쯤은 신성해지고 얼마쯤은 타락해버린 듯한 기분이었다. 그에게는 평범함에 깃든 비범함을 알아내는 힘이 있었고 그걸 다른 사람들도 느낄 수 있도록 인도하고 도와주는 힘이 있었다. 희수와 다른 사람들 사이에 커다란 차이가 있는 건 아니었다. 아주 작은 차이였지만 눈에 보이는 차이였고 미묘함이라 부를 수 있는 것이었다. 준에게 미묘함이란 처음에는 분명해 보이던 것이 곱씹을수록 불분명해지는 걸 가리켰다. 즉각적으로 미묘함을 불러일으키는 건 곱씹을수록 분명해질 가능성이 크고 결과적으로 단순한 것으로 판명

될 가능성도 크기 때문에 진정한 의미에서의 미묘함이라고 할 수 없었다. 미묘함이란 서서히 움직여서 결정적인 순간에 확고하게 무언가를 움켜쥐는 것, 움켜쥔 게 무엇인지 알 수 없다 해도 온몸이 감각할 수는 있다는 점에서 정신적인 것이 육체적인 것으로 변하는 것과 유사하다 할 수 있었다. 그 반대도 가능할 수 있었다. 육체적인 것이 정신적인 것으로 탈바꿈할 수도 있었다. 이를테면 누군가의 손을 잡았을 뿐인데 그 사람의 고통이 고스란히 느껴지거나 혹은 그 사람의 생각이 환히 보이거나. 준이 보기에 희수는 그런 사람이었다. 그가 준의 눈을 들여다보면 눈을 보는 게 아니라 마음을 읽는 것 같았고 그가 준의 손을 잡으면 준은 심장을 잡힌 것처럼 느꼈다. 그는 준의 생각과 감정만이 아니라 준의 과거와 현재 그리고 미래까지도 보는 것 같았다. 준의 삶은 준의 것임에도 어쩐지 희수가 준보다 더 잘 알고 더 가깝게 느끼는 것만 같았다. 준은 희수에게 간파되었다는 생각이 들었고 그런 생각을 한다는 것 역시 희수가 안다고 느꼈다. 희수가 아는 걸 준에게 모두 말하지 않는 이유는 희수가 아는 것들이 반드시 준이 알아야 하는 건 아니기 때문일 거였다.

희수는 물가에 선 나무가 수면에 비친 제 모습을 바라보며 그러는 것처럼 이 세계를 이해했다. 나직한 바람이 불어 수면이 고요히 일렁이는 대로 따라 흔들리며 주름이 잡혔다 펴지기를 되풀이하면서 온 세계가 그처럼 아무런 움직임 없이, 물가에 뿌리를 내린 채 정지해 있는 자신처럼 아무런 움직임 없이도 움직이고 있음을 깨닫듯이, 그는 가만히 앉은 채로도 이 세계를 다 느끼고 아는 것만 같았다. 준은 그가 배우처럼 존재한다고 생각했다. 본래 배우俳優라는 낱말에서 배와

우 모두 광대와 가면을 쓰고 춤추는 무희를 뜻하지만 배俳는 아닐 비에 사람인변이므로 사람이 아니라는 뜻이기도 했고 우優는 근심할 우에 사람인변이므로 근심하고 걱정하고 괴로워하는 사람이라는 뜻이기도 했다. 그러므로 배우는 이 세계를 근심하고 사람들의 삶을 걱정하며 타인의 슬픔을 자신의 것처럼 느끼고 괴로워하는 사람이지만 결코 그 사람이라고 할 수 없는 존재를 가리켰다. 그 사람이 아니면서도 그 사람처럼 혹은 그 사람을 능가하여 그 사람으로 존재하는 자, 그게 바로 배우였다. 희수는 무대에 오르는 배우가 아니라 삶 전체를 무대로 삼은 배우였다. 그런 사람이야말로 냉정하게 열정적인 배우, 이성적으로 미친 배우, 아무것도 느끼지 못하면서 모든 걸 느끼는 배우라고 할 수 있었다.

준은 그가 현서에게 목이 졸렸던 날 이후로 그를 대하는 사람들의 태도가 조금 변했다는 걸 알았다. 정신을 잃었던 그가 갑자기 눈을 번쩍 뜨고 일어나 무릎을 붙인 채 신내림을 받은 것처럼 제자리에서 뛰다 쓰러지는 걸 준이 보았듯이 다른 많은 이들도 보았다. 곁채의 기생이 돈이 든 쌈지를 잃어버렸을 때 그걸 찾아준 사람도 그였고 아직 부고가 당도하지 않았는데도 사랑채의 배우에게 고향집에서 누가 죽었는지를 일러준 사람도 그였다. 골목길 주변에 사는 전당포 직원 사내와 지게꾼의 아내가 그렇고 그런 사이라는 걸 알았고 카페 종업원이 며칠 동안 열병을 앓은 이유가 어느 전문학교 학생 때문이라는 것도 알았다. 희수의 이런 남다른 면이 어떤 이들에게는 두려움을 불러일으키기도 했다. 두려움까지는 아니라 해도 경계하고 조심스러워지게 했다. 그의 출생, 그의 환경을 비롯해 그를 둘러싼 소문들은 이전보다 무성해지고 부풀려졌다.

준은 그를 두려워해본 적이 없었다. 아니, 그렇다고 믿었다. 시간은 흘렀고 준과 그는 자랄 수밖에 없었다. 성장과 더불어 남녀의 차이도 분명해졌다. 계집아이 희수가 아니라 여자 희수가 되었을 때에는 준도 비로소 지금까지 자신의 두려움이 은폐되거나 억압되었을 뿐 두려움 자체가 없던 건 아니었음을 깨달았다. 그가 여자가 되는 순간은 남자 앞에 설 때뿐이었다. 정확히 말하자면 준의 앞에 설 때뿐이었다. 준 앞에서는 그의 내부에 있던 요염하고 관능적이며 치명적인 무언가가 흘러나왔고 준도 그걸 느꼈다. 그러나 그가 고개만 돌려도 방금까지 준을 엄습했던 기이한 감정이 순식간에 사라지면서 그가 진정으로 몰두하고 경외한다고 여겨지는 것들이 희미하게나마 형체를 드러냈다. 누구보다 삶의 비밀, 세계의 비밀, 우주의 비밀에 가장 가까이 다가선 것처럼 보이는 그의 얼굴에 도무지 이 세계가 무슨 의미인지 알 수 없고 결코 알아내지 못할 것 같다는 낭패감이 서린 걸 보면서 준은 그가 얼마나 아름답고 신비롭고 숭고한지를 일러주고 싶었다. 그가 알고 싶어 하지만 알지 못하는 것들 가운데 준이 아는 것들을 알려주고 싶었다. 세계를 설명하거나 해석하는 일에는 누구보다 탁월하지만 세계가 왜 이런 방식으로 이루어졌는지, 혹은 어떻게 달라질 수 있는지 알고 싶어 괴로워하는 그에게 손을 내밀어 일으켜세워주고 싶었다.

준은 누나의 유골을 한강에 실어 보냈던 날 강 건너편 공장지대의 음탕한 하늘을 보면서 환청처럼 사이렌을 들었다. 불길하고 긴급한 사태를 알리는 소리. 누나가 살아 있는 동안 한 번도 귓가를 떠나본 적 없었을 사이렌이었다. 누나는 그 소리에 맞춰 공장으로 식당으로 기숙사로 발걸음을 옮겼을 거였다. 고개를 돌린 준은 두 손으로 양쪽 귀를 막고 있는 그를 보았다. 준의 내면에서 울리는 소리를 그가 듣고 있는 게 아니라면 아무 의미 없는 행동이었다. 그러니까 그는 듣고 있었다. 준의 환청마저도 준보다 더 똑똑히 듣는 거였다. 그의 내면에서는 준이 듣는 소리보다 무시무시할 게 틀림없는 굉음이 울린다는 뜻이었다. 저런 방식으로 산다는 건 쓸쓸하고 고통스러울 게 분명했다. 그는 무슨 말인가를 하려는 듯 입술을 달싹거렸지만 아무런 소리도 흘러나오지 않았다. 내면을 울리는 굉음이 비명으로 흘러나올까봐 두려워하는 것 같았다. 준은 그때 생각했다. 그가 차마 말할 수 없는 것들을 대신 말해주는 그의 혀가 되고 싶다. 그가 더이상 무엇에도 아파하지 않도록 그의 침묵을 지키는 혀가 되고 싶다. 그의 사연들이 이야기가 될 수 있도록 그의 삶을 기록하고 다른 이들에게 들려줄 수 있는 단단한 혀가 되고 싶다. 나는…… 그가 결코 연기할 수 없는 그가 되고 싶었어요.

그는 엄마인 현서를 사랑했지만 엄마가 자신을 사랑하는지는 확신하지 못했어요. 그가 엄마에 대해 아는 것들과 실제로 그가 경험한 것들을 일치시키기가 어려워서였지요. 대부분의 사람들이 유년 시절 부모에게 어떤 보살핌을 받았는지 기억하지 못하는 것처럼 그도 기억할 수 없었어요. 대신 난향 이모를 통해 이런저런 이야기를 들으면서 엄마가 자신을 사랑했다는 증거들을 모아 하나의 이야기로 만들기 위해 애썼지요. 그 이야기가 완성된다 해도 정작 당사자인 그를 납득시킬 수 있을지는 알 수 없었지만, 누추한 이야기일지라도 없는 것보다는 낫다고 생각했을 테니까요. 그는 이야기의 빈틈을 메우면서 완성된 이야기를 만들어갔어요. 그의 이야기는 점점 완전해졌고…… 불행하게도 그는 어떤 이야기가 완전해지는 순간 새로운 틈이 생겨난다는 걸 알지 못했기 때문에 완성된 이야기 앞에서 당황할 수밖에 없었지요. 그가 상상했던 것과는 달랐어요. 지그소 퍼즐과 비슷하다고 할 수 있었지요. 불규칙한 모양으로 조각난 과거들에 각자의 자리를 찾아주면 원래의 이미지를 되찾을 수는 있었지만 완벽하게 순수한 이미지는 아니었어요. 그가 당황했던 건 그렇게 되찾은 이야기에 여전히 조각난 과거들이 전체와는 무관하다는 듯 독자적으로 존재한다는 사실이었어요. 완성된 이야기는 손가락으로 살짝 건들기만 해도 다시 조각날 것처럼 위태롭게 결합되었을 뿐이었지요. 완벽하게 맞춘 지그소 퍼즐에도 조각들의 윤곽은 선명하게 남듯이 그가 완성한 이야기 역시 균열과 붕괴의 미래를 품고 있었어요. 퍼즐 조각은 과거를 뜻했지만 완성된 퍼즐은 다시 산산조각이 날 미래를 뜻했지요.

그는 완성된 이야기에서 불안을 느꼈어요. 오래지 않아 그는 불안의 기원이 완성된 이야기에 있지 않고 그 바깥에 있다는 걸 알게 되었어요. 이야기 자체는 흠잡을 데가 없었어요. 그가 완성한 이야기는 인과관계에 대한 싯다르타의 최후의 깨달음처럼 원인과 결과가 분명했고 하나의 결과가 다른 사건의 원인이 되는 이중성도 분명하게 드러났지요. 그런데도 그는 엄마의 마음을 읽을 수가 없었어요. 고통, 슬픔, 분노와 같은 감정들의 기원과 그러한 감정들이 불러일으킨 사태를 이해할 수는 있었지만 엄마를 안다고 말할 수는 없었지요. 그가 기대했던 건 이야기를 완성하는 순간 섭리를 이해하고 사리에 통달하는 거였으나 오히려 더 깊은 어둠 속으로 끌려들어가는 기분이었어요. 그런 상황에서도 그는 왜 사람들이 끊임없이 이야기를 만들어야 했는 지를 이해했지만 끝이 없어 보이는 이 반복이 자신에게도 해당한다고 생각해본 적은 없었기에 당황하지 않을 수 없었어요.

그는 잠든 엄마의 얼굴을 내려다보면서 엄마의 마음을 읽어보려 애썼고 누군가 똑같이 자신의 얼굴을 내려다보면서 자신의 마음을 읽 어내길 기다렸어요. 그가 기다린 사람은 엄마였지만 그의 엄마는 죽 은 거나 다름이 없어서 그런 시도를 하지 못했고 그는 엄마 외에는 어 떤 사람도 기다리고 싶지 않았기 때문에 스스로를 영원히 봉인해버 린 듯한 기분이었지요. 아무리 기다려도 기다리는 그 사람이 오지 않 는다면 그가 할 수 있는 마지막 일은 스스로 그 사람을 마중나가는 거 였고 그 사람 앞에서 가슴을 열어 그 사람이 자신의 마음을 보지 않을 수 없도록 하는 거였어요. 그는 그렇게 했어요. 엄마에게 자기를 알아 달라고 강요했어요. 엄마가 살아 있는 동안 단 한 번 그렇게 했지요. 그는 무슨 말을 하는지도 모른 채 엄마에게 속말을 퍼부었어요. 엄마 를 원망하고 비난하고 저주했어요. 난 엄마 딸이 아니야. 엄마가 나를 낳았다 해도 난 엄마 딸이 아니야. 엄마가 낳은 아이는 그게 누구든 이미 오래전에 죽어서 사라졌어. 난 엄마랑 아무 상관이 없어. 난 결 코 엄마처럼 살지 않을 테야. 무책임하고 자신밖에 모르고 미쳐도 미 친 줄 모르게 된다면 난 차라리 죽어버리겠어. 차라리 죽어버리라고! 그렇게 악다구니를 퍼부은 뒤 그는 방에서 뛰쳐나와 담장 아래 어둡 고 축축한 그늘에 쪼그리고 앉았어요. 그의 엄마는 아무렇지도 않았 지만 그의 이모인 난향은 너무 놀라 기절하고 말았지요.

그가 처음으로 드러낸 속마음은 분명 그의 것이었지만 그의 전부는 아니었어요. 아니, 사소한 일부분에 지나지 않았어요. 그러나 한번 입 밖으로 말이 되어 뱉어지면 아무리 사소한 생각일지라도 크게 부풀려질 수밖에 없지요. 그 말을 한 그도 예외는 아니었어요. 그는 자기 마음속에 그처럼 지독한 생각이 있다는 게 두려웠고 그걸 말로 표현했다는 데 진저리를 쳤어요. 그가 오랫동안 경계했던 것 가운데 하나가 엄마처럼 되는 거였는데 이로써 마침내 엄마가 되어버린 것 같았어요. 그가 엄마의 딸임을 부정할수록 엄마의 딸다워졌고 엄마에게서 멀리 도망치려 애쓸수록 엄마에게 가까워졌어요. 작심하고 잊은 일이 오히려 더 생생하게 기억이 나는 것처럼 그는 엄마를 부정해봐야 소용이 없음을 느꼈지요. 그는 분노를 다스리고 싶었고 슬픔에서 벗어나고 싶었지만 엄마가 아닌 자신에게 분노를 느끼게 되었고 더 깊은 슬픔에 빠지고 말았지요. 담장 아래 숨은 그는 방금 전까지와는 달리 명료하게 스스로를 인식할 수 있었어요. 나는 약을 달이는 한데아궁이 앞에서 그늘진 그의 얼굴을 바라보며 그의 생각이 어떻게 바뀌어가는지 보았어요. 나는…… 그의 입속에 갇힌 혀처럼 답답했어요. 그가 정말로 하고 싶었던 말은 그가 실제로 했던 말과는 달랐지요. 물론 더 다정한 말은 아니었어요. 그는 엄마가 죽고 홀로 남겨지는 게 두려웠어요. 엄마가 살아 있는 동안에도 알 수 없었던 것들이 엄마의 죽음으로 영원한 비밀이 될 수도 있으니까요. 그는 엄마가 죽기 전에 온전한 정신으로 당신에 대해 하나도 남기지 않고 말해주기를 바랐어요. 누군가 엄마를 비난할 때 맞설 수 있는 진실이 필요했어요. 그러니까 그는 불가능한 걸 바란 셈이었어요. 그의 엄마도 당신의

192

삶에서 무엇이 진실인지 알 수 없었을 테니까요.

　그는 눈물이 그렁그렁한 눈으로 나를 보았어요. 그리고 말했어요. 내가 엄마한테 상처를 줬어. 나는 그에게 다가갔어요. 너는 상처를 준 게 아니라 위로를 준 거야. 만약 네가 오늘 그러지 않았다면 너는 아마 먼 훗날 후회하게 될 테니까. 어머니가 살아 있는 동안 한 번도 속 말을 하지 않았다는 걸 어머니 탓으로 돌리게 될 테니까. 하지만 마음속 응어리를 풀어놓았으니 너는 먼 훗날 어머니에게 감사하게 될 거야. 어머니가 네 말에 귀기울이고 네 상처를 인정하고 네 원망을 이해했다는 걸 너도 알 테니까. 어머니는 너한테 기회를 주신 거야. 너 역시 어머니한테 기회를 드린 거야. 네 어머니도 위로를 받았을 거야. 그러니 너무 자책하지 않아도 돼. 그는 눈물을 훔치고 다시 물었어요. 나는 죽어서 우리 엄마로 태어나고 싶어. 다른 누구도 아닌 우리 엄마로…… 어떻게 해야 그럴 수 있을까? 나는 대답했어요. 너는 죽어서 네 어머니로 태어날 수 없어. 하지만 네가 살아서 네 어머니가 될 수는 있잖아. 어머니를 연기할 수는 있잖아. 네가 배우가 될 수는 있잖아. 여배우 최현서를 누구보다 잘 알고 누구보다 더 잘 연기할 수 있잖아. 무대에서는 모든 게 가능하니까. 그는 고개를 끄덕이다가 저었어요. 오빠 말이 맞아. 그런데 나는 여배우가 되지는 않을 거야. 배우가 될 거야. 그냥 배우 말야. 여배우라는 말은 왠지 서글퍼. 무대 위로 슬픔이라는 그림자를 끌고 올라가는 것처럼 여겨져. 만약 내가 무대에 선다면 여자를 연기하고 싶지는 않아. 엄마를 연기하고 싶을 뿐이야. 그러니까 난 여배우는 되지 않을래. 그냥 배우가 될래.

그가 신문 오락면에서 이런저런 공연 입장에 사용할 수 있는 독자 우대권을 오려놓고 슬며시 내게 건네주는 게 하나의 신호였어요. 우리는 따로 약속하지 않아도 공연하는 날이 되면 함께 집을 나서거나 공연장 근처에서 만났고 공연을 관람한 뒤에는 의견을 나누었지요. 그즈음에 동양극장에서 공연된 맥스웰 앤더슨 원작의 〈목격자〉를 보았어요. 리어 선배는 그보다 앞서 극예술연구회가 같은 작품으로 공연했을 때 관람했다고 했어요. 원제는 윈터셋이고 이탈리아 출신의 무정부주의자로 억울하게 사형을 당한 사코와 반제티에게 영감을 받았으며 브로드웨이에서 초연한 이후 뉴욕비평가협회상을 받았고 셰익스피어 스타일의 장중한 시적 대사가 특징이라는 걸 리어 선배에게 들어 알았어요. 주연인 미오와 그의 연인 미리엄이 비극적으로 죽자 미오의 시체를 앞에 두고 미리엄의 아버지가 절규하는 장면이 오랫동안 회자되었다고 했지요. 리어 선배는 번역에 오류가 많지만 어설프게 번안하지 않고 원작의 분위기를 그대로 옮겨왔다는 점과 주인공의 아버지가 사코와 반제티를 상징한다는 점 등이 인상적이었다고 했지요. 연극이 끝났을 때 관객들이 자리에서 일어서지 않은 이유는 연극이 끝났다는 사실을 알지 못해서라고도 했어요. 주연이 죽고 악한들이 살아남은 결말을 관객들은 이해할 수 없었던 거지요.

우리는 가벼운 기대를 품고 동양극장에서 그 공연을 관람했어요. 하지만 공연은 형편없었어요. 배우들의 연기는 과장되어서 전형적인 멜로드라마가 되어버렸고 비극적인 색채가 우스꽝스럽게 덧칠되어 비극이 사라져버렸지요. 진실과 정의에 대한 추구보다는 주인공들의 비련에 초점을 맞춘 터라 신극보다는 차라리 신파에 가까웠어요. 무대장치와 음향효과 등은 무척 세련되고 사실적이었어요. 겨울 끝 무렵의 암울한 분위기가 처음부터 끝까지 무대에 드리워져 있었고 장면에 따라 커졌다 작아졌다 하던 빗소리는 축축하고 선득한 느낌을 효과적으로 자아냈으니까요. 공연을 관람한 뒤 우리는 불현듯 깨달았어요. 똑같은 작품이라 해도 대본과 연출에 따라 전혀 다른 공연이 된다는 사실을 실감한 것도 중요했지만, 이제 어디에서도 마음속 깊은 곳을 울리는 연극이나 영화를 보기 어렵게 되었다는 점도 새삼 알게 되었던 거예요. 소녀가극단이나 악극단과 같은 요란하고 떠들썩한 공연들만이 환영받던 시절이었으니까요. 좋은 작품들은 검열을 통과하지 못해 아예 무대에 오를 수 없는 형편이었어요. 그때까지 남은 극단들은 대중적으로 인기가 있던 몇몇 배우들에게 의지해 공연을 이어갔어요. 자신의 배역을 깊이 이해하고 새롭게 창조하려는 배우들은 찾아보기 어려운 시절이기도 했지요. 그런 식으로 형편없는 무대가 이어지자 그는 점차 공연에 흥미를 잃게 되었어요. 그에게 무대가 위로였던 이유는 거기에서 엄마를 느낄 수 있어서였지만 이제 그의 관심은 순수하게 무대와 배우를 향했지요. 그는 눈에 보이는 것 이상을 보는 사람이었기에 눈에 보이는 것 외에는 아무것도 가지지 못한 무대와 배우에 실망한 눈치였어요.

우리는 신극이나 영화에서 멀어지는 대신 마술사와 거인의 공연은 되도록 놓치지 않으려 애썼어요. 그들의 공연은 신극과는 당연히 달랐지요. 연극 무대에서 배우가 실연하는 삶은 사실성과 허구성을 구분하기가 쉬운 편이어서 감정을 이입할 것인지 혹은 냉담하게 관망할 것인지를 판단하기도 쉬웠어요. 그에 비해 그들의 공연은 사실성을 따지는 게 무의미했어요. 인과관계를 염두에 두지 않아도 된다는 점이 그를 사로잡았지요. 그는 마술사와 차력사의 조수 역할도 잘해냈고 때로는 공연의 일부로 참여하기도 했어요. 그는 사소한 역할에 만족했고 그들에게 도움이 된다는 사실만으로도 기뻐했어요. 적어도 그 순간만은 그의 얼굴에 깃든 어른스러운 수심이 걷히면서 아이의 얼굴로 돌아갔지요. 나는 그가 극장 밖에서도 그런 얼굴이기를 바랐어요. 공연에서 인상적이었던 배우들의 연기나 특기를 흉내내면서 그를 즐겁게 하려 노력했지요. 도서관에 죽치고 앉아 동물도감을 들여다보며 연구하고 동물 소리를 잘 내는 배우를 찾아가 요령을 배우기도 했어요. 특히 멧비둘기 소리를 내면 그는 얼굴이 하얗게 질릴 정도로 좋아했어요. 멧비둘기 소리에는 특이한 점이 있었어요. 3음보의 울음이라 가락이 빨라 경쾌하고 발랄한데 소리 자체는 낮고 무거워서 정색하고 우스갯소리를 하는 사람처럼 우스꽝스러운 면이 있었어요. 휘파람새나 뻐꾸기, 부엉이 소리를 낼 때에는 손가락을 함께 사용해야 더 그럴듯하게 들린다는 것도 그에게 보여주면서 알게 되었지요. 그는 나만의 무대이면서 유일한 관객이었고 어떤 의미에서는 내 연기의 연출자이기도 했어요. 그가 보여주는 반응에 이끌려 나도 모르게 조금씩 다른 방식으로 연기하게 되었으니까요.

그가 사내아이처럼 차려입고 나가는 걸 보았지요. 그를 모르는 사람이라면 정말 사내라고 생각할 만큼 걸음걸이조차 그 나이 또래의 소년 같았어요. 나는 그의 뒤를 따라갔지요. 그는 한눈을 팔거나 머뭇거리지도 않았어요. 그가 선 곳은 명월관 앞이었지요. 그가 왜 거기에 갔는지 알 수 있었어요. 거기 이층에 그의 아버지일 수도 있는 사람이 만주군관학교 부임을 앞두고 친구들과 연회를 즐기고 있을 테니까요. 그 사람은 도쿄에서 돌아온 뒤 대구와 용산의 조선주둔군 훈련소에서 근무했어요. 고보에 배속되어 교련 담당으로 있다가 만주로 전출하게 된 거죠. 나는 그의 시선이 향한 곳을 바라보았어요. 연회실 창에서 새어나온 불빛. 그런 불빛은 언제나 부러움을 불러일으켜요. 어두운 저녁, 깊은 밤, 적막한 새벽, 어느 때고 문틈과 창문 틈으로 가느다란 불빛이라도 새어나오면 그 안에 있는 사람이 누구든 바깥에서 지켜보는 나보다 안전하고 편안하며 행복할 거라는 생각이 드니까요. 더구나 연회실에는 흥겨운 서양음악과 웃음소리가 가득했지요. 명월관 입구는 드나드는 손님이며 기생, 안내원 들로 북적였어요. 어떤 사내가 어깨를 치며 지나는 바람에 그가 그 자리에 넘어졌지요. 나는 머뭇거리지 않고 달려가 그를 일으켜세웠어요. 그가 나를 올려다보았지만 내가 누구인지 모르는 것처럼 낯설어하는 눈빛이었어요. 나는 그를 비난하지도 설득하지도 않았어요. 그와 나란히 선 채 그가 보는 곳을 함께 보았지요. 우리는 오랫동안 그 자리에 서서 각자의 생각에 몰두했어요.

밤이 깊었지요. 맞은편의 단성사에서 나온 사람들이 거리를 채웠다가 흩어지고 얼마 뒤 명월관에서 한 무리의 손님들이 나오는 게 보였어요. 그의 아버지일 수 있는 사람도 그 무리에 섞여 있었죠. 무리의 중심에 있던 그 사람은 예복을 입고 있어서 더욱 눈에 띄었어요. 육사 졸업식에서 일왕에게 검을 하사받았다던 그 사람은 여전히 자신이 누린 영광에 취한 것처럼 보였지요. 우리는 그들이 근처의 카페로 자리를 옮겨 여흥을 즐기리라는 건 알았지만 어느 카페일지는 몰랐어요. 우리는 그 사람들의 뒤를 따라갔어요. 그들은 일본 가요를 흥얼거리면서 건들건들 걸어갔지요. 그들은 파고다공원에서 경운궁 쪽을 향해 걷다 길가의 카페로 들어갔어요. 그자가 기오쓰케!(차렷!) 하면 모두 부동자세를 취하고 과장된 몸짓으로 경례를 하며 웃고 떠들면서 우르르 몰려들어갔지요. 그는 카페 입구에 한참 섰다가 갑자기 생각났다는 듯 나를 돌아보았어요. 그런 눈빛을 뭐라 표현해야 할지. 그는 아직 준비가 안 된 것 같았어요.

이틀 뒤 오후에 그는 한 번도 여자아이였던 적이 없는 것 같은 사내아이의 얼굴로 다시 집을 나섰지요. 이번에도 그는 한눈을 팔거나 머뭇거리지 않았어요. 그가 선 곳은 황금정의 아서원 앞이었지요. 그는 망설이지 않고 안내원을 지나쳐 성큼성큼 안으로 들어가 이층으로 올라갔어요. 어느 연회실 앞에 선 그는 잠시 숨을 골랐다가 문을 열고 들어갔지요. 오래전 조선공산당 창당대회가 열렸던 연회실이라는 건 나중에 알게 되었지요. 연회실에 있던 열 명 남짓의 사내들과 시중을 들던 기생들이 일제히 고개를 돌려 그를 보았어요. 그 사람들의 눈에는 호리호리하고 눈빛이 날카로운 소년으로 보였겠지요. 몇몇 사내들은 그가 누구인지 아는 듯 놀란 얼굴이었어요.

그 자리에는 문간방에 사는 박선생도 있었지요. 박선생은 그의 아버지일 수도 있는 사람에게 만주군관학교 입학을 청원하기 위해 온 거였어요. 박선생은 군관학교에 입학하기에는 나이가 많아 매번 학교측으로부터 거절을 당했지만 새로 부임하는 조선인 교관에게 마지막 희망을 걸었지요. 시골 학교를 그만두고 경성으로 와서 임시 교사로 지내며 절치부심한 것도 그런 이유에서였어요. 박선생은 청원서와 함께 일사봉공 보국충정이라 쓴 혈서를 일본군 대위에게 바쳤고 확답을 듣지는 못했으나 노력해보겠다는 약속을 받아냈지요. 그리고 일본군 대위가 직접 따라준 술잔을 공손히 받아들고 고개 돌려 마시던 중이었어요. 박선생은 난데없이 나타난 우리가 자신의 청원에 좋지 않은 영향을 미칠까봐 불안해하는 것 같았어요. 하지만 다른 사람 누구도 그의 눈에 들어오지 않았어요. 그는 아버지일 수도 있는 일본군 대위를 똑바로 바라보았어요.

만주에서 임무를 마치면 소좌 진급이 예정되어 있을 만큼 조선인으로는 드물게 일본군에서 승승장구하던 그 사람의 얼굴이 딱딱해졌어요. 엄마가…… 죽어가요. 한 사내가 그를 밖으로 밀어내려 하자 그 사람이 그만두라는 손짓을 했어요. 엄마가…… 죽어가요. 그 사람은 고개를 저었어요. 네가 왜 이러는지 이해는 하지만 네 엄마와 나는 아무 관련이 없다. 그는 바닥에 무릎을 꿇었어요. 엄마는 이미 이 세상을 떠난 사람 같아요. 그러면서도 엄마는 자꾸 나한테 용서를 빌어요. 나한테 잘못한 게 없는데도 용서를 빌어요. 난 무얼 용서해야 할지 잘 모르겠어요. 그래요. 나한테 잘못한 게 없지는 않아요. 하지만 나한테 용서를 받는다고 해서 엄마가 편하게 떠날 수 있을 것 같지는 않아요. 엄마도 이 세상을 용서해야 해요. 원한을 품고 가게 내버려둘 수는 없어요. 부디 엄마에게…… 용서를 비세요. 잘못했다고 한마디만 해주세요. 더 바라지 않아요. 그거면 충분해요. 그거면 엄마도 다 잊고 갈 수 있을 거예요.

그는 고개를 숙이지 않았어요. 그의 태도는 사납거나 무례하지 않았어요. 그렇다고 비굴하지도 않았어요. 그의 목소리는 사뭇 처연해서 스스로에게 말하는 것처럼 들릴 정도였으니까요. 그 사람은 문가에 선 나를 한 번 노려보았어요. 그리고 천천히 입을 열었지요. 이런 말까지 하고 싶지는 않다만 네 엄마가 행실이 올바르지 못하고 천방지축이었던 건 모두가 안다. 여기 있는 사람들도 알고 세상 사람들도 다 알아. 네 엄마와 나 사이에 무슨 일이 있었다 해도 그건 내 잘못이 아니야. 나 역시 추문으로 충분히 고통받았고 네 엄마도 그 대가를 치르는 거야. 용서를 빌어야 할 일도 용서해야 할 일도 없다. 더이상 너와 할 말이 없으니 그만 나가거라.

그는 여전히 무릎을 꿇은 채였고 미동도 하지 않았어요. 그가 눈을 감았다 뜨자 몇 방울의 눈물이 떨어졌지요. 알겠어요. 그렇다면 저한테도 용서를 빌지 않으실 건가요? 내가 너한테? 너는 나와 아무런 인연이 없다. 너는 내 혈육이 아니다. 네 엄마와 나 사이에 관계가 있었다 해도 너는 내 혈육일 수가 없어. 지금 네 꼴을 보아라. 사내인지 계집인지 분간이 되지 않는구나. 소문으로 듣던 것보다 가련하구나. 일본군 대위는 좌중을 둘러보며 너털웃음을 터뜨렸어요. 저 아이가 왕년에 배우 노릇하다가 지금은 실업가로 제법 이름을 날린다는 작자의 소생임을 모두들 알지 않던가? 연회실에 있던 사람들은 머뭇거리다 고개를 주억거리면서 그렇다고 한마디씩 했지요. 자, 이제 곧 먼길을 떠나야 하는 대위님은 그만 괴롭히고 집에 돌아가서 어미에게 묻거라. 네 어미가 만난 사내들이 몇이나 되는지 헤아리는 것만으로도 날이 새고 말 테니. 그 말에 사내들은 다시 웃음을 터뜨렸어요. 양장 차림의 기생들도 손으로 입을 가리며 웃었지요. 일본군 대위는 슬쩍 미소를 짓더니 정색을 하면서 손을 내저었어요. 아이 앞에서 말씀들을 좀 삼가시오.

연회실 내부에는 등이 켜져 있었지만 등을 켜지 않아도 될 만큼 밝았지요. 간유리를 끼운 복도 쪽 창과 달리 바깥을 향한 창은 투명해서 오후의 햇살이 아무 거리낌 없이 들어와 실내를 밝게 채웠으니까요. 이름도 일일이 헤아릴 수 없는 중국요리들이 풍기는 냄새에 고급 화장품이며 향수 냄새가 뒤섞여 있었고 담배 연기마저 뿌옇게 고인 탓에 눈과 콧속이 따끔거릴 정도였어요. 일본이 일으킨 전쟁 탓에 물자가 부족해 배급이 실시되던 시절이었지만 그들에게는 아무런 상관도 없는 것 같았어요. 일본군 대위는 궐련 담배를 입에 물었고 열여덟쯤으로 보이는 옆자리의 기생이 성냥으로 불을 붙여주었지요. 대위는 자기 딸일 수도 있는 그를 지그시 바라보았어요. 나는 너를 모른다. 알고 싶지도 않다. 그러니 다시는 내 눈앞에 나타나지 말거라. 그 말을 마지막으로 대위는 입을 다물었어요. 대위는 침묵을 지켰고 이 침묵으로 이미 그를 추방한 셈이었어요. 아무도 입을 열지 않았기 때문에 연회실은 고요해졌어요. 이런 분위기가 낯선 박선생만이 안절부절못하며 다른 사람들의 눈치를 보고 있었지요. 이제 그는 고요에 떠밀려 연회실을 떠나야 했어요. 그는 난폭하게 뒷덜미를 잡혀 내쫓긴 것보다 더 강렬한 모욕을 느꼈지요.

그는 비틀거리면서 일어났어요. 그가 등을 돌려 나가려 할 때 누군가의 심드렁한 목소리가 그를 붙잡았지요. 눈빛마저 어미를 닮아 음탕하구나. 그 피가 어디 가겠느냐? 그 말을 한 사람을 잠시 노려보던 그는 여기에 있는 사람 가운데 단 한 사람도 결코 잊지 않겠다는 듯한 사람 한 사람을 주의깊게 둘러보았어요. 만약…… 그의 목소리는 물속을 헤엄치는 물고기처럼, 허공을 불어가는 바람처럼 부드럽고 자연스러웠어요. 그의 말은 연회실이라는 공간을 유영하듯이 떠다녔지요. 만약…… 당신들이 정말로 그걸 원한다면, 당신들이 생각하고 당신들이 바라고 당신들이 믿어 의심치 않는 대로 천박하고 더러운 여자의 몸에서 태어나 그 어미의 운명을 그대로 이어받아, 물려받은 핏속 더러움까지 속속들이 똑같아 그처럼 비참하게 살다가 비참하게 죽는 걸 원한다면…… 바로 그런 사람이 될 겁니다. 바로 그런 사람으로 살아갈 거예요. 그의 도발에도 사람들은 전혀 평정을 잃지 않았어요. 누군가 심드렁한 목소리로 되물었어요. 대체 어떤 사람이 되겠다는 거냐? 나는…… 기생이 될 거예요. 네가 기생이 되든 말든 아무도 신경쓰지 않는다. 여기 있는 기생들 가운데는 너보다 좋은 집안 출신에 전문학교까지 나온 기생도 있어. 아무나 기생이 되는 건 아니거든. 그러고 보니 너도 여고보, 아니 지금은 여중이라고 해야지, 여중에 다니는 학생인데 그런 사실이 알려지면 당장 학교에서 쫓겨난다는 것쯤은 알겠지? 나는…… 삼패 기생이 될 거예요. 아니, 유곽의 창기가될 거예요. 그 말에 대위의 얼굴이 일그러졌지요. 그의 도발이 대위를 뒤흔든 거였어요. 장충단보다는 효창공원 아래 도원동이 낫겠지요. 훈련소의 병사들이 즐겨 찾는 곳이니까요. 그들 중 누군가 내게 어느 집안 출신이며 나이는 몇이며 본명은 무엇이며 왜 여기에서 몸을 파느냐 묻는다면 나는 그에게 제식과 총검술과 사격술과 전투술을 가르쳐주고 위대한 야마토 정신을 일깨워주고 천황 폐하에 대한 충성심을 길러준 이가 나의 아비이며 나는 그 아비를 원망하고 있으니 아무 걱정 하지 말라고 말하겠어요. 나는 조선인이든 일인이든 계급이 낮건 높건 가리지 않고 상대할 테고 백동전 하나에도 치마끈을 풀 거예요. 유행가를 부르고 서양 춤을 추고 술을 마시고 마음껏 몸을 굴려 반드시 이씨 성을 물려받을 아이들만 낳아 나보다 아름답게 진흙탕 속을 뒹굴게 할 거예요. 내 이름을 후대가 기억하지 않을 수 없도록 조선에서 제일가는 창기가 될 거예요.

대위가 자리에서 벌떡 일어났어요. 그만! 대위는 뺨을 때리듯 호통을 쳤어요. 대위의 호통에도 그는 전혀 주눅들지 않았어요. 무슨 권리로 그만하라는 거죠? 나는 당신과 아무 관계가 없잖아요. 당신과 내가 아무 관계가 없다는 걸 이 방에 있는 사람들이 알고 세상 사람들도 다 알지요. 내 피는 더러운 어미에게서 온 것이니 설사 당신과 약간의 관계가 있다 해도 당신의 고상한 피가 그런 일을 시켰다고 믿을 사람은 없을 거예요. 그는 잠시 말을 멈췄어요. 그 탓에 고요는 절정에 다다랐지요. 연회실의 사내들과 기생들은 놀란 기색을 감추지 못했고 대위는 하극상을 저지른 부하에게 그러듯이 경멸이 담긴 눈빛으로 그를 보며 으르렁거렸어요. 칙쇼! 사람들은 그의 입가에 떠오른 부드러운 조롱의 미소를 보지 않을 수가 없었어요. 말씀하신 대로 나는 한 마리 짐승이에요. 짐승에게서 나왔기 때문이지요. 그 짐승이 누구인지 나는 몰라요. 알고 싶지도 않아요. 그러니까 나는…… 당신을 모릅니다. 당신이 누구인지 알고 싶지도 않습니다. 그럼 이만. 남은 시간 즐겁게 보내세요. 그리고 무대에서 퇴장하듯 연회실을 나왔지요.

아서원의 정문 기둥 앞에 섰던 한 남자가 우리를 물끄러미 바라보았어요. 양복 차림에 윤이 나는 구두를 신고 지팡이를 짚은 그 남자는 그의 엄마가 한때 마음을 두고 집착하던 배우였어요. 우리가 나중에 김선생이라고 부르게 된 사람이었지요. 영문학을 전공한 인텔리였음에도 무대에 이끌려 한동안 배우로 지냈던 김선생은 조선공산당 4차 검거 선풍이 불고 한참 지나 뒤늦게 연루된 게 발각되어 감옥에 끌려갔어요. 출소한 뒤로는 과거의 자신을 지워버리고 사업에 뛰어들어 성공적인 새 삶을 살고 있었지요. 그의 아버지라는 소문도 있었지만 서구적인 얼굴형에 피부가 희어서 정말 그의 아버지라 해도 그에게 외모를 물려주지는 않았다는 걸 누구나 알 수 있을 만큼 딴판이었어요. 김선생은 아서원에서 무슨 일이 벌어질지 이미 짐작했고 실제로 무슨 일이 벌어졌는지도 다 아는 것 같았어요. 우리는 김선생의 차를 타고 집으로 돌아갔어요. 골목 입구에서 우리를 내려준 김선생은 아무 말 없이 모자를 벗었다가 다시 쓰고는 내게 눈인사를 한 뒤 돌아갔어요.

집에 도착해서야 나는 그가 아서원에서 나온 뒤로 한마디도 하지 않았음을 깨달았어요. 연회실에서 그토록 날카로운 말들을 더할 나위 없이 부드럽고 섬세하게 다루던 그의 목소리가 내내 귓가에 울렸던 탓이기도 했어요. 다른 소리는 들리지 않았으니까요. 땅거미가 지는 시간이어서 마당은 벌써 저녁이 정강이까지 차올랐지요. 그는 본채 앞에서 뒤를 돌아보더니 마치 나를 달래기라도 하듯 조용히 말했어요. 나…… 괜찮으니까 걱정하지 마. 나는 거인이 그러듯이 어깨를 으쓱했어요. 그 거짓말 진짜야? 그가 희미하게 미소를 지었지요. 만약 그의 말에 누군가 상처를 받는다면 아마도 가장 큰 상처를 받을 사람은 그 자신일 거였어요. 무언가를 부정하는 것도 쉽지 않지만 부정하고 난 뒤의 시간을 견디는 것도 어렵기는 마찬가지니까요. 부정하고 삭제하고 망각해버린 것들은 텅 빈 공간으로 남아 언제까지나 부재를 뜻하게 되고 이 부재야말로 본래 그 자리에 무엇이 존재했는지를 증언하게 되니까요.

그리고 이제 그는 언제나 말해왔지만 소리 내어 말하지 못했던 것들을 엄마인 현서에게 말해야 했고 과연 엄마가 그의 말을 어떻게 받아들일지 몰라 걱정이 되었지요. 나는 문간방에 누운 채로도 그가 속삭이는 소리를 들을 수 있었어요. 엄마, 오늘 이대위라는 사람을 만났어…… 그의 어머니는 잠들지 않았다 해도 정신이 딴 곳에 있었을 테니 당신의 딸이 무슨 말을 하는지 알아듣지 못했을 거예요. 하지만 그는 불을 끄고 누워 잠들기 전까지 두런두런 이야기를 나누는 여느 모녀들처럼 어머니에게 이야기를 들려주었지요. 동팔호실에서 돌아온 그의 어머니가 밤이 깊도록 노래를 불러주고 옛이야기를 들려주었듯이 언젠가부터는 그가 어머니를 위해 노래를 부르거나 이야기를 했지요. 그날 무슨 일이 있었고 어떤 말을 했는지까지 다 이야기한 뒤 그는 엄마의 가슴에 귀를 대고 심장 소리를 들었어요. 처음에는 엄마가 죽은 게 아닌가 싶어 확인하기 위해 귀를 댔지만 엄마의 심장 소리를 듣고 있노라면 어느덧 마음이 평온해져서 그렇게 귀를 대곤 했지요.

그는 왜 그래야만 했는지 조금 더 설명할 필요가 있다고 느꼈어요. 사람은 누구나 칼을 품고 있잖아. 내 몸안의 마디마디 뼈들이 하나하나 칼들이잖아. 나는 그중에서도 형태가 없는 칼을 하나 뽑았을 뿐이야, 엄마. 말, 언어라는 칼…… 이 칼은 뼈보다 무르지만 뼈보다 날카로워. 이 칼은 뼈보다 약하지만 뼈보다 오래가. 이 칼은 뼈가 상처를 내는 것과 비교하면 아주 미미한 상처를 낼 뿐이지만 이 칼에 맞은 사람은 영원히 고통스러워하게 되지. 엄마도 그렇게 상처 입은 거잖아. 엄마도 뭇사람들의 말에 찔리고 베인 거잖아. 그의 어머니 현서가 스스로 내뱉은 말에 가장 깊이 상처 입었듯이 그 역시 그날 자신이 했던 말에 가장 깊이 베이고 찔렸지요. 엄마…… 나는 엄마 없이도 잘 지내왔고 엄마 없이 앞으로도 잘 지낼 거야. 사실 엄마가 없어야 더 잘 지낼 거야. 그러니 내 걱정 하지 말고 엄마가 가고 싶은 곳이 있다면 어디든 가. 거기가 설령 다시는 돌아올 수 없는 곳이라 해도 나는 괜찮으니까 이제 가도 돼. 대신 잊지 말아줘. 이 세상에 내가 있다는 걸. 나는 다른 누구도 아닌 최현서의 딸 최희수야. 매향의 딸 최희수야. 최정숙의 딸 최희수야. 엄마 딸이 아니라면 다른 누구도 되고 싶지 않아.

그는 엄마의 눈가에 흐르는 눈물을 손으로 닦아주었어요. 이윽고 그의 웃음 섞인 목소리가 들려왔어요. 그래, 맞아, 이모. 나는 난향의 조카 최희수야. 나는 최성숙의 조카 최희수야. 나는 난향이 그에게 무슨 말을 했는지도 알 수 있었어요. 언젠가 그가 말해주었기 때문이지만 어쩐지 그 말을 난향의 육성으로 듣기라도 한 것처럼 생생하게 떠올릴 수 있었지요. 우리 가운데 아무도 하지 못한 일을 희수 네가 했구나. 우리는 벌벌 떨면서 빌고 조아리고 애원할 줄만 알았지 그자들이 우리에게 한 말을 되돌려줄 생각은 못했으니까. 그럴 수 있다고는 상상조차 못했으니까. 그자들에게 당한 수치와 모욕을 되돌려주는 게 이토록 쉬웠는데도 하지 못한 이유는 우리에게 용기가 없어서였던 거야. 희수야, 우리는 너한테 용기를 물려주지 못했는데 네 안에는 우리가 감히 상상도 하지 못했던 용기가 있었구나. 부끄럽냐구? 아니, 전혀 부끄럽지 않다. 네 엄마가 조선공산당인지 조선공사판인지 겉멋만 들어서 우쭐대다가 고문당해 죽고 배신당해 죽고 감옥에서 죽던 인텔리겐치아들한테 넋이 나갔을 때도, 배우가 되겠다며 싸돌아다닐 때도, 아니 기생이 되겠다고 제멋대로 춤 선생을 찾아갔을 때도 왜 그걸 막지 못했나 후회를 했다. 무엇보다 가장 낙담했던 건 바로 너를 낳았을 때였지. 뭐, 내가 그런 생각을 했다는 걸 이미 알았다고? 영악한 년. 그래 맞다. 그리고 이제부터는 그런 생각을 했던 못난 나를 가장 미워하게 될 것 같구나.

그의 이모인 난향이 마음을 고쳐먹은 날이 아마 그날이었을 거예요. 이후에 그가 춤 선생에게 춤을 배우고 김선생에게 영어를 배울 때 은밀하게 할 수 있도록 방도를 찾아낸 것도 난향이었지요. 기생 수업을 받는 게 들통나면 학교에서 쫓겨날 게 분명했고 학교에서 영어 과목이 사라지고 영어를 가르치는 학원들마저 폐쇄되던 그 시절에 몰래 영어를 공부한다는 것도 학교에서 쫓겨날 빌미를 주는 일이었으니까요. 그러나 학교에서 쫓겨난다 해도 그와 난향은 별로 아쉬워하지 않았을 거예요. 그가 기생이 되고 싶어하든 배우가 되고 싶어하든 난향은 뒷바라지를 해줄 각오가 되어 있었으니까요. 난향은 그런 각오로 경제적 문제를 해결해갔고 해방이 된 뒤에는 요정을 운영했어요. 요정을 번창시킬 방법을 조카인 그를 통해 찾아내게 되었지요. 난향의 요정은 미군정청 요인들과 정치인들의 주요한 회합 장소가 되었고 이후에는 정부 요인을 비롯해 실업계의 큰손들이 즐겨 찾는 장소가 되었지요. 다동과 청진동에도 유명한 기생들이 출연하는 요정들이 있어 명성을 누리기는 했지만 미군 관료들은 웃음을 파는 기생들에게 금세 흥미를 잃었어요. 정치인들은 동양에 대한, 극동의 이 작은 나라에 대한 그들의 환상을 만족시켜줄 수 있는 예기들을 물색하게 되었고 결국 난향의 요정으로 발걸음을 옮기게 된 거였어요. 그들은 남의 이목에 노출되지 않는 한적한 세검정 근처에 있던 난향의 요정에 한번 갔다 오면 브라보를 연발했어요. 거기에는 댄스홀의 무희보다 정숙하고 웃음을 파는 기생보다 세련되고 대학생보다 지적이며 조선의 전통 기예를 화려하게 연희하는 예기들이 있었으니까요. 그들이 입을 모아 칭송했던 건 승무를 추는 한 예기였지요.

그의 어머니 현서는 마지막으로 그에게 미역국을 끓여주고 숨을 거두었어요. 장례는 조용하게 치러졌어요. 그 집에 살던 사람들을 제외하고는 춤 선생과 김선생, 그리고 연극계와 영화계의 몇몇 사람들만 조문객으로 왔지요. 상복을 입은 그와 난향이 그들을 응대했어요. 현서가 죽고 난 뒤 그는 이전보다 더 많은 꿈을 꾸었어요. 꿈에 엄마는 좀처럼 나오지 않았지만 어쩌면 꿈에서라도 엄마가 보고 싶어 더 많은 꿈을 꾸게 되었는지도 모르지요. 장례를 마친 뒤 그가 말했어요. 엄마가 할 수 있는 마지막 싸움은 이 세상에 결코 동의하지 않는다는 걸 드러내는 거였어. 엄마한테는 길가에 뒹구는 돌멩이나 낙엽조차 세상에 오염된 불결한 존재였을 거야. 푸른 하늘과 거기에 떠 있는 눈부신 태양마저도 그랬겠지. 엄마는 고독할 수밖에 없었고 쓸쓸할 수밖에 없었어. 당신을 지워야만 여기에서 벗어날 수 있다고 믿은 거야. 엄마는 세상에 소외되었고 가까운 사람들에게도 소외되었어. 그리고 결국 엄마 자신에게도 소외된 거야. 엄마는 엄마 자신만을 볼 수 있었고 결국 아무것도 볼 수 없었던 거야. 그런데 어떻게 알았을까. 그날이 내 생일이라는 걸. 내가 태어난 날인 동시에 당신이 나를 낳은 날이라서 그랬던 걸까. 어떻게 그것만은 평범한 사람처럼 알았을까. 오빠는 알아? 나는 고개를 저었어요. 어떤 비밀은 지독히 개인적이어서 다른 누군가가 그 비밀을 뻔히 본다 해도 무슨 의미인지 알 수 없는 경우가 있지요. 그의 어머니가 바로 그런 경우였어요. 그와 나, 우리 모두 눈으로 보았지만 그게 어디에서 비롯되었는지 알 수는 없었어요. 우리가 알 수 있었던 사실은 그의 어머니가 처음이자 마지막으로 그의 생일상을 직접 차려주었다는 거였고 어떤 점에서는 그걸로도 충분했어요. 거기에서 다른 의미를 알아내려는 시도는 아무 소용이 없는 것 같았어요.

사십구재를 치르던 날 그가 추는 승무를 처음으로 보았지요. 춤 선생이 고수가 되어주었어요. 다른 악기나 연주자는 없었어요. 방석을 깔고 앉은 춤 선생이 북채를 쥔 손을 들어올렸어요. 위에서 아래로 늘어뜨린 휘장이 걷히고 그가 춤 선생 앞쪽으로 종종걸음을 치며 나왔어요. 흰 고깔을 쓰고 흰 치마에 흰 저고리를 입었어요. 흰 장삼을 그 위에 걸치고 붉은 가사를 어깨에 둘렀지요. 그의 두 손에도 북채가 쥐어져 있었지요. 그가 쥔 북채는 장삼의 기다란 소맷자락을 거두거나 날리기 위한 거였고 어떤 의미에서는 그의 팔을 늘인 도구이기도 했지요. 그는 춤 선생 쪽을 바라보며 앉았어요. 춤 선생이 북을 두드리는 걸 신호로 그가 봉오리가 열리며 피어나는 꽃처럼 조금씩 몸을 일으켰고 두 팔을 내젓고 소맷자락을 쳐올리고 끌어당기면서 허공에 유려한 선의 궤적을 만들어냈지요. 스산했어요. 어깨에서 가슴을 사선으로 지나게 두른 가사에서 핏물이 뚝뚝 듣는 것 같았지요. 그러나 이런 인상은 점점 변해갔어요. 먹구름이 몰려와 사위는 어둑하건만 비를 뿌리지는 않을 때처럼, 차분한 대기 속에 습한 공기만이 무겁게 맴돌 때처럼 막막해졌지요. 그 순간이야말로 어두운 대낮이었고 그런 대낮은 밤의 대척점이 아니라 밤의 연장이었어요. 그의 춤에는 주변의 모든 딱딱한 것들을 흐물흐물하게 만드는 힘이 있었어요. 사물과 공간의 차이를 없애 사물이 공간에 공간이 사물에 침투하여 서로의 내부에서 용해되어버린 듯한 인상을 불러일으켰지요. 부드럽게 발을 들어올렸다가 발바닥으로 허공을 밀어내며 슬그머니 뒤로 물러서는 보법은 물속을 유영하는 물고기를 떠올리게 했어요.

춤 선생의 북소리는 절정으로 치달았다가 잦아들었고 다시 평원을 달리는 말발굽 소리처럼 다급해지기를 되풀이했지요. 멈춤 속에 움직임이 움직임 속에 멈춤이 있었고 바닥으로 사뿐히 내려앉던 소맷자락이 다시 펄럭이며 튀어오르면 소맷자락과 장삼의 주름살이 접혔다가 펴지는 형상이 아주 잠깐일지라도 생생하게 보였어요. 고깔을 깊이 눌러쓴 터라 그의 얼굴은 턱을 살짝 치켜들 때에만 일부가 언뜻 드러났는데 그럴 때의 그의 얼굴은 천천히 호흡하는 아가미의 내부 같았지요. 고깔 아래서 언뜻 드러나는 얼굴만 빼고 온몸을 치마와 저고리와 장삼으로 가린 셈이었으니…… 그는 마치 자신을 옥죄는 겹겹의 옷들에서 벗어나기 위해 몸부림을 치는 것 같았어요. 그 순간 그는 자기 자신으로서가 아니라 죽은 엄마인 현서로 춤을 추는 것 같았어요. 그의 어머니는 춤을 출 때면 가슴속의 응어리들이 스르르 풀어지면서 그 기운들을 손끝과 발끝으로 발산하는 기분이라고 했어요. 하지만 그가 소맷자락을 흩뿌리면 소맷자락은 너울거리다가 그의 몸짓을 따라 다시 이끌려왔고 그가 무릎을 굽히면 하늘로 치솟았고 그가 도약하듯 일어서면 바닥으로 가라앉았지요. 그는 세상의 말들에 묶여 신음하던 그의 어머니를 연기하는 거였어요. 그 말들을 뿌리치고 비상하려 애쓰지만 기어이 추락하고 마는 그의 어머니를 연기하는 거였어요.

마침내 그는 자신을 속박한 것들에서 벗어날 수 없다는 걸 인정한 사람처럼 가부좌를 틀며 천천히 바닥에 앉았어요. 합장을 하며 고개를 숙였지요. 그는 오랫동안 일어나지 못했어요. 무언가에 짓눌리기라도 한 것처럼 웅크린 채로요. 춤이 휩쓸고 지나간 공간에는 침묵만이 가득했어요. 들리는 건 숲을 흔드는 바람소리뿐이었으나 그를 짓누르는 침묵은 바로 거기 바람소리에서 흘러나오는 것 같았어요. 그렇게 웅크리고 앉은 채로 속울음을 울던 그는 자신의 목소리를 들었어요. 언젠가 나는 엄마 속으로 들어간 적이 있고 분명히 거기에서 나왔음에도 불구하고 내 일부, 아니 어쩌면 내 전부가 여전히 거기에 남아 있는 것처럼 느껴져. 엄마를 땅에 묻은 순간 나 자신도 매장해버린 듯한 기분이 들었고 어둡고 캄캄한 곳에 홀로 누웠노라면 마치 죽어 묻힌 엄마 옆에 내가 나란히 누운 것처럼 생각되었으니까. 엄마가 몸을 웅크렸던 이유는 숨을 곳이 달리 없고 엄마의 내부, 엄마의 몸 자체가 유일하게 숨을 수 있는 곳이어서였잖아. 엄마, 이제 내 몸속으로 들어와. 내 안에서 편히 쉬어. 아무도 엄마를 방해할 수 없고 해를 끼칠 수 없도록 내가 지켜줄게. 더이상 숨을 곳을 찾아 도망가지 않아도 돼. 그는 잠깐 몸을 부르르 떨더니 잠이라도 드는 것처럼 옆으로 스르르 쓰러졌어요. 춤 선생이 놀라 벌떡 일어났지요. 희수야! 난향이 소리치며 그에게 달려갔어요. 나는 그를 등에 업고 달려갔어요. 땀에 흠뻑 젖었던 터라 방금 물속에서 건져낸 사람 같았어요. 익사 직전의 상태에서 돌아온 사람 같았어요. 너무 꽉 잡으면 손에서 빠져나갈 것처럼 미끈거렸지요. 그는 우리 모두가 지켜보는 가운데 아무도 알아채지 못하게 한 마리 목어가 되어 미증유의 슬픔 속을 헤엄치다 그렇게 돌아왔어요.

나는 요사채의 쪽마루에 앉아 있었어요. 마술사와 차력사도 다른 사람들처럼 걱정스런 얼굴로 절 마당을 서성거렸어요. 다행히 얼마 지나지 않아 그가 정신을 차리고 깨어났지요. 나는 그의 얼굴을 지그시 바라보았어요. 그를 처음 보았던 날 마당에 선 채 하늘을 비스듬히 올려다보던 계집아이의 얼굴이 어른거렸어요. 괜찮아? 응, 괜찮아. 오빠, 우리 엄마 좋은 데로 갔겠지? 그래, 분명 좋은 곳으로 가셨을 거야. 내 안에 엄마가 있는 게 느껴져. 엄마가 콧노래를 부르는 게 느껴져. 그래, 정말 좋은 곳으로 가셨네. 그런데 잘 모르겠어. 내 안에 엄마가 있는데 영영 엄마와 헤어진 기분이야. 이제 당신을 잊어도 된다는 전언일 거야. 그럴까? 그럴 거야. 엄마와 아주 남남이 되어버린 듯해. 그래서 새로 태어난 기분이기도 해. 넌 새로 태어났어. 우리 모두 보았어. 네가 눈에 보이지 않는 다른 무언가로 잠깐 변했다가 다시 너로 돌아오는 걸 보았단 말야. 엄마한테서 태어날 때는 엄마의 슬픔을 두 손에 쥐고 태어났던 것 같은데 지금은 뭘 가지고 온 걸까. 네가 태어나면서 무얼 가져왔든 어떤 재능을 지니고 태어났든 아무 상관 없어. 그걸 가지고 무얼 하느냐가 중요해. 오빠, 사실 난 평생에 걸쳐서 흘릴 눈물을 한꺼번에 흘려버린 듯한 날이 있었어. 빨간 에나멜 구두가 생각나. 엄마와 함께 무대에 선 적은 없지만 엄마를 친언니처럼 대하던 배우였어. 그 배우가 내게 용돈을 주려고 할 때 엄마가 이렇게 말했어. 아무도 없는데 왜 꼭 누가 있는 것처럼 손을 내미는 거냐고. 나는 그때 겨우 깨달았어. 엄마가 보는 걸 나도 본다는 걸. 그 배우가 이미 죽은 사람이라는 걸. 그 배우가 순회공연을 다니다가 어느 기차역에서 부랑자 한 사람을 그냥 지나치지 못하고 적선을 했는데 병이 옮아 그만 죽고 말았다는 걸. 그이의 장례식에 경성의 모든 부랑자들이 모여 슬퍼했다는 걸.

이렇게 힘들여 말한 뒤 그는 나를 외면하듯 고개를 돌렸지요. 그건 네 환상일 수도 있어. 누군가에게 몰두하면 그 사람의 내면도 들여다볼 수 있게 되잖아. 항상 그런 건 아니야. 가끔 그래. 그런데 나 방금도 누군가를 보았어. 누구? 말해도 돼? 괜찮아. 순희 언니를 보았어. 우리 누나를? 응. 누군가가 순희 언니를 다그치고 있었어. 어떤 사람의 이름을 대라고 하는 것 같았어. 순희 언니는 아무 말도 하지 않을 각오가 된 사람 같았어. 그 사람이 다시 물었어. 대체 너 같은 방직공장 여공에게 독립이니 해방이니 헛된 생각을 심어준 자가 누구냐고, 너 같은 불쌍한 여공을 선동한 게 누구냐고. 그래서? 순희 언니는 이렇게 말했어. 행동하는 자들이 나를 선동한 게 아니라 행동하지 않는 자들이 나를 선동했어요. 언니는 무척 상냥하게 말했어. 그래서…… 내게 말하는 것 같았어. 나는 눈을 감았고 다시 눈을 뜨니까 언니가 보이지 않았어. 대신 쪽마루에 앉은 오빠의 등이 보였지. 오빠…… 난 알고 싶어. 내가 태어나면서 무얼 가져왔든 어떤 재능을 지니고 태어났든 아무 상관 없다고 했잖아. 그걸 가지고 무얼 하느냐가 중요하다고 했잖아. 그러니 알고 있다면 내게도 알려줘. 무얼 해야 하는지를 어떻게 알 수 있는지. 그 무엇이 뭔지를 알려줘. 약속해줘. 지금 당장 오빠가 모른다 해도 괜찮아. 하지만 알게 되면 내게 감추지 말아줘. 그래줄 거지?

　엄마처럼 될지도 모른다는 그의 불안은 끈질겼어요. 어느 때는 뒤로 물러났다가 어느 때는 그를 점령이라도 하듯 엄습했지요. 그의 불안을 남다르거나 독특하다고 할 수는 없었어요. 젊어서는 사는 게 무섭고 노년에 이르면 죽는 게 무섭듯이 사람이라면 누구나 지닐 수밖에 없는 두려움이 그에게는 엄마와 같아질지도 모른다는 형태로 다가왔던 거니까요. 사소한 걱정거리마저 엄마와 결부 지어 생각할 수밖에 없는 시절을 보낸 사람이라면 아마도 누구든 그와 비슷한 불안을 지니게 되었을 테니까요.
　현서가 없는 그 집은 여전히 많은 사람들로 북적였지만 중요한 약속을 지키지 못해 낙심한 사람들만 가득한 것처럼 한동안은 침울했어요. 박선생이 군관학교에 받아들여졌는지는 알 수 없었지만 일본군 대위의 뒤를 따라 만주로 갔다는 건 알았어요. 사랑채의 배우 가운데 한 명이 만주행 기차를 타기 위해 경성역에 나타난 박선생을 보았지요. 박선생이 기거하던 문간방은 비었지만 원래 그 방에 세 든 사람은 박선생의 형이었기 때문에 비어 있는 채로 내버려두었지요. 옷가지와 책을 싸서 떠났지만 앉은뱅이책상 앞에 붙여둔 글씨는 그대로 남아 바래갔어요.

그는 김선생이 정한 종로의 어느 사무실에서 일주일에 서너 차례 영어를 배웠어요. 김선생은 난향의 사업에 투자를 해주고 운영에도 조언을 해주었지요. 부동산 투자를 비롯해 여러 사업을 운영하던 김선생에게는 사업하는 사람들 특유의 조바심이나 거들먹거리는 태도가 없었어요. 근거 없는 낙관이나 비관에 빠지지 않았고 과감하면서도 신중했어요. 그는 김선생에게 영어만을 배운 게 아니었어요. 김선생의 냉철하고 엄정한 사업 수완 등을 주의깊게 지켜보았고 김선생의 장점이 사업의 전망을 가늠하는 능력에만 있는 게 아니라 직원들을 다루는 방식에도 있음을 알게 되었지요. 김선생은 직원들에게 동기를 부여하고 자부심을 느끼게 해주는 사람이었어요. 직원들의 개인사를 세심하게 돌보았고 최종 결정을 내리기 전까지는 직원들의 의견에 진심을 다해 귀를 기울인다는 인상을 주었어요. 김선생의 그런 면모는 어느 정도 김선생 자신의 이력에서 비롯되었어요. 그가 조각난 이야기들을 모아 하나의 이야기를 완성하는 과정에서 미처 메우지 못한 틈 가운데 하나가 김선생이었지요. 왜 엄마가 자신을 대위의 아이라고 했다가 부정하고 다시 김선생의 아이였다고 주장했다가 부정했는지 알 수 없어 혼란스러웠어요. 기억이 부정확해서 혼란스러운 경우와는 달랐어요. 무언가가 은폐된 상황이어서 혼자 고심한다고 해서 해결할 수 있는 문제가 아니었지요.

그가 김선생을 처음 찾아갔을 때였어요. 그의 이야기를 듣고 김선생은 한참이나 침묵을 지켰지요. 그는 재촉하지 않았어요. 이윽고 김선생이 입을 열었지요. 네 어머니는 줄리엣처럼 지혜롭고 현명하지. 노라처럼 대담하고 카튜샤처럼 선하단다. 세상 사람들이 무슨 말을 하든 네 어머니는 오셀로처럼 정의롭고 용감한 사람이야. 나는 이아고처럼 비열한 사람이지. 김선생의 감상적인 회고는 오래가지 않았어요. 그는 잠자코 듣고 있었지요. 네 어머니 마음속에 내가 있었던 것도 사실이고 내 마음속에 네 어머니가 있었던 것도 사실이다. 하지만 나는 네 어머니를 여자로 생각한 건 아니었어. 그게 무슨 뜻이에요? 그의 질문에 김선생은 차분하게 설명해줬어요. 김선생은 여자를 사랑할 수 없는 사람이었어요. 주변 사람들 가운데 그 비밀을 아는 사람은 없었어요. 그의 어머니인 현서만이 알았지요. 현서는 크게 개의치 않았어요. 김선생의 마음을 자신 쪽으로 돌릴 수 있다고 믿었으니까요. 김선생은 아이를 가질 수도 없었어요. 자녀들이 있지 않냐고 묻자 김선생은 그 아이들은 문중에서 입양한 아이들이고 이 사실은 문중에서도 몇몇만이 아는 비밀이라고 말했어요. 그게 왜 비밀이냐고 묻자 입양한 사실이 알려지면 왜 아이를 낳지 못하는지 사람들이 궁금해할 테고 만약 자신이 입을 굳게 다물면 그 비난은 자신의 무고한 아내를 향할 거라서 그럴 수밖에 없다고 했어요. 최악의 상황은 그가 아이를 가질 수 없는 사람이라는 비밀이 아니라 그가 여자에게 이끌리지 않는 사람이라는 비밀이 누설되는 거였어요. 그건 김선생 개인의 수치가 아니라 김선생 집안과 문중의 수치가 될 테니까요. 김선생은 이렇게 말했어요. 네 어머니는 내 비밀과 약점을 폭로해서 스스로를 보호하고 싶다는 생각을 했지만 끝내 포기했단다. 스스로를 보호하기 위해 다른 사람을 치욕스럽게 해서는 안 된다고 결심했지. 네 어머니는 용기가 있는 사람이었어. 그런 용기는 아무나 보여줄 수 있는 게 아니란다. 그는 모든 걸 이해했어요. 그리고 조금 당돌한 질문을 했지요.

엄마가 아저씨를 정말로 사랑했나요? 김선생은 물끄러미 그를 바라보았어요. 뭐라고 답해야 할지 말을 고르는 사람처럼요. 그는 김선생이 왜 고심하는지 알 수 있었어요. 그래, 나는 그렇게 믿는다. 나 역시 마찬가지였고. 그는 고개를 끄덕였어요. 김선생과 헤어질 때 그는 이렇게 말했어요. 아저씨, 아저씨는 비열하지 않아요. 그리고 김선생에게 다가갔어요. 김선생은 두 팔을 벌려 그를 안았지요.

그는 김선생이 머뭇거린 이유를 생각했어요. 김선생은 섬세한 사람이라서 그에게 좀더 정확하게 설명할 수 있는 말을 고르기 위해 고심했겠지만 그런 멈춤에는 선험적이라고 할 만한 이유가 있는 것 같았어요. 어떤 사람이 다른 한 사람을 사랑하게 된 이유를 당사자라고 해서 정말로 안다고 말할 수 있을지 확신이 없었어요. 김선생을 머뭇거리게 한 것도 그와 같은 종류일 거라고 생각했어요. 그는 엄마가 남자를 사랑할 때 그 사람을 남자로서만 사랑하지는 않았을 거라고 믿었으니까요. 더군다나 김선생은 여느 남성들이 지닌 사내다움과는 다른 걸 지녔고 엄마가 정말로 매력을 느낄 수 있는 장점들을 콕 집어 헤아리기가 쉽지 않았어요. 그는 엄마가 사비를 털어 극단 동료들을 도와주었던 것처럼 엄마가 헤쳐나가야 했던 현실적인 문제들도 사랑에 개입될 수밖에 없다는 걸 깨달았지요. 극장에 소속된 배우들은 형편이 나은 축에 속했지만 대부분의 극단은 재정이 좋지 않았어요. 공연을 하면 극장과 극단이 관례적으로 7 대 3의 비율로 관람료를 나누었지만 그런 극단은 많지 않아서 보통 8 대 2로 나누었어요. 이런 관행은 초기부터 해방 때까지 이어졌고 이후에도 크게 바뀌지 않았어요. 흥행에 성공한 영화의 배우들조차 큰돈을 벌기란 불가능했어요.

대부분의 수익은 극장주와 극단주에게 돌아갔고 명성을 얻은 배우조차 경제적으로는 늘 어려움을 겪어야 했지요.

그는 김선생이 엄마에게 배우는 어떤 꿈을 꾸어야 하는지를 보여주었던 거라고 짐작했어요. 배우가 배우일 수 있는 건 무대에 오를 때이겠지만 무대에서 내려온 뒤에도 배우일 수 있으려면 생활인으로서 일상을 영위하여 살아남아야 할 테니까요. 김선생이 사업에 몰두하여 성공을 거둔 데에도 이런 충동이 있었을 거라고 생각했어요. 그는 김선생 같은 사람이 극단을 운영한다면 어떨지 상상했어요. 몇몇 간판 배우들만 후하게 대접하고 뒷돈을 주면서 자기편을 만든 뒤 나머지 무명 배우들을 혹사시켜 제 잇속만 차리는 사람이 아니라 욕심부리지 않고 극장과 협상하고 연출가, 극작가, 배우들, 조력자들 모두를 한식구처럼 어우러지게 하는 사람이 있다면 좋겠다고 생각했지요.

해방이 될 무렵 그는 이미 김선생이 몰래 건네준 영어 원서를 막힘없이 읽을 수 있을 정도의 실력이 되었지요. 어느 정도의 회화도 가능했어요. 어느 날 그가 영어책을 읽다가 어떤 문장을 소리 내어 말했어요. 쪽마루에 앉았던 거인이 고개를 저었지요. 그렇게 말하면 아무도 못 알아들어, 그건 이렇게 해야 하는 거야, 마더퍼커! 거인은 방금 그가 읊었던 문장을 그대로 되풀이했어요. 우리는 귀를 의심하지 않을 수 없었지요. 영어가 모국어라도 되는 사람인 것처럼 발음이 좋아서였어요. 내가 너무 조선 사람처럼 생겼지. 내가 영어를 할 줄 안다는 걸 아무도 모르거든. 선교사 손에서 자랐다고 말해도 믿지 않아. 마술사도 이건 안 믿어줘. 준도 보라구. 우물쭈물해도 독일어를 할 수 있는 녀석처럼 보이지는 않잖아. 안 그래 마술사? 사람은 생긴 걸로 판단해서는 안 돼, 쉬트!

그날 이후로 거인은 틈이 날 때마다 그의 회화 연습 상대가 되어주었어요. 거인의 영어는 교재에서 찾기 어려운 실용적인 영어여서 그가 회화의 감각을 키우는 데 많은 도움이 되었지요. 거인의 영어에는 은어에 가까운 단어들이 많아서 선교사에게 배웠다는 말이 믿어지지 않았어요. 차력사는 어깨를 으쓱하며 웃었어요. 선교사들이라고 해서 매일 고상한 말만 하는 건 아니야. 선교사도 사람이잖아. 먹고 싸고 웃고 울고 화내고 짜증내고 욕하는 건 마찬가지야. 다른 게 있다면 그렇게 한바탕하고는 회개한다면서 열심히 기도한다는 것뿐이지, 갓뎀! 그런데 영어는 배워서 뭐하려구? 쓸모도 없는 걸 배우느니 마술사한테 마술이나 하나 가르쳐달라고 하는 게 훨씬 나을 거야. 그래도 혹시 모르니까 미리 부탁 좀 하자. 미국에 유학이라도 가게 되거든 나도 데려가줘. 미국 의사들은 내 키가 더 자라지 않게 하는 방법을 알고 있을 거야. 오늘 아침에도 키가 손가락 한 마디나 더 자랐더라고. 이렇게 날마다 자라다간 내 머리에 사는 이들이 사타구니에 사는 친척들을 만나려면 전차를 타고 가야 할 거야, 퍽큐! 날마다 키가 자란다는 말은 거인의 농담이었지만 서글픈 농담이기도 했어요. 사람의 육체가 감당할 수 있는 한계치까지 자란 뒤로도 성장이 계속된다면 뼈가 그 사람의 살을 찢고 나올 수도 있으니까요. 거인은 거의 십여 년 이상 온몸을 이리저리 옮겨다니는 알 수 없는 통증에 시달려왔어요. 근육통과 두통, 신경통은 일상적이었고 관절염까지 앓았지만 미간을 살짝 찌푸리는 것 말고는 달리 아픈 기색을 내비치지 않았지요. 거인은 의지로 통증을 이겨왔고 언제까지나 그럴 수 있을 테지만 결국 의지만 남고 육체는 산산이 부서져버릴 수도 있었어요.

그는 학교 공부에 열의를 보이지는 않았지만 소홀하지도 않았어요. 학교에서는 학생이든 선생이든 무심한 척하면서 은근히 그를 따돌렸지만 그는 개의치 않았어요. 그런 분위기에 기가 죽지도 않았지만 주목을 끄는 언행도 삼갔지요. 춤 선생과 김선생에게 갈 때면 얼굴에 화색이 돌았어요. 이모인 난향도 그에게 서화, 서예를 비롯해 가야금과 거문고 등의 연주법을 가르쳐주었지요. 그의 하루는 또래의 다른 여자아이들과 비교할 수 없을 만큼 꽉 짜인 일과에 따라 흘러갔어요. 그러면서도 틈을 내어 나와 함께 극장에 다니곤 했지요. 그는 이곳에 있으면서도 저곳에 있는 사람 같았어요. 그의 옆에 있으면서도 그가 다른 생각에 골몰할 때면 마음이 허전해지곤 했지요. 우리는 별다른 말을 하지 않아도 서로가 무슨 생각을 하는지 어떤 기분인지 알 만큼은 친밀했지만 때로는 그가 낯설기도 했어요. 나와 비슷한 키로 그가 자랐다는 사실이 놀랍기도 했고 그가 자라는 만큼 그의 내면에도 무언가가 자라고 있는데 그걸 알아보기가 점점 어려워질 것 같다는 생각이 들어서였어요. 키가 자라는 건 눈에 보이지만 마음이 자라는 건 눈으로 보기가 어려우니까요. 이전에는 환히 보였던 그의 마음이 안개가 낀 것처럼 흐려 보였어요. 점점 자신이 없어졌어요. 그런데 그는 점점 더 나를 잘 알게 되는 것 같았어요. 그가 무심코 던진 한마디도 나의 폐부를 찔렀고 내가 애써 감추려 했던 것들마저도 그는 주머니에 손을 넣어 물건을 꺼내듯 무척 손쉽게 알아냈어요. 그는 내 가슴속을 투명한 유리창을 통해 보듯 환히 보았어요.

그가 나를 더 잘 보게 될수록 그의 내면은 더 짙은 안개에 싸여갔지요. 그는 세상을 이해하는 만큼 받아들였고 그렇게 그의 내면으로 들어온 것들은 그의 일부가 되어 퇴적되었어요. 그의 어머니가 배역을 거듭할수록 내면에 무수히 많은 사람들의 사연이 쌓여갔듯이 그가 보고 느끼고 아는 것들이 고스란히 그의 내면으로 흘러들었어요. 나는 그를 보면서 만약 이 세상에 보통 사람과는 다른 특별한 사람이 존재한다면, 그리고 그런 사람이야말로 인간이 어떤 존재인지를 증명한다면 바로 최희수가 그와 같은 사람일 거라는 생각을 하게 되었어요. 그의 특별함은 그의 우월함을 증명하는 게 아니었으니까요. 그의 특별함은 사람이 상실해버린 것들이 무엇인지를 상기시켜주는 거였으니까요. 그는 까맣게 잊었던 것들을 돌이켜볼 수 있게 해주었고 무엇을 잊지 말아야 하고 무엇을 잊어야 하는지를 알려주었어요. 그는 알고 있었어요. 그가 정말 순희 누나를 보았는지는 알 수 없지만 그는 분명 무언가를 보았어요. 그는 내게 무엇을 해야 하는지 알려달라 했지만 이미 그걸 알고 있었어요. 행동하는 자들이 나를 선동한 게 아니라 행동하지 않는 자들이 나를 선동했다는 그 말은 결국 그의 내면에서 흘러나온 말이었던 거지요.

해방 무렵의 그 집은 소슬하기 짝이 없었어요. 곁채에 살던 기생과 카페 종업원 중에는 일을 그만두고 고향에 내려가서 정신대를 피하기 위해 결혼을 한 사람도 있었고 사랑채의 배우들 중에는 지방으로 내려가거나 징용에 끌려간 사람도 있었지요. 해방이 되고 나서야 하나둘 다시 그 집으로 돌아왔어요. 영영 돌아오지 못한 사람도 있었지만 해방의 감격이 몰고 온 활기 덕분에 침울했던 분위기에서는 벗어날 수 있었지요. 김선생은 해방의 분위기에 휩쓸리지 않았어요. 적산 가옥을 헐값에 매입했다가 적당한 시기에 큰 차액을 남기며 되팔았고 미군정청에 납품하는 물품을 독점하면서 관료들과 친분을 쌓아 남보 다 빨리 어떤 정책이 수립될지를 알았지요. 영어에 능통해서 가능한 일이기도 했고 투자할 곳을 찾는 재력가들에게 사업 수완이 좋고 신 뢰가 있다는 평을 들으며 은밀한 지원을 받아서이기도 했어요. 김선 생은 난향에게 그동안의 경험을 살려 본격적으로 요정을 운영해보라 권유했어요. 난향은 김선생의 도움을 받아 해방 전에 요릿집에서 일 하던 유명 요리사들을 비롯해 기예가 뛰어난 춤 선생의 몇몇 제자들 을 데리고 세검정 부근에 요정을 개업했어요. 김선생의 노력으로 미 군정청 관료들과 정치인들이 드나들면서 난향의 요정은 조금씩 알려 지게 되었지요. 그 집에 살던 사람들 대부분이 요정에서 함께 일하게 되었어요.

그는 학교에 다니면서도 여느 예기들처럼 이모의 요정에서 함께 일했어요. 어느 날 정당의 간부가 한 여자를 동반해서 온 적이 있어 요. 난향보다 서너 살 아래쯤으로 보이던 그 여자는 승무를 선보이는 그를 눈여겨보다가 춤을 추고 나가는 걸 붙잡아 말을 걸었지요. 영어 할 줄 알아? 무례한 태도였지만 그는 예의바르게 대했어요. 예, 조금 할 줄 알아요. 어디서 배웠어? 그는 솔직하게 김선생에게 배웠다고 말했지요. 그 여자는 고개를 끄덕였어요. 그분이라면 믿을 만하지. 내 가 교편을 잡았을 때 그분이 영어 선생으로 계신 적이 있거든. 일본에 서 배웠는데도 원어민처럼 발음이 좋았지. 그래도 넌 한참 더 해야겠 어. 하지만 그런 실력을 두고 기생이라니 아까운걸. 난 기생이 아니에요. 그럼 뭔데? 그는 이모가 운영하는 요정이어서 도와주고 있을 뿐이라고 말했어요. 승무를 추기는 하지만 술자리에 합석하지는 않는다고 설명했지요. 그래? 훨씬 좋군. 어디 좀 돌아봐. 그래, 그렇게. 가슴은 빈약한데 몸매는 탄탄하네. 얼굴은 동양적이라서 잘 먹히겠어. 그 여자는 잠시 생각에 잠겼다가 은밀한 목소리로 그에게 제안했어요. 사교 클럽을 만들 생각이야. 이름만 들어도 알 만한 사람들이 함께하기로 했지. 네가 우리 클럽에 들어온다면 네 장래를 책임져주지. 하지만 한 가지 확인이 필요해. 너, 버진이야?

그 여자는 뚜쟁이로 유명했던 매리라는 사람이었어요. 김선생은 매리를 믿어서는 안 된다고 했지요. 매리는 해방 전에도 시인으로 유명했어요. 김선생은 조선임전보국단 부인대가 주최한 행사에서 절절하게 친일시를 낭송하던 그 목소리를 잊을 수가 없다고 했지요. 무엇보다 매리는 경성방송국의 편성원으로 일하면서 동료들을 밀고한 사람이라고 했어요. 경성방송국의 조선인 기사들이 미국 방송을 단파 라디오로 청취해 일제가 조선에서 선전하던 것과는 달리 전쟁에서 패망하게 되리라는 걸 알게 되었고 이런 사실을 여운형을 비롯한 몇몇 명망가들에게 알려주었다가 체포된 사건이었지요. 고문을 견디지 못해 죽은 사람도 있었고 많은 사람들이 해방 때까지 감옥에 갇혀 있어야 했는데도 매리만은 무사했지요. 해방 뒤 매리는 이승만의 총애를 받으면서 정당과 미군정청 사이를 이어주는 브로커 역할을 했지요. 매리가 뚜쟁이로 알려지게 된 건 자신의 모교 출신 여학생을 미군의 첩으로 알선하거나 여학생들을 동원해 주연을 베풀면서 영향력을 행사했기 때문이었어요.

그는 김선생의 말을 듣고 잠시 고민했어요. 난향은 매리 같은 사람과 친분을 쌓는 게 요정 운영에 도움이 된다는 걸 알았지만 그에게 클럽에 가입하라고 강요하지는 않았어요. 그즈음 혜화동의 한 요정에서 미군과 조선인 부녀자들이 마약을 하면서 포르노를 감상한 사실이 들통나 요정의 풍기문란을 척결해야 한다는 여론이 생겨났어요. 몇몇 요정들이 본보기로 폐쇄되었고 여론은 곧 잠잠해졌지만 난향의 요정도 안심할 상황은 아니었어요. 김선생이라는 후원자가 있지만 그것만으로는 부족했지요. 하지만 그는 결심하지 못했어요. 이른봄에 매리는 미군 장교들과 함께 난향의 요정을 찾아왔어요. 예기들의 공연이 끝나고 질펀한 술자리가 이어졌지요. 예기들이 출입히는 연회실 옆문 앞에서 승무 복상을 하고 가만히 앉아 기다리던 그는 매리와 미군들이 나누는 대화를 알아들을 수 있었어요. 매리는 아첨하는 목소리로 말했지요. 요즈음 풍기 문제로 미군을 욕하는 사람들이 많지만 나는 당신들을 나무라고 싶지 않아요. 미군 장교가 매리의 말에 고개를 끄덕였지요. 그렇지 않아도 호남선에서 일어난 우리 군인의 강간 사건 탓에 골머리를 앓고 있어요. 매리는 조롱하는 투로 말했어요. 당신네 군인들은 젊어요. 젊은 혈기에 여자와 관계하고 싶어하는 건 어쩌면 당연한 일이잖아요. 행실이 좋지 못한 여인네들도 책임이 있지요. 벌써 이런 사건이 너무 많아서 여론이 좋지 않으니 차라리 위안소를 만들어서 운영하세요. 장교는 그런 일은 하지 중장이 허락하지 않을 거라고 답했어요. 그거야 공식적으로는 그렇지요. 사령관께서 암묵적으로 허락했단 말인가요? 제가 알아듣게 말해줬지요. 조건은 마련되어 있으니 실행하기만 하면 돼요. 그렇다면 적임자는 매리 당신이겠군요. 그 말에 매리는 깔깔깔 웃었지요. 사병들 문제는 당신네들이 알아서 하세요. 장교들 문제는 제가 처리해드릴 테니까요.

연회실에서 들려오는 대화에 귀를 기울이던 그는 입술을 지그시 깨물었어요. 술자리가 무르익자 그는 단정한 걸음으로 연회실에 들어가 그들에게 등을 돌리고 앉았어요. 고수의 북소리에 맞춰 내가 본 적 있던 예의 그 승무를 시작했지요. 그가 합장을 하며 춤을 마치자 쥐죽은듯 고요하던 연회실에 박수 소리가 울렸어요. 미군 장교들은 소문으로 듣던 것보다 황홀하다며 그를 합석시키려 했지요. 매리가 장교들에게 미안하다는 투로 말했어요. 저 아이는 학생이에요. 기생이기는 하지만 술을 따르지는 않지요. 당신네들이 도쿄에서 다루던 흔한 게이샤처럼 취급해서는 안 돼요. 그러니 그만 보내주세요. 하지만 내가 운영하는 클럽의 모임에 오신다면 저 아이의 손목 정도는 잡아보실 수도 있어요. 매리는 그가 이미 자신의 클럽에 속한 사람이라도 되는 것처럼 장담했어요.

장교들이 돌아간 뒤 그와 매리는 별실에 마주앉았지요. 매리는 담배를 물고 그에게도 권했어요. 그는 고개를 저었지요. 짐작했겠지만 이번에 이 요정이 무사할 수 있었던 건 내가 모른 척해줬기 때문이야. 여기 뒷배를 봐주는 사람이 김선생이더라. 그런데 너 아니? 김선생이 여러 어른들의 눈 밖에 난 사람이라는 거 말야. 이상하게도 김선생과 관련된 공장이나 업체에서 파업이 자주 일어나니까 미군 방첩부대 쪽에서도 요주의 인물로 감시한다더라. 한민당이나 독립촉성국민회 같은 곳에만 후원을 하는 게 아니라 남로당 쪽에도 후원하는 박쥐 같은 인물로 평가하더라고. 매리는 그의 표정을 살폈어요. 그는 아무런 내

색도 하지 않고 잠자코 매리의 말에 귀를 기울였지요. 하지만 그런 걸로 김선생이 부당한 대우를 받는 건 반대야. 난 이해하거든. 이런 시절에 어쩔 수 없는 노릇이지. 이건 너한테만 알려주는 거야. 조금 있으면 트루먼 독트린이 발표될 거야. 미국은 결국 소련과 싸우게 되어 있어. 그러면 독립 문제는 유엔으로 넘어가겠지. 유엔으로 넘어가면 승부는 끝난 거야. 일 년? 아니 길어도 이 년 안에는 정부가 수립되겠지. 이박사께서 지난해에 정읍에서 괜히 단독정부가 필요하다고 말한 게 아니거든. 김선생도 정세에 어두운 것뿐이야. 혜안이 있는 사람이라면 누구나 알 수 있거든. 트루먼 독트린은 결국 조선에서 소련과 힘겨루기를 하겠다는 미국의 의지야. 대놓고 할 수 없으니 대리인이 필요한 거야. 전쟁을 치르려면 대리 정부가 필요해. 넌 아직 실감할 수 없겠지. 개국공신이란 말이 무슨 뜻인지 알지? 하지만 그게 진짜 무얼 뜻하는지는 모를 거야. 정부를 수립하면 친일파로 낙인찍혔던 사람 모두 개국공신이 될 수 있고 그 순간부터 친일파라는 과거는 아무도 들먹일 수 없게 되는 거야. 감히 누가 개국공신을 반역자라고 손가락질할 수 있겠어? 그래서 우리에게는 절대적으로 우리만의 나라가 필요해. 많은 사람들의 도움이 필요하지만 나는 네가 필요해. 대신 너도 나한테 무엇이든 요구할 수 있어. 어때, 나와 함께 가볼래?

한 달 뒤 그는 매리가 부른 자리에 나갔어요. 편하게 오라는 말을 믿은 건 아니었지만 모임에 참석한 사람이 모두 여자들이어서 마음이 놓이는 자리였어요. 그 자리에는 여자대학으로 개편중이던 여자전문학교의 교장인 루즈를 비롯해 여성단체의 회장들과 영어식 이름을 쓰는 명사들과 그들이 후원하는 여학생들이 모여 있었어요. 매리는 그를 좌중에 소개한 뒤 귓속말로 말했어요. 얼굴 좀 펴. 오늘은 너를 선보이는 자리니까. 너는 내가 아껴둔 비밀이야. 그런 비밀을 함부로 쓸수야 없지. 그런데 너 연극반도 한다며? 겉멋 들기 좋은 곳이야. 어쨌든 저기 루즈 옆에 앉은 곱게 생긴 사람 보여? 저 친구도 네가 하는 연극반에 있었지. 지금은 군정청에서 직원으로 일해. 너도 소문은 들어서 누군지 알 거야. 네 선배니까 앞으로 깍듯하게 모셔. 그리고 저쪽에 있는 사람은 흥행계의 숨은 큰손이야. 저 사람은 너를 배우로 데뷔시켜줄 수도 있고 스타로 만들어줄 수도 있어. 무엇보다 네 몸속에는 한때 눈물의 여왕이라 불렸던 배우의 피가 흐르잖아. 언젠가 그 피가 부르는 소리를 너도 듣게 될 거야. 어쩌면 조선의 잉그리드 버그먼으로 불리게 될지도 모르지. 너의 험프리 보가트가 누구일지 궁금하네. 모임에서 주로 나누는 대화의 주제는 여성의 권리와 관련된 것들이었어요. 여자학교의 교장인 루즈가 새로운 여성상에 대해 장황하게 설교투로 늘어놓자 매리가 시큰둥한 목소리로 말했어요. 저 언니는 말이 많아서 탈이야. 매리는 그에게 귓속말로 덧붙였어요. 우리 클럽은 역사에 남을 거야. 남자들만 역사를 만들라는 법은 없거든. 재능있는 많은 여성들이 제대로 된 교육도 받지 못하고 한평생 집에 갇혀살아야 하는 시대는 이제 끝난 거야. 그러나 그 자리에 모인 사람들을 다시 볼 기회는 금세 찾아오지 않았어요. 그가 아직 어리다고 생각해서인지 아니면 정말 아껴서 그랬는지 매리는 정기적으로 연락을 하기는 했지만 접대하는 자리에 부른 적은 없었으니까요.

정세는 매리가 예측한 대로 흘러갔어요. 매리의 안목에는 감탄하지 않을 수 없었지요. 해가 바뀌고 아직 계절은 겨울의 한복판이던 어느 날 유엔 조선위원단 위원들이 난향의 요정을 찾아왔지요. 그가 승무를 추기 전에 매리가 다가와 말했어요. 간단한 일이야. 여덟 명이 투표를 했는데 두 명이 기권을 하고 3 대 3이 되었어. 저쪽에서 한 사람만 이쪽으로 넘어오면 4 대 2가 되는 거야. 딱 한 사람만 돌려세우면 되는 거야. 매리는 여덟 명의 위원 가운데 한 사람을 가리켰어요. 우리끼리는 그랜트라는 애칭으로 부르지. 그는 고개를 끄덕였지요. 그는 춤을 추는 동안 고깔 아래 얼굴을 언뜻 드러낼 때면 그랜트 쪽을 보았어요. 그러면서 몇 번 눈이 마주치기도 했지요. 그랜트는 별다른 반응을 보이지는 않았어요. 하지만 이틀 뒤에는 매리가 그랜트만을 동반해 다시 요정을 찾아왔지요. 미리 연락을 받은 그는 연회실에서 기다리고 있었어요. 아무도 없는 줄 알고 들어섰던 그랜트는 흠칫 놀라는 눈치였어요. 그날따라 고수의 북소리는 사납기 그지없었고 그의 춤사위에도 이전과는 다른 격정이 묻어났지요.

그가 연극반에서 활동하게 된 건 필연이라고도 할 수 있었어요. 그는 누구 못지않게 무대라는 공간에 익숙했지만 연극이라는 장르에 친밀함을 지녔다고는 할 수 없었어요. 그에게 무대는 완벽히 폐쇄된 자족적인 공간이 아니라 관객을 비롯해 이 세상을 향해 열린 공간이라는 인상이 뿌리깊이 박혀 있었으니까요. 그가 어린 시절부터 드나들었던 극장들은 그가 엄마를 만날 수 있는 유일한 통로였기에 어떤 점에서 어린 그의 관념에는 마술 같고 신비로운 공간이었어요. 그의 머리를 쓰다듬어주거나 그에게 공감의 눈빛을 보내준 사람은 배우들뿐이었으니까요. 그에게 호의적인 사람들이 몇몇에 지나지 않는다는 사실이 그가 얼마나 고립된 존재인가를 생각하지 않을 수 없게 했지요.

고립된 상태에 안주하고 싶었던 건 아니었어요. 배우들이 느끼는 것들을 스스로 느껴보고 싶었고 배우들의 꿈을 자신의 꿈으로 삼고 싶었지요. 무엇보다 먼저 그는 관객이었어요. 그는 관객들 틈에서 관객들이 보는 것처럼 무대를 보았고 관객들이 보는 것처럼 배우를 보았지요. 관객들처럼 눈물을 흘렸고 관객들처럼 웃음을 터뜨렸지요. 적어도 그때만은 그도 관객과 하나였고 설령 다른 관객이 웃을 때 웃지 못한다거나 다른 관객이 울 때 울지 못한다 해도 그것이 여느 관객과 그가 다르다는 걸 뜻하지는 않는다고 생각했어요. 각자 다른 반응을 보이고 다른 평가를 내리고 다른 생각을 한다는 점이 오히려 그에게는 매력적이었어요. 저마다 느끼는 기쁨과 슬픔과 고통의 종류가 다른데도 동시에 각자의 감정들에 몰두할 수 있게 해주면서 각자의 차이를 인식하게 하며 그러한 차이가 중요하지 않음을 깨닫게 해준다는 점이 무대가 지닌 특별한 힘이었지요.

그러나 그의 어머니가 집으로 돌아온 뒤로 그는 이전처럼 무대를 볼 수 없게 되었어요. 노인의 얼굴을 바라보면서 그 사람의 유년 시절 얼굴이 어땠을지 생각하다보면 그다음부터는 어떤 노인을 보더라도 노인의 얼굴만이 아니라 그이가 살아오면서 어떤 얼굴을 거쳤는지 떠올리지 않을 수 없게 되는 것처럼 그는 배우를 볼 때마다 배우가 아닌 한 명의 인간으로서의 배우를 떠올리게 되었어요. 무대 위에서 자상하고 현명하며 아름다운 배우가 현실에서는 난폭하고 어리석으며 추한 사람일 수 있다는 식의 상상이 그가 극에 몰입할 수 없도록 방해했지요. 배우로서 완벽할 수는 있지만 실제 삶에서는 불완전할 뿐만 아니라 오히려 결점투성이의 인간일 수 있다는 사실이 그에게는 스스로에 대한 은유처럼 받아들여졌던 거예요. 그가 아무리 자기 자신이기 위해 노력한다 해도 다른 사람의 눈에 비친 그는 그들이 보고 싶은 대로일 테니까요.

그는 무대를 불신하게 되었고 불신한다고 해서 열망하지 않는 건 아니었기 때문에 혼란스러웠어요. 그는 무대가 허위의 공간이고 배우역시 하나의 허위라면 차라리 허위임을 감추지 않는 게 정직할 수 있는 길이라고 생각했어요. 무대에서 벌어지는 일들이 무대로 한정되고 세계를 향해 열려 있던 문을 닫아버리는 게 오히려 정직한 방식일 수 있다고 생각했던 거지요. 그의 관심은 차차 무대장치나 무대장식, 소품 들로 옮겨갔고 마찬가지로 배우의 연기만이 아니라 배우의 의상, 화장과 같은 분장에도 주의를 기울이게 되었지요. 대부분의 연출자와 배우들은 소품을 그리 중요하게 여기지 않았어요. 불필요하게 손을 흔들어 지팡이를 떨어뜨리거나 우산을 접어야 할 순간에 편 채로 그대로 들고 있어서 관객들의 주의를 빼앗아버리는 경우가 많았어요. 유학생을 비롯한 엘리트들이 중심이 된 극단들도 그런 실수가 잦았고 대중 극단들은 오히려 그런 실수를 권장까지는 아니라 해도 대수롭지 않게 여기는 편이었어요. 극의 흐름이야 끊어지건 말건 관객들이 좋아하면 그만이었으니까요.

그는 아마 알았을 거예요. 결국 무대는 삶의 축약본이고 어떤 점에서는 현실과 닮은 점이 없을수록 현실을 더 강렬하게 환기시킬 수 있다는 사실을요. 무대가 인위적이고 인공적일수록 흡인력은 높아졌어요. 단점이 있다면 무대가 모든 걸 삼켜버릴 수 있다는 거였지요. 배우도 사라지고 연기도 사라지고 무대만 남아 마치 자진모리와 휘모리 장단만으로 이뤄진 북소리에 따라 춤을 추면 무용수도 춤도 사라지고 북소리만 남듯이 그런 공연을 관람하는 동안은 휘몰아치는 폭풍 속에 있는 것처럼 생생하지만 공연이 끝나면 날이 밝아 사방이 폐허가 되어 있는 걸 발견할 때처럼 허탈했으니까요.

그가 연극반에 들어갈 때는 무대에 대한 관념들이 이미 많은 변화를 겪고 난 뒤였지요. 연극반에서 활동하는 대부분의 학생들은 그처럼 무대 자체에 이끌렸다기보다는 원작이 주는 감동에 이끌려서 온 경우가 많았어요. 그들은 홀로 밤을 새워가며 읽은 소설과 희곡이 무대에서 실연되는 걸 보고 싶다는 열망, 그러한 과정에 동참하고 싶다는 열망에 이끌렸던 거예요. 그가 연극반에서 느낀 이질감은 연극에 관심을 갖게 된 계기와 동기가 사뭇 다르다는 데서 왔어요. 그가 걸어보지 못한 길이었고 그가 아직 느껴보지 못한 희열이었지요. 그는 연극반에서 처음으로 그의 어머니인 현서가 그랬던 것처럼 입센과 톨스토이를 읽었지요. 셰익스피어와 고리키를 제대로 읽어보기 시작한 것도 그 무렵이었어요. 그러나 무엇보다 당시 연극반의 분위기를 지배한 것은 사회극에 대한 관심이었어요. 조선문학가동맹의 기관지를 돌려보고 거기에 실린 작품을 중심으로 토론을 했지요. 예전의 이동 극단처럼 노동자들의 파업 현장이나 집회 현장을 찾아 짧은 공연을 하는 프로 극단에 합류하거나 공연을 단체로 관람하기도 했어요. 그가 연극반 학생들의 주목을 끌게 된 건 이런저런 공연에 대한 그의 짧은 평들이 날카롭고 인상적이기 때문이었어요. 그는 말수가 적고 조용한 학생으로 통했기 때문에 더 놀라운 일로 받아들여졌지요.

연극반은 벽서 운동, 동맹휴업 등도 주도했어요. 처음에는 친일 교사를 거부하는 운동으로 시작했지만 정세가 변하면서 정치적인 색채가 짙어졌지요. 신탁통치를 둘러싼 논란이 가열되고 노동자와 농민, 학생 단체 등의 파업과 투쟁이 전국적으로 거세졌으니까요. 남로당이 미군정청의 탄압을 받아 지하로 숨어들 무렵에는 연극반을 지도하던 교사마저 감옥으로 끌려갔고 연극반의 몇몇 학생들도 학교에서 쫓겨나거나 지하운동에 투신하기도 했지요. 연극반은 그에게 우호적이었어요. 그를 조롱하거나 비난하지 않았고 뒷말을 퍼뜨리지도 않았어요. 공공연하게 마르크스와 레닌을 공부했고 러시아혁명사를 비롯해 갑오농민전쟁, 3·1운동, 조선공산당의 투쟁과 같은 조선의 변혁운동사도 잘 알았어요. 그들은 만인이 평등하며 노동이 신성하고 인간이 인간다워질 수 있는 세상을 꿈꾸었지요. 그들 한 명 한 명 모두가 로자 룩셈부르크처럼 아름답고 헌신적이었어요. 그에게는 낯선 분위기이고 환경이었지요. 어쩌면 그가 난생처음으로 타인들 속에서 이방인 취급을 받지 않고 사람들 속에 있음에도 추방당했다는 느낌을 받지 않았던 시기이기도 했지요. 그들 모두 아직 어린 나이였음에도 부모에게서 태어난 존재가 아니라 해방이 출산한 새로운 세대인 것 같았고 이전 세대를 옭아맸던 관습에 아무런 영향을 받지 않는 최초의 인류 같았어요. 우리 모두 몰랐지만 그 시대야말로 우리 역사에서 이후에 되풀이되지 못한 거의 유일하면서 너무나 짧았던 해방의 시기였지요.

중요한 역할을 하던 학생들이 모두 쫓겨나거나 지하로 숨거나 월북한 뒤에는 연극반도 유명무실해졌어요. 공연을 기획하거나 준비할 수 있는 여건도 되지 못했고 독서토론회 수준의 활동만 근근이 이어갔지요. 그가 매리의 클럽에 속한 사람이라는 걸 학생들은 몰랐지만 경찰들은 알았기 때문에 적어도 그는 무사할 수 있었지요. 학생들 사이에서는 그가 밀고자이기 때문에 무사한 거라는 소문도 돌았어요. 새로운 학생들이 연극반에 들어왔지만 그들은 노골적으로 혹은 은밀하게 그를 무시하고 따돌렸지요. 그들은 연극보다는 남학생들과 어울리고 사교 모임을 갖는 일에 더 관심을 가졌고 경쟁적으로 연애소설을 읽고 누가 더 감상적인지를 다투었어요. 모든 것이 제자리를 찾아가듯 해방 전의 분위기로 되돌아갔어요. 그는 다시 혼자가 되었지요. 그를 스쳐간 많은 사람들이 떠올랐지만 그런 사람들이 있었다는 게 신화 속의 일들이었던 것처럼 아득했어요. 그는 어느 쪽에도 환대받지 못하는 처지가 되었으나 그런 상황을 적극적으로 벗어나려 애쓰지도 않았어요. 그의 마음속 깊은 곳에서는 환멸이 생겨났어요.

그가 품게 된 환멸은 이 세상에 대한 무차별적인 환멸은 아니었어요. 그는 매리와 연극반의 유사성과 차이의 의미가 분명하게 손에 잡히지 않아 혼란스러웠어요. 매리의 클럽에 속한 사람들도 여성으로 살면서 겪은 차별을 누구보다 분명히 인식했고 여성을 옥죄는 관습과 제도에 저항한다는 점에서는 연극반 사람들과 크게 다르지 않았어요. 그 시절의 여성단체들도 좌우를 가리지 않고 호남선 열차에서 벌어진 미군의 윤간 사건에 한목소리로 분개했으니까요. 차이점도 분명히 있었어요. 연극반 사람들은 여성해방과 인간해방을 분리될 수 없는 하나의 문제로 인식했지만 매리의 클럽은 여성의 해방을 여성이 권력을 획득하는 것과 동일시했어요. 그는 이런 혼란을 내게 이야기한 적이 있었고 내가 그에게 해줄 수 있는 조언은 권력에 대한 레닌의 견해를 인용하는 거였어요. 권력을 쟁취하는 것보다 중요한 일은 권력의 속성을 바꾸는 것이라는 말을 해주었을 때 그는 내가 말한 것 이상을 보았을 거예요. 그의 명쾌한 사고에 따르자면 권력에 대한 저항보다 중요한 건 처음부터 권력이 불가능한 사회였으니까요. 오빠, 나는 마르크스가 뭔지 레닌이 뭔지 몰라. 조선공산당도 남로당도 잘 몰라. 사실 그다지 알고 싶지도 않아. 사람이 어떻게 살아야 하는지 아는 데 반드시 그런 이론들이 필요하다고 생각하지도 않아. 다른 사람을 파괴해야만 뜻을 이룰 수 있다는 주장들은 뭐가 되었든 무서워. 누가 좀더 낫고 옳은가를 판단하지 못해서는 아니야. 우리가 아는 것 너머에 정말 우리가 알아야 할 것들이 있는데 우리가 아는 것들에 안주하는 것 같아서 불안해.

　나는 그에게 우리가 아는 것 너머에 진리가 있을 거라는 식의 생각은 현실의 문제를 회피하는 관념적인 타협일 수 있다고 말했어요. 그는 내 말을 한참 생각하다가 이렇게 말했어요. 오빠 말이 맞을지도 몰라. 하지만 내 생각에 우리가 아는 것 너머에 있는 것들은 우리가 알지 못하는 것들은 아닐 거야. 우리가 이미 알았지만 잃어버렸거나 잊어버린 것들일 거야. 그의 생각의 깊이를 가늠할 수는 없었지만 적어도 그의 환멸이 무엇에 관한 것인지는 알 수 있었지요. 환멸이 꿈과 기대가 꺾였을 때 느끼는 실망과 괴로움을 뜻한다면 그가 품은 환멸은 상실 자체에 대한 거라고 할 수 있었어요. 그에게 이 세상은 헛된 꿈을 꾸게 하고 그마저도 무참히 짓밟는 거였어요. 본래 무슨 꿈을 꾸었는지를 잊게 하고 태초의 꿈으로 되돌아가지 못하게 하는 거였어요. 그의 내밀한 욕망도 그러했지요. 그가 엄마의 강요에 의해 사내아이처럼 굴어야 했던 최초의 순간부터 지금까지 그가 원하지 않았음에도 그가 꿈꾸도록 강요받았던 것들이 언제나 그를 속박했으니까요. 하지만 그는 가짜 꿈을 진짜로 믿을 만큼 어리석지는 않았어요. 그의 마음속에서 생겨난 환멸은 일종의 오기와 결기라고 할 수 있었지요. 설령 그가 마술에 의해 남자가 된다 해도 엄마가 바라던 일은 결코 일어나지 않을 거라는 사실을 확인시키고 보여주고 싶다는 오기가 마음 한편에 있었던 거예요.

나는 난향의 요정에서 그가 추는 승무를 다시 본 적이 있어요. 내 눈으로 직접 본 건 그의 어머니의 사십구재를 치른 뒤로는 처음이었지요. 연회실은 생각보다 넓었어요. 오후의 햇살이 창을 통과하면서 잘게 부수어져 가루가 되어 흘러내렸어요. 햇살이 마름질한 공간으로 먼지가 피어올라 그렇게 보였는지도 모르지요. 무대 쪽은 조명을 켜지 않아 어두웠어요. 고수가 먼저 자리를 잡고 앉았어요. 고수는 사랑채에 살던 배우 가운데 한 명이었어요. 난향과 비슷한 연배의 사내였는데 해방 전에 고향에 내려갔다가 해방 뒤에 그 집으로 돌아와 배우 노릇은 그만두고 요정에서 일하게 된 거였어요. 무대 옆문이 열리면서 승무 복장을 갖춘 그가 들어왔어요. 그는 내게 등을 돌린 채 무대 한가운데 소리 없이 앉았어요. 고수의 북소리는 사납지 않았지만 밀폐된 공간이나 다름없는 연회실을 울리기에는 충분했어요. 고수가 앉은 자리에서 시작된 북소리는 새 한 마리가 잘못 들어와 나갈 곳을 찾아 헤매는 것처럼 여기저기에 부딪히며 파닥거렸어요.

그가 두 팔을 내저으며 천천히 일어났는데 이전과는 사뭇 다른 느낌이었어요. 무언가 달라졌다는 사실은 알겠는데 그게 무언지 알 수 없었어요. 그가 춤을 추는 자리가 어두워서이기도 했지만 춤사위에 깃든 묘한 이질감 탓이기도 했어요. 두 팔을 내저으며 소맷자락을 추어올리는 동작이나 그의 몸짓보다 한 호흡 느리게 허공에 새겨지는 궤적에도 낯설고 불편한 기미가 엿보였어요. 그가 몸을 돌려 내가 앉은 쪽을 향했을 때 살짝 고개를 들어 고깔 아래 가려졌던 얼굴을 드러냈지만 표정을 알아볼 수는 없었어요. 북소리가 높아짐에 따라 그의 움직임도 빨라졌어요. 그러자 어둠이 그를 부분적으로 삼키면서 그의 몸이 여러 조각으로 분리된 것처럼 보였고 한 사람이 춤을 추는 게 아니라 서너 명이 춤을 추는 것처럼 느껴졌어요. 그의 내부에 있던 또다른 그가 눈앞의 그와 똑같은 차림새로 완전히 분리되지는 않은 채 함께 춤을 추는 것 같았지요. 그의 분신들이 그의 주변에서 어른거렸고 크게 원을 그리며 빙글빙글 돌 때에는 누가 원래의 그이고 누가 분신인지 구분할 수 없을 정도였지요. 그의 분신들은 그와 너무나 똑같아서 그를 절대 벗어날 수 없는 것처럼 보였어요. 그와 그의 분신들은 서로를 스치면서 잠시 겹쳐 하나가 되었다가 떨어져나와 여럿이 되기를 반복했어요.

내가 알던 승무는 아니었어요. 어쩌면 이 세상에 한 번도 존재한 적 없던 승무였을지도 몰라요. 춤 선생은 승무를 추는 자가 고깔을 쓰는 건 얼굴을 드러내지 않음으로써 관객에게 아첨하지 않으려는 의지의 표현이라 했어요. 하지만 그는 춤 선생의 말을 아무런 의심 없이 받아들이지는 않았어요. 정재무나 검무는 오랜 전통이 있었지만 승무는 그런 전통이 없었어요. 기원을 따지면 먼 옛날로 거슬러올라갈 수도 있었지만 춤 선생이 고안한 승무는 이전의 춤들과는 전혀 다른 새로운 종류여서 어떤 전통춤을 계승했느냐를 따지는 게 무의미했으니까요. 승무는 혼자 태어난 춤이었어요. 세상의 모든 춤과 비슷하면서도 세상의 모든 춤과는 달랐으니까요. 그는 승무에 담긴 이런 의미를 누구보다 잘 알았고 그가 많은 춤들 가운데 승무에 애착을 지녔던 것도 그런 까닭이었어요. 그는 혼자 태어난 사람이었어요. 그가 비록 어미와 아비의 피를 물려받은 존재이고 여느 사람들처럼 배꼽을 지녔다해도 그는 혈통 때문에 더럽거나 고귀해지는 사람이 아니었으니까요. 승무는 그를 위한 춤이나 마찬가지였고 다시 말해 그는…… 자기만의 승무를 갖고 싶었고 마침내 그럴 수 있게 된 거였어요.

그는 춤 선생이 의식적으로 감추지는 않았으나 승무에 비장되어 있던 의미를 알았어요. 춤 선생조차 알지 못했던 것들을 그가 알 수 있었던 이유는 춤 선생이 사내의 시선으로 승무를 고안했기 때문이었어요. 승무에는 사내들의 보편적 욕망이 담겼어요. 고깔은 춤추는 여자의 얼굴을 감춤으로써 춤추는 자가 누구에게도 속하지 않는 사람임을 보여주는 동시에 단 한 사람에게만 속할 수 있다는 이면도 보여주었지요. 누구도 넘볼 수 없는 유일무이한 여자를 소유하고 싶은 사내의 욕망이기도 했지요. 다른 사내들에게는 정숙한 여자이지만 자기에만은 요염하고 관능적인 여자를 소유하고 싶다는 열망이 깃든 거였어요. 어깨에서 허리까지 가슴을 가로지르며 둘러진 붉은 가사는 춤추는 자의 견고함에 생겨난 균열을 뜻했고 춤추는 자의 흔들리는 내면을 뜻하기도 했지요. 춤추는 자는 누구에게도 속할 수 없는 존재가 아니라 만인에게 속한 존재임을 천명하는 것 같았고 자신을 소유하려는 자가 누구든 그자에게 저항할 준비가 되었음을 말하려는 것 같았어요. 춤 선생이 사내의 시선을 투영하면서도 사내의 시선에 저항하는 의미를 승무에 담을 수밖에 없었던 건 사내라는 정체성을 거스를 수 있을 만큼 춤추는 사람으로서의 자부심이 강해서였어요. 그는 춤 선생이 고안한 승무에서 춤 선생이 느껴야 했던 혼란을 인식했어요. 그리고 이 혼란을 효과적으로 은폐하는 것보다 좀더 분명하게 드러냄으로써 전무후무한 승무를 소유할 수 있을 거라고 믿었죠. 속이 비치는 투명하고 가벼운 망사로 된 치마와 저고리를 입었던 거예요. 그 위에 걸친 장삼마저도 그러했지요. 망사에 잡힌 주름살은 그대로 그의 팔뚝과 다리에도 새겨졌고 순간적으로 팽팽하게 당겨지면 망사가 사라지고 알몸이 된 듯한 기분을 불러일으켰지요. 그는 춤을 추는 동안 그런 방식으로 벌거벗었다가 갖추어 입기를 되풀이했어요.

그제야 나는 망사로 된 고깔 아래 드러난 그의 얼굴에서 표정을 읽을 수 없는 이유를 깨달았어요. 그의 표정은 숨겨지거나 가려졌기 때문이 아니라 너무나 분명히 드러난 탓에 어떤 감정 상태를 뜻하는 단일한 의미로 수렴되지 않았어요. 가장 단순한 동시에 가장 복잡한 표정이라 할 수 있었고 드러냄으로써 더 효과적으로 감추어버린 셈이라 할 수 있었지요. 그의 춤사위는 부드러운 궤적보다 툭툭 끊어지는 듯한 강직한 선을 더 많이 그려냈어요. 그의 춤은 비 내리는 풍경을 재현한 것과 같았어요. 후드득후드득 굵은 방울로 내리던 비가 순식간에 장대비가 되어가는 과정과 유사했어요. 그가 합장을 한 채 가부좌를 틀며 앉았을 때에도 비는 그치지 않았어요. 자리에서 일어난 그는 처마밑에서 비그이를 하며 비 내리는 풍경을 바라보는 눈길로 연회실 반대쪽을 보았어요. 그가 고개를 돌렸을 때 우리의 시선이 마주쳤지요. 내가 알던 희수는 아니었어요. 내가 안다고 믿었던 그는 아니었어요. 그는 다시 태어나는 제의를 치른 사람 같았어요. 과거를 뒤에 남겨둔 사람 같았어요. 그가 남겨둔 과거에 나도 있는 것 같았어요. 나는 그와 마주보고 있음에도 그의 뒷모습을 보는 듯한 기분이었어요. 내 가슴팍을 누군가 칼로 내리긋는 것 같았어요. 그사이 해는 기울어서 연회실 내부는 주홍빛으로 물들었어요. 창 아래에는 결국 나갈 곳을 찾지 못한 작은 새 한 마리가 떨어져 있었어요. 온몸에 피멍이 든 채 마지막 날갯짓을 하듯 퍼덕이다가 이내 그 작은 떨림마저 멈추었지요. 죽은 새의 몸뚱어리 위로 침묵이 내려앉았어요. 새를 짓누르는 침묵은 바로 거기 새의 몸뚱어리에서 흘러나오는 것 같았어요.

유엔 조선위원단의 재투표를 앞두고 있던 날이었어요. 매리는 그에게 성북동의 한 주소를 알려주었지요. 도착해보니 높은 담이 있는 서양식 주택이었어요. 경호원의 안내를 받아 들어간 그는 현관 앞에서 심호흡을 했어요. 거실에 들어서자 올라오라는 소리가 들렸어요. 내부 계단을 통해 올라간 이층에도 작은 응접실과 여러 개의 방이 있었어요. 시중을 드는 앳된 여자가 한 명 있었지만 하녀는 아닌 것 같았어요. 매리가 후원하는 여학생 가운데 한 명이었을 거예요. 여러 방들 가운데 가장 큰 방에 매리와 그랜트가 있었지요. 그랜트의 발음은 영국식이라서 그의 귀에 낯설었지만 소통이 불가능할 정도는 아니었어요. 매리는 가방에서 투명한 유리관을 꺼냈어요. 벌거벗은 그랜트는 아랫도리만 수건으로 가린 채 침대에 누워 있었지요. 매리는 유창

한 영어로 그랜트에게 설명했어요. 조선의 지배층을 사대부라고 하는데 사대부들은 자신들만의 특별한 양생법이 있었고 양생법이란 당신이 잘 아는 카마수트라와 비슷한 거예요. 이건 많은 양생법 가운데 은밀하게 전해지는 인기접보의 비법이라는 거예요. 얼굴이 깨끗하고 안색이 붉으면서도 희며 병이 없는 십육칠세 된 여자아이 가운데 숫처녀를 골라서 관을 이용하여 기를 입에 불어넣는 거죠. 그러면 숫처녀의 기가 즉시 위로는 양미간으로 흡수되고 아래로는 단전에 흡수되는데 쭈글쭈글했던 얼굴이 고와지고 백발이 다시 검어지며 이를 되풀이하면 신묘한 효험을 보게 된다고 하지요. 당신은 여기 동방의 등불 아래서 회춘을 하게 되는 거예요. 당신도 이제 쉰 살이잖아요. 매리는 그에게 옷을 벗으라 했어요. 그는 알몸이 되어 침대에 누운 그랜트의 몸 위로 올라갔지요. 그가 몸을 떨고 있다는 걸 매리도 알았지만 내버려두었어요. 그의 두려움이 침대에 누워 있는 사람을 더 흥분시킬 테니까요. 그는 매리가 일러준 대로 유리관을 그랜트의 입에 대고 자신의 숨을 불어넣었어요. 폐 속 깊은 곳에서 덥혀져 나온 그의 숨이 쉰살 사내의 벌린 입속으로 천천히 스며들어갔지요. 얼마나 시간이 흘렀을까. 흥분을 참지 못한 그랜트가 그의 팔을 붙잡았어요. 그러자 어느새 알몸이 된 매리가 그를 옆으로 밀치고 그랜트의 몸 위에 올라앉았지요. 그는 천천히 옷을 입은 뒤 매리와 그랜트가 지켜보는 가운데 비밀 문을 열고 작은 방에 들어갔어요. 그곳에서 그들의 신음을 들었지요. 교성과 헐떡임. 연인들이 그러듯이 앙탈을 부리고 귓속말을 하고 서로를 간질이는 소리를 들었지요. 매리는 그를 전희로 사용한 거였어요. 그는 미처 예상하지 못한 상황이라 약간 당황했지만 침착하게 기다렸어요. 그렇게 마음을 다잡았지만 분노가 치솟는 것까지 억누를 수는 없었어요. 작은 방에 웅크리고 앉아 두 남녀의 신음을 듣던 그의 눈가에 눈물이 차올랐어요. 이윽고 옷을 주워 입는 소리가 들려왔어요. 비밀 문이 열리고 매리가 들어왔어요. 이제 가도 좋아. 오늘 정말 잘했어. 네가 원하는 게 뭔지 알아. 기다리면 네가 원하는 대로 될 거야.

재투표 결과는 4 대 2였어요.

5장

파르티잔들의 극장

준의 아버지는 딸의 유품인 가죽장갑을 조심스럽게 손에 끼워보았다. 투박하고 거칠고 마디 굵은 손가락이었지만 뼈만 남은 것처럼 앙상해서 꽉 끼지는 않았다. 주름이 생길까봐 주먹을 쥐었다 폈다 하지는 못하고 장갑 낀 손을 조심스럽게 두 볼에 갖다댔다. 부드러웠다. 눈이 하염없이 내리던 어느 새벽 등뒤에서 자신을 안고 부들부들 떨던 딸이 떠올랐다. 자신을 흔들고 지나갔던 딸의 떨림이 고스란히 되살아났다. 그의 아버지는 장갑을 서랍에 다시 넣어두었다. 대신 노인이 사라지고 빈방이 된 옆방으로 들어가 오래전부터 숨겨두었던 권총을 찾았다. 일본군 장교들이 사용하던 권총이었다. 여섯 발의 탄환이 장전되어 있었다. 그의 아버지는 권총이 누구의 것이었는지에는 관심이 없었다. 해방 뒤 사라진 옆방 노인의 것일 수도 있었고 국군준비대에 들어갔다가 살해당한 사랑채의 배우 가운데 한 사람의 것일 수도 있었다. 누가 말해주지 않더라도 경성콤그룹의 레포였던 그 젊은이가 왜 그토록 오랜 세월을 반쯤 미친 노인으로 변장해 살아야 했는지 알 았으니까. 왜 국군준비대가 국방경비대의 습격을 받아 무참히 해체되 어야 했는지도 알았으니까.

구한국 시절 잠깐 병정 노릇을 할 때에도 만져본 적 없는 총을 처음 으로 손아귀에 쥐었을 때 그의 아버지는 환갑이 얼마 남지 않은 늙은 이였고 권총을 쥐기에는 너무 늦거나 혹은 너무 이른 나이였다. 방아 쇠를 당기면 탄환이 발사된다는 사실만 알았을 뿐 권총에 대해 아무 것도 몰랐지만 오래전부터 사용하던 물건처럼 낯설지가 않았다. 그의 아버지는 마음이 답답하고 쓸쓸할 때면 옆방으로 들어가 권총을 만져 보다가 나왔다. 그러면 마음이 가라앉고 차분해졌다. 권총을 쥐면 무 슨 일이든 저지를 수 있을 것처럼 용기가 솟았고 자기 내부에 아직 그 런 용기가 있다는 사실에 안도했다. 그러나 옆방을 나오는 순간부터 그의 아버지는 새로운 의문에 사로잡힐 수밖에 없었다. 용기는 중요 한 게 아닐지도 몰랐다. 손가락 하나 까딱할 수 없는 사람이라 할지라 도 그 사람의 내면에 용기가 없다고 단정할 수 없듯이 약한 사람이든 강한 사람이든 마음만 먹으면 용감해질 수 있을 테니까. 그의 아버지 는 용기는 있을지언정 지혜가 없다는 사실을 인정할 수밖에 없었다. 나는 지혜로워지기 전에 늙어버렸어. 늙은이가 지혜롭다는 건 거짓말 이야. 대개의 늙은이는 지혜로워지기 전에 늙어버린 자들이니까. 나 도 그런 늙은이 가운데 하나일 뿐이야. 하나밖에 남지 않은 자식 놈이 무슨 생각을 하는지 어떤 슬픔을 지녔는지조차 모르는 자가 어떻게 지혜롭거나 현명할 수 있겠어.

그즈음 준은 혜화동의 한 요정에서 열린 경찰들의 연회에 불려갔다. 그 요정도 김선생의 후원을 받는 곳이었다. 그는 예기들의 연회 중간에 간단한 일인극을 하기로 했다. 마술사와 거인의 짧은 공연도 있었는데 평소보다는 호응이 좋은 편이었다. 정재무 연희가 끝나고 예기들이 다음 연희를 준비하기 위해 잠시 퇴장했을 때 찰리 채플린으로 분장한 그가 무대에 등장했다. 그는 커다란 구두 탓에 발이 엉켜 앞으로 고꾸라질 듯 말 듯 허둥거리며 뛰어들어왔다. 모자를 벗고 과장된 몸짓을 취하며 허리 숙여 인사를 했다. 찰리 채플린 흉내로 유명한 다른 희극배우가 있었던 탓에 손님들은 그의 일인극에 별로 흥미를 느끼지 못했다. 여기저기서 야유가 터져나왔다. 그의 공연을 본 적 있는 누군가가 말했다. 이봐, 광대! 그따위 흉내내기는 때려치우고 만담이나 해봐! 그는 손님의 요구에 따라 이런저런 우스갯소리를 했다. 대부분 유선생을 비롯해 이전의 만담가들이 즐겨 하던 만담이었다. 우리 마을 복덕방에는 말이 안 통하는 노인네 한 분이 있습니다. 어디 가세요? 하면 어디 가네! 하고, 뭐하세요? 하면 뭐하네! 하고, 요즘 어떠세요? 하면 요즘 어떠네! 하지요. 그분과 이야기하다보면 복장이 터질 지경입니다. 복덕방 노인네는 대서소 노인네와 친구 사이인데 대서소 노인네가 안색이 창백하고 기운이 없고 두 다리가 풀려 흐느적거리기에 저분은 어디가 편찮으신가요, 물었더니 저 사람은 한잔했네! 하지요. 한잔했다니요? 매독이라구! 이런 식입니다요. 복덕방 앞을 지나다니는 아이들에게 괜히 꿀밤이라도 먹이고 싶으면 손짓으로 부릅니다. 아이들이 왜요? 하고 물으면 왜요는 일본 담요고 이 녀석아, 하면서 바랐던 대로 꿀밤을 주지요. 그가 이렇게 만담을 늘어놓았지만 손님들은 시큰둥했다. 경찰관 가운데 한 명이 평양 말투로 거칠게 말했다. 그따위 봉이 김선달 시대 만담 말고 다른 건 할 줄 몰라? 그는 비굴한 표정을 지으며 굽실거렸다. 예, 예, 그럼요. 어느 날 빈집 털이범이 경찰서에 붙잡혀 왔습니다. 순경 나리께서 엄하게 물었지요. 네 죄를 시인하지? 아니요, 절대 못해요. 넌 현장에서 붙잡혔잖아. 그건 사실이 아니에요. 동네 사람들도 다 네가 빈집에 들어가는 걸 봤다고 진술했어. 그 집은 빈집이 아니었어요. 그게 무슨 상관이야. 빈집이 아닌데 어떻게 빈집 털이범이라고 할 수 있어요. 사람이 있든 없든 물건을 훔쳤잖아. 못 훔쳤죠. 훔치기 전에 잡혔으니까. 순경 나리께서 호통을 치면서 육모방망이로 빈집 털이범의 이마를 딱 하고 때렸지요. 너 이놈, 이유 없이 그러는 이유가 뭐야? 빈집 털이범이 저지른 실수는 사람이 있는 집에 들어갔다는 거였고 순경 나리께서는……

그때 술잔이 그에게 날아갔다. 술잔은 그의 얼굴을 비켜 무대 뒤쪽 벽에 맞고 깨졌다. 야, 이 새끼야! 일순간 연회장의 분위기가 싸늘해졌다. 평양 말투의 경찰관이 벌떡 일어나 그에게 달려들었다. 비슷한 일을 종종 겪은지라 그는 가만히 기다렸다. 경찰관의 발길질에 아랫배를 맞은 그는 허리를 푹 숙이며 고꾸라졌다. 경찰이 우습냐? 일어나 이 새끼야! 경찰관은 그를 일으켜세워 뺨을 때렸다. 이미 그의 모자와 지팡이는 저만큼 날아가 있었다. 어쭈, 이거 대가리에 피도 안 마른 애송이잖아. 똑바로 서! 그는 서너 차례 뺨을 맞았다. 딴따라 새끼들은 하나같이 불평분자들이라니깐. 그 자리에 합석해 있던 서북청년단원들이 우르르 뛰어나와 그를 폭행했다. 그는 필사적으로 몸을 웅크렸다. 그의 얼굴은 피투성이가 되었다. 누군가 바짓자락에 피가 튀었다며 투덜댔다. 쓰러져 있던 그가 비틀거리며 일어났다. 자, 이젠 병신춤이나 춰봐라. 그를 폭행했던 자들이 그의 머리에 모자를 씌워주고 지팡이를 손에 들려주었다. 그래, 그렇지. 잠시 가라앉았던 분위기는 다시 유쾌해졌다. 그는 정말 병신춤을 추는 것처럼 몸을 꼬아대며 무대를 맴돌았다. 경찰들은 박장대소를 하며 그를 연회실 밖으로 몰아냈다. 이후에 그들은 이 일을 트집잡아 김선생과 모종의 거래를 했다. 원래부터 표적은 그가 아니라 김선생이었다. 김선생과 이권 다툼을 벌이던 경찰 고위간부들이 소동을 벌이라고 지시한 거였다. 그 일로 결국 김선생은 몇몇 부동산의 권리를 포기해야 했다.

거인이 그를 업고 요정을 빠져나왔다. 그의 정신은 또렷했다. 안 돼요. 집으로 가면 안 돼요. 거인이 왜냐고 물었다. 이 꼴을 보면 아버지가 걱정하실 거예요. 마술사와 거인은 서로를 바라보고는 입을 꾹 다물었다. 그들은 준을 난향의 요정으로 데려가 내실에 뉘었다. 마술사는 피투성이가 된 그의 얼굴을 따뜻한 물에 적신 수건으로 닦아주었다. 그는 얼굴을 찡그리며 신음을 흘렸다. 한쪽 눈은 벌써 부어올라 눈을 뜰 수도 없었다. 마술사는 소독약을 상처에 발라주었다. 다행히 지혈이 필요할 정도로 심각한 상처들은 아니었다. 연회실에 모였던 경찰들은 단 한 명도 예외 없이 해방 전부터 경찰이던 자들이었다. 큰 상처를 내지 않으면서도 충분히 고통스럽게 구타할 수 있는 자들이었다. 그의 정신은 육체의 고통에 굴할 만큼 나약하지 않았고 이와 비슷한 일들을 여러 차례 겪었던 터라 특별한 분노나 수치를 느낀 건 아니었다. 그렇다고 해서 고통이 사라지거나 줄어드는 것도 아니었다. 이런 일이 반복될수록 그는 스스로에게 냉담해졌고 자신을 자신 아닌 다른 사람처럼 바라보게 되었다. 그건 곧 이런 일들을 피할 수 없는 형벌이나 처벌로 여겼다는 뜻이었다. 만약 그의 주변에 마술사와 거인 같은 사람이 없었다면, 리어 선배나 유선생 같은 사람이 없었다면 달랐을지도 모르지만 그의 분노가 언제나 잠재적이었다는 걸 고려하면 어떤 점에서는 그가 벗어날 수 없는 그만의 운명적인 체념이라고 해도 될 거였다.

그의 내면은 황폐했음에도 평정을 유지하는 것처럼 보였고 실제로 평정을 유지했던 건 아니었던 탓에 그의 내면은 더 황폐해졌다. 그는 더는 부서질 게 없는 상태였다. 거인은 걱정스런 눈빛으로 그를 내려다보았다. 그의 내면에 잠재되었던 분노가 서서히 그리고 분명하게 수면 위로 떠오르는 걸 보았다. 준아…… 신은 god이야. 거꾸로 하면 dog, 개새끼지, 오 마이 갓! 그러니까 신이라는 말 속에는 개새끼라는 뜻이 숨겨져 있어. 신은 언제든 개새끼가 될 가능성이 있는 거야. 다른 말로 하자면 사람들은 누군가를 신처럼 떠받들다가 순식간에 그자를 개새끼 취급할 수도 있다는 거야. 우리는 공연을 하면서 엄청난 갈채를 받기도 하고 감당하기 어려운 조롱을 듣기도 했어. 그런 일들이 반복되면 칭찬과 비난을 구분하기 어려워지기도 해. 갈채 속에서 조롱을, 조롱 속에서 갈채를 알아본다고나 할까. 무대에 서는 사람은 그게 누구든, 비극을 연기하든 희극을 연기하든 혹은 우리처럼 쇼를 하든 상관없이 그런 상황에 내던져진 존재라고 할 수 있어. 갓 뎀! 그는 거인의 말을 긍정도 부정도 하지 않은 채 가만히 듣고 있었다. 그가 아무 말도 하지 않은 이유는 말을 잃고 싶어서였다. 무슨 말을 해도 소용이 없을 거라는, 이제부터 그가 할 수 있는 말은 그가 원하지 않는 말일 수밖에 없다는 생각 때문이기도 했다.

그는 연회실에 모인 사람들이 경찰이라는 사실을 알았을 때부터 동요했다. 그런 자리를 겪을 때마다 도망가고 싶고 회피하고 싶었다. 사실을 말하자면 그는 누나에게서 도망가고 싶었다. 그를 조롱하고 비난하고 야유하고 심지어 이처럼 아무렇지 않게 폭력을 행사하고 모욕하고 수치를 안겨주는 사람에게서 도망가는 건 쉬운 일이었다. 무대에 서지 않으면 그만이었으니까. 하지만 그가 도처에서 만나게 된 누나들, 가난하고 헐벗고 굶주린 사람들뿐만 아니라 모든 희망을 짓밟혀 환멸에 사로잡히거나 비참하고 고통스러운 현실을 결코 벗어날 수 없을 거라는 절망에 빠진 사람들에게서 도망가는 건 불가능한 일로 여겨졌다. 자기 자신을 버리고 도망가는 것이 불가능하듯이 누나를 비롯해 아버지, 어쩌면 어머니까지 포함해서 그에게 익숙한 사람들과 그가 겪어 이미 아는 삶들, 앞으로 겪게 될 삶의 낱낱들마저 운명처럼 그를 속박하는 것 같았다. 그의 내면에 억눌러졌던 분노가 기지개를 켰다. 굽혔던 허리를 펴고 천천히 일어났다. 그의 분노는 고개를 똑바로 들고 세상을 정면으로 바라보았다. 그의 눈이 푸르게 이글거렸다. 놀란 거인이 그의 손을 잡았다. 준아…… 네가 가려고 하는 길은 한번 가면 되돌아올 수 없는 길이야. 그래도 가야겠니? 그의 분노가 고개를 끄덕였다. 많은 사람들이 너처럼 떠났다가 돌아오지 못했어. 거인은 한숨을 내쉬었다. 마술사가 그러기를 진실이 너무 적나라하면 그때부터 사람들은 진실에 적대적으로 변한다고 했어. 넌 모른 척해도 괜찮아. 진실만이 전부는 아니잖아, 왓더픽!

그의 아버지는 딸이 다녔던 공장을 찾아갔다. 해방 전에도 손꼽히는 규모의 방직공장이었던 그곳은 해방 뒤에도 여전했다. 일본인 기술자들이 떠난 뒤 잠깐, 공원들이 파업했을 때 잠깐 가동이 멈춘 적도 있지만 높다란 굴뚝은 한 번도 멈춘 적이 없다는 듯 시커먼 연기를 기운차게 뿜어내고 있었다. 수백 대의 도요타식 방직기들이 내는 소음을 들으면서 그의 아버지는 지팡이를 짚고 선 채 오랫동안 먼 하늘을 바라보았다. 한번 들으면 영원히 잊을 수 없을 것처럼 무시무시한 저 소리를 날마다 듣고 살아야 했던 딸이 가슴에 사무쳤다. 너무 늦게 와버렸다는 생각이 들었다. 조금 더 일찍 왔더라면 뭔가 달라졌을 거라고 후회했다. 그의 아버지는 딸의 유해를 품은 한강을 바라보며 오래전에 잃었던 다른 아이들까지 떠올렸다. 잊었다고 믿었던 아내의 얼굴마저 방금 본 것처럼 생생하게 떠올랐다. 살아 있다면 아내도 오십대에 접어들었을 거였다. 불현듯 삶이 시시해졌다. 육십 년 가까이 살았는데 삶의 막바지에 이르러 추억할 수 있는 사람이 몇 명 되지 않는다는 사실이 그러했고 여태 살아남은 사람은 많아봐야 둘뿐이라는 사실이 그러했다. 소중했던 사람들은 이제 곁에 없었다. 가장 가까이에 남은 아들이야말로 가장 먼 곳에 있었으니까. 아들과 아버지는 각자의 슬픔에 몰두하느라 서로를 돌볼 수 없었고…… 결국 이처럼 이루 말할 수 없는 회한을 품고 돌아갈 수밖에 없다는 걸 그의 아버지는 납득했다. 그의 아버지는 마지막으로 아들이 다니는 학교를 찾아갔다. 아들 또래의 남학생들이 창백한 얼굴로 교문을 드나들었다. 모두가 아들인 것 같았지만 그들 가운데 아들은 없었다. 서쪽 하늘이 수줍어하는 얼굴처럼 주홍색으로 물들어갔다.

준의 아버지는 병치레를 하는 동안 문간방에 누워만 있었기에 바깥에서 일어나는 일들을 눈으로 볼 수는 없었다. 문간방에 누운 채로도 무슨 일이 일어나는지 알 수 있으려면 귀를 곤두세워야 했고 그 덕분에 눈먼 자들처럼 귀를 눈으로 삼을 수 있게 되었다. 곁채에 사는 기생들이 목소리를 낮추어 나누는 대화들도 들을 수 있었다. 다동의 평양 출신 기생이 경기도 경찰국에서 보안과장을 지낸 사내와 살림을 낸 신세가 폈는데 같은 평남 출신인 사내의 애정이 각별하다는 사실도 그런 식으로 들어 알게 되었다. 그 사내는 해방 뒤 경무부의 공안과장을 거쳐 경찰학교에서 근무하고 있었다. 경찰학교가 있는 광화문에서 첩으로 삼은 기생의 집이 있는 인사동은 지척이나 마찬가지라서 본가에는 시늉만으로 들르고 날마다 그곳을 찾는다는 것도 알게 되었다. 경기도 경찰국에서 보안과장을 지낸 자가 어떤 일을 하던 사람인지는 그의 아버지도 잘 알았다. 직접적으로든 간접적으로든 딸의 죽음에 책임이 있는 자였으니까.

그날 저녁 그의 아버지는 옆방 노인이 남겨두고 간 옷을 입었다. 옆방 노인의 것이었던 구두를 신고 모자를 쓰고 지팡이까지 쥐었다. 마지막으로 품속에 권총이 잘 들어 있는지 확인을 한 뒤 집을 나섰다. 화장 분을 발라 살짝 얽은 곰보 자국도 잘 감춘 덕분에 곱게 늙은 노신사로 보였다. 인사동 골목으로 들어선 그의 아버지는 이미 여러 차례 옆방 노인의 차림새로 찾아왔던 터라 익숙한 길을 따라 어느 한옥 앞에 이르렀다. 밤이 이슥한데도 남포 불빛조차 새어나오지 않자 침착하게 생각을 정리했다. 이 시간까지 보안과장이던 사내가 오지 않는다는 건 다른 일이 있다는 거였다. 만약 누군가를 접대해야 한다면 그자에게 익숙한 다동의 요릿집에 있을 가능성이 높았다. 그의 아버지는 당황하지 않고 절룩이면서 골목을 빠져나갔다. 보안과장이 있는 곳을 찾기란 어렵지 않았다. 그자의 관용차가 요릿집 앞에 세워져 있었으니까. 그의 아버지는 태연하게 보안과장의 이름을 대며 어디에 있는지를 물었고 안내원은 친절하게 일러주었다. 긴 복도를 따라가다 별채로 이어지는 문을 통과해 정원으로 나간 뒤 야외 화장실 부근에 숨었다. 그자가 적어도 한 번은 오줌을 누러 나올 거라 믿었다. 그의 아버지는 불빛이 미치지 않아 어두컴컴한 커다란 회화나무 아래 서서 정원 사이로 난 길을 지켜보았다. 몇 명의 사내들과 기생들이 오갔지만 과장은 보이지 않았다. 그의 아버지는 품속 권총을 쥔 채 기다렸다.

이윽고 연회실에서 들려오던 음악소리와 노랫소리가 가물가물 잦아들었다. 침착하던 그의 아버지도 긴장이 되었다. 술 취한 사람들 한 무리가 화장실에 왔다 갔고 낯익은 사람도 있었다. 그의 아버지가 본 사람은 김선생이었다. 김선생도 다른 사람들처럼 회화나무 아래 누가 있는 줄은 전혀 모르는 것 같았다. 그의 아버지는 품에서 손을 꺼냈다. 모자를 고쳐 쓰고 지팡이를 왼손에 쥐었다. 그리고 마지막으로 어두운 하늘을 올려다보았다. 그의 아버지는 정원을 가로질러 별채를 지나 연회실이 있는 곳으로 갔다. 복도를 걸어 마지막 문 앞에서 잠시 호흡을 가다듬었다. 품에서 권총을 꺼낸 뒤 문을 열었다. 연회실은 그리 크지 않았다. 커다란 식탁을 둘러싸고 기생들까지 포함해 열 명이 앉아 있었다. 사람들이 고개를 돌려 그의 아버지를 보았다. 보안과장이었던 사내와 눈이 마주쳤다. 그자는 누구보다 재빨리 상황을 이해했다. 다급해지니까 그자의 입에서 일본어가 튀어나왔다. 그의 아버지는 연회실 안으로 성큼 들어와 보안과장이었던 자에게 총구를 겨눴다. 그리고…… 무대를 가리기 위해 세워둔 병풍 아래 앉아 있던 희수와 눈이 마주쳤다.

그의 아버지가 아무리 변장을 한다 해도 희수가 알아보지 못할 수는 없었다. 마찬가지로 희수가 자신을 알아보리라는 걸 그의 아버지도 알았다. 희수가 고개를 들었을 때 그의 아버지는 운명처럼 희수를 보았고 시선이 엉킨 그 찰나의 순간 그들은 무수히 많은 이야기를 나누었다. 그의 아버지는 희수가 누구인지 알았다. 희수가 아들에게 어떤 존재인지 아들이 희수에게 어떤 존재인지 누구보다 잘 알았다. 그의 아버지가 남다른 사람이어서가 아니라 다른 누구도 아닌 바로 준의 아버지, 그가 증오하는 만큼 사랑하고 사랑하는 만큼 증오하며 살기를 바라는 만큼 죽기를 바라고 죽기를 바라는 만큼 살기를 바라는 유일무이한 아버지이기 때문이었다. 그의 아버지의 눈동자에 섬광처럼 경악이 떠올랐다 사라졌고 그 자리에 체념이 들어섰다. 그 체념은 바깥을 향하지 않고 이안류처럼 내부를 향했다. 희수는 그의 아버지의 얼굴에 떠오른 비참한 표정에 숨이 막힐 듯했다. 차마 방아쇠를 당기지는 못했으나 이미 사선을 넘어버린 탓에 창백하기 이를 데 없는 얼굴이었다.

경찰학교 학생 두 명이 일어서며 권총을 꺼내들었고 연회실은 순식간에 난장판이 되었다. 한 방의 총성도 울리지 않았건만 탄환이 빗발치기라도 하듯 비명과 고함이 터져나왔다. 그의 아버지는 연회실을 빠져나갔다. 경찰학교 학생들이 뒤쫓아 나갔고 이어서 총성이 울렸다. 그의 아버지는 왼쪽 어깻죽지에 총알을 맞으면서 앞으로 고꾸라졌다. 정원으로 나가는 길목이었다. 다시 총성이 울렸다. 그때쯤에는 요릿집 전체가 아수라장이 되어 있었다. 그의 아버지는 회화나무 아래까지 기어갔다. 경찰학교 학생들이 권총을 겨눈 채 조심스럽게 그의 아버지에게 다가갔다. 그의 아버지는 지혜롭고 현명하게 자신의 얼굴로 총구를 돌렸다. 눈을 질끈 감으니 아들이 훤히 보였다. 그의 아버지는 더이상 아들을 기다릴 수 없게 되었고 아들도 역시 아버지를 기다릴 수 없게 되었다. 이토록 분명하게 눈앞에 있는 것처럼 볼 수 있는데 더는 만날 수가 없게 된 거였다. 총구가 오른쪽 뺨을 지그시 눌렀다. 이윽고 그의 아버지는 깊은 회한 속에서 방아쇠를 당겼다. 얼굴은 반 이상 뜯겨 나갔고 한동안은 숨이 붙어 있었지만 두어 차례의 경련이 지나가면서 마지막 숨까지 거두어갔다. 이제 아무도 알 수 없게 되었다. 그의 아버지의 신원을 증명할 수 있는 유일한 증거라 할 수 있는 얼굴마저 사라졌으므로. 보안과장이었던 자를 암살하려 했던 늙은이가 누구인지 아는 사람은 희수밖에 없었으니까. 희수는 웅성거리는 사람들 뒤편에 선 채 하늘을 올려다보았다. 희수가 본 어떤 하늘보다 기품이 있는 밤하늘이었다. 암전된 무대처럼 무한해 보였다.

그로부터 사흘 뒤 준은 어느 정도 몸이 회복되어 난향의 요정을 나왔다. 집으로 돌아가는 길에 까닭 없이 그의 가슴이 울렁거렸다. 그는 문간방 쪽마루 앞에 섰다. 댓돌 위에 아버지의 작업화가 얌전하게 놓여 있었다. 그는 방문을 열고 어둑신한 방안으로 들어갔다. 그는……아버지 없는 빈방에 홀로 앉아 꼬박 밤을 새웠다. 하룻밤을 보냈을 뿐인데 한 생이 지나가버린 듯했다. 감춰진 열망이 마침내 이루어진 그 순간 그는 깨달았다. 그가 혼자 남겨지게 되는 걸 얼마나 두려워했는지를.

그의 아버지의 주검은 수습되어 경찰서로 옮겨졌다. 당시 요릿집에 있던 사람들 모두 조사를 받았지만 그의 아버지가 누구인지 알아내지는 못했다. 그의 아버지가 사용한 일제 장교용 권총의 출처부터가 묘연했다. 최악의 경우 내부의 적일 수도 있었기 때문에 경찰은 이 일을 은밀하게 조사할 수밖에 없었다. 그러는 사이 시신이 부패했다. 경찰은 은밀하게 시신을 홍제동 화장터에서 소각하고 유해는 근처 야산에 암매장했다. 난향은 유해라도 찾아오기 위해 애썼지만 쉬운 일이 아니었다. 신분이 드러날 수도 있어서 극도로 조심해야 했지만 이런 일을 처리해줄 믿을 만한 사람이 없었다. 결국 마술사와 거인이 그 일을 맡아주기로 했다. 마술사와 거인은 유해를 암매장한 야산까지는 뒤쫓아갔지만 가까이 접근할 수 없어서 정확한 장소를 알아내지는 못했다. 희수는 그들과 함께 다시 야산을 찾아갔고 암매장되었으리라 여겨지는 장소들을 몇 군데 확인했다. 어두워지는 터라 발길을 돌리려 할 때 멀지 않은 곳에서 산비둘기가 울었다. 희수는 마술사와 거인에게 새소리가 나는 곳으로 가자고 했다. 산비둘기가 울던 자리 근처에서 그의 아버지의 유해를 찾아냈다. 거인은 거두어 온 유해를 빻아 고운 가루로 만들었고 마술사가 직접 만든 작은 골분함에 안치했다. 그들은 아무런 설명도 하지 않고 골분함을 그의 문간방에 놔두었다. 그는 골분함을 보는 순간 그게 무언지 알았다.

그의 내면에서 생겨난 분노와 슬픔은 그의 것만은 아니었다. 그가 두번째로 맞닥뜨린 혈육의 유해는 그를 깊은 상념으로 이끌었다. 그는 심해어처럼 자신의 상념 속을 유영했다. 그는 아버지가 어떤 마음으로 문간방을 나섰을지 상상했다. 아버지의 마음속에 있었을 사소한 갈등, 죽은 딸을 그리워하는 것이 살아 있는 아들을 모욕하는 일일 수도 있다는 갈등부터 삶과 죽음의 경계를 넘어설 때 느껴야 했던 전율까지 아버지가 느꼈던 대로 느끼고 싶었다. 아버지의 생각에 가까이 다가갈수록 아버지란 사람이 낯설어졌다. 그가 잘 안다고 믿었던 아버지야말로 그가 결코 알 수 없는 사람이었음을 인정하면서 열패감을 느꼈다. 누나에게 느꼈던 것과 거의 비슷한 감정이기 때문이었다. 그는 아버지와 누나 사이의 교감을 이해하지 못했음을, 아버지가 누나에게 품은 애틋한 마음을 과소평가했음을 인정해야 했다. 자라는 아들을 보면서 당신과 닮은 점을 발견할 때마다 흐뭇해하는 한편으로 당신의 실패한 인생이 유전되어 비슷한 방식으로 아들에게서 되풀이될지도 모른다는 불안감이 아버지를 조금씩 잠식해왔음을, 그런 불안은 누군가의 아버지가 되어야만 느낄 수 있는 것임을 알았다. 그의 아버지와 같은 사람들에게 자신이 이 세상을 다녀갔다는 유일한 흔적은 후손이었고 그런 점에서 후손이란 존재의 절대적인 근거였다. 그 외에는 달리 삶의 의미를 찾기 어려웠고 다른 곳에서 의미를 찾을 여유도 없었다. 한마디로 삶 자체가 고통이었다. 너무 오랜 세월 고통받게 되면 고통에 대한 실제적인 감각이 사라지고 그 자리에 고통에 대한 관념이 들어서게 되는 것과 비슷했다. 너무 오랫동안 가난했던 사람이 가난을 잊는 대신 가난에 대한 관념만 가득해져 한시도 가난을 생각하지 않을 수 없게 되듯, 그의 아버지 역시 실제적인 고통의 자리를 추상적인 고통에 내준 순간부터 거기에서 벗어날 수 없게 되었다. 가난을 생각한다는 건 대체로 가난을 한탄한다는 뜻이었다. 그의 아버지가 고통을 생각하는 방식도 그러했기에 결국 그의 아버지 마음속 깊은 곳에서 스스로를 멸시하고 혐오하려는 경향이 생겨난 것이었다.

그가 생각하기에 그런 아버지가 선택할 수 있는 마지막 수단은 자살뿐이었다. 고통이라는 관념에서 풀려나는 유일한 길은 스스로를 파괴하는 것뿐일 테니까. 병이 악화되도록 내버려두고 정신이 무기력해지다못해 헛것에 사로잡히도록 내버려두는 것도 스스로를 파괴하는 방식이었다. 하지만 그는 문간방에 홀로 앉아 아버지의 골분함에 골몰할수록 혼란스러워졌다. 아버지가 자살한 게 아니라는 걸 알기 때문이었다. 아버지를 죽음으로 이끈 슬픔은 이해할 수 있었지만 그 죽음을 자살이 아닌 다른 무언가로 바꿔버린 동기를 이해하기가 어려웠다. 사실을 말하자면 이해하기 어려웠던 게 아니라 그걸 이해해버리는 순간 그 역시 거기에서 벗어날 수 없으리라는 걸 짐작해서였는지도 모른다. 그럼에도 마침내 그가 이해하고 받아들여야만 했던 건 바로 아버지의 분노였다. 아버지가 분노하지 않았다 해서 아버지의 내면에 분노가 없었던 게 아니었음을, 아버지는 단 한 번도 분노에 대해 말한 적 없지만 그런 방식으로 한평생 분노에 대해 말해왔음을…… 이 분노가 아버지만의 것이 아님을 그는 이해했다. 그는 처음으로 자신만의 분노를 소유하게 되었다. 그의 것이었음에도 그의 것일 수 없었던 분노가 이제야 완전하게 그의 것이 되었다.

매리는 난향의 요정에서 가장 큰 연회실을 빌렸다. 연회에 초대된 사람들은 사관학교를 졸업하고 각 부대로 배속된 초임 장교들이었다. 그들은 영관급 이상의 고위 장교나 미군 장교가 아니면 상대도 하지 않을 것 같던 클럽의 초대를 받았다는 사실에 고무되어 상기된 표정들이었다. 예기들의 공연이 무대에서 펼쳐질 때마다 신중한 눈빛으로 지켜보았고 공연이 끝나면 예기들이 모두 퇴장할 때까지 박수를 쳤다. 그들이 이런 자리에 처음 참석한 숫보기처럼 뻣뻣하고 어색하게 굴었던 까닭은 자신들과 동석한 여학생들을 어떻게 다루어야 할지 몰라서였다. 기생이라 할 수도 없고 기생이 아니라고 할 수도 없는 클럽의 여학생들은 여자에 대한 그들의 갈망과 환상을 채워주는 동시에 타의에 의해 금기를 넘어버린 듯한 두려움도 불러일으켰다.

클럽의 여학생들은 이런 자리에 익숙해서 그들을 어떻게 다루어야 할지 잘 알았다. 노련하게 대화를 이어가고 능숙하게 교태를 부리면서 대부분 일본군 출신인 초임 장교들의 넋을 빼놓았다. 지금은 경찰의 위세가 대단하지만 곧 군인의 시대가 올 거야. 매리는 정세를 예측하는 특별한 안목을 지닌 사람이라서 클럽의 여학생들은 한마디도 허투루 듣지 않았다. 미군이 전략적으로 철수하고 나면 권력의 공백이 생겨나지. 그 빈자리를 채우는 건 우리 군인들이겠지. 전쟁이 일어나면 군대의 위상도 확고해질 테고 말야. 그러니까 저 장교들을 애송이라고 무시하면 안 돼. 여학생들은 매리의 충고를 들으며 고개를 끄덕였다. 술잔이 돌면서 경직된 분위기가 차츰 느슨해졌다. 마술사와 거인이 익살을 부리며 흥을 돋우었고 거인이 즉석에서 제안한 팔씨름 대회가 열렸다. 몇 명의 장교가 지원을 해서 서로 겨루었고 마지막으로 남은 자가 거인과 맞붙었다. 두 사람은 팽팽하게 맞섰는데 마술사가 거인의 옆구리와 겨드랑이를 간질여서 장교가 이기게 해주었다. 좌장의 자리를 차지한 매리를 비롯해 연회에 참석한 사람들 모두 흥겨워했다. 장교들은 직속상관이 없는 자리여서 눈치를 볼 필요가 없었지만 매리의 영향력을 익히 알고 있는지라 무례하게 굴지는 않았다. 겉으로만 본다면 명망 있는 집안의 예의바른 젊은이들이 어울린 자리라 해도 될 만큼 화기애애했다.

그런 분위기 속에서도 흐트러짐 없이 냉랭한 표정을 지은 채 이따금 실소를 흘리는 사람이 있었다. 박소위, 문간방에 머물다가 만주로 떠났던 박선생이었다. 만주군관학교를 졸업하고 만주군 소위로 임관한 그자는 일제가 패망하자 상해로 가서 눈치를 살피며 머물다가 돌아왔다. 군관학교에 입학할 수 있도록 도와줬던 일본군 이대위는 해방 직후 조선으로 돌아와 이승만과 미군정의 비호를 받으며 국방경비대에서 대위로 복무중이었다. 박선생은 만주군 선배들의 추천을 받아 국방경비대에 들어갔다. 국방경비대가 국군준비대를 습격했던 날 전투를 지휘하던 이대위를 보좌하다가 가벼운 부상을 입기도 했다. 만주에서처럼 이곳에서도 이대위의 두터운 신임을 얻게 되었다. 국군준비대의 고위간부들은 대부분 오랫동안 일제에 맞서 중국과 만주에서 무장투쟁을 했던 독립투사들이었고 그들 가운데 젊은 축에 속하는 이들은 일제의 학병으로 징병되었다가 탈출하여 조선의용군을 비롯한 독립군 부대에 가담했던 사람들이었다. 사랑채에 살던 배우 가운데 한 명도 그날의 전투에서 총상을 입고 도망쳐 여기저기 숨어 다녔으나 제대로 치료를 받지 못해 결국 숨을 거두고 말았다. 국군준비대의 간부들은 사형을 선고받아 죽임을 당했고 사형선고를 피한 몇몇도 은밀하게 처형장으로 끌려가 총살을 당했다. 박선생은 그들을 처형하는 임무까지 완수하여 국방경비대 내에서 확고한 위치를 차지할 수 있었고 조선경비대 사관학교를 졸업한 뒤 소위로 정식 임관했다. 그렇게 해서 만주군에서처럼 다시 박소위가 될 수 있었다.

희수가 승무를 마쳤을 때 연회실의 분위기는 무르익다못해 질펀해져 있었다. 희수는 옷을 갈아입고 돌아와 매리 옆에 앉았다. 장교들의 질문이 날아들자 매리가 손사래를 쳤다. 이 아이의 얼굴을 잘 보아두세요. 머지않아 여러분 모두 극장에서 보게 될 테니까요. 그때가 되면 감히 눈조차 마주치기 힘들 만큼 높은 곳에 있을 거예요. 비록 단역이지만 벌써 경찰을 홍보하는 영화에 출연해서 감독한테 대배우의 자질이 엿보인다고 칭찬을 받았어요. 희수는 맞은편 끝자리에 앉아 있는 박소위와 잠깐 눈이 마주쳤다. 술기운이 오른 장교들은 매리의 눈치를 살피면서 옆자리 여학생의 어깨나 무릎에 슬쩍 손을 얹기도 했다. 매리가 모른 체하는 게 분명해지자 점점 대담해져서 상스러운 농담을 던지면서 반응을 살폈다. 여기저기서 가벼운 실랑이가 벌어졌다. 장교들은 거부하는 것 같기도 하고 은근히 바라는 것 같기도 한 여학생들의 나지막한 웃음을 들으며 취해갔다. 여학생들의 얼굴도 잘 익어가는 복숭앗빛으로 물들었다. 매리가 자리에서 일어섰다. 장교들은 매리가 자리를 피해주는구나 싶어 마음속으로 환호성을 질렀지만 매리가 일어서자 여학생들 모두 한꺼번에 자리에서 일어났다. 매리는 이 자리에 와주신 장교들께 감사드린다며 몇 마디 격려와 치하를 한 뒤 즐거운 시간이었기를 바란다며 마무리를 했다. 장교들은 얼이 나간 사람들처럼 허둥거렸다. 모두 연회실을 나갔고 매리를 비롯해 여학생들이 먼저 대기하고 있던 자동차로 요정을 떠났다. 장교들은 허탈한 표정으로 서로를 바라보았다. 잔뜩 흥분한 상태에서 미처 빠져나오지 못한 그들은 유곽으로 자리를 옮기기로 했다.

그들이 차에 나눠 타고 요정을 떠날 때 한 사람이 되돌아왔다. 장교들을 배웅하기 위해 나와 있던 난향을 따라 들어온 자는 박소위였다. 사람들이 많은 자리라 따로 인사를 하려고 왔습니다. 별실에서 마주앉은 박소위는 정중했다. 난향은 매실차를 내주려 했으나 박소위는 고개를 저었다. 최근에 기이한 사건이 하나 있었지요. 난향은 무슨 말인지 모르겠다는 듯 미소를 지었다. 정체를 알 수 없는 늙은이 하나가 고위 경찰 간부를 습격했다가 실패했는데 아무도 그자의 정체를 모르지요. 미군 방첩대가 이 사건에 흥미를 갖고 우리에게 협조를 요청했고 제가 조사관으로 파견되어 방첩대와 함께 은밀하게 경찰 간부를 내사했습니다. 경찰이 몰랐거나 혹은 알면서도 우리에게 감춘 몇 가지 사실을 알아내서 보고서를 올렸는데…… 아직 보고하지 않은 게 하나 있습니다. 박소위는 학생의 질문에 대답하는 선생처럼 경멸과 애정이 뒤섞인 듯한 묘한 목소리로 말했다. 경찰은 소각한 시신의 뼈를 추려서 은밀하게 화장터 근처에 암매장했는데 며칠 뒤 뼈가 사라진 걸 발견했어요. 물론 경찰은 그 사실을 비밀에 부쳤지요. 우리가 탐문하면서 알아낸 사실입니다만……

난향은 여전히 미소를 띤 채 궁금하다는 듯 왜 이런 이야기를 하는지 모르겠다고 말했다. 그러시겠지요. 하지만 다 듣고 나면 무슨 이야기를 하는 건지 알게 될 겁니다. 누군가 수상한 사람들을 보았다고 진술했지요. 군복을 입었지만 군인처럼 보이지는 않았다고요. 특히 그 사람들 가운데 한 사람은 입이 벌어질 만큼 덩치가 컸다고 합니다. 그런데 아까 마술사와 거인 차력사를 보면서 문득 깨달았습니다. 저 차력사야말로 누가 보더라도 입이 벌어질 만큼 덩치가 큰 자가 아닌가. 난향은 그럴 리 없다면서 고개를 저었다. 덩치가 큰 사람이 차력사뿐만은 아니잖냐고 되물었다. 그렇지요. 그 사람들 가운데 계집인지 사내인지 구분하기 힘들지만 계집인 게 분명해 보이는 사람도 있었다고 하더군요. 이제 내가 무슨 말을 하는지 이해가 됩니까? 난향은 입술을 지그시 깨물었다. 박소위가 전말을 알지는 못하더라도 꼬리를 잡은 건 분명하다고 느꼈다. 꼬리를 자르지 않으면 많은 사람이 위험에 처하게 될 거란 사실도 금방 알아차렸다. 난향은 에둘러서 물었다. 이런 사실을 알려주는 이유가 뭔지 모르겠지만 원하는 게 무엇이냐고. 박소위는 차갑게 웃었다. 협상에 능하다고 들었는데 생각만큼 주도면밀하지는 않은 것 같군요. 그 정도의 협박에 흔들릴 난향이 아니었지만 마음이 급했던 탓에 먼저 빌미를 주고 말았다. 만주에서 돌아온 뒤로 한 번도 오신 적이 없는 것 같은데 언제 한번 집에 들러주시지요. 박소위는 자리에서 일어났다. 조만간 그렇게 하겠습니다.

김선생은 난향이 서툴렀다며 나무랐지만 사태의 심각성을 누구보다 잘 이해했다. 김선생은 마술사와 거인에게 당분간 다른 곳에 거처를 정하고 은신하는 게 좋겠다고 권했다. 곤란한 일을 부탁할 수 있는 사람이 예전처럼 많지는 않지만 두 사람의 은신처를 구하는 일쯤은 그리 어렵지 않게 처리할 수 있다고 했다. 하지만 난향이 반대했다. 상황이 급변하면 연락할 수단이 마땅하지 않아 오히려 더 위험해질 수 있다는 이유에서였다. 등잔 밑이 어둡다고 하잖아요. 차라리 우리 요정에 은신하는 게 나을 수도 있어요. 요정으로 개조할 때 폐쇄한 다락방이 있어요. 한동안 숨어 지내기에는 크게 불편하지 않을 거예요. 김선생도 동의했다. 마술사와 거인은 태연했다. 그들이 걱정하는 건 준이었다. 일이 잘못되어 사건의 전모가 밝혀졌을 때 다른 사람들은 무거운 처벌을 피할 가능성이 있지만 준은 그럴 수 없을 거라고 생각했다. 모든 책임을 그에게 뒤집어씌울 게 분명해 보였다. 난향은 마술사와 거인을 안심시키려고 노력했다. 너무 걱정하지 않아도 된다, 그자가 정보를 누설한 까닭은 바라는 게 있어서이고 그게 무엇이든 입막음만 가능하다면 들어줄 생각이다, 원만히 해결할 수 있으니 조용하게 은신해 있으라고 당부했다.

마술사와 거인은 난향의 말을 따라 그날 당장 요정의 다락방으로 숨어들었다. 그자가 원하는 게 뭘까요? 난향의 물음에 김선생이 대답했다. 하루 만에 대위가 소령이 되고 소령이 중령이 되는 시절인데 그자라고 진급을 바라지 않을 까닭이 없지요. 진급을 하려면 뇌물을 줘야 하니 돈이 필요하겠지요. 난향은 선뜻 대꾸하지 못했다. 그자가 만약 다른 걸 원한다면요? 김선생은 고개를 저었다. 그자는 선생을 때려치우고 혈서를 바쳐서 일본군 장교가 된 사람이에요. 그자의 형은 신간회에서 활동하며 고초를 겪은 독립운동가였고 해방 뒤에는 열성적인 남로당원이었어요. 남로당이 지도한 총파업을 조직하고 시위대를 이끌다가 경찰의 총에 맞아 죽을 만큼 의기가 높았던 분이지요. 그런데도 그자는 다시 군인의 길을 걸었고 국군준비대를 습격한 전투에서 몸을 바쳐 싸웠어요. 무엇보다 끔찍한 건 아우를 무척이나 아끼고 애정으로 보살피던 형을 배신했다는 거예요. 그런 사람이 무얼 원하는지는 제가 잘 압니다. 아무튼 너무 걱정하지 마세요. 난향은 고개를 끄덕였다. 희수는 어떻게 하지요? 희수와 매리의 관계를 알 테니 함부로 하지는 못할 겁니다. 어쨌든 그자의 말이 사실이라면 미군 방첩대도 아직 모른다는 건데, 방첩대 장교들과 친분이 있으니 미리 공작을 해두겠습니다. 어떤 공작을요? 그자가 선을 넘으면 해치워버릴 겁니다.

　난향과 희수는 현서가 죽은 뒤로도 각자 쓰던 방에서 그대로 지냈다. 희수는 그 방을 떠나고 싶지 않았다. 그 방에 누우면 엄마가 곁에 와서 누웠다. 그때의 엄마는 엄마가 아니라 어린 시절부터 잘 알고 지내던 소꿉친구처럼 여겨졌다. 엄마는 말이 없었지만 침울하지는 않았다. 그건 마치 엄마의 내면이 엄마의 형상을 하고 나타난 것과 비슷했다. 엄마는 희수가 무슨 말을 하든 귀기울여 들어줄 준비가 되어 있었고 그럴수록 희수는 엄마에게 말을 아꼈다. 살아 있는 동안 말에 시달렸던 엄마에게는 침묵이 필요할 테니까. 엄마는 스스로 내뱉은 말들에 갇혀 살다 거기에서마저 추방당해야 했으니까.
　그날은 아침부터 미열에 시달려서 학교에서 돌아오자마자 자리를 깔고 누웠다. 뱃속은 텅 비었지만 허기는 느껴지지 않았다. 텅 빈 뱃속에서 열기를 품은 무언가가 꿈틀거리는 듯했다. 요정에서 일하는 사람들이 아직 돌아오지 않은 터라 곁채와 사랑채는 조용했다. 문간 방들도 고요했다. 마술사와 거인은 요정에 숨어 있었고 학교에 간 준 역시 아직 돌아오지 않아서였다. 잠을 청하려 했던 건 아니었지만 희수는 난향 이모가 올 때까지 눈을 붙여도 좋겠다 싶었다. 까무룩 잠이 들 무렵 대문이 여닫히는 듯한 소리가 들렸다. 희수는 손으로 옆자리를 더듬어보았다. 자리에 누울 때마다 찾아오던 엄마는 없었지만 엄마의 숨결은 느낄 수 있었다. 엄마…… 희수의 목소리는 희수의 귀에도 이상하게 들렸다. 잠깐 사이에 목이 부었는지 탁하고 기운 없는 목소리였다. 다시 한번 엄마를 불렀다. 목소리가 울려 나오지 않았다. 그제야 희수는 누군가 입을 손으로 막고 있다는 걸 알았다. 차갑고 딱딱한 손이었다. 가슴이 답답했다. 그 사람이 무얼 하려는지 깨닫는 순간 소름이 돋았고 날카로운 통증이 몸을 관통했다. 그 사람은 나직하게 으르렁거렸다. 아서원에서 보았을 때부터 짐작하고 있었지. 넌 어차피 조선 제일의 창기가 될 운명이고 그렇게 되었잖아. 아니, 이제 영화배우라고 해야 하나? 대체 넌 뭐지? 연회실에서 보았던 때부터 언젠가 이런 날이 올 줄 알았지. 사내의 피를 들끓게 하고 사내를 유혹해 파멸시키는 게 너의 운명이니까. 박소위는 한 손으로 희수의 입을 막은 채 다른 손으로 희수의 옷을 벗겼다. 희수는 발버둥을 쳤지만 박소위의 손아귀에서 벗어날 수가 없었다.

희수는 손으로 방바닥을 더듬었다. 부디 어딘가에 엄마가 있기를 바라면서 화장대 아래쪽을 더듬었다. 반짇고리에 손이 닿기만을 바랐고 그 안에 든 가위를 쥘 수 있기를 바랐다. 엄마, 부탁이야, 제발 거기 있어줘. 희수는 혼신의 힘을 다해 팔을 뻗었다. 반짇고리에 손가락이 닿자 반짇고리가 뒤집히면서 그 안에 있는 것들이 와르르 쏟아졌다. 손끝에 가위가 걸렸고 손가락으로 당겨서 그걸 쥘 수 있었다. 박소위의 손이 가위를 쥔 희수의 손목을 꽉 붙들었다. 그래, 그래야 너답지. 네가 이소령의 핏줄이라는 게 믿어지지 않으면서도 이런 모습을 볼 때면 믿을 수밖에 없게 돼. 네 몸에 이소령의 피가 흐른다는 생각을 하면 참을 수 없을 만큼 흥분이 되거든. 너는 이소령의 약점이고 수치이고 비밀이야. 자, 가위는 놔주시지. 희수는 울지 않으려 했지만 눈에서는 뜨거운 눈물이 흘러내렸다. 희수가 오랫동안 상상하길 거부했던 엄마의 슬픈 얼굴이 눈앞에 환히 떠올랐다. 희수를 잉태하던 순간 엄마가 느껴야 했던 모멸감과 절망이 구체적이고 실제적인 형태로 다가왔다. 급소를 맞았을 때처럼 순식간에 모든 의지가 몸 밖으로 빠져나가면서 자신의 몸이 공허한 껍데기로 느껴졌다. 너희들이 그 늙은이와 무슨 관계인지는 모르겠지만 사실 아무래도 상관없어. 늙은이가 그 일에 성공해서 너구리처럼 악아빠진 그 작자를 처치해줬더라면 더 좋았겠지만 말이야. 희수는 질끈 감았던 눈을 떴다. 방안은 어두웠지만 눈이 어둡지는 않았다. 희수는 간절히 속으로 빌었다. 그러자 방문이 부서질 듯 왈칵 열리며 준이 들어왔다. 준은 박소위를 희수에게서 떼어내 한구석으로 밀어붙였다. 박소위는 잠깐 당황했지만 날렵하게 일어나 준을 넘어뜨리고 그의 몸에 올라탔다. 박소위는 자신의 대검을 꺼내 준의 심장에 똑바로 갖다댔다. 인력거꾼의 그 잘난 아드님이시군. 너도 광대라지? 왜 네 아비가 안 보이는지 궁금해하던 중이었지. 처음에는 가래나 뱉어대던 미친 노인네였을 거라고 짐작했는데 네 아비를 깜빡 잊었던 거야. 박소위는 준의 가슴팍에 댔던 대검을 사선으로 한 뼘 길이만큼 그어 내렸다. 희수가 준의 손에 가위를 쥐여주었다. 준이 가위를 휘두르기는 했지만 소용이 없었다. 박소위는 준의 다리 쪽으로 옮겨 앉으면서 오른쪽 허벅지를 대검으로 찔렀다. 박소위는 가위를 쥔 준의 손을 군홧발로 짓이겼다.

박소위가 가고 난 뒤 희수는 서둘러 옷을 주워 입고 불을 켰다. 준의 가슴과 허벅지에서 흘러내린 피가 옷과 이부자리를 붉게 물들였다. 준의 얼굴은 고통 탓에 일그러져 있었다. 희수는 천조각을 찾아내어 지혈을 했다. 허벅지의 상처를 동여맸을 때 곁채에 사는 기생 한 명이 밖에서 조용히 물었다. 희수는 사람들을 불러달라고 부탁했다. 다시 불을 끄고 벽에 기대어 나란히 앉았다. 난향이 잘 아는 의원으로 준을 데려다줄 사람들이 오기를 기다리는 동안 준과 희수는 서로의 숨소리와 심장 소리를 들으며 그들이 함께 겪어야 했던 치욕을 곱씹었다. 그들은 처음으로 서로의 치욕을 구분할 필요를 느끼지 못했다. 겉으로 보기에는 서로 다른 운명에 매였을지라도 운명의 성격은 동일할 수밖에 없다는 걸 깨달아서였다. 준에게 전무후무한 사람이 되고 싶다는 희수의 열망과 희수의 삶을 이야기로 연기하고 싶다는 준의 열망이 뿌리가 하나였음을 느꼈다. 희수는 가슴팍을 지그시 누르고 있는 준의 손등 위로 볼을 갖다댔다. 준의 손등을 타고 전해지는 떨림이 희수의 몸을 조용히 점령했다. 오빠…… 괜찮아? 괜찮아. 준이 다른 손으로 희수의 손을 쥐었다. 준의 손은 손이라기에는 너무 따뜻했다. 희수의 차가운 볼과 손은 개울에서 건져낸 조약돌이 햇볕 아래서 물기가 걷히듯 준의 손에서 번져오는 온기에 조금씩 찬기가 걷히면서 따뜻해졌다.

희수는 기억할 수 없는 어린 시절의 어느 날이 기억해낸 일처럼 떠올랐다. 다들 죽는 게 아닐까 걱정할 정도로 고열에 시달리며 열병을 앓던 날이었다. 무얼 먹이든 토해내고 설사는 그치지 않고 온몸에는 열꽃이 피어났다. 엄마는 밤새 기도하며 희수를 보살폈다. 사흘 혹은 나흘, 아니 어쩌면 일주일 내내 기도했다. 마침내 엄마가 탈진하여 쓰러진 어느 날 아침, 그동안 어떤 약도 듣지 않던 아기의 열이 내려가면서 기적처럼 회생했다. 난향은 그 일을 여러 번 희수에게 들려주었고 밤새 아이를 지켜보며 기도를 하던 엄마가 얼마나 아름다웠는지를 이야기했다. 모두가 죽는다고 말했을 때 엄마의 마음속에서도 의혹이 생겨났을 것이다. 엄마도 의심하고 두려웠을 것이다. 엄마는 엄마라서 그 시간을 견딘 게 아니었다. 엄마는 엄마이기 위해 의심과 두려움을 견딘 거였다. 희수가 살아날 수 있으리라는 믿음이 있어서가 아니라 그 믿음을 만들어가는 과정이었다. 희수는 그 이야기가 떠오를 때마다 기억하지는 못하지만 자신이 겪은 위태로웠던 순간들과 그 순간들을 무사히 견디고 넘길 수 있게 해준 사람의 힘에 대해 생각했다. 간절히 바란다고 해서 모두 다 이룰 수는 없겠지만 간절히 바라지 않고서도 그 일이 이루어지기를 바랄 수는 없을 테니까.

희수는 고개를 돌려 준의 얼굴을 비스듬히 올려다보았다. 어둠 속에서도 준의 얼굴 윤곽만은 선명하게 보였다. 희수는 준이 더이상 아프지 않기를 간절히 바랐고 준 역시 희수가 아프지 않기를 바랐다. 준의 눈물 한 방울이 희수의 이마에 떨어졌다. 희수야…… 미안해…… 정말 미안. 지켜주지 못해서. 아니야, 오빠. 오빠는 날 충분히 지켜줬어. 그러니 미안해하지 않아도 돼. 우리는 언제쯤 이 치욕을 벗어날 수 있을까. 오빠, 기억나? 우리 언젠가 마술사 아저씨에게 물어봤잖아. 정말로 공중부양을 한 거냐고, 어떻게 그렇게 할 수 있었냐고. 마술사 아저씨는 미소만 지었고 거인 아저씨가 대신 말했지. 마술사한테 어떻게 한 거냐고 물어봐야 소용이 없어. 그래봐야 마술사한테 들을 수 있는 대답은 마술일 뿐이야, 일 테니까. 거인 아저씨의 말을 듣고 난 이렇게 생각했어. 우리가 바꿀 수 있는 건 아무것도 없구나. 우리가 이 세상에서 살아가는 동안은 이 세상에서 벗어날 수 있는 방법도 없구나. 우리만 그런 게 아니라 모두가 그렇구나. 어쩌면 마술사 아저씨도 당신이 보여준 마술이 어떻게 가능했는지 모를 수도 있잖아. 마술사야말로 누구보다 간절히 마술을 기다리는 사람이라는 뜻인 것 같았어. 그런 사람에게만 가끔 마술 같은 일이 벌어지는 거겠지. 오빠…… 난 기다릴 수 있어. 오빠가 무얼 하든 어디를 가든 내가 간절히 바란다면 반드시 내게 돌아올 거라고 믿으니까. 오빠도 기다릴 수 있어? 준은 대답하지 않았지만 눈물 한 방울이 다시 희수의 이마에 떨어졌다. 이윽고 사람들이 왔다. 준을 손수레에 실어 의원으로 데려가주었다. 희수는 방에 불을 켜고 이마를 손으로 문질렀다. 희수의 손에 핏물이 번져 있었다. 희수는 화장대의 거울로 다가갔다. 이마에도 희미하게 피가 번진 흔적이 있었다.

김선생은 마땅한 사람을 물색했다. 희수의 집에 살던 사람은 아니지만 지방을 떠돌며 극단에서 배우로 생활하던 삼십대의 사내가 김선생의 청부를 받아들였다. 해방 뒤 국방경비대에 지원해 들어갔다가 염증을 느껴 도망쳐 나오기도 했고 파업이나 시위 현장에서 문화선전대 활동도 했던 사람이었다. 김선생은 그 사람을 K라고 불렀다. K는 박소위가 외출하러 나오는 날을 기다렸다. 시내에서 행사가 있었고 한밤중까지 어수선한 분위기라 일을 치르기에 좋은 날이었다. K는 서두르지 않았다. 일정한 거리를 두고 미행을 하며 적당한 장소에 이르기를 기다렸다. 박소위가 어느 좁고 한산한 골목으로 들어섰을 때가 기회였다. K는 품에 손을 넣어 김선생에게 건네받은 권총을 만지작 거렸다. 오래된 일제 권총은 묵직했다. K는 수건으로 둘둘 말았던 권총을 꺼내 박소위의 등뒤에서 한 발을 쏘았다. 저 앞의 담장에서 총알이 튀는 소리가 났다. 총알이 박소위의 몸을 가뿐하게 관통한 거라고 생각했지만 곧이어 K는 상황을 깨달았다. 박소위가 고개를 돌려 K를 보았다. 총알이 빗나간 것을 안 K는 성큼성큼 다가가 다시 한 발을 쏘았다. 박소위는 두 팔로 자기 얼굴을 가렸다. 이번에도 빗나갔다. K는 당황하지 않았다. 웅크린 채 벌벌 떨고 있는 박소위를 다시 겨냥했다. 저멀리 담장에서 총탄이 튀었다. 그처럼 가까운 곳에서 쏘았는데도 맞히지 못한 거였다. K는 박소위에게 다가가 뒷머리를 움켜잡고 박소위의 입에 총구를 쑤셔넣었다. 방아쇠를 당겼다. 철컥. 총알이 없었다. 망연자실한 K는 그 자리에 선 채 하늘을 우러러보았다. 밤하늘에는 운명을 계시하는 것처럼 별들이 떠 있었다. 그러나 탄환은 공이에 문제가 생겨 격발이 되지 않은 상태였다. K는 억세게 운이 좋은 박소위를 노려보았다. 그리고 아무런 의미 없이 권총의 방아쇠를 당겼다. 이번에는 공이가 제대로 작동했지만 탄환은 총구를 빠져나가지 못하고 약실 내부에서 폭발하면서 권총을 부숴버렸다. 권총의 파편들에 K의 오른손이 너덜너덜해질 정도였다. K는 심각한 부상을 당한 채 군 정보부대의 분실로 끌려가 아무런 처치도 받지 못하고 죽을 때까지 고문을 당했다.

김선생은 종로의 사무실에서 초조하게 K와 약속한 시간이 되기를 기다렸다. 연락 장소는 사무실에서 그리 멀지 않은 곳이어서 약속한 시간 십 분 전에 자리에서 일어났다. K를 믿었지만 일이 잘못될 경우를 대비해서 마술사와 거인도 요정을 빠져나와 있었다. 김선생이 사무실을 나서자 근처에 있던 마술사와 거인도 거리를 두고 김선생의 뒤를 따랐다. 거인은 남다른 키와 덩치 때문에 사람들의 이목을 피할 수 없었다. 그들의 공연을 본 적 있는 사람 가운데 알은체하는 이들도 있었으니까. 김선생은 시간에 맞춰 연락 장소 근처에 도착했다. 더 가까이 가는 건 위험할 수 있기 때문에 구두닦이 소년에게 돈을 주고 공원 입구의 느티나무를 살피고 오라 시켰다. 김선생과 K 사이에는 약속된 표지가 있었다. 성공일 때는 느티나무의 맨 아래 오른쪽 나뭇가지를 꺾어두고 실패일 때는 왼쪽 나뭇가지를 꺾어두기로 했다. 소년은 오른쪽 나뭇가지가 꺾어져 있다고 했다. 안도의 숨을 내쉰 김선생은 어디선가 지켜보고 있을 마술사와 거인에게 성공했음을 알려주기 위해 모자를 벗어 두어 번 부채질을 하다가 손에서 떨어뜨렸다. 천천히 허리를 굽혀 모자를 주워 다시 머리에 썼다. 성공 표지가 있을 경우 만나기로 약속한 장소를 향해 걸어갔다. 마술사와 거인도 김선생의 뒤를 다시 따랐다.

인사동으로 접어든 김선생은 태고사 근처의 어느 집 솟을대문 앞에 섰다. 대문 양옆으로 행랑채가 딸린 제법 규모가 번듯한 집이었다. 김선생은 대문의 빗장을 지르지 않고 살짝 걸쳐둔 채 안으로 들어갔다. 마술사와 거인은 그 집 담장 모퉁이를 돌아 뒤뜰 쪽으로 갔다. 김선생이 그 집에 들어가고 얼마 안 되어 평상복 차림의 젊은 군인들이 들이닥쳤다. 빗장을 질러두지 않은 탓에 대문을 손쉽게 열고 우르르 몰려들어갔다. 마술사와 거인은 일이 잘못된 걸 알았지만 대문 쪽으로 갈 수가 없었다. 마술사가 거인의 어깨를 딛고 담장에 올라 뒤뜰로 뛰어내렸다. 조금 뒤 김선생이 같은 방식으로 마술사의 어깨를 딛고 담장을 넘어올 수 있었다. 거인이 나지막한 목소리로 마술사에 대해 물었다. 김선생은 무겁게 고개를 저었다. 그때 마술사의 얼굴이 담장 위로 올라왔다. 거인이 손짓을 하자 마술사는 담장을 짚고 공중제비를 돌며 내려왔다. 갓뎀! 그들은 담장을 따라 반대편으로 달려갔다. 골목이 여러 갈래여서 군인들은 그들이 어느 쪽으로 도망갔는지 갈피를 잡지 못해 뿔뿔이 흩어져 뒤쫓을 수밖에 없었다. 큰길로 빠져나가는 길목에서 그들은 미군 두 명과 마주쳤다. 담배를 피우며 골목에 들어서던 미군은 깜짝 놀라며 권총을 꺼내 겨눴지만 영어로 지껄이는 거인의 상스러운 농담 몇 마디에 긴장을 풀더니 호탕하게 웃으며 악수까지 나누고 갔다. 거인보다 영어에 능통한 김선생마저 혀를 내두를 정도였다.

매리는 박소위의 윗선인 이소령까지 올라가면 사태를 수습하기가 어렵다고 했다. 완고하고 꽉 막힌데다 최고 권력자의 총애를 받는 인물이기 때문이라고 했다. 만약 이소령이 나서면 이 사태를 수습할 수 있는 사람은 미군밖에 없는 셈이었다. 내 선에서 해결하려면 내가 직접 박소위와 흥정을 해야 된다는 걸 이해하겠지? 희수는 고개를 끄덕였다. 청파동에 사는 숙자 기억해? 그애가 박소위의 첩이 되겠다고 약속했어. 너 숙자한테 큰 빚을 진 거야. 희수는 고개를 들 수가 없었다. 숙자는 희수보다 서너 살 위였는데 머리가 명석하고 배려심이 깊어 따르는 동생들이 많았다. 집안이 그토록 가난하지만 않았더라면

274

매리의 클럽에 들어오는 일은 없었을 거였다. 차라리 제가 가겠어요. 매리는 희수를 물끄러미 보다 고개를 저었다. 생각은 가상하지만 그럴 수는 없어. 넌 그렇게 해서는 안 돼. 언젠가 숙자에게 진 빚을 갚을 방법이 있을 거야. 매리는 쪽지를 건넸다. 거기에 루트가 있어. 안전한 루트야. 이게 누설되면 내 입장도 곤란해. 루트를 외운 뒤에는 폐기하고 무덤 속으로 들어갈 때까지 비밀로 간직하는 거야. 너와 나 우리 모두. 그럼 이제 다 정리된 거야. 형식적으로 요정과 너희 집을 수색할 테고 너와 네 이모를 연행하겠지만 걱정할 필요는 없어. 꼬투리 잡히지 않도록 주변 정리는 잘해두고.

그들은 요정으로 돌아가 난향과 이후의 일을 의논했다. 김선생은 은신처를 찾아 사태가 정리될 때까지 기다리기로 했다. 최선은 김선생과 박소위의 사적인 은원 관계로 정리하는 거였다. 하지만 마술사와 거인은 그럴 수가 없었다. 김선생과 난향 모두 다른 방도를 찾지 못해 난처해했다. 그러자 마술사가 오래전부터 생각해온 거라며 속내를 털어놓았다. 아시다시피 우리가 체포되면 준을 비롯해 여러분들까지 큰 피해를 입게 될 거예요. 언제까지가 될지 모르겠지만 우리는 사라져야 합니다. 김선생이 어디로 사라질 수 있겠냐고 물었다. 마술사는 조용히 손을 들어 북쪽을 가리켰다. 아마 거기에서는 쇼를 계속할 수도 있을 테니 차라리 잘된 일이죠. 물론 무사히 도착할 수 있다면요. 마술사는 거인을 돌아보았다. 거인은 어깨를 으쓱했다. 나야 뭐 마술사가 하라는 대로 하지요. 젠장, 내가 이럴 줄 알았다니까요. 언젠가 마술사가 나를 사지로 몰아넣어 그동안 내게 당했던 걸 한꺼번에 복수할 날이 올 줄 알았어요. 지금까지 날 살려둔 이유도 바로 오

늘을 위해서였던 거예요, 갓뎀! 거인은 걱정스러운 목소리로 덧붙였
다. 준은 괜찮겠지요? 우리가 사라져야 준도 덜 위험할 테니까요, 쉬
트! 희수는 마술사와 거인에게 루트를 알려주었다. 그들은 장사꾼으
로 위장해 인천의 화수동 선창으로 떠날 준비를 했다. 거기에서 어부
들의 목선을 이용해 북으로 갈 예정이었다. 마술사는 최소한의 마술
도구만 챙긴 뒤 나머지는 요정의 뜰에 파묻었다.

　희수와 준은 다락방에서 그들과 작별인사를 나누었다. 거인이 준
의 손을 잡았다. 준의 입가에 쓸쓸한 미소가 떠올랐다. 가시나요? 그
래, 가야지 뭐. 마술사와 함께 가니까 걱정하지 않아도 돼. 마술사가
누구야. 조선 최악의 마술사니까 바다에 풍덩 빠져 죽게 내버려두지
는 않을 거야. 그렇지 마술사? 우린 해주, 개성, 평양을 자주 다녀봐
서 그 바닥도 손금 보듯 잘 알아. 운이 따라줬다면 만주로 상해로 오
사카로 유람하면서 살 수도 있었을 텐데 그놈의 원숭이가 없어서 조
선 바닥만 돌아다녔지, 선오브비치! 보고 싶을 거예요. 아주 많이 보
고 싶을 거예요. 난 고아잖아요. 아니, 고아가 되기 전부터, 오래전부
터 두 분을 가족처럼 여겼어요. 두 분이 가버리면 진짜 고아가 되어버
릴 거예요. 준아…… 우리도 오래전부터 너를 친동생처럼 생각했어.
넌 정말 우리의 친동생이었어. 네가 겪은 그 모든 일들 앞에서 너만큼
은 아닐지라도 우리 역시 가슴이 찢어질 듯 괴로웠어. 우린 너와 함께
무대에 섰던 나날들을 잊지 못할 거야, 쉬트! 무대에 함께 설 수 있는
날이 다시 올까요? 그래, 그런 날이 올 거야, 퍽큐! 다시 만난다 해도
만날 수 없었던 그 세월이 사무칠 것 같아요. 거인은 다정한 목소리로
말했다. 준아, 너도 알겠지만 예수의 생애 삼십삼 년 가운데 사람들에

게 알려진 건 구 년뿐이야. 누구의 삶도 온전하게 기록될 수는 없어. 우리가 알지 못하는 그 세월 동안 그자가 무슨 생각을 하고 어떤 고민을 하고 뭐에 슬퍼하고 뭐에 기뻐했는지 짐작만 할 수 있을 뿐이야. 뭐든 다 알고 싶어하는 사람들한테는 이 공백이 견딜 수 없이 끔찍하겠지만 나는 그렇게 알지 못하는 세월이 있다는 게 더 좋아, 갓뎀! 이 공백이 말야, 지워진 이 세월이 말야, 완벽한 이해나 오해를 방해하거든. 우리가 누군가를 잘 안다고 단언할 수 없게 하거든. 우리를 오만에서 구해주기도 하거든. 네가 알지 못하는 것들이…… 언젠가 너를 일으켜세워줄 거야. 어때 동의해? 동의하면 그냥 살짝 웃어봐, 그래, 그렇게. 잔인한 미소를 너처럼 매력적으로 짓는 배우는 본 적이 없어, 브라보! 거인은 희수를 보고 윙크를 했다.

마술사는 무대에서라면 거인 못지않은 달변이었지만 평소에는 과묵했기에 별다른 말을 하지 않았다. 거인이 놓아준 준의 손을 부드럽게 쥐고 쓰다듬던 마술사는 마술을 보여달라는 준의 부탁에 아직 아무에게도 보여준 적 없는 마술을 보여주겠다고 했다. 마술사는 동전을 꺼내 오른손 손바닥에 올렸다. 그리고 모두 손을 쥐고 있으라고 말했다. 거인은 투덜대면서 마술사가 뭘 보여주든 어떻게 한 거냐고 묻지만 말아달라고 했다. 자, 보렴…… 준은 눈을 똑바로 뜨고 마술사의 손바닥에 올려진 동전을 지켜보았지만 아무 일도 일어나지 않았다. 이럴 수가. 동전이 수줍어하나봐, 쉬트! 거인이 빈정대자 동전이 마술사의 손바닥 위에서 천천히 떠올랐다. 마술사는 왼손으로 동전을 끌어올리는 시늉을 하면서 미소를 지었다. 동전이 한 뼘 정도 떠올랐을 때 마술사의 왼손이 동전을 허공에서 낚아챘다. 손을 펴서 모두에게 보여주었는데 동전은 사라지고 없었다. 준은 활짝 웃으며 동전은 어디로 갔냐고 물었다. 네 손을 펴보렴. 마술사가 준의 손을 가리켰다. 준은 손을 마술사 쪽으로 내밀었다. 없잖아, 쉬트! 거인이 고소하다는 듯 웃었다. 마술사는 잠시 생각에 잠긴 척하다가 말했다. 나는 준의 손으로 동전을 보냈는데 그게 왜 없을까. 마술사가 희수의 얼굴을 물끄러미 보았다. 희수는 웃으며 고개를 저었다. 희수도 손을 펴보렴. 희수는 두 손을 폈다. 희수의 오른손에 동전이 있었다. 거인이 두 팔을 번쩍 들며 말했다. 희수는 언제나 마술사 편이었잖아, 갓뎀! 마술사가 고개를 저었다. 내가 한 게 아니야. 그럼 누가 했어요? 희수가 묻자 마술사가 준을 가리켰다. 이건 준이 한 거야, 그렇지? 준은 고개를 저었다. 제가 한 게 아니에요. 전 마술을 몰라요. 마술을 아는 사람은 없어. 마술은 그냥 일어나는 거니까. 자 그럼, 다시 한번 해볼까? 마술사는 희수에게 건네받은 동전을 처음처럼 오른손 손바닥에 올려놓았다. 마술사가 시키는 대로 모두 주먹을 쥐었다. 마술사는 왼손으로 동전을 끌어올리는 시늉을 했고 동전은 다시 허공으로 떠올랐다. 이번에는 좀더 높이 떠올랐고 마술사는 멈추지 않았다. 동전은 마술사의 왼손보다 높이 올라갔다. 다락방의 낮은 천장 근처까지 올라갔다. 마술사는 왼손으로 동전을 밀어올리는 시늉을 했다. 동전은 천장에 닿는가 싶더니 모두가 지켜보고 있었음에도 불구하고 감쪽같이 사라지고 말았다. 마술사가 시키지 않았는데도 모두가 손을 펴서 동전이 있나 살폈다. 거인은 마술 도구를 하나 잃어버렸다며 툴툴거리면서도 이걸 다른 사람들에게 보여주면 깜빡 죽을 테니 먹고살 걱정이 줄었다며 좋아했다. 마술사가 거인처럼 어깨를 으쓱했다. 내가 한 게 아니야. 나도 어디로 갔는지 모르겠어. 하지만 우리가 다시 만나면 어디선가 그 동전이 나타날 거야. 준이 마술사에게 물었다. 다시 만나면 제자로 받아주실 거예요? 마술을 배우고 싶어요. 마술사는 준을 다정한 눈으로 바라보았다. 물론이지. 하지만 넌 이미 나보다 훌륭한 마술사야.

그렇게 작별인사를 나눈 뒤 마술사와 거인은 요정을 떠났다. 김선생은 청주에 마련한 은신처로 떠나기 전에 난향을 안심시켰다. 매리의 도움도 있는데다 박소위의 행위에 분개하는 사람들이 많아 일이 잘 풀릴 테니 걱정하지 말라고. 그렇다면 굳이 떠날 필요가 있냐고 묻자 청주에 급히 처리해야 할 사업이 있어 겸사겸사 가는 거라고 했다. 김선생은 정선생이라는 분에게 부탁해놓았으니 준이 잠시 그 집에 은신해 있다가 사태가 진정이 되면 돌아오는 게 좋겠다고 했다. 어쨌든 준의 아버지가 죽이려고 했던 자가 내막을 알아채고 진상을 파헤치려 할 수도 있으니 조심하는 게 좋다는 거였다. 준은 김선생의 충고를 따르기로 했다. 정보부대 소속의 군인들이 형식적인 수색을 하러 오기 전에 준은 정선생의 집이 있는 서소문으로 떠났다. 난향과 희수는 그 자리에서 구두 조사를 받았지만 연행조차 되지 않았다. 필요하면 소환하겠다고 했으나 그뒤로 연락이 없었다. 그렇게 마무리가 되는 것 같았다. 매리의 영향력과 주도면밀함을 다시 확인한 순간이었다.

희수는 준이 머무는 곳에 인편으로 소식을 전했다. 그뒤로 준이 언제 돌아올지 몰라 저녁마다 긴장한 채로 집에서 그를 기다렸다. 일주일이 지났는데도 그는 돌아오지 않았다. 희수는 그가 머물고 있는 서소문으로 직접 찾아가기로 했다. 어느 서양인의 사택이었던 모양인지 구옥과 양옥이 기역자로 맞붙은 집이었다. 세심한 손길로 가꾼 화단이 담장 아래 있었고 크지 않은 마당은 한 번도 더럽혀진 적이 없었던 것처럼 정갈하고 아늑했다. 정선생 부부가 어떤 사람인지 잘 알지 못했기에 희수는 조금 긴장이 되었다. 희수를 맞이한 주인은 세련된 중년의 여성이었다. 피아노를 등진 소파에 앉아 희수를 바라보는 주인의 눈길은 호기심으로 가득했다. 희수가 준과 무슨 관계인지를 상상하는 듯했다. 주인은 찻잔을 희수 앞에 놓아주었다. 인사를 나눈 뒤 희수는 준의 상태를 물었다. 주인은 놀란 표정을 지었다. 그 청년은 사흘 전에 집으로 가겠다며 떠났어요. 물론 우리는 더 머물러도 된다고 붙잡았지만 너무 고집을 부려서 어쩔 수가 없었어요. 주인은 담담하고 예의바르게 말했지만 희수는 이상한 생각이 들었다. 사흘 전에 떠났다면 이틀 전에 인편으로 소식을 전했을 때 왜 그 사실을 알려주지 않았는지 물었다. 그랬군요. 난 몰랐어요. 그날은 내가 집에 없었어요. 바깥양반이 손님을 받았을 테니까요. 그 사람은 건망증이 심해요. 한번은 수술칼을 환자 몸속에 놔둔 채 봉합을 하는 바람에 다시 수술을 한 적도 있으니까요. 물론 지금은 병원을 그만두었지만요. 나이가 드니까 손이 떨려서 더는 집도를 못하겠다고 하더군요. 그럼 사무직을 하라고 했더니 아예 병원을 나와서는 사업을 해요. 사업을 하면서 김선생과 친분이 생겼던 거예요.

주인은 표정을 숨기려는 듯 찻잔을 들어 차를 한 모금 마셨다. 그 짧은 순간에 어떤 흔들림에서 벗어나 평정을 되찾은 것처럼 보였다. 사실 요즘 사업이 어려워요. 무역업 전체가 어려운 상황이에요. 김선생의 도움이 없었다면 오래전에 부도가 났어도 이상하지 않을 정도니

까요. 김선생이 그 청년을 우리에게 부탁한 건 잘한 일이었어요. 우리
도 김선생에게 보답할 수 있어서 기뻤어요. 다행히 그 청년의 상처도
치료해줄 수 있었고 몸 상태도 한결 나아져서 떠났으니까요. 희수는
고개를 숙여 감사하다는 말을 했다. 헛걸음을 하게 해서 미안해요. 우
리가 생각이 깊지 못했어요. 나중에 청년을 만나게 되면 우리에게 들
러달라고 해주세요. 다시 만나기를 고대하고 있으니까요. 희수는 그
를 돌봐주어서 진심으로 감사드린다고 말한 뒤 돌아나올 수밖에 없
었다. 헤어지기 전에 주인은 갑자기 희수의 손을 잡았다. 잠시 평정을
잃고 흔들린 것처럼 보였다. 희수는 희망을 가지고 물었다. 집으로 간
다고 한 게 분명한가요? 혹시 어디로 간다는 언질은 없었나요? 주인
은 희수의 손을 놓고 고개를 저었다. 집으로 간다는 말 외에는 없었어
요. 도움이 못 되어서 미안해요. 준의 행방을 알게 되면 우리에게도
꼭 알려주세요. 그럴 거죠? 희수는 고개를 끄덕였다. 구옥과 양옥이
기묘하게 맞붙은 그 집을 나와 거리를 걷다 희수는 문득 깨달았다. 주
인이 그를 그의 이름인 준으로 지칭한 게 무슨 의미인지를. 그가 은신
했던 그 집의 분위기가 마치 왕릉처럼 고요하고 장엄했다는 걸. 그 집
의 고요함과 장엄함은 숨죽인 분노와 같은 성질이었다는 걸. 그 집의
주인들이 바로 그가 존경하고 질투했던 리어 선배의 부모였다는 걸.

　그가 잠시 은거했던 다락방에는 뒤뜰을 향해 난 작은 들창이 있었
지요. 뒤뜰에서 올려다보아도 들창은 보이지 않았어요. 들창 아래 외
벽의 턱에 가려서 아무도 거기에 창이 있는지 몰랐어요. 그 창으로 바
깥을 보면 늘 보던 풍경인데도 낯설었지요. 영사막에 비친 풍경처럼

실제보다 아름답고 신비로웠어요. 하루 가운데 다락방 창을 통해 햇살이 드는 시간은 많지 않았어요. 늦은 오후에 잠깐 창이 환해지는데 그때의 햇살은 다락방에 제 슬픔을 은닉하기 위해 들르기라도 한 것처럼 창백했어요. 들창보다 조금 기다란 형태로 바닥에 내려앉은 햇살 속에 가죽장갑 한 켤레가 얌전히 놓여 있었어요. 원래부터 내 것이었던 것처럼, 나를 기다리고 있던 것처럼, 내게 돌아오기 위해 먼길을 떠났던 것처럼 야릇한 자태로 포개어진 채 놓여 있었지요. 가죽장갑은 나를 어느 작은 공원으로 데려갔어요. 가죽장갑을 벗었다가 다시 손에 끼우고는 두 손으로 자기 볼에 대어보던 그의 누나가 있던 공원으로요. 기억은 계속 거슬러올라가 지나는 사람 누구도 마분지 상자에 눈길조차 주지 않던 골목길에 이르렀어요. 그날 우리가 함께 유리창 너머로 보았던 상점의 내부. 그가 너무나 간절한 눈빛으로 바라본 탓에 그를 지켜보는 나조차 애가 탈 정도였지요. 그보다 더 거슬러올라가면 큰길 건너편 상점 앞에 쓸쓸하게 서 있던 그를 처음 보았던 날이 떠올랐어요. 나를 사로잡았던 건 그의 뒷모습이었어요. 그를 똑바로 마주볼 때보다 그의 감정을 분명하게 느낄 수 있었으니까요. 그런 경험은 처음이었어요. 그의 뒷모습은…… 어떤 의미로 가득해서 누군가의 진심을 헤아릴 수 있으려면 그 사람의 뒤에 서보아야 하는 법이라고 타이르는 것 같았어요. 사람의 진심은 마주보는 순간이 아니라 등을 돌려 뒷모습을 보여주는 순간에 완성되는 거라고요.

　나는 내가 쉽게 외로움을 타는 사람이라고 믿었어요. 밤새 비가 내렸으나 여전히 활짝 피어 있는 목련을 보았을 때, 내내 딴생각에 정신이 팔려 걷다가 문득 걸음을 멈춰 내 발아래서 부서진 동백꽃을 보았을 때, 누군가 부르는 것 같아 뒤돌아보았으나 아무도 없었을 때……
오한처럼 찾아오던 외로움은 그가 뒤돌아보지 않고 요정을 떠났을 때
느꼈던 외로움에 비하면 견딜 만한 거였어요. 그의 뒷모습을 바라보
던 나의 외로움과 그의 뒷모습이 완성한 그의 외로움이 만나 각자에
게 속한 저마다의 외로움일 때와는 전혀 다른 뜻밖의 외로움으로 다
시 태어났지요. 그러니까 나는 알 수가 없었어요. 그가 어떤 마음으로
내게 등을 돌리고 떠났는지. 왜 한 번도 뒤돌아보지 않았는지. 왜 그
런 식으로 결별을 선언해야 했는지. 내가 정말 그의 뒷모습이 말하는
걸 알아듣지 못할 거라 믿었는지. 어떤 경우에는 그 의미가 너무나 분
명해서 받아들이지 못할 수도 있다는 사실을 정말로 몰랐는지. 기다
리겠다는 내 말을 진심이라고 믿었는지. 가도 괜찮다는 말을 정말 괜
찮다는 말로 이해해버린 건지. 내가 기다릴 수도 없고 괜찮을 수도 없
으며 그가 떠나면 그를 원망하고 증오할 수도 있으리라는 생각을 해
본 적이 없는지. 그의 마음을 속속들이 다 안다고 믿었는데 그가 등
돌려 떠나버린 순간부터 그는 내가 결코 알지 못할 낯선 사람이 되고
말았어요. 그가 요정을 떠날 때, 한 번쯤은 뒤돌아 나를 보겠지 싶어
하염없이 그를 눈으로 좇았지만 그 사실을 알고 일부러 그러는 것처
럼 한 번도 뒤돌아보지 않던 그에게서 나는 이루 말할 수 없는 슬픔을
느꼈어요. 그래서였어요. 내가 달려가 그를 붙잡지 못한 것은. 그의
뒷모습이야말로 그의 진심이었을 테니까요.

　그로부터 일 년쯤 지난 어느 날이었어요. 매리의 클럽에서 주최한
모임이 있던 날이었어요. 댄스홀 입구에서 자동차를 기다리는 동안
나는 이전에 극장이었던 그 건물을 올려다보았지요. 그곳이 극장이었

을 때 그와 함께 보았던 영화가 하나하나 떠올랐어요. 자동차가 극장 앞에 섰고 사람들이 하나둘 차에 올랐지요. 코트를 입은 수척한 여자가 내 곁을 스쳐지나갔어요. 가로등 불빛만으로는 얼굴이 확연히 드러나지 않아 어떤 기미도 느낄 수 없었지만 그 눈빛만은 이상하게도 강렬해서 마음이 흔들렸어요. 맞은편에서 달려오는 자동차의 불빛이 잠깐 그 여자의 얼굴을 더듬고 지나갔어요. 나도 모르게 그 여자의 뒤를 따랐지요. 그 여자는 내가 뒤쫓는 걸 알기라도 하는 듯 일정한 간격을 유지한 채 걸어갔어요. 그 여자는 건물과 건물 사이 골목으로 꺾어져 들어갔어요. 나도 뛰듯이 걸어가 골목으로 들어갔지요. 골목은 상점들이 대부분 불이 꺼져 있어 칙칙하기 이를 데 없었어요. 저 앞에서 그 여자가 한 번 돌아보았지만 걸음을 늦추거나 멈추지는 않았어요. 그 여자는 점점 멀어졌지요. 나는 그 여자를 놓치지 않으려고 더 빨리 걸었어요. 맞은편에서 오던 사내를 피하지 못하는 바람에 그 자리에 넘어졌지요. 오른쪽 발목을 접질렸는지 일어설 수도 없을 만큼 아팠어요. 절로 눈물이 찔끔 났어요. 그리고…… 나는 정말로 울었어요. 소리 내어 울지는 못했으나 두 눈에서 주체할 수 없는 눈물이 흘러내렸어요. 눈물 탓에 시야가 어룽져서 그렇지 않아도 캄캄한 골목이 심연처럼 까마득했지요.

누군가 내 앞에 등을 돌리고 앉았어요. 어느새 가발을 벗고 점퍼를 걸쳐 입은 그가 고개를 돌려 나를 보았어요. 내가 그의 등에 업히자 그가 코트를 내 몸 위로 둘러주었어요. 나는 두 팔로 그의 목을 부드럽게 감았어요. 그의 등은 따뜻했어요. 그는 어두운 곳으로만 길을 잡으며 아무 말 없이 걸었어요. 그의 걸음마다 내 몸이 흔들렸지요. 나는 그의 귓가에 대고 속삭였어요. 노동당은 실수하고 있는 거예요. 당신들은 일제를 과대평가하는 실수를 저지른 것처럼 미국을 과소평가하는 실수를 저질렀어요. 미국을 이길 수는 없어요. 미국은 우리가 알던 세상과는 전혀 다른 세상을 사는 나라예요. 그들의 세상은 우리가 상상할 수 있는 영역 너머에 있어요. 그들은 튼튼하고 강해요. 그들은 무자비하고 침착해요. 그들은 현명하고 용감해요. 그리고 그들은 일억 오천만이나 돼요. 우리는 고작 삼천만이에요. 그 역시 속삭이듯 말했어요. 우리는 삼천만에 불과하지만 중국에는 해방된 인민이 오억이 넘어. 소비에트에는 이억이나 있지. 나는 가볍게 코웃음을 쳤어요. 잊지 말아요. 일본에도 팔천만 명이 있어요. 그들은 누구보다 우리의 몰락을 바라지요. 그래, 네 말이 맞아. 우리는 아마 그들을 이기지 못할 거야. 그렇다고 해서 포기할 수는 없어. 우리는 역사가 될 테니까. 제국들에 저항한 역사의 한 장으로 남을 테니까. 우리의 후손들이 이 사실을 기억해줄 테니까. 그의 말투는 비장하거나 무겁지 않았어요. 이미 그렇게 되어버린 것처럼 말했으니까요. 언제부터 흔해빠진 조무래기 혁명가들처럼 말하게 된 거죠? 그가 웃는 것 같았어요. 그의 몸에서는 오랜 세월 방랑한 사람의 냄새가 났어요. 불안과 공포, 슬픔과 외로움 등이 뒤섞인 냄새였지요.

나를 보러 온 거냐고 묻자 그는 이미 오랫동안 나를 봐왔다고 말했어요. 그는 내가 단역으로 출연한 영화들에서 나를 보았다고 했어요. 군경 위문공연과 보도연맹의 문화실에서 주관하는 공연들에서도 나를 보았다고 했어요. 그는 내 연기에 대해 몇 마디 주제넘은 평을 했어요. 감독과 연출자가 나를 고정된 이미지로 소모하려 한다면서 그

건 연기가 아니라 배우를 무대장치나 소품으로 취급하는 거라고 했어요. 유선생이 이런 말을 한 적이 있어. 만약 요부를 연기하고 싶다면 숙녀를 연기할 수 있어야 한다고. 처음부터 끝까지 요염한 여자는 결코 요염한 여자가 아니야. 그건 개성 없는 사람, 무대에서는 타락한 사람인 거지. 만약 용감한 사람을 연기하고 싶다면 비겁함을 알아야 한다고 했어. 비겁함 속에서 피어난 용기야말로 진정한 용기이기 때문이라는 거지. 용기를 보여주고 싶다면 비굴해져라, 이게 유선생의 말이었어. 처음으로 무대에 선 배우처럼 흥분한 말투였던 탓에 웃음이 났어요. 그거 참 간편하군요. 여기를 보여주고 싶으면 저기에 있는 것처럼 해라, 그리워한다면 무심한 척해라, 내가 아닌 것처럼 가장해야 내가 될 수 있다, 운운하는 이야기들과 다를 게 없잖아요. 나는 큰 기대는 없어요. 지금은 배우뿐만 아니라 영화나 연극에 종사하는 모든 사람들이 집단적 무기력증에 빠져 있어요. 해방 뒤 아주 잠깐을 제외하고는 거의 십 년 동안 비슷한 작업을 해왔으니까요. 일본을 찬양하고 일본군의 용맹과 황국신민의 충심을 묘사하다가 아무런 이질감도 느끼지 못하고 어려움도 겪지 않으면서 다시 똑같은 사람을 찬양하고 똑같은 선동을 하지요. 옷을 갈아입듯 손쉽게 조잡한 영화 한 편을 찍어내고 등장인물의 이름만 바꿔서 무대에 올려요. 촬영 현장에 가보면 감독과 촬영기사를 비롯해 단역배우까지 별로 말이 없어요. 같은 일을 오랫동안 해온 사람들 특유의 능숙함과 권태만이 가득해요. 그 안에서 노련한 배우들도 시들어가요. 아무도 말하지 않지만 모두가 알아요. 모두가 알기 때문에 아무도 말하지 않아요. 그래서 지금은 가장 소란스러운 시대인데도 가장 침묵하는 시대이기도 해요. 그는 내 말에 대한 대답이기라도 한 듯 침묵을 지켰어요.

준은 우리집을 향해 가고 있었어요. 우리가 함께 극장을 다니던 시절에 자주 지나던 그 길들을 걷고 있었지요. 영화나 연극이 끝나면 깊은 밤이었고 서둘러 귀가하는 사람들의 무리에서 벗어나 집 근처에 이르면 호젓하기 이를 데 없었어요. 그 길을 걸으며 우리가 나누었던 이야기들은 대체로 방금 본 영화나 연극에 대한 것이었지만 우리는 그런 식으로 서로에 대해 이야기를 나누었던 거예요. 그 순간에도 우리는 서로를 가리키지 않으면서 서로에 대해 이야기하고 있다는 기분을 느꼈어요. 그가 없는 세월을 내가 어떻게 보냈는지 알 수 없었어요. 그가 떠난 적이 없는 것만 같았고 어제 만난 사람을 오늘 다시 만난 것처럼 자연스러웠어요. 유선생의 공연에 여자로 분장해서 무대에 올랐던 그가 정말 여자인 듯 가장하여 거리를 활보한다는 게 낯설기는 했어요. 무대에서는 능숙했던 그였을지라도 무대 밖에서는 그 정도로 능란하기가 어려울 테니까요. 이제 그에게도 무대만이 아니라 세상 자체가 무대가 되어버린 거였어요. 나는 세상을 무대로 삼는 배우들이 어떤 사람인지 알고 있었어요. 그들은 대부분 실패한 배우였어요. 무대와 무대 바깥을 구분하지 않아도 될 만큼, 아니 더 정확하게는 그럴 필요도 여유도 없을 만큼 매 순간을 배우로 존재해야 하는 유명 배우거나 혹은 유명하지는 않더라도 자의식이 남달리 강한 배우라면 실패라고 말할 수 없겠지만 그처럼 드문 경우를 제외한다면 나머지 대부분은 실패라고 할 수밖에 없다는 걸 그도 알았을 거예요. 그가 실패한 배우와 다른 점이 있다면 무대로 돌아가고 싶어 무대 아닌 곳을 무대인 척하는 게 아니라는 거였어요. 그는 정말로 무대에서 내려와버렸어요. 거기로 돌아가지 않기 위해 내려와서 이야기가 아닌 현실 속으로 나가버렸어요. 나가버렸다고 말할 수밖에 없는 이유는 그의 열망이 실현되는 유일한 장소이면서 그가 속하길 바란 유일한 장소가 무대였기 때문이었어요. 나는 그의 등에 업힌 채 그의 고른 숨소리를 들으며 그가 연기하는 현실의 삶을 상상했어요. 그런 삶은…… 상상조차 하기 싫을 만큼 지독했어요.

어느새 우리는 집으로 가는 골목길에 이르렀어요. 발목이 욱신거리기는 했지만 참기 어려운 정도는 아니었어요. 한동안 부목을 대야 하겠지만 머지않아 다시 걸을 수 있을 테고 그때가 되면 발목을 다치고 싶다는 생각을 하게 될 것 같았어요. 그를 다시 볼 수 있다면 다리가 부러지거나 갈비뼈가 부러져도 괜찮을 것 같았어요. 집이 가까워질수록 조바심이 생겼어요. 나를 데려다주면 그는 다시 뒤돌아보지 않고 떠날 게 분명했으니까요. 나는 이렇게 말하고 싶었어요. 이제 돌아와도 괜찮아. 오빠네 문간방은 그대로야. 오빠가 떠난 뒤로 난향 이모는 그 방에 아무도 들이지 않았어. 나는 가끔 그 방에 들어가서 우두커니 앉아 있곤 해. 오빠가 아버지를 기다렸듯이 나도 오빠를 기다렸어. 너무 늦으면 안 돼. 내가 먼지가 되어 사라질 수도 있잖아. 그의 목을 두른 팔에 나도 모르게 힘이 들어갔어요. 그러자 그의 몸이 경직되는 게 느껴졌어요. 나를 밀어내려는 듯한 반항적인 그 힘에 나 역시 반발심이 생겼어요. 그가 내 말에 결코 귀기울이지 않으리라는 걸 알았어요. 골목 끝 우리집의 대문이 보였어요. 오빠한테 노동당이 무슨 의미가 있어? 당원도 아니잖아. 거물도 아니잖아. 노동당도 딴따라를 싫어하는 건 마찬가지잖아. 혁명적 지식인들 틈에 오빠가 낄 자리는 없잖아. 사상성이 없다며 비난하고 자유주의자라며 손가락질하잖아. 나는 무슨 말을 하는지도 모른 채 마구 지껄였어요. 그가 목소리를 낮추라는 신호를 했어요. 하지만 한번 터져나온 말은 내 의지와는 상관없이 다른 말들을 계속해서 끄집어냈어요. 그는 걸음을 멈춘 채 묵묵히 내 이야기를 들어줬어요. 그가 방어할 틈을 주지 않기 위해 쉬지 않고 쏘아붙였지만 그럴수록 내 안의 자괴감도 커졌지요. 나는 왜 상처투성이인 이 사람의 마음을 할퀴고 있는 걸까. 그런 생각이 말과 말 사이에서 불쑥 솟아올랐고 차츰 말과 생각의 순서가 뒤엉켰지요. 결국 생각과 생각 사이에서 불쑥 솟아오른 어떤 말 하나가 그와 나 모두를 얼어붙게 했어요. 오빠는 정말 몰라? 오빠가 비참하게 죽게 되리라는 걸. 아무것도 이루지 못한 채 슬픔과 절망과 고통 속에서 죽어가리라는 걸. 정말 모른단 말야? 오빠 아버지가 총구를 당신 얼굴로 향한 채 방아쇠를 당겼을 때 어떤 심정이었을지 모른단 말야?

그는 조용히 무릎을 굽히고 앉았어요. 나는 그의 등에서 내려와 절뚝거리며 담장에 기대어 섰지요. 그는 나를 외면한 채 소년 시절처럼 바닥만 내려다보았어요. 이윽고 그가 나지막한 목소리로 말했어요. 그의 말은 입 밖으로 나온다기보다 낭떠러지로 굴러떨어진다는 느낌을 줬어요. 나는 너무 오랫동안 나를 증오해왔어. 사실을 말하자면 나만 빼고 모두를 증오한 셈이야. 나는 비겁했기 때문에 나를 증오하는 척했어. 내 마음속은 누나와 아버지 그리고 어머니에 대한 원망으로 가득했어. 어느 날 문득 나와 가장 가까웠던 사람들을 원망하며 살아온 내가 보였어. 내가 원망했던 그이들은 단 한 번도 나를 원망한 적이 없는데 나는 그이들을 원망하며 졸렬하고 우둔하게 살아왔던 거야. 희수야…… 나는 어쩌면 네 말처럼 아무것도 이루지 못한 채 슬픔과 절망과 고통 속에서 죽겠지. 아무것도 이루지 못했다는 것만 빼면 네 말이 맞아. 무언가를 이루기 위해 떠나야 했던 게 아니니까. 무언가가 이루어졌기 때문에 떠나야 했던 거니까. 그것만 빼면 네 말이 맞아. 고개를 숙이고 있었기 때문에 그는 발아래 자신의 말을 하나씩 하나씩 매장하면서 말하는 것 같았어요. 내게 남은 단 한 사람은…… 너였어. 너를 두고 떠났기 때문에 떠난 게 아니었어. 그의 말은 나를 위로하기는커녕 새로운 분노를 불러일으켰어요. 그럼 대체 왜 이제야 나타난 건데? 그가 고개를 들어 나를 보았어요. 정체가 노출된 것 같아. 그래서 여기에 오래 있을 수 없어. 이제 가야 해. 가기 전에 너를 한번 보고 싶었어. 멀리서가 아니라 가까이에서 보고 싶었어. 그가 내게 한 걸음 다가왔어요. 나는 고개를 돌려 그를 회피했고 그는 조심스럽게 한 걸음 뒤로 물러났어요. 가까이에서 한번 보았으니 되었다는 것처럼 물러났지요. 그는 무슨 말인가를 하려다 그만두었고 천천히 뒷걸음질로 내게서, 그리고 우리집에서 멀어졌어요.

고개를 돌려 그를 보았을 때 그는 사라지고 그를 닮은, 아니 나를 닮은 것처럼 보이는 수척한 여자가 코트를 입은 채 뒷걸음질로 멀어지고 있었어요. 그 여자의 얼굴은 겁에 질려 있었지요. 정기적으로 커다란 회관에 끌려와 얼마 전까지만 해도 자신의 것이었던 신념이 얼마 전까지만 해도 동지였던 사람들에 의해 조롱당하고 부정당하는 걸 지켜보는 보도연맹원들에게서 흔히 볼 수 있던 얼굴이었어요. 그들은 어깨를 맞대고 가까이 앉았음에도 옆 사람과 알은체하지 않았어요. 고개를 숙이고 왔던 것처럼 고개를 숙이고 떠났지요. 그러나 그들은 고개를 숙인 채 눈빛으로 인사를 나누었어요. 한 번도 시선을 마주치지 않았지만 바닥에 부려진 서로의 시선을 읽을 수 있었지요. 그들은 아무 말 없이 서로가 서로에게 지옥이 되어버린 현실을 잘 견뎌내길 바란다는 격려를 나누었어요. 그들 가운데 대부분이 야산으로 골짜기로 언덕으로 끌려가 죽었지만 그들 대부분은 자신들에게 어떤 운명이 닥쳐오게 될지 전혀 몰랐어요. 난향 이모의 요정에서 고수로 일하던 배우도 그렇게 죽었지요. 그이면서 그가 아닌 여자가 저만큼 떨어진 곳에서 잠시 멈췄다가 등을 돌렸어요. 나는 그의 뒷모습을 헤아릴 수 없었지요. 등을 돌리는 순간 어두컴컴한 저쪽 세계로 넘어가버렸으니까요. 나는 그가 비참하게 죽을 것임을 알았고 그 역시 자신이 그렇게 죽으리라는 걸 알았어요. 그가 그걸 안다는 사실을 참을 수가 없었어요. 죽지 마. 죽으면 안 돼. 제발 죽지 마. 그렇게 말해야 했어요. 그가 어디에 있든 듣지 않을 수 없도록, 그가 눈을 감아도 볼 수밖에 없도록, 그렇게 말해야 했어요.

전쟁은 어느 날에 갑자기 일어난 게 아니었다. 이미 세상은 전쟁중이었다. 희수의 다친 발목은 생각처럼 빨리 낫지 않았다. 부기는 가라앉았지만 조금만 움직여도 통증이 심했다. 복숭아뼈에 골절이 있어서였다. 희수가 부목을 풀고 다리를 살짝 절면서 걸을 수 있게 되었을 때 김선생은 난향과 의논해서 요정을 다른 사람에게 넘기기로 했다. 당분간은 정세를 관망하기로 했다. 요정은 군대의 실력자 가운데 한 사람의 손으로 넘어갔다. 소유주는 바뀌었지만 난향은 그대로 남게 되었다. 난향이 여전히 쓸모 있다고 여겨진 덕분이었다. 난향은 요리

사나 예기뿐만 아니라 종업원들과의 관계도 원만했다. 겉으로 보기에는 달라진 게 없었다. 희수는 다시 기적처럼 준이 나타나기를 기다렸지만 그럴 수 없다는 것도 알았다. 남로당의 지령을 받아 지리산 유격대에 문화공작대로 합류하는 사람들을 안내하는 역할을 맡았던 준은 무사히 그 일을 마치고 돌아왔다. 그러나 문화공작대로 파견된 사람들은 지리산에서 달리 할일이 없었다. 그들은 전투 경험이 없어서 유격대 활동에 도움이 되지 못했고 보급 상황도 좋지 않아서 유격대는 결국 공작대를 돌려보내기로 결정했다. 그들은 지리산에서 남원 쪽으로 내려갔다가 체포되어 서울로 압송되었고, 조사가 진행되는 동안 그들을 안내했던 연락책들에 대한 신상정보가 흘러나왔다. 위험을 느낀 준은 선을 끊을 수밖에 없었다. 문화공작대 가운데 집안이 좋은 사람들은 문중에서 구명운동을 벌인 덕분에 사형을 피하기도 했지만 준과 같은 사람들은 기댈 곳이 없었다. 정선생 부부와 김선생이 도와줄 수도 있겠지만 그와의 관계를 추궁당해 오히려 그들까지 위험해질 수도 있었다. 선을 잃은 그가 선택할 수 있는 건 북으로 넘어가거나 아예 모든 활동을 접는 것뿐이었다. 그때는 북으로 넘어가기 어려운 때였으니 그가 선택할 수 있는 건 지하로 완전히 잠적하는 거였다.

희수는 매리를 통해 준의 소식을 듣게 되었다. 최근에 체포된 남로당의 연락책 가운데 한 명의 가슴팍에 기다란 흉터가 있더라는 말을 듣는 순간 준이라는 걸 알았다. 매리가 왜 그런 이야기를 하는지도 알았다. 매리는 원하는 걸 손에 넣어야만 하는 사람이었고 만약 그걸 방해하는 사람이 있다면 그게 누구든 용서하지 않았다. 숙자를 박소위에게 넘긴 것도 희수와 관련된 일을 무마하기 위해서만은 아니었다.

박소위를 비롯한 일군의 젊은 장교들과 지속적으로 사적인 관계를 맺으면서 영향력을 행사하고 한편으로는 그들의 동태를 감시하려는 목적도 있었다. 매리는 위선적인 사람이 아니었다. 위선이라는 개념 자체가 매리에게는 불가능했다. 매리는 어떤 일에서든 자신을 정당화할 논리를 찾아낼 수 있었다. 달리 말하자면 매리의 위선은 너무나 섬세해서 하나의 특권처럼 여겨졌고 그걸 온당하게 사용할 수 있는 사람역시 매리뿐인 것 같았다. 매리가 희수에게 호의를 베풀수록, 매리와 희수 사이에 비밀이 쌓여갈수록 매리에게서 벗어날 가망도 희박해졌다. 매리는 지나가는 말처럼 이렇게 덧붙였다. 정식으로 조사를 받고 재판에 넘겨지는 게 그 젊은이한테도 좋을 거야. 청년단원들한테 계속 붙잡혀 있으면 죽어 나오기 십상이거든. 희수는 준이 여자로 변장해서 나타났던 날을 떠올렸다. 어쩌면 그는 마지막으로 은신할 곳과 의지할 사람을 찾으려 했던 것일 수도 있었다. 그러니까 그는 희수의 눈에 띄었던 그 순간부터 등 돌려 사라질 때까지 고뇌했을 거였다. 희수에게 기대고 의지하고 싶다는 생각과 희수를 위험에 빠뜨리고 싶지 않다는 생각 사이에서 갈팡질팡했을 거였다.

만약 그때 희수가 그처럼 지독하게 말하지 않았더라면 준이 곁에 남았을지도 모른다는 생각이 들었다. 그렇게 생각하니 그의 침묵이라든가 머뭇거림이라든가 당시에는 대수롭지 않게 여겼던 사소한 제스처들이 사실은 중대하고 심각한 의미를 지녔는데 무시하고 지나쳐 버렸다는 자책감이 들었다. 그가 이미 모든 일이 다 끝나버린 것처럼, 벌써 역사가 되어버린 것처럼 말했을 때 눈치채야 했다는 생각이 들었다. 그의 겁에 질린 얼굴이 정말로 순수하게 겁에 질린 얼굴이었음을 알았어야 했다. 그의 얼굴이 오래전 희수가 그를 처음 보았던 날처럼 창백했던 건 햇볕을 쬐지 못해서가 아니라 겁에 질려 있기 때문이었다는 걸, 그가 영원히 결박되어 있는 두려움 때문이었다는 걸 알았어야 했다. 그가 다가왔다 멀어질 때 하려던 말이 무엇이었는지도 그제야 알 수 있었다. 준은 이렇게 말하려고 했던 거였다. 내게 무슨 일이 생긴다 해도 나를 내버려둬. 내가 이처럼 너를 두고 떠나는 의미가 무언지 너도 이해하겠지. 나를 구하려고 애쓰지 마. 그게 내 마지막 부탁이야. 그는 이렇게 말하려다 차마 소리 내어 말하지는 못한 채 가버린 거였다. 그가 말하지 못한 건 그의 말이 희수에게 비난으로 들릴 수밖에 없다는 걸 알아서였다. 준은 희수를 비난하지 않기 위해 최선을 다했던 거였다. 희수는…… 준의 뜻을 따를 수가 없었다. 그가 죽도록 내버려둘 수 없었다. 네가 해야 할 일이 있어. 네 춤을 보러 요정에 자주 오던 제임스라는 미군 대위가 있어. 웨스트포인트 사관학교 출신에 반듯한 사람이지. 지금도 군사고문단으로 남아 있어. 무슨 말인지 알겠어? 희수는 고개를 저었다. 제임스가 너를 원해. 너를 처음 본 순간부터 그랬다더라. 네가 어떤 곤란을 겪더라도 지켜주겠다고 약속했어. 제가 뭘 해야 하지요? 매리는 집요한 시선으로 희수를, 아니 희수의 몸을 훑어보았어요. 아직 괜찮겠어. 너 여전히 버진이지? 내가 지금까지 널 아껴둔 이유가 뭐겠어. 그랜트 기억하지? 그때처럼 하면 돼.

　사실 희수는 수치를 느끼지 못했다. 그랜트 때와는 달리 희수의 마음속 깊은 곳에 있던 환멸은 시효를 다했다. 매리의 실수는 매리가 희수 앞에서 아무리 조심한다 해도 다른 미군들이 희수 앞에서 비밀을 누설하는 것까지 방지하지는 못했다는 거였다. 어쩌면 매리도 희수가 그처럼 영어를 잘 알아들을 수 있으리라고는 생각지 않았던 탓에 방심했을지도 몰랐다. 제임스의 진짜 신분이 미 육군 장교가 아니라 미 중앙정보국의 요원이라는 것쯤은 희수도 짐작할 수 있었다. 제임스는 매리를 통해 필요한 정보를 알아냈고 매리는 제임스를 통해 여러 특혜와 이권을 누릴 수 있었다. 몇 가지 기밀이 미국으로 새어나간 사실을 눈치챈 사람들이 매리를 의심했다. 매리가 아무리 대통령의 총애를 받는 사람이라 해도 대통령의 다른 측근들과 사이가 좋은 편은 아니어서 그들에게 견제를 당할 수밖에 없었다. 매리는 자신을 향한 의혹의 눈초리를 다른 사람에게 돌리기로 했다. 군정청에서 직원으로 일하다 미군 헌병사령관과 함께 살던 매리의 친구였다. 학생 시절 연극반에서 활동했고 학교를 졸업한 뒤로는 간호사로도 일한 적이 있는 명랑하고 쾌활한 사람이었다. 희수도 몇 차례 본 적이 있었다. 그 사람을 간첩으로 만드는 게 매리와 제임스의 계획이었다. 모든 일은 매리의 뜻대로 되었다. 그 사람을 미군 헌병사령관의 집에서 체포할 수는 없었기 때문에 매리가 인편으로 초대를 한 뒤 매리의 집에서 체포하기로 했다. 매리가 옥인동으로 보낸 사람이 바로 희수였다.

그이는 반가워하며 희수의 두 손을 잡았다. 오랫동안 갇혀 산 사람처럼 답답해하는 기색이 역력했다. 매리가 회현동의 집으로 찾아와주길 바란다고 전하자 얼굴에 화색이 돌았다. 걔는 왜 전화로 해도 될 걸 괜스레 사람 불편하게 하고 그런다니? 말은 그렇게 했지만 웃음이 뚝뚝 묻어났다. 아마도 지금 이 시간에 이용하실 차편이 없을 거라서 직접 모시고 오라 하신 것 같아요. 그래, 그랬구나. 이런, 내 정신 좀

봐. 차 한 잔도 대접을 못했네. 내가 본래 근본 없는 집안에서 가난하게 자라서 철딱서니가 없어. 이해해주렴. 그이는 상대의 마음을 편하게 해주는 사람이었다. 그이는 희수의 대학 생활에 대해 묻고 연극반 활동에 대해서도 물었다. 희수가 출연한 영화를 본 기억을 더듬으며 칭찬을 해주려 애썼고 기회가 되면 희수가 춤추는 걸 꼭 보고 싶다고도 했다. 그이는 외출복으로 갈아입고 나와 집 앞에 대기중이던 차 옆에 섰다. 희수가 인사를 하자 그이의 눈동자에 의혹의 빛이 떠올랐다. 함께 안 가구? 저는 다른 볼일이 있어서요. 그렇구나. 어쨌든 고마워. 운전사가 뒷좌석의 문을 열어주었다. 그이는 스스럼없이 희수에게 손을 내밀었다. 희수도 그이의 손을 잡았다. 우리 조만간 다시 보자. 너말야, 왠지 모르게 젊은 시절의 나를 닮았어. 그 눈이 너무 슬퍼. 세상의 모든 근심 걱정을 두 어깨에 짊어진 것처럼 보여. 그러지 마, 응? 희수는 고개를 숙였다. 그러자 그이가 희수를 가볍게 안았다. 가볍게 안았는데도 포근했다. 그이가 뒷좌석에 오르자 운전사가 문을 닫았다. 그이는 차창을 내리고 손을 흔들었다. 희수는 자동차에 바투 붙어 말했다. 지금 꼭 가지 않으셔도 돼요. 나중에 가셔도 돼요. 피곤하거나 급한 일이 있으시면 다음에 오셔도 된다고 했어요. 그이의 눈동자에 어떤 깨달음이 스치고 지나갔다. 차까지 보내놓고 매리가 그런 말도 했단 말야? 별소리를 다 하네. 괜찮아. 오랜만의 나들이라 기분도 좋아.

그렇게 떠난 그이는 매리의 집에 도착하자마자 특무대에 체포되었다. 미군의 기밀을 빼내어 남로당에 전달하고 남로당 간부의 월북을 지원하는 등 간첩 행위를 했다는 혐의로 기소되어 재판에서 사형을 선고받았다. 사형이 집행되기 얼마 전에 매리는 육군형무소에 수감되어 있던 그이를 면회하러 가서 죽음을 앞둔 친구를 껴안고 한바탕 눈물바람을 했다. 자신이 죽음으로 몰아넣은 친구를 껴안고 비통한 얼굴로 눈물을 흘릴 수 있는 사람. 바로 그런 사람의 얼굴이 그 시대의 얼굴이었다. 희수는 매리가 눈물을 흘릴 때 아주 잠깐일지라도 후회를 했다거나 찰나에 불과할지라도 스스로의 악마성에 진저리를 쳤다거나 자신도 모르게 인간의 본래면목으로 되돌아갔을지도 모른다고는 생각하고 싶지 않았다. 오히려 그런 순간은 없었을 거라는 믿음을 잃고 싶지 않았다. 한순간도 매리가 인간일 수 있다는 생각을 해본 적이 없었으니까. 매리가 인간일 수도 있다는 생각이야말로 인간을 모욕하는 거라고 믿었으니까. 그러나 희수는 매리를 비난하는 게 아무 쓸모가 없다는 사실도 잘 알았다. 매리와 같은 사람이 존재할 수 있는 이유는 희수와 같은 사람이 있어서였다. 그제야 조금씩 준의 고통이 실감났다. 그가 느껴야 했던 불안과 고통뿐만 아니라 희수를 향한 이중적이고 모순적인 감정들이 팔뚝을 기어가는 다족류의 움직임처럼 생생하게 느껴졌다. 준의 내부에서 들끓었던 희수를 향한 반감과 그러한 반감으로도 도무지 억누를 수 없었던 그리움을 희수 자신의 것처럼 느꼈다. 준의 꿈과 자신의 꿈이 뒤섞이는 기분이었고 본래 누구의 꿈이었는지 구분할 수 없게 되었다.

인민군이 서울에 들어온 지 얼마 안 되어 희수는 오래전 사라졌던 연극반 사람들을 다시 만났다. 그들을 따라 문예중대에 입대해 낙동강 전선으로 갔다. 그곳으로 떠날 때의 희수는 희수인 동시에 준이기도 했고 희수가 아니면서 준이 아니기도 했다. 희수는 나와 그, 우리라는 말로는 설명할 수 없는 새로운 누군가로 떠났다. 무언가를 이루기 위해 떠난 게 아니라 이미 무언가를 이룬 사람처럼 떠났다. 난향도 모르게 아무도 모르게 그들만의 미래를 위해 떠났다. 희수는 그의 어리석은 신념과 그보다 더 어리석은 용기를 기억하는 유일한 사람으로 남아 그가 다 하지 못한 일을 이어가기로 마음먹었다. 그는 비참하게 죽을 운명이었으므로 만약 그가 살아남는다면 하려고 했을 일, 조명이 꺼지고 객석마저 텅텅 비어 한 걸음만 내디뎌도 검은 물 위를 걷듯 출렁이고 휘청거릴 게 분명해 무대 위에 가만히 선 채 하게 될 연기, 처음이자 마지막으로 배우 스스로를 위해 할 수밖에 없고 해야만 하는 연기를 실제 삶에서 할 수 있는 사람은 자신밖에 없을 테니까. 그때 희수는 생각했다. 그가 박소위의 대검에 상처를 입었던 그날 밤보다 더 분명하게 느꼈다. 그가 차마 말할 수 없는 것들을 대신 말해주는 그의 혀가 되고 싶다. 그가 더이상 무엇에도 아파하지 않도록 그의 침묵을 지키는 혀가 되고 싶다. 그의 사연들이 이야기가 될 수 있도록 그의 삶을 기록하고 다른 이들에게 들려줄 수 있는 단단한 혀가 되고 싶다. 나는…… 그가 결코 연기할 수 없는 그가 되고 싶었어요.

오랜 세월이 흐른 뒤 희수는 누군가에게 이런 질문을 받았다. 그 시대에 배우로, 그러니까 여배우였던 당신의 어머니처럼 산다는 건 어떤 거였을지 궁금하군요. 잠시 생각에 잠겼던 희수는 어떤 기억을 떠올렸다. 언젠가 희수는 엘리베이터에서 젊은 엄마와 두 아이를 본 적이 있었다. 엄마는 어린 딸에게 야단을 치고 있었다. 딸보다 두어 살 많아 보이는 아들은 만화책을 읽는 데 푹 빠져서 엄마와 여동생에게 신경도 쓰지 않았고 그건 엄마와 여동생 쪽도 마찬가지였다. 엘리베이터 문이 열리고 세 식구가 우르르 내렸다. 다음날 엘리베이터에서 그 소년을 보았다. 여전히 만화책을 든 채 거기에 고개를 푹 처박고 있었다. 아무리 어린애라 해도 너무 몰두하는 것 같아 살짝 걱정이 들 정도였다. 어느 날은 해가 저무는데 아파트 공원 벤치에 앉아 여전히 만화책을 읽는 소년을 보았다. 엘리베이터에 탔더니 그 아이의 엄마와 여동생이 있었다. 희수는 무심한 듯 슬쩍 물었다. 아들은 저기서 만화책을 읽고 있더군요. 젊은 엄마는 희수를 빤히 바라보았다. 그래서 다시 한번 말해주었다. 그 나이에 만화책 좋아하는 게 당연하지만…… 그러자 젊은 엄마가 불쑥 욕설을 내뱉었다. 희수는 귀를 의심했다. 엘리베이터 문이 열리자 젊은 엄마는 마치 희수에게서 딸아이를 보호하기라도 하듯 앞으로 밀면서 힐끔 뒤돌아보았다. 아파트 안으로 딸아이를 들여보낸 뒤 돌아와 닫히는 엘리베이터 문을 잡더니 이렇게 말했다. 어르신, 괜한 말씀 않으셨으면 해요. 우리는 아들이 없어요. 아니, 있었지만 지금은 없어요. 희수가 어리둥절해하자 젊은 엄마는 오금을 박듯 말했다. 죽었다구요. 그러니까 놀리는 게 아니라면 그런 말씀 하지 마세요.

희수는 허망한 기분이었다. 마음이 너무 불편해서 그날 밤에는 잠을 이룰 수도 없었다. 다음날 그 집을 찾아가서 현관 벨을 눌렀다. 사십대의 사내가 문을 열어주었다. 무슨 일이냐고 묻기에 이 집 애기 엄마한테 할 말이 있다고 했다. 용서를 빌고 싶었기 때문에 최대한 공손한 태도로 말했다. 그 사내가 희수를 빤히 보았다. 지난밤 과음을 한 탓에 숙취에 시달리는 사람처럼 붉게 달아오른 얼굴이었다. 헝클어진 머리칼 때문에 더더욱 그렇게 보였다. 그때 퍼뜩 깨달았다. 그 사내의 얼굴이 슬픔에 시달리는 사람 같다는 걸. 이 집에는 젊은 엄마도 어린 딸아이도 어린 아들도 없다는 걸. 희수는 죄송하다 말하고 돌아왔다. 그리고 엄마에게 며칠 사이에 겪은 일을 말해주었다. 마음이 아파서 정신까지 아뜩해졌다. 한숨 자고 일어나서는 잠들기 전에 미처 하지 못했던 말들이 입 밖으로 마구 나올 것 같아 엄마를 찾다가 엄마가 오래전에 돌아가셨다는 걸 깨달았다. 누군가 다소곳이 앉은 채 희수를 물끄러미 바라보았다. 희수도 그 사람을 한참이나 바라보았다. 그 사람이 내가 누구인지 알겠냐고 묻기에 모르겠다며 고개를 저었다. 네 이모다. 그제야 아, 난향 이모구나 하면서 떠올랐다.

　그러니까 이런 일들이 자꾸 반복되는 것과 비슷하지요. 이런 일이 반복되면 내가 누구인지, 과연 내가 보는 게 정말 내가 보는 것이라고 말할 수 있는지 자신이 없어져요. 차라리 눈을 감고 손을 더듬어 확인하는 게 더 확실하고 믿을 만하다고 할 수 있지요. 미쳐버리는 것과는 조금 달라요. 현실과 비현실이 가끔 교차한다고나 할까요. 헛것들이 가끔 보이는 것뿐이라고 해두죠. 다시 말해 극도로 조심스러워지고 모든 것이 낯설어지는 거예요. 두렵기는 하지만 극심한 공포를 느끼는 건 아니에요. 두려워요. 하지만 두려운 건 사람들의 눈에도 내가 그런 식으로 비치는 게 아닐까, 나도 헛것에 지나지 않는데 내가 헛것이라는 사실을 나만 모르는 게 아닐까 싶어서예요. 그래서 자꾸 물어보게 돼요. 내가 당신 눈에 보이나요? 자, 손을 뻗어서 나를 좀 만져보세요. 내가 있는 게 느껴지나요. 당신은 정말 당신인가요. 나는 정말 나인가요.

희수는 문예중대에서 가수, 배우, 악단 등과 함께 생활했다. 전선에서 조금 떨어진 후방의 인민위원회가 주관하는 행사에서 공연과 관련된 일을 도맡았다. 코사크 춤은 여전히 유행이었지만 탭댄스의 인기가 무엇보다 높았다. 미군이 유행시킨 사교춤과는 달리 빠르고 힘찬 춤이었다. 공연은 노래와 춤이 주였지만 〈바보 온달〉〈춘향전〉과 같은 고전극을 개작하거나 일제에 맞선 농민의 소작쟁의, 노동자의 파업 등을 다룬 극도 이따금 올랐다. 희수는 연극에 출연하기도 했지만 주로 춤을 추었다. 공연이 즐겁기만 한 건 아니었다. 문예공연의 프로그램은 다양하지 못했고 관람객들도 대부분 어두운 표정이었다. 처음에는 야외공연도 했지만 미군의 폭격이 잦아지면서 야외공연은 엄두도 내지 못하게 되었다. 지방도시의 경우 공연을 할 수 있는 장소는 경찰서와 같은 관공서뿐이었고 사람들에게 그런 장소는 전시가 아니어도 괜히 긴장되고 꺼려지는 곳이어서 표정이 어두울 수밖에 없었다. 넓은 지하실이 있으면 사정이 나은 편이었지만 그렇지 않다면 등화관제를 위해 창을 가리고 조명도 최소한으로 사용할 수밖에 없어 그렇지 않아도 을씨년스러운 분위기의 공연장은 무덤 속처럼 으스스하기까지 했다.

전선이 낙동강 근처에 이르렀을 때 문예중대도 전선으로 이동하게 되었다. 희수는 그해 늦여름 하늘을 새까맣게 덮으며 날아오는 미군 폭격기들을 보았다. 그건 말로 표현하기 어려운 광경이었다. 영화에서도 볼 수 없는 장면이었고 설령 그와 비슷하게 재현할 수 있다 해도 희수가 느낀 공포와 비애까지 재현할 수는 없을 거였다. 주력부대는 이미 낙동강을 건너 은신해 있었고 문예중대는 비룡산 자락에서 대기하고 있었다. 정오 무렵이었다. 흐린 날이어서 멀리서 편대를 이루어 다가오는 백여 대의 폭격기는 처음에는 구름떼로 보였다. 폭격기들이 가까워지자 탁 트인 허공인데도 굴속인 것처럼 엔진음이 공명하여 하늘 전체를 손아귀에 쥐고 으스러뜨리는 것 같았다. 이윽고 하늘을 나는 고래처럼 생긴 폭격기들의 시커먼 뱃구레가 갈라지며 폭탄이 투하되었다. 폭탄들은 보기에는 천천히 내려오는 것 같았으나 실제로는 무서운 속도로 목표 지점을 향하여 떨어졌고 바로 옆에서 번개가 치고 천둥이 울리듯 섬광이 방사형으로 솟구쳐오르고 폭음이 무서운 진동과 함께 퍼져나갔다. 폭탄은 쉴새없이 투하되었고 폭격기들은 아무런 제지도 받지 않은 채 선회하여 다시 무수한 폭탄을 떨어뜨린 뒤 느릿느릿 사라졌다. 낙동강 서안을 따라 자리잡은 북삼, 약목, 기산, 성주가 폐허가 되었다.

세월이 지난 뒤 그날의 폭격이 노르망디상륙작전 이후로 가장 많은 폭탄이 투하되었던 날이라는 걸 알게 되었다. 비룡산은 비교적 높은 지대라 희수를 비롯한 중대원들은 그 광경을 처음부터 끝까지 지켜보았다. 폭탄이 쓸고 지난 곳에 살아 움직이는 건 하나도 없었다. 숲과 마을은 사라졌고 곳곳에 화산의 분화구처럼 보이는 폭탄 구덩이만이 남아 있었다. 지형마저 바뀌어 언덕이 평지가 되거나 평지가 언덕이 되어 있었다. 그들 모두 태어나서 처음으로 목격한 무시무시한 폭격이었다. 몇몇은 기절했고 나머지도 기절만 하지 않았을 뿐 사색이 된 건 마찬가지였다. 그러나 그때만 해도 전쟁이 지긋지긋하고 도망쳐버리고 싶다는 생각을 하는 사람은 없었다. 낙동강에서 전선이 교착되면서 미군의 엄청난 물량에 기가 질리기 시작했다. 전투기와 폭격기들이 쉬지 않고 날아왔고 포탄이 한 걸음마다 하나씩 떨어졌다. 중대원 가운데 시인이었던 누군가가 '저주로운 원수의 포성'이라는 표현을 썼고 그 표현은 삽시간에 퍼져나갔다.

시간이 흐를수록 서울을 떠나올 때 간직했던 열정과 희망들도 희미해졌다. 배우들의 얼굴은 푸석푸석하고 더러워서 화장이 소용없었고 허기에 지친 가수들은 목소리를 제대로 낼 수 없었다. 그런 상황은 견디려면 견딜 수 있었지만 부족한 잠은 견딜 방법이 없었다. 걷다가 졸며 쓰러지기 일쑤였고 한번 잠들면 전투기의 기총소사를 받아도 차라리 죽겠다며 꼼짝하지 않는 사람까지 있었다. 희수도 하루종일 비몽사몽이었다. 현실과 꿈이 뒤죽박죽이 되었다. 폭격기가 날아오는 걸 보고 눈을 떴는데 푸른 하늘이 내려다보고 있을 뿐이었고 바로 옆에서 총성이 들렸는데 누군가 희수를 부르는 목소리일 뿐이었다. 끝없이 들려오는 포성과 총성은 전쟁의 부분에 지나지 않았지만 전쟁을 은유하는 소리이기도 했다. 희수에게는 그 소리가 사람의 내면에 잠재했던 분노와 슬픔이 내는 소리같았다. 사람의 마음속에 갇혀 있을 때에는 아무도 들을 수 없는 소리였으나 마음에서 풀려나온 순간 누구나 들을 수 있는 굉음이 되는 거였다.

문예중대의 활동은 지지부진했다. 낙동강을 넘지 못한 채 후방에 머물렀지만 후방이라고 해서 안전하지도 않았다. 도시를 지키기 위해 남겨둔 소대 병력들마저 전선으로 집결시키는 바람에 빈약한 무장을 한 인민위원회 사람들이 경계 인력의 전부였다. 중대원 가운데 당원인 몇몇이 무기를 지급받아 경계를 서긴 했지만 그들조차 불안과 초조함을 감추지는 못했다. 낙동강만 건너면 대구가 코앞이었는데 대구가 고향인 선배 한 명이 어느 날 사라졌다. 얼굴이 곱고 행동도 조심스럽지만 누구보다 속이 깊고 인내심이 강한 선배였다. 그 선배가 사라졌다고 해서 비난하는 사람은 없었다. 당원들이 몇 마디 비판을 하기는 했지만 어쩔 수 없는 일이라고 여기는 말투였다. 그런 분위기는 문예중대에서만 가능한 것이기도 했다. 인민위원회만 하더라도 문예중대 전체를 배신자로 혹은 배신할 가능성이 있는 나약한 사람들로 보는 눈치였고 그런 눈치를 노골적으로 드러내기도 했다. 그 탓에 중대 지휘자와 인민위원회 사이에 갈등이 생겨났다. 전선이 무너지고 있었다. 철수 명령이 내려졌으나 문예중대에는 트럭이 할당되지 않았다. 인민위원회는 끝까지 남아 주력군의 철수를 도운 뒤 떠나기로 했다며 트럭을 내주지 않았다. 어쩔 수 없이 문예중대는 낮에는 은신하고 밤을 이용해 도보로 이동할 수밖에 없었다.

연극반 선배 가운데 한 명이 희수에게 희곡 한 편을 건넸다. 이거 한번 읽어볼래? 작가가 누구인지는 몰라. 가명인 것 같은데 우리한테는 알려지지 않은 사람이거든. 게다가 제목도 없어. 서울로 내려오기 전에 읽어보고 쓸모가 있을까 싶어 가져온 건데 막상 서울 공연에서는 정신이 없어서 깜빡 잊었지 뭐야. 종로 네거리 한청빌딩에 머물던 때에 몇몇이 돌려보긴 했는데 부르주아 냄새가 난다며 배격하자는 사람도 있었고 조선의 마야콥스키 같다며 조심스럽게 보자는 사람도 있었어. 마야도 배척당했지만 나중에는 복권이 됐잖아? 평가가 엇갈리는 걸 보면 문제적인 작품인 건 사실이야. 선배는 잠시 말을 멈추었다가 목소리를 낮추어 말했다. 너도 기억하지? 조선문학가동맹 기관지에 실렸던 『응향』 사건의 결정서 말야. 원산 동맹이 그 사건으로 완전히 박살이 났잖아. 우리도 이 문제로 논쟁을 했지만 저쪽에 가보니까 분위기가 정말 심상치 않았어. 그래서 다들 쉬쉬하는 편이야. 괜히 비판받을까봐 꺼리는 거지. 사실 이걸 무대에 올리고 싶어도 어떻게 연출을 해야 할지 모르겠어. 솔직하게 내 의견을 먼저 말하자면 모호한 작품이야. 카프카의 영향도 있어 보이고 셰익스피어의 흔적도 엿보이거든. 물론 마야의 목소리도 들리지. 외국 작품을 조선의 상황에 맞추어 번안한 작품으로 여겨질 만큼 이질적이야. 어쨌든 작품을 보는 눈은 네가 가장 날카로웠잖아. 네 의견이 듣고 싶어서 그래. 봐줄 수 있겠지? 희수는 고개를 끄덕였다.

문예중대는 미 제1기병사단의 선발대에 쫓기고 있었다. 보은에 이르렀을 때는 더이상 행군이 불가능할 만큼 탈진한 상태였다. 문예중대는 속리산 자락으로 접어들어 은신하기로 했고 미군 선봉대는 그들을 지나쳐 청주 방면으로 진출했다. 그 뒤를 이어 미군 주력부대가 지나갔다. 미군은 서울로 곧장 진격하는 눈치였고 미군의 예비대대인 국군 제1사단이 패잔병을 소탕하고 관공서 등 기관을 점령하며 서서히 북진하고 있었다. 결국 문예중대는 제1사단의 추격을 받는 꼴이 되었다. 희수는 선배가 넘겨준 작품을 틈틈이 읽어보았다. 선배의 평가대로 난해한 작품이었다. 줄거리가 없는 건 아니었다. 노동자들이 각성하여 노동조합을 결성하고 파업을 준비하며 독립운동가로 거듭난다는 흔한 내용이었다. 독자나 관객이 이미 잘 알고 있을 만한 내용이라고 간주해서인지 사건에 대한 설명은 극도로 아끼고 주로 극적인 상황에 처한 인물의 반응과 심리적 변화를 묘사한 탓에 지루하게 여겨졌다. 문예중대의 공연에서도 실제로 낫과 망치를 들고 춤을 출 정도인데 이 작품에는 낫과 망치는 물론이고 칼과 총도 전혀 등장하지 않았다. 깃발을 흔드는 장면도 없었고 주먹 쥔 손을 허공에 내지르는 몸짓도 없었다. 극중 주동인물의 행동을 방해하는 건 적대적인 인물의 음모나 사건이 아니라 공장의 기계음, 갑작스러운 단전, 그치지 않는 사이렌, 어디선가 일어난 원인 모를 화재, 공장 건물과 기숙사를 덮치는 폭풍우나 폭설 같은 것이었고 카프 계열의 작품들 중에서도 일본 유학생 출신들이 자주 구사하던 음산하고 기계적인 분위기가 주를 이루었으며 아마도 그런 점이 마야의 작품을 연상시키는 요소인 듯했다. 인물들의 대사가 시적이라는 점이 셰익스피어를 떠올리게 하는 것처럼.

이 작품의 특이한 점은 주동인물의 조력자인 부인물의 성격이었다. 공장에 들어온 지 얼마 안 된 소년공은 은밀하게 자기들끼리 무언가를 꾸미는 게 분명해 보이는 형과 누나들에게 소외감을 느끼지만 그런 소외감마저도 감미롭게 여기며 그들을 도울 수 있는 일을 스스로 찾아내려 애썼다. 소년공의 자발적이고 열정적인 행동은 동기가 정당하고 의도가 순수한데도 자꾸만 부정적인 결과를 가져오게 되고 그 탓에 소년은 노동조합을 결성하려는 사람들에게 점점 더 소외당할 수밖에 없었다. 소년공 이야기는 부수적이어서 있어도 그만 없어도 그만으로 보였지만 한편으로 작품에 기이한 생기를 불어넣기도 했다. 소년공은 노동조합이 결성되고 파업이 시작되었을 때 외부에서 들어온 극단을 찾아가 연출자에게 자신이 구상한 이야기를 들려주었다. 이야기 속의 이야기인 소년공의 작품은 한 편의 소극이었다. 희수는 이 장면이 어떤 이들의 신경을 건드렸으리라 짐작했다. 소년공의 이야기에 등장하는 노동자는 파업을 준비하고 음모에 맞서고 감시와 체포의 위협을 극복하는 과정에서 괴물처럼 변해갔다. 말하자면 괴물과 맞서 싸우다 괴물을 닮아가는 이야기였는데 최종적으로는 무어라고 판단해야 할지 모호했다. 인간보다 인간적인 괴물이라는 느낌도 들었으나 다른 한편으로 괴물은 결국 괴물일 뿐이라고 말하는 듯도 했다.

작품을 읽는 동안 희수는 어떤 예감에 사로잡혔고 기어이 낯익은 문장을 만나고 말았다. 계급투쟁을 주장하는 이들과 조합주의를 주장하는 이들 사이의 흔한 갈등이 드러나는 장면이었다. 그 장면에서 한 인물이 조합주의자를 설득하기 위해 이렇게 말했다. 우리는 조선공산당의 하부조직이 아니에요. 노동자보다 우위에 있는 조직은 있을 수 없어요. 그들이 우리를 도울 수는 있어도 우리를 지도할 수는 없어요. 행동하는 자들이 우리를 선동한 게 아니라 행동하지 않는 자들이 우리를 선동했으니까요. 우리를 일으킬 수 있는 사람도 노동자이고 우리를 짓밟을 수 있는 사람도 노동자뿐이에요. 우리는 노동자 속에서 살고 노동자 속에서 죽을 거예요.

희수는 눈물이 왈칵 쏟아지려는 걸 간신히 참고 선배에게 말했다. 이 작품을 쓴 작가가 누구인지 알 것 같아요. 이준이라는 사람이에요. 극단에서 활동한 희극배우이기도 해요. 선배는 곰곰이 생각하는 눈치더니 고개를 끄덕였다. 만담가인 유선생의 제자 맞지? 희수는 조심스럽게 물었다. ……살아 있나요? 그럴 거야. 정확히 그 사람인지는 모르겠지만 내가 생각하는 사람이 맞다면 말야. 유선생과 함께 있다가 강동정치학원에 갔다는 얘기를 들었어. 선배가 말끝을 흐렸다. 희수는 조용히 기다렸다. ……우리가 떠나올 무렵의 그곳은 정치학원이라기보다는 유격전을 준비하는 군사학원이었거든. 희수는 무슨 말인지 이해했다. 준은 살아 있을 수도 있었고 아니면 이미 죽었을 수도 있었다. 그러나 희수는 그가 살아 있음을 의심하지 않았다. 그날부터였다. 온몸이 으슬으슬 떨리기 시작한 것은.

대원들은 미군이 청주를 점령하지 않고 우회하여 곧장 천안으로 갔다는 사실을 알게 되었다. 국군 제1사단이 청주를 점령하기 전에 진입해야 했다. 추석이 얼마 남지 않은 터라 달은 만월에 가깝게 차올라 밤길이 환했고 달빛이 흐드러진 밤길은 그들을 더욱 숨막히게 했다. 국군보다 먼저 도착해야 아직 후퇴하지 않은 인민위원회와 접촉할 수 있기 때문에 문예중대는 아픈 발을 이끌고 침묵을 지키며 쉬지 않고 산길을 걸었다. 희수 앞으로 무언가가 느릿느릿 가로질러갔다. 잠시 걸음을 멈춘 희수는 그게 암소라는 걸 알았다. 다른 사람들도 걸음을 멈춘 채 도무지 소가 있을 곳이라고는 여겨지지 않는 산중에서 만난 뜻밖의 암소가 무슨 의미일지를 생각하는 눈치였다. 가까이에서 본 암소는 바짝 야위어서 그렇지 않아도 커다란 두 눈이 더 퀭해 보였다. 너는 누구니. 너는 왜 소가 되었니. 희수는 준의 작품에서 본 한 대목을 떠올렸다. 소년공은 공장으로 떠날 때 외양간 앞에 쪼그리고 앉아 소를 보면서 슬픔에 잠겼다. 너는 누구니. 너는 왜 소가 되었니. 우리는 소가 될 수 없어서 소처럼 일하고 살아. 차라리 소가 되고 싶어. 희수는 그가 가까이에 있다는 생각이 들었다. 어딘가에서 자신을 지켜보고 있을 것만 같았다. 희수는 고개를 두리번거렸다. 달빛이 능선을 따라 흘러내렸고 야행성 맹금류의 울음이 들려왔다.

문예중대는 무사히 청주에 진입했으나 도착한 지 얼마 안 되어 인민위원회가 도당의 지시를 따라 입산해버리는 바람에 정처 없는 신세가 되고 말았다. 계속해서 이동한다는 것도 쉬운 일이 아니었다. 전선은 그들을 지나쳐 북쪽으로 올라가버렸고 사실상 고립되고 포위된 상황이었다. 중대원들 사이에는 이제 마지막이라는 분위기가 만연했고 입산 외에는 다른 방법이 없는 듯했다. 무심천을 따라 서문교 근처에 이르자 내무서 건물 앞을 떠나는 트럭들이 보였다. 누군가 달려가 태워달라고 부탁했다. 자리가 넉넉하지 않아 스무 명 남짓한 중대원이 모두 탈 수는 없었다. 여성과 환자를 우선 트럭에 태웠다. 희수도 트럭에 오르라는 지시를 받았으나 거부했다. 아픈 사람이 타고 가는 게 옳다고 생각해서였다. 희수는 남은 대원 서넛과 움직이기로 했다. 트럭은 전조등조차 켜지 않은 채 시내를 빠져나갔다. 며칠째 강행군을 한 터라 모두 탈진 상태였기에 잠시 쉬었다가 출발하기로 했다.

군복을 벗고 평상복으로 갈아입자 영락없는 피란민 꼴이었다. 빈집인 줄 알고 들어간 곳에는 귀가 어두운 노부인이 있었다. 노부인은 물을 떠다주고 먹을 걸 내주었다. 희수는 연신 고개를 숙이며 감사하다고 말했다. 잠깐 눈을 붙였다고 생각했는데 깊이 잠이 든 모양이었다. 배우인 중대원이 희수를 흔들어 깨우고 있었다. 시간이 얼마나 지났는지 가늠조차 되지 않았다. 십 분 정도일 수도 있었고 두어 시간일 수도 있었다. 떠나야 한다는 목소리는 알아들었지만 눈을 뜰 수가 없었다. 국군 선발대가 시내를 우회해서 길목을 막은 것 같다고 했다. 북쪽에서 총성이 들렸다는 거였다. 어서 떠나야 해요. 다른 대원들은 모두 떠날 준비를 마친 상태였다. 희수는 몸이 불덩이처럼 달아오르는 느낌이었지만 안간힘을 쓰며 자리에서 일어났다. 잠깐 긴장이 풀려서인지 혹은 육체가 감당할 수 있는 한계를 넘어서인지 알 수 없었지만 현기증이 일면서 다리가 휘청거렸다. 대원들은 걱정스러운 눈빛으로 희수를 지켜보았다. 그들은 희수가 아픈 걸 처음 보았다. 그동안 많은 대원이 병에 걸리고 쓰러졌지만 희수는 힘들어하는 기색조차 비친 적이 없어서였다. 각자의 마음속에서 착잡하고 서글픈 생각들이 솟았다 꺼지는 걸 느낄 수 있었다. 저는 걱정 말고 먼저 떠나세요. 다른 대원들은 그럴 수 없다면서 업고서라도 가겠다며 등을 돌리고 앉았지만 희수는 완강하게 고개를 저었다. 이렇게 실랑이할 시간이 없잖아요. 왔던 길을 되짚어 속리산으로 들어가 거기에서 만나기로 했다. 그들은 희수와 눈빛으로 인사를 나눈 뒤 길을 나섰다.

대원들이 떠나고 얼마 안 되어 희수도 힘겹게 몸을 일으켰다. 노부인에게 인사를 하고 배낭을 멨다. 노부인이 희수를 붙잡았다. 이 집에 머물러도 된다고 했다. 희수는 고맙지만 그럴 수 없다고 했다. 주머니를 뒤져 얼마 남지 않은 돈을 모두 노부인에게 건네주고 떠났다. 구름을 벗어난 달 아래 적막한 도시가 모습을 드러냈다. 서울을 떠나고 겨우 석 달이 되었을 뿐인데 세상의 끝에 이른 기분이었다. 희수는 이제 혼자였다. 전선을 뒤쫓아가면서 병이 나거나 부상을 당해 후송된 대원의 뒷일은 알 수 없었다. 은밀하게 빠져나간 몇은 운이 좋다면 체포되어 구금되었을 테고 운이 나쁘다면 사살되었을 거였다. 힘겹게 살아남은 이들조차 결국은 이곳에서 뿔뿔이 흩어지고 말았다.

이처럼 순식간에 전선이 무너지고 퇴로가 막힐 거라고는 생각해본 적도 없었지만 그보다 희수를 당황스럽게 한 건 준의 흔적이었다. 그가 직접 짓고 정서한 작품이 희수의 품에 있었다. 이따금 그가 어떤 작품을 쓰고 싶은지를 말해준 적은 있었지만 이런 식으로 그의 작품을 접하게 될 줄은 몰랐던 탓에 가슴이 저렸다. 아마도 준은 이 작품을 쓰기 위해 지나온 생을 모두 털어야 했을 테고 이 작품이 제대로 평가받지 못한 채 여러 사람의 손에서 손으로 건네지다가 마침내 희수의 손에 이르게 되리라고는 짐작조차 못했을 거였다. 희수는 알 수 있었다. 그가 문간방 앉은뱅이책상 앞에 앉아 죽은 거나 마찬가지인 아버지의 숨소리를 견디며 한 단어 한 단어를 끌로 새기듯이 쓰면서 지샜을 수많은 밤들을, 공포와 두려움 속에 사선을 넘어 불안과 슬픔 속에서 어떻게 이 작품을 마무리했을지를 알 수 있었다.

희수가 아니라면 알 수 없는 한 가지 사실은 이 작품을 쓴 사람은 자신을 엄습한 불안과 공포에 점령당하지 않았다는 점이었다. 작품 전체에 드리운 음울한 분위기를 부인할 수는 없었다. 그럼에도 물고기들이 뒤척일 때 언뜻 비치는 눈부신 비늘 같은 문장을 볼 수 있었다. 그런 문장은 우연히 생겨난 그럴듯한 문장이 아니라 그가 간신히 도달한, 혹은 겨우 지켜낸 내밀하고 은밀하며 무엇보다 소중한 그만의 정신 같은 거였다. 그의 붕괴를 지탱해주고 그의 분노와 슬픔을 희극으로 해소할 수 있게 해준 힘이기도 한 거였다. 어떤 방식으로 연출해야 할지 모르겠다던 선배의 말이 귓가에 맴돌았다. 희수도 마찬가지였다. 무대 위에 누군가의 삶 전체를 옮겨놓는다는 건 불가능했다. 시도는 할 수 있겠지만 성공적인 무대가 될 가능성은 희박했다. 그러나 만약 무대가 아닌 다른 방식이라면 가능할지도 모르겠다는 생각이 스치고 지나갔다. 시나리오로 각색하여 영화로 만든다면 연출의 난점을 해결할 수 있으리라는 생각이 들었다. 준의 작품을 영화로 만드는 게 희수에게는 사명처럼 느껴졌다. 희수가 할 수 있고 해야 하는 마지막 일이 그것인 것만 같았다.

그 영화에 희수가 배우로 출연한다면 소년공이 좋을 듯했다. 마술사는 연배가 있는 숙련공으로 등장하면 어울릴 테고 거인은 일본인 감독 역도 잘해낼 듯했다. 위아래로 홑옷인 적삼과 잠방이를 입고 능청을 떠는 마술사와 일본인의 말투를 흉내내어 어눌한 조선어로 비아냥거릴 거인을 떠올렸다. 거인이 걸친 시루시반텐은 터질 것처럼 몸에 꽉 낄 테고 거인이 과장된 몸짓을 할 때마다 툭툭 솔기가 뜯기는 소리도 날 거였다. 희수는 비몽사몽인 상태에서도 어느 날 완성할 영화와 그 영화에 출연할 배우들을 계속해서 떠올렸다. 희수의 머릿속에서는 사랑채에 살던 배우들과 곁채에 살던 기생이며 카페 종업원 모두 배역을 맡아 등장했다. 누가 어떤 역을 맡으면 좋을지, 누가 어떤 역에 가장 잘 어울릴지를 생각했다. 사라져버린 사람들, 죽은 사람들까지 불러들여 하나씩 하나씩 역할을 맡겼다. 희수의 엄마는 노조를 지원하기 위해 파견된 당의 오르그로, 문간방 노인은 공장 근처 담뱃가게 주인으로, 준의 아버지는 담뱃가게 옆 복덕방 주인으로 등장했다. 순희는 노조의 연락원이고 난향 이모는 여자 기숙사의 사감이며 박소위는 일본 경찰의 밀정이었다. 마지막으로 준은…… 어떤 역할에도 어울리지 않을 듯했고 무슨 역할을 해도 잘 어울릴 듯했다. 그는 단 한 사람을 연기하기에는 너무 많은 사람이었고 많은 사람을 연기하기에는 지독하게도 한 사람에 가까웠다.

준을 생각하다가 준이 그리워졌고 준이 그리워지자 영화에 대한 상상이 쓸데없는 일로 여겨졌다. 누가 등장하든 무슨 상관이 있을까. 어떤 배역을 맡든 무슨 의미가 있을까. 그중에서 진실로 자기 자신일 수 있는 사람은 누구일까. 그중에서 스스로를 연기할 수 있는 사람은 누구일까. 아무 연기를 하지 않아도 그 자체가 연기일 수밖에 없는 삶이라면 무언가를 연기하는 순간 연기에서 멀어지게 되는 게 아닐까. 삶에서 추방당하게 되는 게 아닐까. 그들 모두 자기 자신이기 위해 목숨까지 걸어야 했던 게 아니었을까. 희수는 비틀거렸다. 시야가 흐려졌고 깜빡 정신을 놓치기도 했다. 잡화상점 간판이 이마에 붙은 단층건물 옆에 잇달아 선 삼 층 높이의 커다란 방앗간이 눈에 들어왔다. 저멀리 어둠 속에서 발소리와 수군거리는 목소리가 들려왔다. 본능적으로 위험을 느낀 희수는 방앗간 뒤쪽으로 돌아갔다. 달빛이 비치지 않는 곳이기도 했지만 방앗간이라는 말이 머릿속에 떠오르는 순간 이미 자신도 모르게 이끌린 거였다. 제법 크고 반듯한 목조건물이었다. 창고인 듯했다. 희수는 문을 열고 들어갔다. 어두운 창고 내부에 고인 발효된 왕겨 냄새가 코끝으로 밀려들어왔다.

희수는 쓰러지듯 주저앉았다. 마침 등에 딱딱한 무언가가 느껴졌고 그대로 기대면서 정신을 잃어갔다. 손전등 불빛이 얼굴을 쓸고 지나는 게 느껴졌지만 꼼짝도 할 수 없었다. 조심스러운 발소리가 다가왔다. 희수 앞에 멈춘 사람이 물었다. 희수니? 희수는 간신히 눈을 떴다. 손전등 불빛이 사라졌다. 그 사람은 희수 앞에 무릎을 꿇고 앉으며 희수의 얼굴을 가까이에서 들여다보았다. 정말 희수구나. 이럴 수가. 정말 희수야. ……당신인가요? 희수는 이렇게 물었다. 희수는 기억했다. 그를 생각하면 마음부터 아팠다. 지금도 마음이 아팠다. 그리고 희수의 마음이 아플 때마다 그가 함께였다는 게 떠올랐다. 그러니 지금 눈앞에서 떨리는 목소리로 희수의 이름을 부르는 사람은 그일 수밖에 없었다. ……당신인가요. 이 말은 당신일 수밖에 없다는 희수의 확신이기도 했다. 당신이어야만 한다는 명령이기도 했다. 당신을 생각하는 중이었으니 당신이 아니어서는 안 된다는 호통이기도 했다. 그러나 그 사람은 준이 아니었다. 희수도 알고 있었다. 준은 이제 희수의 마음이 아플 때마다 기다렸다는 듯 나타날 수 없었다. 희수가 발목을 접질려도 나타날 수 없었고 어쩌면 희수가 총에 맞아 죽어간다 해도 나타날 수 없을 거였다.

희수는 김선생 덕분에 청주에 은신할 수 있었다. 김선생은 청주에 연고가 있었고 청년단과도 이해관계가 깊이 얽혀 있었다. 지역의 유지들과 원만한 관계를 유지한 덕분에 국군이 들어온 뒤에도 신분을 유지할 수 있었다. 잡화상점과 방앗간도 김선생의 사업 가운데 하나였다. 김선생은 서울에서처럼 청주의 여러 세력들의 뒷배를 봐주면서 사업을 확장할 수 있었다. 인민위원회도 김선생을 반동으로 취급하지 않고 포섭 대상으로 다루었다. 김선생은 인민군을 대접하는 한편 지하로 숨은 우익 인사들의 편의를 봐주거나 남은 식구들을 돌봐주어 인심을 잃지 않았다. 희수가 오래전부터 감탄했던 김선생의 친화력이 이곳에서도 빛을 발했다.

희수는 가을이 깊었을 때 열병에서 벗어날 수 있었다. 겨울 내내 준이 남겨두고 간 가죽장갑을 바라보며 지냈고 해가 바뀌어 이듬해 봄

314

까지 전선이 중부에서 오르락내리락하는 동안 차차 건강을 회복할 수 있었다. 청주 역시 여느 지역과 마찬가지로 부역자 색출로 한바탕 피바람이 몰아쳤고 수백 명이 좌익 혐의로 형무소에 수감되어 있었다. 속리산으로 간 대원들의 상황도 산에서 내려온 연락원을 통해 알게 되었다. 소탕 작전으로 많은 사람들이 죽었지만 대원들은 여전히 대오를 유지하면서 산중 생활을 이어가고 있었다. 일부는 오대산 지구로 이동했고 남은 대원들은 공연은 엄두도 못 내는 형편이라 노래를 보급하는 것 외에는 특별한 활동은 없다고 했다.

희수가 준을 다시 만나게 된 건 그해 5월이었다. 전선의 후방을 교란하기 위해 소백산맥을 따라 이현상이 인솔하는 남부군이 겨울부터 남진하고 있었다. 속리산으로 들어간 남부군은 전선이 교착되자 장기전을 준비했고 만반의 준비를 갖춘 뒤 청주를 습격했다. 희수는 알 수 있었다. 그가 오고 있었다. 한 번도 잊은 적 없는 그가 남부군의 일원으로 희수를 만나기 위해 오고 있었다. 희수가 어디에 있든 반드시 나타나야 했으므로 그는 오지 않을 수 없었다. 설령 두 사람이 만나는 순간 돌이킬 수 없는 강을 건너게 된다 해도 희수와 준은 만나야 했다. 희수는 겨울 내내 골방에 숨은 채 제목도 없고 작가조차 밝혀지지 않은 희곡을 읽고 또 읽었으며 그 작품의 모든 문장에 준이 깃들어 있듯이 희수 자신도 깃들어 있음을 알게 되었다. 그들은 분리될 수 없는 하나였고 이미 서로의 이야기가 되었으며 언젠가 무대 위에서 재현되거나 영사막에서 상연될 거였다.

속리산과 청주를 오가는 연락원 가운데 한 명이 체포되었다. 김선생이 심문을 받고 가택수색을 당하면서 희수도 끌려가게 되었다. 희수는 감옥의 창살을 붙잡고 먼 하늘을 보았다. 멀리서 포성과 총성이 울렸다. 청주는 속리산의 북서쪽에 있었다. 속리산의 관평 지역에서 출발한 남부군은 보은읍을 북쪽으로 우회해서 구룡산의 능선을 타고 백족산으로 갔다. 백족산에 이르면 청주 시내가 발아래였다. 남부군 본대가 청주 진입을 앞두고 있을 때 준은 청주형무소가 지척인 낙가산을 내려가고 있었다. 희수는 그가 오기를 기다리고 있었다. 누군가 희수에게 그런 사실을 어떻게 아느냐고 물었다면 희수는 이렇게 답했을 거였다. 오늘따라 저 하늘이 기품 있어 보이니까요. 그러면서 오른손으로 왼쪽 가슴부터 배꼽 위쪽까지를 쓰다듬으며 덧붙일 거였다. 이렇게 만져지거든요. 내 몸에도 그의 몸에 생긴 흉터와 똑같은 흉터가 자라고 있거든요. 그가 내게 오고 있다는 뜻이에요. 그의 흉터 속에 내가 살듯이 나는 그의 흉터를 키우며 살아요. 희수에게 준이 남들과 다를 수밖에 없었던 이유는 그와 눈이 마주칠 때마다 그의 내부에서 피어오르던 열정을 알아보지 못할 수 없어서였다. 그 열정이 여태한 번도 존재한 적 없는 새로운 인간에게만 가능한 것임을 알아서였다. 그들에게만 허락된 유일한 고통이어서였다.

6장

당신 이야기

준은 총탄에 의한 상처를 볼 때마다 상처보다 총알이 앞서는 것이 아니라 그 상처가 강렬하게 총알을 요구한 것처럼 보인다는 점 때문에 아득해지곤 했다. 탄환을 동경하는 심장이 있다면 그 심장은 이미 탄환에 상처 입은 심장일 수밖에 없었다. 그에게 총알은 과거이자 현재이고 현재이자 미래이며 그가 동지들과 함께 부수고 싶었던 영속적인 순환의 고리인 가난과 몰인간성과 억압과 착취, 그 모든 것들의 은유였다. 부수고자 하는 것들에 의해 부서진 사람들. 그런 사람들을 너무 오랫동안 보아온 탓에 때로는 무엇을 부수고자 했는지조차 헷갈리기도 했다.

그가 종종 사로잡히곤 했던 쓸데없는 생각 가운데 하나는 유탄에 대한 것이었다. 총구를 빠져나와 허공을 가르며 날아갔지만 끝내 어디로 갔는지 알 수 없게 된 유탄들이 그의 마음속에 거처를 정한 것처럼 모여들어 쇳소리를 내며 쌓여갔다. 조준한 곳에 맞지 않고 빗나간 탄환만이 유탄은 아니었다. 빗나갔으되 조준하지 않은 다른 무언가에 맞은 탄환 역시 유탄이었다. 그러니까 탄환은 총구를 빠져나가는 순간부터 무엇이든 맞히지 않고서는 멈추지 않는 거였다. 그는 유탄에 맞아 죽은 대원을 눈앞에서 보았다. 그의 맞은편 바위에 걸터앉아 동쪽을 가리키며 저 산너머 멀지 않은 곳에 고향 마을이 있을 거라고 말하던 대원은 관자놀이에 유탄을 맞았다. 그의 가슴팍으로 고꾸라지던 대원보다 먼저 피가 그의 얼굴로 튀었다. 순식간에 일어난 일이었다. 습격당한다는 기미가 전혀 없었기 때문에 실감이 나지 않았다. 핏물이 묻은 얼굴을 닦아내자 검게 질린 그의 얼굴이 드러났다. 그는 자기 얼굴을 볼 수 없었지만 다른 이들의 눈에 어떻게 보일지는 알았다. 그 역시 그런 얼굴을 날마다 보아서였다. 겨울 내내 눈 쌓인 산을 헤집고 다니느라 새까맣게 탄 얼굴들이 슬픔과 고통으로 잠시 일그러지면 그보다 더 어두울 수 없을 만큼 검게 질렸다. 때로는 표정을 가늠하기 어려워서 신비로워 보이기도 했다. 웃고 있어도 우는 것 같았고 울고 있어도 웃는 것 같았다.

그가 속한 문화공작대는 따로 편제되어 있지는 않았다. 각 부대에 파견되어 배속된 상태였고 다른 대원들과 마찬가지로 전투에도 참여했다. 노래를 배우고 함께 부르는 문예활동은 일상적으로 이뤄졌지만 공연다운 공연은 할 수 없는 형편이었다. 드물기는 했지만 여유가 생겨 오락활동을 할 수 있게 되면 형식적으로나마 간이무대가 만들어졌고 대원들 가운데 누구든 무대로 나와 장기를 뽐낼 수 있었다. 마술사와 거인이 가장 인기 있었고 준의 인기도 그에 못지않았다. 처음 대원들을 사로잡은 그의 연기는 흉내내기였다. 소백산 부근에서 합류한 인민군 패잔병이 몇 명 있었다. 그들 중에 나이가 많고 팔로군 출신이어서 팔로군 아저씨라는 별명으로 불리는 사람이 있었다. 팔로군 아저씨는 성격이 느긋한데다 우스갯소리도 잘해 젊은 대원들과 스스럼없이 어울렸고 총기를 다루는 솜씨도 구빨치산보다 능숙하고 노련했다. 전투가 벌어지면 그림자처럼 날렵하게 소리 없이 움직였으며 매번 수색조나 공격조를 자원할 만큼 대담하기도 했다. 팔로군 아저씨에게는 남다른 점이 하나 있었는데 한번 잠이 들면 누가 떠메어가도 모를 만큼 깊이 잠들어서 산중이 아닌 자기집 안방인 것처럼 깨어날 줄을 모른다는 거였다. 얼마 지나지 않아 모든 대원들이 팔로군 아저씨의 비밀을 알게 되었다. 채 스물도 되지 않은 한 대원이 팔로군 아저씨를 깨우지 못해 전전긍긍하는 걸 지나던 다른 부대원이 보고 한심하다는 듯 혀를 찼다. 그 사람 깨우려면 이렇게 소리치면 된다. 젊은 대원은 반신반의하면서도 팔로군 아저씨를 예전부터 알았다는 대원이 귓속말로 가르쳐준 대로 소리쳤다. 일본군이 온다! 그러자 팔로군 아저씨가 용수철이 튀어오르듯 벌떡 일어나 총을 쥐더니 엄폐물을 찾아 순식간에 사라져버린 거였다. 젊은 대원이 기가 막혀서 팔로군 아저씨를 한참이나 불러댔고 그제야 느릿느릿 나타난 팔로군 아저씨는 히물쩍 웃었다.

그뒤 모든 대원들이 팔로군 아저씨를 깨우는 방법을 알게 되었고 가끔은 그저 골리기 위해 장난을 치기도 했다. 그럴 때마다 팔로군 아저씨는 벌떡 일어나 은신할 곳을 귀신처럼 찾아내어 순식간에 전투태세를 갖추었다. 농담이라고, 장난이라고 밝히면 그제야 슬쩍 모습을 드러냈다. 비행기의 공습이다, 포탄이 날아온다, 누렁개다, 아무리

소리쳐도 꿈쩍 않는 분이 왜 일본군이 온다는 말에는 그렇게 쏜살같은지를 물으면 팔로군 아저씨는 배시시 웃으면서 변명을 늘어놓곤 했다. 내가 일본놈에 대한 적개심보다 이승만 도당에 대한 적개심이 강하지 못해서리. 아무래도 일본놈을 미워하는 거랑 조선 민족을 미워하는 게 똑같을 수야 없지 않갔어. 그런 변명조차 대원들의 웃음을 불러일으켰다. 준은 속리산 지구에 들어와서 갖게 된 첫번째 오락시간에 팔로군 아저씨를 흉내냈다. 모두가 포복절도를 하는 중에도 팔로군 아저씨만은 입을 내민 채 내가 저렇다고, 내가 정말 저렇단 말야, 하며 못마땅해했지만 이왕 하려면 좀더 그럴듯하게 하라면서 직접 무대에 나와 준과 함께 연기를 했다.

문화공작대 대원 가운데에는 사랑채에 살던 배우도 있었다. 준과 함께 무대에 여러 차례 오른 적이 있던 그 배우는 장난스러운 뱀 춤의 대가였다. 그 탓에 땅꾼이라는 별명으로 불렸다. 땅꾼이 엎드린 채 허리를 일으켜 궁둥이를 하늘로 치켜세웠다가 무릎을 이용해 앞으로 기어가는 모습을 지켜보고 있노라면 인간이 본래 뱀에서 떨어져나온 존재가 아닐까 하는 생각마저 들 정도였다. 땅꾼이 얄궂은 표정으로 턱을 치켜들고 혀를 날름거리면 동지들은 땅꾼의 얼굴 앞에 떨어지도록 돌멩이를 던졌고 그러면 땅꾼은 자신만의 특기인 잇새로 침 뱉기를 보여주었다. 땅꾼은 거의 칠팔 미터까지 침을 뱉을 수 있었는데 운나쁜 누군가의 발등에 땅꾼의 침이 철썩 들러붙기도 했다. 준이 땅꾼에게 뱀을 흉내낼 생각을 어떻게 하게 되었느냐 물었을 때 땅꾼은 다만 자기 형이 지랄병을 앓아서 그걸 흉내내다 이렇게 되었노라고 말했다. 문간방에 살던 반쯤 미친 노인 기억하지? 그 노인 흉내도 낸 거야.

땅꾼은 뱀 춤만 추는 건 아니었다. 두 팔과 두 다리를 교묘하게 벌리고 굽혀서 도마뱀 흉내를 내고 정말 도마뱀처럼 어기적어기적 기어다니기도 했다. 그게 땅꾼이 주로 무대에서 퇴장하는 방식이기도 했다. 땅꾼은 실제로도 뱀을 전혀 무서워하지 않았다. 한때 배우 노릇을 그만두고 정말 땅꾼으로 살기도 했다는데 그 말이 사실이라는 걸 증명이라도 하듯 뱀을 잡기가 무섭게 독니와 침샘을 제거해서 목이나 손목에 감고 나타나 이른바 뱀 쇼를 보여주기도 했다. 독니를 제거했다 해도 물리지 않는 건 아니어서 땅꾼의 팔뚝에는 뱀의 이빨에 물린 자잘한 자국이 여럿이었지만 그걸 즐기는 것처럼 보이기도 했다. 땅꾼은 준과 단둘이 있을 때면 국군준비대가 습격당했던 날 죽은 동료를 추억했고 그럴 때면 장난스러운 뱀 춤을 추는 사람이라고는 믿을 수 없을 만큼 처연한 표정을 짓곤 했다.

준은 마술사와 거인에게도 들어서 알고는 있었지만 사랑채에 살던 배우들의 면면에 대해 더 자세한 사정을 땅꾼에게 들었다. 거슬러올라가보면 그들의 인연은 희수의 어머니인 현서에서 비롯된 거였다. 난생처음 극단 사무실을 점거하고 파업이라는 걸 하는 바람에 경찰서에 끌려갔던 이후 배우들 사이에 은밀한 움직임이 일어났다. 그들 모두 현서를 배신하고 현서가 석 달이나 감옥에서 고초를 겪게 내버려두었다는 사실에 무기력과 자괴감을 느꼈고 바로 이 점이 오히려 그들이 은밀한 움직임에 자발적으로 호응하게 된 계기가 되었다. 지금 식으로 말하자면 정치위원이라고나 할까. 오르그가 찾아와서 한 사람씩 포섭을 한 거야. 그렇게 대부분이 포섭되었고 어느 정도 시간이 흐르자 각자 말은 안 해도 오르그와 접촉했다는 사실을 서로 눈치채게 된 거지. 그렇지만 우리에게는 활동할 수 있는 우리만의 공간이라는 게 없었어. 그게 우리의 장점이자 단점이었지. 물론 일제의 탄압이 극심해지면서 위축되었던 것도 사실이야. 문간방에 살던 반쯤 미친 노인이 당의 조직책이었다는 건 아무도 몰랐어. 우리도 해방 뒤에야 알았으니까. 어쨌든 우리가 예비 당원으로 남고 일경의 감시망에 들어가지 않은 건 조선공산당 지도부가 우리를 전적으로 신뢰하지 않아서였어. 우린 딴따라잖아.

이 말을 하고 난 뒤 땅꾼은 한숨을 내쉬었다. 준아, 이건 너니까 하는 말이지만, 난 여기에 오기 전에 묘한 희곡 한 편을 읽었어. 한 소년공이 등장하는 희곡이었지. 나는 그 작품을 훌륭하다고 생각해. 인물의 심리를 직접적으로 드러내는 대사가 없음에도 인물의 심리가 어떤 작품보다 분명하게 느껴지거든. 그 희곡을 쓴 사람은 그냥 작가는 아닐 거야. 배우를 위한 작품이라는 생각이 들었거든. 배우에게 열려 있고 배우의 가능성에 작품의 가능성을 위임했다는 느낌이 들었으니까. 그런 작품을 쓸 수 있는 사람은 그냥 작가는 아닐 거야. 배우이면서 작가일 거야. 땅꾼이 준의 눈을 깊이 들여다보았다. 준은 아무 말도 하지 않았다. 땅꾼은 어깨를 으쓱했다. 세상이 어떻게 돌아가는지 모르겠어. 우리가 티토의 유고슬라비아 모델을 좀더 심각하게 생각할 필요가 있다고 믿어. 하지만 실제로 동지들이 관심을 갖는 건 누가 더 오른쪽에 있고 누가 더 왼쪽에 있느냐인 것 같아서 불안해. 그 희곡에서 노조를 준비하는 인물이 비장하게 말하지. 어떤 조직도 노동자보다 우위에 있을 수는 없다고. 이 말은 당의 입장에서는 당의 지도와 권위를 부정하는 의도로 받아들여질 수도 있어. 만약 우리가 전쟁중이 아니라면 상관없겠지만 지금처럼 전쟁중일 때는 당이 어떤 해석을 내리는 순간 반박이나 반론은 불가능해. 그러니까 나는…… 네가 상처받지 않기를 바라. 만약 당이 그런 판단을 내린다 해도 나는 너를 결코 의심하지 않아. 너의 신념이 얼마나 견고하고 아름다운지 아니까. 준아, 우리 모두 듣고 보았지. 적진에 고립되어 탈출이 불가능하게 된 동지가 수류탄을 터뜨리기 전에 외치던 소리를 우리 모두 숨을 죽인 채 들어야 했어. 왜 그렇게 외쳐야 했는지 생각해본 적 있겠지. 규율 위반으로 징계를 받아 무리한 작전에 투입되어 죽을 줄 뻔히 알면서도 가야 했던 동지가 최후의 순간에 외친 그 말을 진심이나 진실이 아니라고 생각할 사람은 이 세상에 아무도 없을 거야. 비록 당은 우리를 배신할 수도 있지만 우리는 당을 배신하지 않아. 우리에게 당이란 당 이상의 것이니까. 당이 바로 인민이고 우리가 간절히 바라는 세상 자체를 뜻하니까. 나라를 잃은 사람들이 간절히 나라를 바라듯이 우리 모두 간절히 자기 자신이기를 바랐으니까.

준은 땅꾼의 말을 듣고 누나와 아버지를 그리고 리어 선배를 떠올렸다. 그들 모두 당원이 아니었다. 그러나 그들은 자기 자신이기 위해 노력했으므로 당 그 자체였던 셈이며 그 당에 속한 유일한 당원이기도 했다. 누군가와 함께 태어나 그 사람과 운명을 같이하고 그 사람이 죽는 순간 함께 죽어 사라졌으므로 만약 당원과 당의 운명이 한 치의 오차도 없이 일치할 수 있다면 그런 경우에만 가능할 거였다.

준이 보기에 대원들은 자신들이 처한 비루한 상황을 기꺼이 인내할 준비가 되어 있는 것 같았다. 그럼으로써 숭고해지고 장엄해지리라고 굳게 믿는 것 같았다. 그는 대원들의 신념이 부러웠다. 그에게도 그와 비슷한 신념이 있었으나 그것은 시간이 흐를수록 녹슬어갔다. 대원들이 하나둘 죽어가면서 생존 자체가 중요하게 여겨질 수밖에 없었다. 생존에 모든 걸 거는 대신 어떻게 사느냐의 문제에 자신을 걸어야 함을 뒤늦게 깨닫는 다른 사람들처럼 그 역시 뒤늦은 후회, 아무 쓸모 없는 후회, 누구에게 충고조차 해줄 수 없는 비참한 후회에 빠져들게 되리라는 걸 직감했다.

공연을 할 때와는 달리 평소의 그는 무표정한 얼굴이었다. 거의 말을 하지 않고 즐거운 일이 없는 사람 같았다. 마술사와 거인은 조심스럽게 접근해서 그를 웃겨보려 애썼다. 슬쩍 미소를 짓기는 해도 그 이상의 표정이 그의 얼굴에 번져나간 적은 없었다. 그는 마술사에게 몇 가지 마술을 배웠고 동전 마술은 마술사처럼 능숙하게 할 수 있었다. 그러나 다른 사람들에게 마술을 보여준 적은 없었다. 남부군이 속리산에 자리를 잡았을 때부터 그의 얼굴 역시 다른 사람들처럼 검게 질려갔다. 훗날 재귀열로 밝혀진 열병을 앓는 사람들이 생겨나던 무렵이었다. 청주시를 일시적이나마 해방구로 만들기 위한 작전이 수립되기 전부터, 아니 속리산으로 들어갈 때부터 준은 죽음을 분명하게 느끼고 있었다. 그가 주머니에 손을 넣고 꺼내기만 하면 되는 물건처럼 그의 내면이든 어디든 그와 가까운 곳에 있음을 알았다.

소백산에서 남부군에 합류한 대원 가운데 낙동강 전선에서 문예중대원으로 복무한 사람이 있었다. 준은 그 사람에게 희수가 청주에 있을 가능성이 높다는 이야기를 들었다. 그는 희수가 그곳에 있으리라는 걸 알았다. 그런 느낌을 예감이라 할 수도 있었지만 확신에 가까운 예감이었으므로 차라리 하나의 깨달음이라고 해도 이상하지 않았다. 언제나 희수는 그에게 깨달음처럼 다가왔으므로. 충북도당의 유격대에 남았던 문예중대원들도 그 사실을 확인해주었고, 속리산과 청주를 오가는 연락원은 구체적인 희수의 소식을 전해주었다. 정찰조가 돌아와 청주를 방어하는 군병력이 없고 해체된 것이나 마찬가지인 국민방위군 몇이 있으나 무장도 변변하지 않다는 사실을 알려주었다. 그는 마술사, 거인 등과 한 조가 되어 청주를 바라보고 속리산을 떠났다. 청주형무소 습격을 맡은 부대였다. 밤을 이용해 행군하여 이틀째 되던 새벽에 모든 습격조가 청주 부근에 이르러 은신한 채 밤이 오길 기다렸다. 정찰조의 정보가 확실하다면 도 경찰청 간부들이 야유회를 떠나 지휘 체계가 제대로 작동하지 않을 것이므로 청주는 텅텅 비어 있는 것이나 마찬가지였다. 지난겨울부터 숱한 전투를 치르며 노획한 장비로 정규군에 버금가는 무장을 갖춘 경험 많은 남부군에게 청주 공략은 그리 어려운 일이 아니었다. 하지만 누구도 긴장의 끈을 늦추지는 않았다.

해가 질 무렵 이동 명령이 내려졌다. 언제나 그러는 것처럼 각자 일정 간격을 두고 움직였다. 그들은 낙가산을 내려가 당산을 에둘러 넘은 뒤 지체하지 않고 형무소로 향했다. 담장 너머로 보이는 건 공장 건물 위로 솟은 굴뚝뿐이었지만 그는 희수를 볼 수 있었다. 담장을 따라 일부는 남문으로 일부는 북문 쪽을 돌아 정문인 서문으로 갔다. 동시다발적인 공격이어서 이곳저곳에서 총성이 울렸다. 준은 명령에 따라 허공에 대고 총탄을 발사하면서 이동했다. 경비병들이 수감된 자들을 학살할 여유를 주지 않기 위해서였다. 대규모 부대가 습격한 것이라 여긴 경비병들은 잠시 응사를 하다 달아나버렸다. 준이 속한 부대는 별다른 저항을 겪지 않고 형무소로 진입할 수 있었다. 경계 병력을 제외하고 나머지 대원들은 형무소에 수감된 사람들을 석방시켰다. 여죄수들이 수감된 곳이 어딘지를 묻자 누군가가 가르쳐줬다. 그는 고개를 들고 그쪽을 바라보았다. 이제 그는 한 걸음 한 걸음씩 희수에게 다가가고 있었다. 그러면서 그는 깨달았다. 어두웠던 골목길에서 희수를 남겨두고 돌아선 뒤로 그가 무엇을 열망했는지. 한 번도 말해본 적 없고 떠올려본 적 없지만 매일처럼 말하고 떠올렸음을.

　서문과 남문 사이 귀퉁이에 자리잡은 여자 수용소는 또다른 담장으로 격리된 곳이어서 운동장 쪽으로 난 문을 통과해야 했다. 마술사와 거인이 그의 뒤를 따랐다. 그들은 여자 수용소 사동으로 들어가 감방 문을 열었다. 그는 저 앞에 선 희수를 보았다. 그가 희수와 헤어졌던 집 앞 골목처럼 아늑하고 쓸쓸하고 어두운 복도였다. 그런 인상 탓에 방금 전 헤어졌던 골목으로 되돌아가 담에 기대선 희수에게 다가가는 듯한 기분이 들었다. 이윽고 준은 희수 앞에 섰다. 그들은 서로를 마주보았다. 오랫동안 함께 연습을 했지만 무대에 올라 관객들 앞에서 처음으로 실연하는 배우들처럼 낯설어하고 수줍어하면서 서로를 보았다. 그는 희수의 볼에 손을 갖다댔다. 그의 손은 떨리고 있었다. 그의 목소리도 떨려 나왔다. 희수야…… 더는 그럴 수 없을 만큼 수척해진 희수는 살아 있는 사람 같지가 않았다. 오래전 그가 보았던 누나처럼 희수도 상처투성이 얼굴로 그의 앞에 있었다. 다른 점이 있다면 죽어 누운 게 아니라 간신히 살아 서 있다는 것뿐이었다.

　희수는 스르르 주저앉았다. 그는 희수를 등에 업었지만 너무 가벼워서 정말 희수가 거기에 있는지 의심이 들었다. 희수만 그런 건 아니었다. 대부분의 죄수들이 고문과 열악한 수감 환경 탓에 혼자서는 걷지도 못할 지경이었다. 그는 등에 업힌 희수가 점점 무거워지는 걸 느꼈다. 희수가 그의 등에서 자꾸만 미끄러졌다. 그는 정말로 공포를 느꼈다. 죽은 리어 선배를 등에 업었을 때 느꼈던 것과 비슷한 무게감이었다. 희수가 과연 자신을 알아보기나 한 건지 의심스러웠다. 그럴 만큼 제정신인지 알 수 없어서였다. 그러나 준은 알았다. 희수가 자신을 알아보지 못할 리가 없음을. 희수가 그토록 기다리던 사람이 바로 자신이었음을. 그는 모를 수가 없었다. 바로 이 깨달음이 준을 흔들었다. 준은 냉정하다못해 비정해야 했고 그가 선택할 수 있는 다른 길이 없으므로 결국 그가 죽어야만 한다는 것도 이해했다. 그는 오열하고 싶었지만 그럴 수가 없었다. 희수의 잠을 방해할 수 없었다. 희수는 꿈을 꾸는 중이었다. 준의 등에 업혀 단잠에 빠져드는 꿈을 꾸는 거였다. 그는 흐르는 눈물을 닦을 수도 없었다. 그때부터였다. 신열이 올랐다.

남부군은 노획한 수십 대의 트럭에 형무소에서 구출한 사백여 명의 죄수를 태우고 청주를 빠져나갔다. 산 아래 이른 대원들은 트럭을 모두 불에 태운 뒤 전리품을 지고 속리산으로 향했다. 추격을 피하기 위해 산길로 접어든 뒤로 탈옥수 대부분이 주저앉았다. 걸을 수 있고 건강상태가 괜찮은 소수만이 남부군을 따라 속리산으로 가기로 했다. 한숨과 숨죽인 울음이 깊은 산중을 떠돌았다. 희수는 따라가겠다고 했지만 준은 고개를 저었다. 이럴 거면 왜 감옥에서 꺼낸 거냐고 희수가 물었다. 준은 대답할 수가 없었다. 스스로 걸을 수 없는 사람은 데려가지 않겠다는 지휘부의 방침을 어길 수는 없었다. 준도 다른 대원들처럼 짊어질 수 있는 만큼의 무기와 식량을 지고 가야 했다. 희수는 걸을 수 있다고 했지만 누가 보아도 그럴 수 없는 상태였다. 준은 김 선생에게 의탁하는 게 좋겠다고 생각했지만 희수는 완고하게 거부했다. 다음으로 준이 생각해낼 수 있는 방법은 트를 만들어 은신하게 한 뒤 나중에 데리러 오는 거였다. 몇몇은 그러겠다고 했다. 하지만 희수는 고개를 저었다. 말은 하지 않아도 희수의 눈에 담긴 의지를 볼 수 있었다. 그 눈은 이렇게 말하는 것 같았다. 나를 두고 가겠다면 두고 가요. 하지만 나는 결코 여기에 남아 마음을 졸이면서 언제 올지 모르는 당신을 기다리지는 않겠어요. 다시는 당신이 나를 떠나게 하지도 않을 테고 나 역시 당신을 떠나지도 않을 거예요.

희수는 누구의 도움도 바라지 않았다. 비틀거리다 넘어지기를 되풀이하면서도 대열을 놓치지 않고 따라갔다. 마술사와 거인이 도와주려 손을 내밀어도 희수는 그 손을 잡지 않았다. 안전한 퇴로를 확보하기 위해 대기중이던 조원들이 합류해 짐을 나눠 지면서 행군 속도는 더 빨라졌다. 새벽이 깊어가고 있었다. 날이 새기 전에 거점인 관평에 도착해야 했다. 누군가 낙오한다 해도 뒤돌아볼 겨를이 없었다. 희수는 포기하지 않았지만 그때까지 잘 따라왔던 탈옥수 가운데 한 명이 기어이 쓰러지고 말았다. 준은 임시로 트를 만들어 쓰러진 탈옥수를 그곳에 숨겨주었다. 부근의 지리를 잘 아는 충북도당의 유격대원에게 트의 위치를 확인한 뒤 다시 길을 떠났다. 그는 희수와 눈이 마주치자 고개를 돌렸다. 희수의 눈이 묻고 있었다. 정말 저 사람을 다시 데리러 돌아올 거냐고. 그건 준도 알 수 없었다. 유격대의 앞날은 아무것도 장담할 수 없어서였다. 준은 희수의 분노를 모른 척할 수밖에 없었다.

아침이 밝아올 무렵 청주를 습격했던 남부군은 무사히 속리산에 도착했다. 희수는 하루종일 잠에 빠져 깨어나질 못했다. 편안하고 깊은 잠은 아니었다. 가끔 몸을 부르르 떨면서 눈을 뜨곤 했다. 그러면 여기가 어디인지 몰라 당황해하는 눈빛이었고 이윽고 혼곤한 실신 상태로 빠져들었다. 문예중대에서 함께 활동했던 선배가 소식을 듣고 찾아왔을 때에도 잠깐 눈을 뜨고 힘겹게 미소를 짓긴 했지만 기절이라도 하듯 다시 잠에 빠져들었다. 그날 밤 청주 작전을 자축하는 행사가 열렸다. 부상병을 비롯해 열병을 앓아 환자트에 있던 대원들도 행사에 참여했다. 작전을 성공적으로 수행한 대원들을 치하하고 훈장을 상신하는 자리였다. 공식적인 행사가 끝나자 오락회가 열렸고 무대에서는 여러 공연이 펼쳐졌다. 마술사와 거인의 공연이 있었고 준의 일인극도 있었다. 무대를 바라보는 희수의 눈빛은 쓸쓸했다. 이런 오락회는 흔히 대원들이 서로 어울려 노래를 부르고 춤을 추면서 끝나기 마련이었다. 그리고 각자의 부대로 돌아가 능선을 피해 골짜기마다 자리잡은 트로 향했다. 방금까지도 많은 이들이 소리 죽여 웃고 떠들던 공간은 언제 그랬냐는 듯 본래의 고요함으로 되돌아갔다.

다음날 남부군의 은신처를 노리고 미군 비행기가 네이팜탄을 쏟아부었다. 부대의 정확한 위치를 모르는 게 분명해 보였으나 산개해 있던 대원들 일부가 희생되었다. 희수는 정치지도원과 이야기를 나누던 중이었다. 정치지도원은 준과 비슷한 나이였고 준에 대해서도 잘 알았다. 능선에 자리잡은 경계병의 경고가 있었고 주변에 있던 대원들은 바위 아래처럼 엄폐가 가능한 곳을 찾아 숨어들었다. 저멀리 골짜기 입구의 독립가옥에 네이팜탄이 떨어지면서 불기둥이 솟고 섬광이 번쩍였다. 독립가옥이 순식간에 사라졌다. 정치지도원은 이런 일에 익숙하다는 듯 계속해서 무슨 말인가를 했지만 희수는 알아들을 수 없었다. 공습이 지나간 뒤 매캐한 냄새가 천천히 그리고 끈질기게 산을 뒤덮었다. 곳곳에서 피어오르는 연기를 볼 수 있었다. 정치지도원은 희수가 문화공작대에 배치받는 게 당연하다고 말했다. 희수도 그러리라 짐작했기에 잠자코 듣고 있었다. 피해 상황을 확인하기 위해 대원들이 은밀하게 기동했다. 우리는 선이 필요합니다. 유격대가 유격대답게 활동하려면 적지에 거점이 있어야 해요. 희수는 날카롭게 되물었다. 왜 나를 돌려보내려 하는 거지요? 정치지도원은 이미 문화공작대와 희수의 활동 방향에 대해 의논을 마쳤다고 말했다. 이런 일을 믿고 맡길 수 있는 사람이 필요해요. 지휘부도 이미 결정했습니다. 무슨 결정을요? 동무는 청주로 가야 합니다. 자수하라는 건가요? 맞습니다. 필요하다면 전향이라도 해야 합니다. 전향한다고 해서 저들이 믿어줄 리가 없고 설령 믿어준다 해도 활동에 제약이 있을 수밖에 없잖아요. 어차피 다시 수감될 테니까요. 정치지도원은 다 안다는 듯 고개를 끄덕였다. 하지만 그런 악조건이 오히려 저들이 경계를 늦추는 이유가 될 수 있습니다. 우리에겐 아직 노출되지 않은 선이 몇몇 있습니다. 그들의 활동을 보장하기 위해서라도 연락선이 필요합니다.

희수는 그런 제의를 받아들일 수 없었다. 대원들은 숯덩이가 되어버린 시신을 수습했다. 딱딱해 보였지만 건드리면 쉽게 부서져서 잿더미가 되었다. 시신을 안치한 자리를 둘러싸고 짧은 추모식이 있었다. 죽은 이의 이름을 호명할 때마다 준의 눈썹이 꿈틀거렸다. 팔로군 아저씨의 이름과 땅꾼의 이름이 불렸다. 지난밤까지만 해도 무대로 뛰쳐나와 우스갯소리를 하고 춤을 추던 사람들이 가뭇없이 사라졌다. 땅꾼은 뱀이 열병에 효과가 있다는 걸 알게 되자 틈틈이 뱀을 잡으러 다녔다. 그렇게 잡은 뱀을 직접 고아서 환자들에게 먹였다. 아스피린 몇 알만 있으면 어느 정도 치료가 가능했지만 의약품이 턱없이 부족했기에 그런 식으로라도 환자를 돌보아야 했다. 실제로 땅꾼이 고아준 뱀탕을 먹고 환자들의 병세가 호전되었다. 땅꾼처럼 능숙하게 뱀을 다룰 수 있는 사람은 팔로군 아저씨뿐이어서 두 사람은 함께 어울려 뱀을 잡으러 다니곤 했다. 공습이 시작될 때에도 그들은 뱀을 잡고 있었기에 한자리에서 폭사한 거였다.

추모를 마친 대원들은 다시 뿔뿔이 흩어졌다. 마술사와 거인이 희수에게 다가와 번갈아가며 껴안았다. 준은 저만치에서 그들을 지켜보고 있었다. 희수는 자신에 대해 무슨 말이 오갔는지 알고 싶어했다. 마술사가 딴청을 부리자 거인이 혀를 차며 어깨를 으쓱했다. 나는 아무 말도 안 했어. 그러니까 아무 말도 하지 않을 거야, 쉿! 마술사, 왜 꼭 이런 말은 내가 해야 하는 거야, 응? 저 마술사가 내 목숨을 몇 번이나 구해줬는지 알아? 세 번이야. 그런데 몇 번이나 나를 죽이려 했는지 알아? 셀 수도 없지, 퍽큐! 희수야…… 지금 너한테 필요한 이야기를 내가 하나 알고 있는 것 같다. 너도 기억하겠지만 문간방에 살던 반쯤 미친 노인네 말야. 그 작자가 노인네가 아니라는 건 알지? 하지만 마술사가 여러 번 그 노인네로 변장해서 노인네 노릇을 해줬다는 건 몰랐을 거야. 마술사는 완벽하지 못해서 늘 한 가지 실수를 했는데, 그게 뭐냐면 신발을 거꾸로 놓는 거였어. 그 노인네는 항상 신발코가 바깥쪽을 향하게 벗어두었거든. 마술사는 반대로 신발코가 안쪽을 향하게 벗어두었어. 갓뎀! 그 못된 버릇을 고쳐준 게 누구인 지 아니? 바로 네 어머니야. 그때 네 어머니는 모두가 알고 있던 것처 럼 온전한 정신은 아니었잖아. 그런데 신기하게도 네 어머니는 문간 방 노인네의 신발이 안쪽을 향해 놓인 걸 보면 사뿐사뿐 다가가서 바 깥쪽으로 돌려놓았어. 처음에는 왜 그러는지 몰랐는데 그런 일을 몇 차례 겪고서야 마술사가 실수를 깨닫게 된 거야. 그뒤부터 마술사도 조심했지만 가끔 실수를 되풀이했어. 나는 그걸 볼 때마다 마술사와 노인네의 정체가 들통나는 게 아닌가 싶어서 조마조마했거든. 하지만 언제나 그랬듯이 잠깐 눈을 돌렸다 보면 신발이 바깥쪽을 향해 있었 지. 우리가 함께 살았던 삼청동 집은 그 노인네가 은밀하게 활동하기 에 좋은 조건이었어. 대문을 나서 조금만 가면 사방으로 통하는 골목 길이 있고 뒷담 너머는 야산이었으니까. 나는 종종 노인네를 담장 너 머로 넘겨주었지. 하지만 그것보다 더 중요한 이점은 곁채의 기생이 나 종업원 중에 밀고자가 있으니까 그 사람들의 눈만 속일 수 있다면 오히려 그곳이 안전했다는 거야, 쉬트!

그 시절은 암흑기였어. 국내에서 활동하던 조직은 경성콤그룹이 유일했으니까. 어리석게 들리겠지만 경성콤그룹이 그럴 수 있었던 건 국내를 떠나지 않았기 때문이야. 희수야, 유격대는 미래가 불투명해. 내일이면 우리가 어디에 있게 될지 아무도 몰라. 다시 말해 우리는 언 제든 어떤 임무를 띠고 이곳으로 돌아올 수 있어. 너를 버려두고 가 는 게 아니야. 너를 우리의 미래로 간직하려는 거야. 거인의 목소리가 점점 침울해졌다. 희수를 설득하기 위해서인 듯 말끝마다 붙이던 욕설조차 삼가는 거인에게서 깊은 슬픔이 느껴졌다. 너는 우리가 미래로 파견한 사람이야. 우리가 다시 이곳으로 돌아왔을 때 네가 우리를 구해줄 거야. 너는 우리의 후위에 있지만 언제나 우리의 전위인 거야. 희수의 두 눈에 눈물이 고였다. 거인은 고개를 돌려 마술사와 눈을 마주쳤다. 희수는 준을 바라보았다. 그는 네이팜탄이 휩쓸고 지나간 골짜기에 시선을 고정한 채 서 있었다.

희수는 반박할 말을 찾기 위해 애썼지만 어떤 말을 찾아내든 결국 소용이 없으리라는 것도 잘 알았다. 이성적으로 논리적으로 완벽해서가 아니었다. 정치지도원이 무슨 생각을 하든 거인이 어떻게 위로를 하든 희수에게 중요한 사람은 준이었다. 이 모든 일이 그의 묵인하에, 아니 어쩌면 그가 주도하여 벌어지고 있을지도 모른다는 생각이 희수를 무기력하게 했다. 그날의 공습은 단순한 보복성 공습이 아니었다. 그뒤로 공습은 일상적인 일이 되었다. 남부군은 속리산 지구를 떠나야 했다. 잠시 중부 이남까지 내려왔던 전선은 다시 중부지방으로 올라갔다. 준은 그날부터 열병을 앓았다. 열병을 앓는 환자는 격리될 수밖에 없었다. 다음날에는 거인이 열병을 앓았다. 예전과 마찬가지로 몸에 이를 달고 사는 거인이 지금까지 열병에 걸리지 않은 것만 해도 운이 좋은 거였다. 준과 거인은 환자트로 이동해야 했다. 희수와 마술사도 환자트에 남기로 했다. 마술사는 희수가 산을 내려가는 일을 도와주고 선을 연결한 뒤 상황을 보고할 임무를 받았다.

남부군 본대는 환자들만 남겨두고 남쪽으로 떠났다. 충북도당 유격대가 환자트를 유지하기로 했지만 유격대의 규모 자체가 작은데다 속리산 일대가 안전하지 않아 이러지도 저러지도 못하는 형편이었다. 보행이 어려운 스무 명 남짓한 환자들을 데리고 이동하기란 사실 불가능했다. 게다가 도당 유격대가 미군의 시선을 돌릴 교란작전을 펼치기 위해 다른 지구로 이동하는 바람에 결국 환자트에 남은 대원들은 누구의 보호도 받을 수 없게 되었다. 선요원조차 모습을 보이지 않았다. 환자트에 남은 대원들은 이런 상황이 무얼 뜻하는지 알았다. 남부군이 최소한의 무장만을 남겨두고 떠났을 때부터 환자들은 운명을 직감했다. 그들에게 지급된 무기는 적을 격퇴하기 위한 용도가 아니라는 걸 누구나 알았지만 그런 사실을 입 밖으로 꺼내어 말하는 사람은 아무도 없었다. 유격대원이라면 받아들일 수밖에 없는 운명이었다. 죽음이 코앞에 있었고 그걸 피해갈 가능성은 희박하다는 걸 알았으므로 어떤 점에서는 대담해지기도 했다. 남부군 환자의 대부분은 대학에 재학중이었거나 대학을 갓 졸업한 이십대였지만 중학생이었던 소년 대원도 있었고 거인과 같은 삼사십대의 대원도 있었다. 그들은 속리산에 머무는 동안 전투로 죽은 대원보다 열병으로 죽은 대원들을 더 많이 보았다. 희수는 준이 느끼는 비참함을 이해할 수 있었다. 고작 열병을 앓다 죽어가면서도 흔들림 없는 신념을 보여주는 이들에게는 뭐라 말로 표현하기 힘든 비통함이 있었다. 아직 죽지 않고 살아남은 이들에게 이 죽음이 헛되지 않도록 해달라는 간절한 부탁이 담긴 눈빛들. 그러나 살아남은 이 역시 그처럼 죽어갈 수밖에 없었으므로 그들의 죽음이 어떤 의미였는지를 판단하는 건 역사에 맡길 수밖에 없었다.

준은 다른 환자들과 마찬가지로 고열에 시달렸다. 가끔은 헛것을 보기도 했다. 전신에 근육통이 있을 테고 고열 탓에 지독한 두통에 시달릴 거였다. 그러나 마땅한 치료법이 없기에 희수는 준을 지켜보는 것 말고 달리 할 수 있는 일이 없었다. 약간 열이 내려 정신을 차렸을 때 준은 희수에게 수류탄을 건넸다. 그는 쥐어짜는 듯한 목소리로 수류탄을 다루는 방법을 알려주었다. 잊지 마, 희수야. 이 수류탄은 손안에 쥔 달걀처럼 부드럽게 다루어야 해. 그 말을 들으니까 괜히 눈물이 날 것 같아. 엄마가 생각나. 엄마는 나를 껴안고 어떻게 나를 깨뜨리지 않았을까. 거인은 희수를 보면 억지로라도 미소를 지으며 미안해했다. 하루라도 빨리 산을 내려가야 할 텐데 괜히 우리 때문에 지체하고 있잖아, 픽큐! 아니에요, 괜찮아요. 난 아저씨가 나을 때까지 여기에 있을 거예요. 아저씨를 두고 혼자서 가지는 않을 거예요. 말이라도 고맙다, 희수야. 그냥 하는 말이 아니에요. 진심이에요. 그러면 마술사가 싫어할 거야. 너를 내려보내는 게 마술사의 임무니까. 괜찮을 거예요. 마술사 아저씨는 어차피 그 임무를 별로 내켜하지 않는데다 다른 임무도 있으니까요.

마술사의 또다른 임무는 환자들의 신상을 문건으로 만들어 사령부에 전달하는 거였다. 희수는 마술사를 도와 환자들의 유격대 활동 내용을 기록했다. 신상정보만 기록하는 건 아니었다. 가만히 환자 곁에 앉아 나고 자란 과정과 어떻게 유격대의 일원이 되었는지, 어떤 생각을 하며 살았는지, 지금 심정은 어떤지를 듣고 있노라면 그 사람이 살아온 세월이 눈에 그려졌다. 사령관이나 정치부의 이름난 사람들의 이력은 누구나 알았지만 일반 대원들의 삶은 서로에게 거의 알려져있지 않았다. 개인사를 묻는 건 금기이기도 했다. 생포되었을 때를 가정하면 차라리 다른 대원의 신상을 모르는 편이 나았다. 배신하고 싶어도 배신할 수 없을 테니까. 그렇지만 서로에 대해 묻지 않아도 서로를 어느 정도는 안다고 할 수 있었다. 출신과 성장과정은 모두 달랐지만 유격대원이 될 수밖에 없었던 이유는 같아서였다. 그들이 느끼는 동질감의 기원을 설명할 수 있는 사람은 없었다. 설명할 수 없는 일. 바로 그런 일이 그들을 같은 장소에 있게 해준 근원이라는 사실만 분명했다.

오래전부터 열병을 앓아 병세가 심했던 두 명의 대원이 죽었다. 희수와 마술사는 죽어가는 대원의 임종을 지켰고 한 사람 한 사람 숨이 끊어질 때마다 그 사람을 기록한 문서에 마침표를 찍었다. 미군 정찰기는 간헐적으로 나타났지만 대낮에는 매장조차 할 수 없었다. 환자트는 발각되면 몰살을 피할 수 없었다. 밤이 되어서야 매장을 하고 간단한 추도식까지 마치면 새벽이 깊었고 어느새 능선과 하늘이 맞닿은 자리에 빛의 띠가 떠올랐다. 이토록 깊은 산중에서 밤을 지새우고 아침이 밝아오는 걸 보고 있노라면 전쟁중이라는 사실을 실감하기 어려웠다. 희수는 더이상 준의 눈을 들여다볼 수 없었다. 그의 눈빛은 체념한 사람의 것이었다. 그의 멍한 눈빛에는 진실을 찾아 헤맸으나 문득 뒤돌아보니 진실은 이미 그의 손아귀에 있었으며 오히려 손아귀에 쥔 진실을 탕진하며 살아왔다는 후회가 가득했다. 그에게는 병에서 회복된 대원을 이끌고 남부군에 합류할 임무가 있었으나 그 임무를 실현할 가능성이 없다는 현실을 인정하게 된 듯했다.

거인의 병세도 깊어갔다. 경계 임무를 마치고 휴식을 취하던 거인이 지나가는 희수를 향해 손짓을 했다. 희수는 허리를 굽히고 초막 안으로 들어가 거인 옆에 앉았다. 내가 죽으면 아무 곳에나 묻어도 돼. 대신 비장할 문건이 있으면 내 품에 넣어서 함께 묻어줘. 내 정강이를 봐. 이렇게 기다란 정강이뼈는 어디에서도 볼 수 없을 거야. 살이 썩어도 이 뼈는 오랫동안 남아 표지가 되어줄 거야. 물론 황소 다리와 구분할 수만 있다면 말이지, 쉬트! 희수야, 내 이름은 톰이야. 톰이라니, 웃기지? 나도 웃겨. 선교사 부모가 부르기 쉽다고 지어준 이름이야. 죽을 때가 됐는지 그 사람들이 유독 생각나. 난 가족이 없었으니까. 하지만 지금은 괜찮아. 내 가족은 마술사와 준 그리고 너니까. 너희들 곁에서 죽을 수 있다고 생각하면 마음이 편해. 어차피 열병이 아니더라도 내 병은, 이 망할 거인병 말야, 올해를 넘기기 어렵다고 했어. 희수야, 울지 마. 넌 울면 천사 같아. 그런 얼굴을 보고 어떻게 죽겠어? 그러니까 울지 마. 삼청동 집이 자꾸 떠올라. 여기 누워서 눈을 감으면 꼭 문간방에 누운 것만 같아. 눈을 뜨면 지옥이지만, 갓뎀! 마술사와 내가 공연을 할 때 너와 준이 와서 구경하고 있으면 왠지 모르게 힘이 났어. 설령 다른 관객이 한 명도 없다 해도 너희 둘만 있으면 공연을 할 수 있을 것 같았으니까. 희수야, 꼭 살아야 돼. 준도 꼭 살아야 돼. 너희는 반드시 살아야 돼. 너희는 해방된 세상을 살아야 돼. 너희는 그런 세상에서 살도록 태어났으니까. 너희한테는 이 세상이 어울리지 않아. 이 세상한테 너희는 과분한 존재야, 오 마이 갓!

희수는 쇠약해진 몸을 가누듯 타버린 마음을 가누어야 했다. 저마다의 사연 가운데 모든 걸 말해준 대원은 없었을 것이다. 그러나 언젠가 거인이 말했듯이 말해지지 않은 것들, 그들이 말하지 않은 것들이 있어서 오히려 그들을 더 깊이 상상할 수밖에 없었다. 그럴수록 대원들이 더 가깝게 느껴졌다. 슬픔은 징검돌처럼 희수 앞에 놓여 있어서 그것을 딛지 않고는 하루를 건널 수가 없었다. 시간은 흐르는 강물처럼 희수의 발아래로 끊임없이 흘러갔다. 매끈한 산천어 한 마리가 날렵하게 물살을 거슬러올라가려 애쓰지만 시간은 여울물처럼 세찼다. 아무리 애를 써도 떠밀려가지 않는 게 최선이었기에 늘 제자리일 수밖에 없었다. 사람이라면 누구나 자기 발아래 이처럼 시간을 거스르지 못한 채 제자리에서 고통받는 산천어를 내려다보며 사는 거였다.

희수는 준의 눈빛에서 불신을 읽을 수 있었다. 희수는 이런 일을 해서도 안 되고 할 수도 없다는 생각이 뿌리깊이 박힌 걸 볼 수 있었다. 희수는 그의 곁에 앉아 다른 대원들의 이력을 조용히 읽어주었다. 그냥 읽는 게 아니라 그들이 말하지 않았으나 희수가 상상으로 채워넣은 것들, 행간에 웅크린 슬픈 기억과 기쁜 추억을 뒤섞어 본래 그들의 것이었다고도 그들의 것이 아니었다고도 말할 수 없는 한 사람 한 사람의 사연을 이야기했다. 언젠가 현서가 희수에게 그랬듯이 그에게 말해주었다. 그러면 준은 희수가 현서의 이야기를 들으며 했던 것처럼 희수가 말한 것들 사이에 웅크린 말하지 않은 것들을 상상했고, 그가 원래 알고 있던 것들과 뒤섞어 그만의 이야기를 마음속에 만들어냈다. 눈먼 자가 귀를 곤두세우듯, 말할 수 없는 자가 눈빛으로 말하듯, 들을 수 없는 자가 온몸으로 들으려 하듯, 그는 아무것도 할 수 없는 동시에 모든 걸 다 할 수 있는 사람 같았다.

잠이 들면 손에 쥐었던 것이 스르르 빠져나갔다. 꽃봉오리가 열리듯 쥐었던 손이 서서히 펴지면서 완전히 열어두지는 않되 무엇이든 드나들 수 있을 만큼 입구를 열어두고 그 내부에 가벼운 공기를 채우며 그 공기가 따뜻해지도록 부드럽게 안은 채 잠은 깊어갔다.

남부군이 남쪽으로 떠난 지 사흘이 되었다. 간밤에 선요원과 접선하기 위해 떠났던 마술사가 돌아왔다. 환자트에 남은 대원은 이제 겨우 열댓 명이었다. 아직까지는 운이 좋아 발각되지 않았으나 결국 시간은 그들 모두를 죽음으로 데리고 갈 거였다. 열병에 걸리지 않은 마술사조차 열병을 앓는 사람처럼 보였다. 실제로 마술사도 병을 앓는 셈이었다. 준이 그러듯이 마술사도 환자를 위해 할 수 있는 일이 없다는 사실에 깊이 절망하는 듯했다. 식량마저 바닥이 나고 있었다. 환자들도 트에서 기어나와 비틀거리며 먹을 걸 찾아다녔다. 근처에서는 먹을 만한 풀뿌리와 나무뿌리를 구하는 것도 쉽지 않았다.

죽은 대원들과 아직 죽지 않은 대원들의 모든 신상을 기록한 문건이 완성되었다. 희수가 보기에 그 문건은 아직 미완성이었다. 개인의 이력이 낱낱이 기록되지 않아서가 아니었다. 비록 몇 줄로 요약된 삶이라 해도 다른 어떤 이들의 것보다 무의미하지 않았다. 이 문건을 읽어줄 이가 있어야 했다. 그들을 기억해줄 사람이 있어야 했다. 만약 안전하게 남부군 사령부로 전달한다 해도 사령부는 문건을 어딘가에 비장할 게 틀림없었다. 그렇게 비장한 문건을 되찾지 못하게 될 거라는 생각은 떠오르지도 않을 테고 설령 그런 생각이 떠오른다 해도 무시하고 말 거였다. 그러니까 희수는 문건을 기억해야 했다. 문건은 사람의 가슴속에 비장되어야 다른 사람에게 비전될 수 있으니까.

해질 무렵 경계를 서던 준이 조용히 손짓을 했다. 희수는 준이 자리를 잡은 너럭바위에 엎드려 지금은 사라진 독립가옥이 있던 골짜기 입구 쪽을 내려다보았다. 경찰이었다. 서른 명쯤 되었다. 그들은 경계병을 세운 뒤 삼삼오오 모여 휴식을 취했다. 남부군이 이동했다는 사실을 아는지 그리 긴장한 것처럼 보이지는 않았다. 다른 능선과 골짜기를 수색하고 돌아가는 길인 듯했다. 그들이 이런 깊은 골짜기까지 들어왔다는 건 주변 지역에 대한 수색이 끝났다는 뜻이기도 했다. 그들이 돌아간 뒤 희수는 준과 마술사 그리고 거인과 한자리에 모여 의논을 했다. 희수는 차라리 산을 내려가는 게 더 안전할 수도 있다고 생각했다. 수색이 끝난 지역에 은신처를 마련하면 한동안은 버틸 수 있을 것 같았다. 위험한 방법이었지만 어차피 위험하지 않은 방도는 없었고 어떤 식으로든 시도는 해봐야 했다. 마술사도 희수의 생각에 동의했지만 환자의 이동과 식량 문제 등은 여전히 해결이 어려웠다. 결국 어떻게든 희수가 먼저 청주로 들어가 상황을 보고 방도를 찾을 수밖에 없었다. 준과 거인도 거기에 동의했다. 마술사는 환자트의 위치를 기록한 지도를 만들었다. 암구호를 정한 뒤 환자들에게 알려주었다.

그날 밤 당장 네 사람은 환자트를 떠나 청주로 향했다. 거인의 요구대로 문건은 거인이 지녔다. 이틀이 걸렸다. 준과 거인은 열병을 앓으면서도 전혀 티를 내지 않았다. 평상복을 구해 갈아입은 뒤 밤이 깊었을 때 산을 내려갔다. 헌병과 경찰의 검문소를 피해 가느라 자정 무렵에야 청주 근교에 다다를 수 있었다. 연락원의 집에 도착했을 때는 자정 무렵이었다. 연락원은 오십대의 사내였다. 연락원의 목소리에는 놀라움이 가득했다. 산에서 왔습니까? 그들은 고개를 끄덕였다. 연락원이 중요한 정보를 알려주었다. 남부군을 덮친 열병과 비슷한 병세

342

를 보인 경찰이 있었는데 병원에서 주사제를 맞고 바로 나왔다는 거였다. 장티푸스 약은 아니었고 마파상과 606호라는 약이라고 했다. 준이 그걸 구할 수 있냐고 묻자 당장은 어렵겠지만 미군이 지급한 약품을 빼돌려 밀매를 하는 헌병이나 경찰이 있기 때문에 가능하다고 했다. 그런 일을 할 수 있는 사람은 김선생뿐이었다. 연락원은 김선생이 여전히 청주에 있다고 알려주었다. 연락원은 희수를 보며 말했다. 그쪽 때문에 고초를 겪긴 했지만 워낙 인맥이 두터워서 김선생은 무사합니다. 한데 한 가지 문제가 있어요. 어제 도착한 헌병대장이 김선생 집에 유숙하고 있습니다. 지금은 당직이라서 집에 없겠지만 조심해야 할 겁니다. 희수는 헌병대장이 어떤 사람인지를 물었다. 부산에 갔다가 최근에 복귀하면서 여기로 배치되었다고 하더군요.

　희수는 누구인지 알 것 같았다. 연락원이 말한 헌병대장을 대면한 적이 있었다. 헌병대장은 몇 달 전 국민방위군 사건 조사단의 일원으로 파견되어 부산으로 가던 길에 청주를 지나면서 김선생 집에 하루 머물렀다. 김선생의 문중 사람이기도 한 터라 희수의 신분을 보장할 수 있는 방법을 찾기 위해 김선생이 터놓고 말했던 거였다. 해방 뒤 김구를 따르던 청년 단체에서 활동하다 김구의 추천으로 육사에 입학한 사람이라고 했다. 헌병대장은 희수를 보자 깜짝 놀랐다. 혹시 저를 알아보시겠습니까? 그 질문에는 희수도 놀라지 않을 수 없었다. 놀라지 마십시오. 모르시는 게 당연합니다. 이 어르신의 초대를 받아 세검정에 간 적이 있습니다. 거기에서 승무를 추는 앳된 예기를 보았지요. 춤은 추지만 기생은 아니라고 하더군요. 그분이 아닐까 해서 여쭙는 겁니다. 그분이…… 맞군요. 그뒤로 영화에서도 보았던 터라 인상이 뚜렷했습니다. 잠깐 등장하지만 화면을 지배하는 묘한 매력이 있었으니까요. 물론 승무에 비할 바는 아니었지만요. 헌병대장이 스스럼없이 말을 해왔던 터라 이런저런 이야기를 나누게 되었다. 헌병대장은 김구가 암살당한 뒤 군에서 좌천되어 어려운 시절이 있었지만 전쟁이 자신을 영전시킨 셈이라며 겸손하게 말했다. 국민방위군 사건의 조사단에 참여하게 된 것도 사태가 더 커지길 바라지 않는 사람들이 반대파의 반발을 미연에 방지하기 위해 자신을 들러리 세운 거라며 자조적으로 말했다. 헌병대장은 떠나면서 방도를 찾아보겠노라 약속하며 너무 걱정하지 말고 은신하라는 당부를 남겼다.

희수는 이런 사정을 준을 비롯해 모두에게 자세히 알려주었다. 마술사와 거인은 아무리 그렇다 해도 헌병대장을 믿을 수는 없다면서 준을 바라보았다. 한참 생각에 잠겼던 그가 이윽고 입을 열었다. 김선생님의 친척인데다 김구를 따랐던 자라면 믿을 만한 사람일 거예요. 만약 체포할 마음이 있었다면 희수는 지금 이 자리에 있지도 못했겠죠. 그자가 어떤 도움을 줄지 알 수 없지만 적어도 해를 끼치려 하지는 않을 거라고 생각해요. 준의 의견에 마술사가 반박했다. 희수는 유격대에 의해 탈옥한 처지야. 그자 입장에서는 모른 척하기가 어려워. 그건 걱정하지 않으셔도 될 거예요. 희수는 비록 감옥에 있었지만 혐의를 인정한 적은 없어요. 고문을 당하면서도 부인했으니까요. 저들도 증거를 가진 건 아니잖아요. 아저씨도 보아서 아시겠지만 우리가 형무소에서 구출한 좌익수 대부분은 평범한 사람들이에요. 자식이나 형제 때문에, 혹은 인민군에게 밥상 한 번 차려줬다는 이유로 끌려온 거였어요. ……무엇보다 우리에게는 다른 방도가 없어요. 그 약을 구할 수만 있다면 환자트에서 죽어가는 우리 동지들을 살릴 수 있을 테고 우리도 본대를 뒤쫓아갈 수 있을 거예요. 증세가 가벼워서 본대를 따라갔지만 그사이에 병세가 악화된 동지가 있을지도 모르고, 또 새로 열병에 걸린 동지도 몇이나 될지 모르잖아요. 이건…… 목숨을 걸 만한 가치가 있어요.

희수는 준의 말을 들으면서 준이 정치지도원과 어떤 이야기를 나누었을지 알 수 있었다. 준은 바로 이런 말로 정치지도원을 설득했을 거였다. 마술사가 노여워했다. 마술사가 준에게 그처럼 노기 띤 목소리로 말하는 걸 희수는 처음 들었다. 아마 모두 처음일 거였다. 그 말을 듣는 사람도 그 말을 하는 사람조차도. 목숨을 걸 만한 가치? 누구의 목숨? 그건 바로 희수의 목숨이야. 우리의 목숨이야 그렇다 쳐도 희수에게 목숨을 걸어야 한다고 강요할 수는 없어. 거인은 안절부절못하며 아무 말도 하지 못했고 준은 고개를 숙인 채 마술사의 나지막한 호통을 듣고 있었다. 희수가 마술사의 말을 가로막았다. 아저씨, 괜찮아요. 난 그렇게 쉽게 죽지 않아요. 그리고 이 일은 너무나 중요해서 내 목숨 따위는 상관없어요. 왜 내 목숨만 소중하다고 하는 거예요. 목숨은 누구한테나 소중해요. 하지만 수십 수백 명을 살릴 수 있다면 기꺼이 내 목숨을 바칠 수 있어요. 그러니 이제 그만 다투세요.

마술사와 거인은 연락원이 구해준 식량을 지고 밤이 새기 전에 떠났다. 그들은 떠나기 전에 희수와 준을 껴안았디. 희수야, 우리 걱정은 하지 마. 환자트에 돌아가서 이틀만 기다릴게. 이틀이 지나도 돌아오지 않으면 너희를 찾으러 올 거야. 약을 구하지 못하더라도 너희 역시 이틀 뒤에는 여기를 떠나야 해, 픽큐! 마술사는 희수를 구석진 곳으로 데려간 뒤 나지막한 목소리로 말했다. 나는 네가 여기에 남는 게 좋겠다고 생각한다. 무리해서 약을 구하려고 하지 않으면 좋겠어. 살아남으면 더 좋은 기회가 올 테니까. 그때까지 기다릴 줄 아는 것도 용기야. 희수야, 난 너보다 용감한 사람을 지금까지 본 적이 없어. 너의 용기에 견줄 수 있는 용기를 지닌 사람은 네 어머니가 유일할 거야. ……누군가는 저 산속에서 비참하게 죽어간 사람들을 기억해줘야 해. 그래줄 수 있겠니? 희수는 고개를 저었다. 그럴 수 없어요. 우리 모두 죽는다 해도 상관없어요. 우리가 아니라면 다른 누군가가 기억해줄 테니까요. 우리가 어떻게 죽었는지 모른다 해도 우리가 먼저 죽어간 사람들에게 그랬듯이 그 누군가는 자신의 마음속을 거닐어 우리가 어떻게 죽었는지 마침내 알아내게 될 테니까요. 나는 여기에 남을 수 없어요. 환자트에서 우리만을 기다리는 다른 대원들을 배신할 수는 없어요. 사령부의 명령은 그다음에 생각해볼게요.

마술사와 거인이 떠난 뒤 희수와 준도 김선생 집으로 향했다. 김선생은 그들을 보고도 전혀 놀라지 않았다. 그들이 찾아오기를 기다리기라도 했던 것처럼 태연했다. 그렇지 않아도 이미 그 약을 구해놨어. 미군이 약품을 얼마나 풀었는지 병원은 물론이고 파출소마다 잔뜩 보관중이라네. 얼굴을 보니 우선 자네들부터 주사를 맞아야겠어. 준은 희수의 가느다란 팔에 주사기를 꽂았다. 정맥을 찾기가 힘들어서 몇 차례 실수를 했지만 그럭저럭 주사를 놓을 수 있었다. 김선생이 유격대는 주사도 놓을 줄 알아야 하냐고 묻자 그는 고개를 저으면서 서소문의 정선생 댁에 은신할 때 배웠다고 말했다. 그는 희수에게 주사를 놓은 뒤 자신의 팔뚝에도 주삿바늘을 찔러넣었다. 그는 유격대 대원

들이 모두 접종할 수 있을 만큼의 양인지를 물었고 김선생은 그 정도
는 아니니 구해봐야 한다고 답했다. 우선 쉬게. 자네들 얼굴에 쓰여
있어. 지금 당장은 아무것도 하고 싶지 않다고. 그저 배부르게 자고
싶다고 말야. 준이 희미하게 웃었다. 괜찮다면 우선 씻고 싶어요. 희
수가 그 말에 대답했다. 이 집엔 목욕통이 있어. 내가 잘 아니 목욕물
을 준비해줄게. 그리고 김선생님, 부탁드려요. 늦어도 이틀 안으로 떠
나야 하거든요. 물론 당장 떠날 수 있다면 더할 나위 없겠지만요.

벽에 기댄 채 깜박 졸던 준은 희수가 어깨를 흔들어서 깨어났다. 목
욕물 데워놨어. 그는 잠시 두리번거리다 무슨 말인지 겨우 이해했다.
잠깐 졸았을 뿐인데 몸이 한결 가벼워진 기분이었다. 약효가 이처럼
빠를 수도 있다는 게 믿어지지 않았다. 고마워. 그는 부엌을 통해 어
두운 욕실로 들어갔다. 산중보다는 푸근하다지만 5월의 새벽은 아직
쌀쌀했다. 옷을 벗은 그는 더듬거리며 목욕통에 들어섰다. 따뜻한 물
이 무릎까지 차올랐다. 그대로 무릎을 끌어안으며 앉았다. 목욕물이
그의 가슴팍에서 출렁거렸다. 어둠에 눈이 익을 만큼 시간이 흘렀지
만 욕실은 여전히 캄캄했다. 작은 들창이 하나 있지만 창은 닫힌 채였
고 바깥도 칠흑 같은 어둠인지라 지하 깊은 곳에 웅크리고 있는 듯한
기분이었다. 다시 잠이 몰려왔다. 긴장을 풀어서는 안 되었지만 생각
과는 달리 긴장이 풀리면서 몸이 나른해졌다. 이곳에서 포위라도 당
한다면 꼼짝없이 죽겠다는 생각이 잠깐 들었다. 혼곤한 잠으로 빠져
들 때의 가벼운 전율이 그를 쓰다듬고 지나갔다. 현실과 꿈의 경계에
서 맞닥뜨리는 막연한 두려움과 흥분도 어김없이 그를 찾아왔다. 잠
결이었지만 그는 누군가 욕실로 들어오는 걸 느꼈다. 소리 없이 문이

열렸다 닫혔다. 새가 날아오른 나뭇가지처럼 어둠이 오랫동안 흔들렸다. 이윽고 옷 벗는 소리가 들렸다. 누에들이 몸 뒤치는 소리로 가득한 잠실에 들어선 것처럼 가슴이 간지러웠다. 어둠이 스스로 속삭이는 것만 같았고 그의 몸과 마음도 어둠 속으로 풀려들어가 어둠의 일부가 되어버린 듯했기에 그 소리는 바깥이 아닌 안에서 들려왔다. 목욕물이 출렁이며 그의 목덜미를 간지럽혔다. 그는 발끝을 끌어당겼다. 딱딱하면서도 부드러운 희수의 무릎이 그의 무릎 부근에 닿았다. 희수의 왼손이 그의 오른손으로 다가왔고 그는 달걀을 쥐듯 희수의 손을 부드럽게 쥐었다. 물이 출렁거렸다.

오래전 함께 극장에 다니던 시절 준은 다른 사람의 눈을 두려워하지 않고 곧잘 희수의 손을 잡았다. 무섭고 두려울 때도 즐겁고 유쾌할 때도 누가 먼저 손을 내밀었는지 모른 채 그들은 손을 잡고 공연을 관람하거나 골목을 걸었다. 단지 추워서 손을 잡은 적도, 길이 울퉁불퉁해서 서로를 의지해 넘어지지 않으려고 잡은 적도 있었다. 그러나 그가 희수의 손을 가장 자주 오랫동안 쥐어본 건 그의 마음속에서였고 그건 바로 그리움 때문이었다. 그의 손안에서 희수의 손이 승무의 한 춤사위처럼 몸을 비틀며 일어났다. 희수의 손가락이 그의 손가락 사이사이로 들어와 깍지를 꼈다. 희수의 오른손이 그의 왼쪽 가슴을 더듬었다. 희수의 손가락이 그의 가슴에서 빗금을 그으며 천천히 내려왔다. 그는 희수가 점자를 짚는 눈먼 사람처럼 손가락 끝에 모든 감각을 집중하고 있음을 알았다. 흉터를 따라 움직이는 희수의 손이 목욕물 속으로 들어갔다. 그는 가슴으로 기대어오는 희수를 밀어낼 수 없었다. 여자를 무서워하던 과거의 소년과 지금의 그는 다른 사람이었지만 또

완전히 다른 사람이라고 할 수도 없었다. 그는 이제 소년처럼 무서워하지는 않았다. 그러나 소년은 알지 못하던 두려움이 지금의 그에게는 있었다. 희수가 고개를 들어 그를 올려다보았다. 어둠 속에서 그와 희수의 시선도 깍지를 끼며 얽혀들었다. 무얼 두려워해? 나 자신을. 왜? 난 영원할 수 없으니까. 이 세상에 영원한 건 없어. ……영원하고 싶거든. 그들의 입안은 사막처럼 말라갔다. 그들은 아무도 알아채지 못하게 물고기가 되어 미증유의 슬픔 속을 헤엄치다 돌아왔다.

그들은 골방에서 하루를 꼬박 기다렸다. 희수는 그 골방에서 어떤 꿈을 꾸었는지를 그에게 이야기했다. 그가 쓴 희곡에 대해서도, 그 작품을 영화로 만드는 것에 대해서도. 희수가 꿈꾸었던 모든 일들을 그에게 말했다. 그는 희수의 말을 한마디도 놓치지 않겠다는 듯 귀를 기울였고 너무나 정신을 집중한 탓에 희수의 목소리 외에는 어떤 소리도 듣지 못하는 것 같았다. 그들은 잡은 손을 한 번도 놓지 않은 채 나란히 앉아 창밖을 바라보았다. 그들은 요정의 다락방과 문간방 쪽마루와 한데아궁이가 있던 뒤란을 떠올렸다. 그 집을 생각하면 마음이 고즈넉해졌다. 희수가 난향 이모를 걱정하면 그는 난향이 얼마나 영리하고 대담한지를 상기시켜주면서 걱정하지 말라고 다독였다. 그는 마술사와 거인 그리고 사랑채 배우에게 들었던 이야기를 희수에게도 들려주었다. 그 집에 살던 사람들의 면면을 아는 만큼 이야기해주었다. 저마다의 사연을 품은 채 한 집에서 어울려 살았던 그들의 이루지 못한 꿈에 대해서도 이야기했다. 김선생은 돌아오지 않았다. 당직이라던 헌병대장도 오지 않았다. 그들은 누구의 방해도 받지 않은 채 서로에게 몰두할 수 있었다. 숨결 한 조각마저 사소한 몸짓 하나마저 그들에게는 소중했다. 방금 혼례를 치른 부부가 그러듯이 눈길만 마주쳐도 즐겁고 상대가 무슨 생각을 하는지 무엇을 느끼는지 알았다. 그러니까 그들은 아는 것 같았다. 이 짧은 하루가 그들이 누릴 수 있는 최후의 시간이라는 사실을. 그들은 이 세상과 청산할 게 없는 사람이었다. 그들의 가슴속에서 자라나고 만개한 감정은 누구에게도 빚진 적 없이 스스로 태어났기 때문이었다.

해가 지고 있었다. 골방은 차츰 어둑해졌고 소곤거리는 그들의 목소리도 차츰 잦아들었다. 그들은 밤이 되기 전까지 한숨 자두기 위해 누웠다. 희수는 그의 팔을 베고 누웠다. 여전히 한 손을 꼭 잡은 채였다. 그의 숨소리를 들으면서 잠이 들었다. 유격대로 나선 이후 한 번도 맨발로 잠든 적이 없는 준이었기에 이상했다. 희수의 발바닥이 그의 발등을 쓸고 지나갔다. 그들에게는 맨발이야말로 알몸 자체였다. 그는 희수가 잠들고도 한참이 지나서야 슬그머니 팔을 빼고 일어났다. 잡은 손을 놓고 일어났다. 너무 꼭 잡고 있어 손가락 하나하나를 뜯어내듯 빼내야 했다. 잠든 희수를 잠시 내려다보던 그는 희수의 이마에 입을 맞추었다.

희수가 잠에서 깨었을 때는 밤이었다. 희수는 준이 누웠던 자리를 손으로 쓸어보았다. 벌떡 일어난 희수는 골방 문을 밀었다. 덜컹거리기는 했지만 문은 열리지 않았다. 문은 바깥쪽에서 잠겨 있었다. 희수는 문 앞에 주저앉았다. 작은 목소리로 물었다. 거기 누구 없어요? 그러자 부스럭거리는 소리가 들렸다. 준? ……응. 문 열어줘. 아무 대답이 없었다. 약은 구했어? 김선생님이 구해주셨어. 그 약과 나를 바꾸려는 거야? 그게 아니야. 넌 사령부가 부여한 임무를 수행하면 돼. 난 남부군이 아니야. 그러니까 누구도 내게 명령할 수는 없어. 명령이 아니야, 부탁이야. 누구의 부탁? 내 부탁이야. 그러니 제발 여기 남아줘. 희수는 가슴속에서 울컥 치미는 감정을 다잡기 위해서인 듯 두 팔을 엇갈려 가슴에 댔다. 오빠, 난 과거는 중요하지 않아. 어차피 과거는 지나갔어. 그러니까 우리 미래를 기억해. 땀과 눈물이 소홀히 취급받지 않는 나라를 기억해. 사람이 사람을 짐승으로 취급하지도 않고 어디에서 태어났거나 무엇으로 태어났거나 상관없이 고귀한 삶을 살 수 있는 나라. 거기에서 우리는 한 번도 겪은 적 없는 삶을 살 테고 우리를 닮았지만 우리보다 아름다운 아이들이 태어나 우리가 죽어 누웠을 때 흙을 뿌려줄 거야. 거기가 어딘지 알잖아. 인민이 주인인 나라, 모두가 인민인 나라, 처음부터 차별과 억압이 불가능한 곳. 그곳으로 나를 데려다주겠다고 약속했잖아.

희수의 나지막한 목소리에 울음기가 섞였다. 미안해, 희수야. 너를 데려다주지 못해서 정말 미안해. 약속을 지키지 못해서 미안해. 모든 게 다 미안해. 희수는 고개를 들었다. 방문 너머 준을 똑바로 바라보았다. 만약 나를 이대로 남겨두고 가버린다면, 당신도 다른 사람과 다를 게 없는 사람이 되는 거야. 당신도 똑같은 사람이 되는 거라구. 내가 아는 이준은 그런 사람이 아니었어. 나는 그런 사람을 기다렸던 게 아니야. 맞아, 나는 네가 생각했던 그런 사람이 아니야. 나도 똑같은 사람이야. 적어도 너한테만은 다른 사람이 되고 싶었는데 그럴 수가 없게 되었어. 정말 미안해. 미안하다는 말 지긋지긋해. 그러니까 미안하다는 말은 하지 말아줘. 모든 게 미안하다는 말은 아무것도 미안하지 않다는 말이니까. 그런 말을 할 때마다 당신이 얼마나 멍청해 보이는지 알아? 만약 당신이…… 사랑을 포기한다면, 그럼에도 불구하고 당신이 사랑을 행한다고 믿는다면, 당신이 더 숭고한 사랑을 위해 하찮은 사랑을 포기해도 좋다고 믿는다면 당신이야말로 마르크스에 반대한 거야. 마르크스가 사랑에 대해 이야기했는지 안 했는지 모르겠지만 노동자가 노동에서 소외되는 현상, 인간이 인간다움에서 소외되는 현상에 대해 말한 게 사실이라면, 만약 누군가 사랑에 대해 물었을 때도 마르크스라면 똑같이 대답했을 테니까. 사랑에서 소외되어버린 사랑. 사람은 사랑에서 소외됨으로써 사랑을 한다고 믿는 비참한 존재라고. 그게 바로 당신이라는 걸. 내 말 듣고 있어? 혁명에 대한 신념이 혁명을 가로막는다는 걸 정말 몰라? 사랑에 대한 신념이 당신 사랑을 좀먹듯이. 준은 대답하지 않았다. 희수는 그의 침묵을 용서할 수 없었다. 얼마나 시간이 흘렀는지 희수는 알 수 없었다. 그러나 그 시간이 영겁처럼 느껴졌다. 그때 준의 울음소리가 들려왔다.

준이 울고 있었다. 소리 내지 않았지만 준이 운다는 걸 희수는 알았다. 그의 내면에서 그의 두 눈에서 눈물이 흐르는 걸 볼 수 있었다. 희수는 문고리를 잡고 힘을 주어 문을 밀었다. 마술사라면 이 문을 통과해서 준에게 다가가 따귀라도 때릴 수 있을 테지만 희수는 그럴 수가 없었다. 간절하게도 마술이 필요했다. 정말 가버릴 거면 한마디만 해줘. 희수야, 잘 들어. 네가 완벽하게 전향하려면 밀고자가 되어야 해. 헌병대장도 그런 과정을 거쳐야만 너를 구제해줄 수가 있어. 당신을 잊지 않도록, 당신을 증오하지 않도록, 당신을 영원히 사랑할 수 있도록 한마디만 해줘. 나는 밤새 쉬지 않고 달려 환자트에 갈 거야. 늦어도 내일 새벽에는 도착할 테고 비록 해가 떠오른다 해도 환자들을 데리고 이동할 거야. 나한테 왜 이러는 거야. 한마디가 그렇게 어려워? 우리는 남부군을 뒤따라갈 거야. 반드시 남선을 모두 해방구로 만들어서 너를 데리러 올 거야. 일장기가 휘날렸던 이 땅에 다시 성조기가 휘날리도록 내버려두지는 않을 거야. 하지만 언젠가 네가 말했듯이 우리는 그 일을 해내지 못할 수도 있어. 아마 해내지 못할 거야. 그러니까 너를 데려갈 수 없다면 너에게 약속한 나라를…… 바로 여기에 세울 거야. 그 말 안 믿어. 안 믿으니까 허튼소리는 그만해. 데려다줄 수 없다면 잊지 마. 반드시 기억해야 해. 죽어서도 잊지 마. 기억해야 해. 그래야 해. 한참을 중얼거리던 희수는 문득 먼 곳에서 산비둘기가 우는 소리를 들었다. 그는 떠났다. 그는 비겁하게 희수를 떠났다. 김선생이 구해준 약과 주사기가 든 가방을 메고 어둠 속으로, 미래 없는 미래로 성큼 걸어들어갔다.

　그들은 혁명과 너무 가까이 있었어요. 그들은 혁명의 시대를 살았고 아직 혁명의 타락을 보지 못했어요. 그들은 살아 있는 동안 결코 보지 못했어요. 혁명이 타락할 수도 있다는 생각은 눈곱만큼도 해보지 못했어요. 그들은 순수하거나 순진할 수밖에 없었고 스탈린이 러시아혁명을 타락시킨 것처럼 전쟁이 혁명을 더럽히는 중이라는 걸 보았으면서도 그게 타락일 수 있다는 의심조차 갖지 않았어요. 그들이 우리와 다른 점이 있다면 그거였어요. 그들은 혁명을 신뢰했고 혁명에 열광했으며 혁명에 기꺼이 스스로를 바쳤죠. 그들은 아무런 의심도 없었고 후회도 없었어요. 죽어가는 순간에야 반짝하고 의심이 솟왔지만 혁명의 과정에서 죽어갔던 수많은 사람들을 추억하며 스스로를 달랬죠. 그런 식으로 그들 모두 쓸쓸하게 죽었어요. 가능한 일과 가능하지 않은 일을 구분하지 않은 채, 사람의 힘으로 하지 못할 일은 없다는 헛된 신념을 품은 채 죽음을 향해 달려갔지요.

나는 산비둘기가 돌아갈 곳은 산이라는 사실을 인정해야 했어요. 골방에 앉은 채 그가 멀어지는 소리와 밤이 깊어가는 소리를 들었어요. 그의 비겁함과 어리석음을 용납할 수 없었지만 내가 그를 원망하는 만큼 그가 스스로를 원망할 것임을 알기에 그를 더는 원망할 수도 없었지요. 김선생이 골방 문을 열고 들어와 내 옆에 앉았지만 내 눈에는 가방을 멘 채 아무런 무장도 없이 산길을 따라 오르는 그의 뒷모습만이 보였어요. 그는 군복과 무기를 숨겨둔 장소에 무사히 도착했어요. 거기에서 옷을 갈아입고 다시 환자트를 향해 떠났지요. 그는…… 한 번도 뒤를 돌아보지 않았어요. 뒤를 돌아보는 순간 나와 눈이 마주치리라는 걸 알았고 그걸 두려워했지요. 산길이 험해서가 아니라 가방을 벗어던지고 되돌아가고 싶은 충동과 싸우느라 그는 기진맥진했고 쓰러지지 않기 위해 이를 악물었어요. 그는 온몸이 땀투성이가 되어 산길을 달리다시피 걸었고 넘어지고 구르기를 되풀이하면서도 뒤를 돌아보지는 않았어요. 그가 과거를 돌아보지 않기 위해 애쓸수록 너무나 당연하게도 과거는 그의 발뒤꿈치까지 따라와 그를 공포에 빠뜨렸지요. 그가 문득 걸음을 멈춘 건 자신이 지금 살아 있는 건지 확인하기 위해서일 뿐이었어요. 그의 몸이 너무 재빠르게 앞으로 달려나가는 바람에 그의 정신이 저 뒤에 버려진 채 뒤따라오지 못하는 것만 같았으니까요. 그는 생각이라는 걸 할 수가 없었어요. 그저 그가 있던 자리를 벗어나기 위해 걷고 달릴 뿐이었지요. 아주 짧은 순간 어떤 의문이 그의 내면에서 솟아나긴 했어요. 그는 어머니를 사랑했지만 그와 동시에 어머니를 증오할 수밖에 없었고 누나를 사랑했지만 누나가 죽고 난 뒤에는 누나를 두려워할 수밖에 없었지요. 마찬가지로 아버지를 사랑했지만 누나가 죽은 뒤로는 아버지를 증오할 수밖에 없었어요. 그는 사랑에 성공한 적이 없었기에 그에게는 사랑과 공포 그리고 증오가 하나의 감정처럼 익숙했던 거예요. 그는 다른 사람들도 자신과 똑같은지 궁금했어요. 사랑에 실패하는 운명이 모든 인간의 보편적인 운명인지 궁금했어요. 그는 나를 두려워하거나 증오하지 않았기 때문에 어쩌면 나를 향한 감정만이 그의 삶에서 유일하게 성공적인 감정이었을지도 모른다는 의심이 들었어요. 내가 했던 말들을 그가 인정한 것은 아니었지만 내 진심까지 몰랐던 건 아니었기에 그는 후회하게 될 거라는 예감이 들었어요. 그렇지만 뒤돌아서 내게 돌아온다 해도 후회하지 않을 자신은 없었지요. 그러니까 그는 오직 실패할 운명인 것 같았어요. 아무리 발버둥치고 애써도 벗어날 수 없는 운명에 붙들려 있는 것 같았어요.

그는 날이 새기 전에 환자트에 도착했어요. 경계를 서던 마술사와 정해진 암구호를 주고받았어요. 그의 목소리가 어찌나 낯설었던지 마술사는 그가 정확한 암구호를 댔음에도 그라는 걸 믿을 수 없었어요. 그의 목소리는 지하에서 울려 나오는 것 같았고 그건 끔찍한 고통을 당한 자가 그걸 드러내지 않기 위해 애쓴 탓에 오히려 그 고통이 선명하게 감지되는 것과 비슷했어요. 마술사는 그가 혼자 왔다는 걸 깨달았지요. 그를 이런 고통에 빠뜨릴 수 있는 일은 달리 없을 테니까요.

그는 마술사의 품에 쓰러지듯 안겼어요. 그가 마술사에게 물었지요. 제 뒤에…… 누가 있나요? 마술사는 갓 태어난 새처럼 떠는 그를 안은 채 등을 토닥여주었어요. 그의 부등깃을 어루만지듯 그의 등을 쓸어주었어요. 그의 떨림이 차츰 잦아들었을 때 마술사는 고개를 들어 나를 보았어요. 그러나 마술사는 나를 외면했지요. 내가 보이지 않는다는 듯 말했어요. 네 뒤에는 아무도 없어. 그러니 무서워하지 마. 아니에요. 제 뒤에 있어요. 희수가 따라오고 있어요. 그냥 가라고 해주세요. 준도 나를 보았던 거예요. 그가 내게 등을 돌리고 떠날 때 내가 그의 뒷모습에서 그의 표정과 진심을 보았던 것처럼, 등을 돌리고 떠나는 사람 역시 앞을 보는 게 아니라 남겨두고 온 사람을 본다는 사실을 그때 알았어요. 마술사는 아무도 없다고, 나는 그의 마음속에 있는 거라고 말했어요. 네 마음속에 있는 희수는 누구도 해칠 수 없어. 희수는 네 안에서 가장 안전해. 네 안에 있는 희수는 영원히 너의 희수야. 그러니까 그게 누구든 네 뒤를 따라온 희수는 네 마음속 희수는 아닌 거야. 그 희수는 놓아줘야 하는 거야.

비로소 그가 골방에서 했던 말이 이해가 됐어요. 너를 데려갈 수 없다면 너에게 약속한 나라를 바로 여기에 세울 거라던 그의 말이요. 그가 말한 여기가 그의 가슴속이라는 걸 뒤늦게 깨달았어요. 그는 그 말을 하면서 손가락으로 자기 가슴을 가리켰겠지요. 그러고 나서 나를 자기 가슴에 묻었겠지요. 내 허락도 없이 함부로 자기 맘대로 자기 가슴에 나를 매장해버리고 나와의 약속을 지키는 거라고 믿었겠지요. 내가 바라는 건 그의 손을 잡고 거리를 거닐고 나무를 올려다보고 극장에 가고 함께 누워 잠드는 거였는데. 이제 그는 자기 마음속에서 내 손을 잡고 거리를 거닐고 나무를 올려다보고 극장에 가고 함께 누워 잠들겠지요. 그리고 그 역시 언젠가 깨닫겠지요. 그가 바란 일이 사실은 우리가 예전에 했던 일임을. 우리가 바란 건 결국 과거의 우리와 다른 사람이 되는 게 아니라 행복했던 기억과 추억 속에 영원히 머무는 것이었음을. 그처럼 불가능한 꿈을 꾸었기에 우리는 실패할 수밖에 없었다는 걸 그도 알게 되겠지요.

나는 그가 말한 것처럼 이틀을 기다릴 필요가 없었어요. 헌병대장 역시 나를 보고도 놀라지 않았어요. 오래 기다렸던 사람을 만난 것처럼 반가워했지요. 자신이 좀더 일찍 올 수 있었다면 감옥에서 구해줄 수 있었을 거라면서 안타까워했지요. 헌병대장은 어려운 일이 아니라고 했어요. 남부군의 습격으로 탈옥했다가 다시 체포된 사람들보다 나쁜 상황은 아닙니다. 남부군에 의해 감옥에서 풀려난 건 맞지만 건강이 악화되어 김선생의 보살핌을 받으며 자수할 기회를 기다리고 있었다고 정리하지요. 제가 신원을 보증할 테니 걱정하지 않으셔도 됩니다. 김선생도 헌병대장의 의견이 적절하다고 판단했어요. 그 덕분에 나는 밀고자 노릇을 하지 않아도 되었지요.

그는 환자들에게 주사를 놓았어요. 그가 겪었던 것처럼 단시간에 효과가 나타나는 환자는 거의 없었어요. 대부분 중환자라서 그렇게 빨리 회복되기는 어려웠지요. 하지만 깊이 절망한 환자들에게 희망을 주기에는 충분했어요. 제 몸 하나 건사하기 힘들어하던 환자들이 주사를 맞은 뒤 환자트를 떠나 이동을 시작했으니까요. 그들은 남부군의 선요원이 남긴 표지를 따라 이동했어요. 돌을 쌓아둔 모양과 나뭇가지를 꺾어둔 개수를 세어 방향을 가늠했지요. 하루 만에 또다른 환자트를 발견했어요. 증세가 가벼워 남부군을 따라 이동했다가 병이 깊어져 다시 남겨진 대원들이었지요. 그들 역시 아무런 희망 없이 죽음을 기다리는 중이었어요. 준의 일행이 도착하자 그들 사이에도 희망의 기운이 솟았어요. 그는 주사를 놓아주었고 부족한 식량 문제를 해결하기 위해 마을로 내려갔던 대원들이 돌아오지 않았다는 이야기를 들었어요. 그 말이 무슨 의미인지 그는 바로 알아챘어요. 배신한 대원들에 의해 환자트의 위치가 노출되었다고 간주해야 했어요. 조금도 지체할 수 없었지요. 다시 이동했지만 날이 샜기 때문에 더딜 수밖에 없었어요. 정보를 입수한 정찰기 한 대가 정확하게 환자트가 있던 골짜기 위를 맴돌다가 그들 쪽으로 날아왔어요. 그들을 향해 기총소사를 했지요. 그들은 무장도 제대로 갖추지 못했기 때문에 반격을 할 수 없었어요. 그들이 반격하지 못한다는 걸 안 정찰기는 서두르지 않고 정확하게 사격을 했어요. 엄폐물을 찾아 각자 산개했지만 많은 피해를 입었지요.

대원의 절반가량이 쓰러졌어요. 마술사도 다리에 총상을 입었지만 다른 환자를 도와주라면서 거인의 도움을 거절했어요. 거인은 준을 돌아보며 말했어요. 마술사를 두고 갈 순 없어, 갓뎀! 거인의 눈에서 눈물이 흘러내렸어요. 준은 마술사의 다리에 붕대를 감았어요. 마술사가 두 사람을 보고 말했어요. 잘 알잖아. 정찰기가 왔다 갔으니 경찰이든 군인이든 이제 곧 저 골짜기를 따라 이곳으로 올라올 거야. 우리 대부분이 환자라는 것도 알고 있겠지. 움직이지 않으면 모두 죽게 돼. 하지만 거인은 고개를 저었어요. 난 갈 수 없어. 내 삶의 종착지는 마술사 옆이니까. 난 마술사 옆에서 죽을 수밖에 없어. 그러니 이렇게 하자구. 준아, 너는 살아남은 대원들을 인솔해서 접선지로 가. 선요원이 남긴 표지가 있을 거야. 우리는 이곳에 남아서 저들을 교란할 테니까. 아주 조금일지라도 시간을 벌어줄 수는 있을 거야, 오 마이 갓! 아주 조금…… 그렇게 꾸물거리면 곤란해. 번개처럼 가는 거야, 알았지? 준은 그 말을 따르려 하지 않았어요. 마술사가 준의 눈을 지그시 들여다보았어요. 준아, 네 가방에 있는 것들을 남부군에 반드시 전달해야 돼. 그게 너의 임무야. 임무를 완수해야 돼. 그럴 수 없어요. 마술과 기적이 아니고서야 살아서 남부군을 만날 수는 없을 거예요. 그러니 저도 남겠어요. 제가 죽을 곳도 아저씨들 옆이에요. 그러니 더이상 강요하지 마세요. 준아, 모르고 있었니? 넌 나보다 훌륭한 마술사야. 겨우 동전 마술이나 할 줄 아는 가짜 마술사일 뿐이에요. ……사랑에 빠진 사람은 누구나 마술사야. 사랑에 빠지는 걸 두려워하지 않으면 돼. 두려워했잖아요. 두고 올 수밖에 없었잖아요. 사랑에 절망해본 적 있다면 사랑을 할 자격이 있는 거야.

해를 넘긴 뒤 백야전전투사령부의 지휘로 지리산 대성골의 빨치산 소탕 작전이 시작되었을 때 헌병대장과 정식으로 혼례를 치렀어요. 대성골 전투를 치르면서 남부군은 사실상 궤멸했지요. 그즈음에 토벌군은 남부군 대원의 신상을 거의 낱낱이 알고 있었어요. 투항하거나 생포된 대원의 이름을 신문에서 확인했지만 준과 마술사 그리고 거인의 이름은 찾을 수 없었어요. 사망자 명단에서도 보지 못했으니 그들은 고혼이 되었으리라 믿을 수밖에 없었지요. 아무도 찾을 수 없는 어느 골짜기에 묻혀 천천히 육탈하고 있을 테니까요.

일제강점기에 조직된 조선공산당의 당원들이 세계의 다른 공산당원과 구분되는 차이점은 그들이 부르주아를 모방하지 않았다는 데 있었어요. 이런 특징은 아나키스트에게는 흔했지만 공산당원의 특징이라고는 할 수 없었어요. 그들은 외로웠고 외롭기 때문에 스스로 서야 했지요. 스스로 서는 자는 판단의 주체가 되어야 했어요. 그들이 코민테른의 인정을 받기 위해 한사코 모스크바로 달려갔던 이유도 외로워서였어요. 그들이 자가당착을 인식하지 못한 이유도 그걸 인식할 수 없을 만큼 지독히 외로워서였지요. 그들은 스스로의 가능성과 한계를 알지 못한 셈이었어요. 그들이 아는 건 러시아혁명사뿐이었고 그들을 고무시킨 건 러시아혁명뿐이었어요. 그들은 실패와 좌절 속에서 민중이 어떻게 끈질기게 투쟁했는지를 알지 못했고 조선이 무엇이 될 수 있는지 무엇이 될 수 없는지도 알지 못했어요. 그들을 움직인 건 세계사적 변혁이었고 그들을 뒤흔든 것들은 모두 외부에서 온 것이었어요. 그들은 혁명가이기는 했으나 후위가 없는 전위였어요. 그러나 그들이 상해의 임시정부, 중국공산당에 투신한 연안파, 만주에서 활약한 항일 무장투쟁 세력과 구분되는 가장 남다르고 귀중한 점은 조선을 떠나지 않았다는 거였어요. 지도부가 망명한 적은 있지만 되돌아오기 위해 잠시 떠났을 뿐이었지요. 그들은 조선 내부에서 일어섰기에 혼자일 수밖에 없었고 결국 홀로 부서지고 철저히 부서졌어요. 그들은 실패를 두려워하지 않고 학생과 농민과 노동자 속으로 들어갔고 그 안에서 학생과 농민과 노동자에게 배신당해 체포되어 스스로 목숨을 끊거나 죽임을 당했지요. 살아남은 자들은 다시 전선을 통과해 자신들이 일어섰던 자리로 되돌아왔고 바로 거기에서 죽었어요. 마술사와 거인 그리고 준 같은 사람들이 그런 식으로 죽었지요.

휴전 뒤 그들을 찾으러 갔어요. 유해를 찾을 수는 있었지만 토벌군이 머리를 잘라가서였는지 수류탄으로 자폭해 산산조각이 나서였는지 두개골은 하나도 발견하지 못했지요. 그러나 남달리 기다란 정강이뼈를 발견했고 그 아래에서 비장된 문건도 찾아냈어요. 유리병 속에 든 문건은 젖어 있었지만 연필로 쓰인 덕분에 내용을 알아볼 수 있었어요. 번지고 희미해지긴 했지만 내 필체였던지라 힘들게나마 읽을 수 있었지요. 그리고 거기에 다른 이의 필체로 가필된 문장들을 보았어요. 낯익은 그 필체를 잊어본 적이 없었어요. 내 이름에 이어 내게 부여된 임무를 설명한 뒤 이렇게 끝나는 문장이었어요. 그는 우리가 보낸 조직원입니다. 당과 인민은 그를 결코 잊지 말아주시길.

어느 늦가을 오후였다. 촬영을 마치고 집으로 돌아가는 길이었다. 지름길이어서 늘 다니던 골목으로 들어섰다. 자동차가 멈췄다. 경호원이기도 한 운전기사가 희수를 돌아보았다. 골목을 막고 있는 건 아이들이었다. 돌아갈 수도 있었지만 희수는 그냥 기다리자고 말했다. 차에서 내린 기사가 사정을 살피려고 무리 쪽으로 갔다. 희수는 차창을 내리고 담배를 한 대 피웠다. 풍선으로 마술을 보여주는 장사꾼인 듯했다. 한 아이가 쭈뼛거리며 자동차로 다가왔다. 아이는 뒤에 감추었던 손을 희수에게 내밀었다. 작은 상자였다. 이건 뭐니? 아이는 턱짓으로 다른 아이들이 몰려 있는 쪽을 가리켰다. 희수는 돌아서는 아이를 불러 세운 뒤 핸드백에서 초콜릿을 찾아냈다. 동생 있지? 아이가 고개를 끄덕였다. 사이좋게 나눠 먹으렴. 아이의 눈이 커다래졌다.

기사가 달려와 아이의 뒷덜미를 잡으려 했다. 희수는 손사래를 쳤다. 조금 뒤 아이들 무리가 뿔뿔이 흩어졌다. 희수는 상자 속에 든 가죽장 갑을 물끄러미 들여다보았다. 골목을 빠져나갈 때 자동차가 급정거를 했다. 기사가 나지막하게 신음을 냈다. 허리가 구부정한 노부인이 차 앞을 천천히 지나갔다. 노부인은 고개를 돌려 희수를 보았다. 하고 싶 은 말이 많은 눈빛이었다. 어떤 삶을 살아야 그처럼 완벽하게 늙을 수 있을지 궁금해지는 얼굴이었다. 노부인이 담장과 자동차 사이를 걸어 희수 쪽으로 다가왔다.

   그 짧은 순간 희수는 준이 어떻게 살아남았는지를 볼 수 있었다. 마 술사와 거인은 손에 수류탄을 하나씩 쥐고 있었다. 그들이 지닌 마지 막 수류탄이었다. 준은 그들을 부둥켜안고 눈을 감았다. 총성이 들렸 고 죽어가는 대원들의 비명이 들렸다. 눈을 감았다. 마술사와 거인이 수류탄의 안전핀을 뽑았다. 감은 눈 위로 지나온 세월이 흘러갔다. 그 리고 준의 몸이 살짝 떠올랐다. 눈을 뜨니 마술사와 거인이 그를 올려 다보고 있었다. 마술사는 수류탄을 쥐지 않은 손으로 준을 밀어올리 고 있었다. 준은 두 손으로 허공을 움켜쥐었다. 고개를 저었지만 아 무 소용이 없었다. 준은 더 높이 더 높이 올라갔다. 수류탄이 마술사 와 거인의 무릎 근처로 굴러떨어졌다. 무시무시한 열기가 준을 향해 날아왔고 그는 두 눈을 질끈 감았다. 자신이 사라져버리는 걸 느꼈다. 정신을 차린 준은 주위를 둘러보았다. 제법 크고 반듯한 목조건물이 었다. 발효된 왕겨 냄새가 그의 코끝으로 밀려들어왔다. 어둠에 눈이 익었다. 벽에 기대고 앉은 사람이 보였다. 그는 무릎걸음으로 다가갔 다. 기척을 느낀 그 사람은 앞을 볼 수 없는 사람처럼 고개를 두리번거렸다. 그 사람이 떨리는 목소리로 물었다. ······당신인가요?

그리고 마침내 두 사람은 서로를 모른 척하며 스쳐지나갔다.

나는······ 당신의 인생 이야기를 듣고 싶은 게 아니에요. 내게 당신이 사랑했던 사람의 이야기를 들려주세요. 당신이 사랑했던 그이의 삶을 그이가 들려주듯이 내게 들려주세요. 나는······ 언젠가 네 이야기를 할 거야. 네가 그럴 수 있는 것보다 더 아름답게, 네가 그럴 수 있는 것보다 더 쓸쓸하게 네 삶을 이야기할 거야. 나는 이 이야기를 다른 어떤 사람도 아닌 너한테 들려줄 테니까. 그 이야기는 이렇게 시작할 거야. 불멸의 이미지로 남게 될 어떤 집의 마루 끝에 앉아 하루종일 지금의 자신이 아니라면 무엇이 되어도 상관없겠다고 생각하던 아이가 있었어. 그럼 내 이야기는 이렇게 시작하겠죠. 누구를 기다리는지도 모른 채 누군가를 기다리던 한 아이는 살짝곰보인 오십대의 사내와 함께 불멸의 이미지로 남게 될 그 집으로 들어선 어떤 아이를 보았어요. 그 아이는 지금의 자신이 아니라면 다른 누구도 되고 싶지 않다는 듯, 겁먹은 표정을 들키고 싶지 않다는 듯 눈을 내리깐 채 들어섰고, 오후의 식은 햇살이 아이의 어깨에 내려앉았지요. 그 아이는 그에게 없는 사랑을 대신해서 증오로 사랑을 표현했죠. 그 아이는 사랑과 증오를 구분할 수 없었으니까요. 말을 잃기 위해 말을 하지 않았으나 그 대신 당신의 표정은 풍부해졌지요. 당신의 손가락 하나마저 섬세하게 움직였고 많은 의미를 담게 되었으니까요. 그래서 당신은 커다란 움직임으로 작은 의미를 표현하고 작은 몸짓으로 큰 의미를 표현하는 방식으로 새로운 연기를 시작하게 되었군요. 다시 태어

나면 너를 웃게 해줄 거야. 울지 마. 울지 마. 내가 잘못했어. 이생에
서는 실패했지만 다음 생에서는 반드시 당신을 즐겁게 해줄게.

　집 근처에 이른 희수는 차를 세웠다. 기사는 아무 말 없이 희수의
뒤를 천천히 따라왔다. 문득 고개를 들어보니 희수 눈높이의 허공에
물고기의 비늘처럼 은빛으로 빛나는 작은 동전이 있었다. 희수는 손
을 뻗어 동전을 살짝 쥐었다. 손안에서 물고기 한 마리가 파닥거리는
것만 같았다. 그 떨림은 손안에서 잦아들었다. 이윽고 손을 편 희수는
눈부시게 빛나는 백동전을 보았다. 언제까지나 그럴 것처럼 백동전의
이야기에 귀를 기울였다.

작가의 말

이 소설은 다음과 같은 하나의 문장에서 태어났습니다. 그는 더이상 인간으로 존재한다는 걸 견딜 수 없다는 듯 변신해버리고 말았다. 그렇게 태어나긴 했습니다만 사람으로 존재하길 두려워하는 사람이 간절히 바란다 해도 사람이 아니라면 달리 무엇이 될 수 있을지 여전히 알지 못합니다. 사람이 변신할 수 있는 존재라는 사실이 서글프지만은 않은 이유는 변신이 무한한 가능성을 뜻하는 동시에 변신하지 않을 권리를 확인하는 계기이기도 해서입니다. 지금의 내가 아닌 다른 사람이 되고 싶다는 열망과 지금의 내가 아니면 다른 누구도 되고 싶지 않다는 열망이 사실은 같은 지점에서 출발했음을 희수와 준의 이야기를 뒤따라가며 새삼 알게 되었습니다. 그들이 배우일 수밖에 없는 이유도 그렇습니다. 배우는 반쯤 미친 세상에서 완전히 미치지 않기 위해 우리가 선택한 은신처니까요. 그들의 실패가 완전한 실패도 아니고 최종적인 실패도 아니듯이 당신의 실패가 당신만의 실패가 아닌 유서 깊은 실패이며 우리가 앞으로도 사랑할 수밖에 없는 실패임을 잊지 않겠습니다. 나는 당신에게 무력하고 불행한 사랑을 했던 사람들의 이야기를 들려주려고 했습니다. 전위도 없이 후위도 없이 홀로 일어섰다 홀로 멸망할 당신을 기억하기 위해. 그러므로 이 소설은 다음과 같은 무수한 문장에서 태어났습니다. 그 문장은 지금 당신이 하고 있으나 실패할 게 분명하며 언젠가 새로운 이야기가 될 당신의 순결한 반역입니다.

연재할 때부터 꼼꼼하게 원고를 살피고 매만지며 도와준 이상술 팀장님과 발표 지면을 마련해주고 책으로 엮어준 문학동네에 감사드립니다.

2020년 6월

손홍규

문학동네 장편소설

파르티잔 극장

ⓒ 손홍규 2020

초판 인쇄 2020년 6월 15일
초판 발행 2020년 6월 22일

지은이 손홍규
펴낸이 염현숙
책임편집 이상술 | 편집 김봉곤 정은진 김내리
디자인 엄자영 유현아 | 마케팅 정민호 박보람 우상욱 안남영
홍보 김희숙 김상만 지문희 우상희 김현지
제작 강신은 김동욱 임현식 | 제작처 영신사

펴낸곳 (주)문학동네
출판등록 1993년 10월 22일 제406-2003-000045호
주소 10881 경기도 파주시 회동길 210
전자우편 editor@munhak.com | 대표전화 031) 955-8888 | 팩스 031) 955-8855
문의전화 031) 955-3576(마케팅) 031) 955-8864(편집)
문학동네카페 http://cafe.naver.com/mhdn | 트위터 @munhakdongne
북클럽문학동네 http://bookclubmunhak.com

ISBN 978-89-546-7286-3 03810

잘못된 책은 구입하신 서점에서 교환해드립니다.
기타 교환 문의: 031) 955-2661, 3580

www.munhak.com